# Une épouse à protéger

# La mariée sans mémoire

BEVERLY LONG

# Une épouse à protéger

*Traduction française de*
CHRISTINE BOYER

BLACK ROSE

HARLEQUIN

*Collection :* BLACK ROSE

*Titre original :*
HIDDEN WITNESS

*Ce roman a déjà été publié en 2016*



**HARPERCOLLINS FRANCE**
83-85, boulevard Vincent-Auriol, 75646 PARIS CEDEX 13
Service Lectrices — Tél. : 01 45 82 47 47 - www.harlequin.fr
ISBN 978-2-2804-9127-3 — ISSN 1950-2753

Composé et édité par HarperCollins France.
Imprimé en avril 2023 par CPI Black Print (Barcelone)
en utilisant 100% d'électricité renouvelable.
Dépôt légal : mai 2023.

FSC
www.fsc.org
MIXTE
Papier issu de sources responsables
FSC® C159065

Pour limiter l'empreinte environnementale de ses livres, HarperCollins France s'engage à n'utiliser que du papier fabriqué à partir de bois provenant de forêts gérées durablement et de manière responsable.

# 1

Lorsque la sonnerie de son téléphone portable le tira du sommeil, Chase Hollister enfouit la tête sous son oreiller pour tenter de retrouver les bras de Morphée. Mais, au lieu de laisser un message quand il fut mis en relation avec sa boîte vocale, son correspondant raccrocha pour rappeler aussitôt.

Avec un juron, Chase jeta un coup d'œil à l'écran de son appareil. Reconnaissant le numéro de son frère, il prit la communication.

— Je n'ai pas dormi depuis plus de vingt-quatre heures, dit-il. Alors tu as intérêt à avoir une très bonne raison pour me réveiller.

— Brick est mort, annonça Bray sans préambule.

Chase se mit sur son séant. Il n'avait pas entendu le nom de cet homme depuis huit ans, et ne l'avait pas prononcé lui-même depuis plus longtemps encore.

— Dans quelles circonstances ?

— Accident de voiture. Sa sœur était avec lui. Ils ont été enterrés il y a deux jours.

Chase n'avait rencontré qu'une fois la sœur aînée de son beau-père. Bien qu'adolescent à l'époque, il avait senti quelque chose de bizarre chez cette femme. A croire qu'ils avaient tous un grain, dans cette famille.

— Il y a eu d'autres blessés ? demanda Chase.

— Non. Brick se rendait chez un médecin avec Adelle. Il allait trop vite, il a mal négocié un virage et a fini sa course contre un platane. Ils étaient seuls dans la voiture.

Chase se rallongea sur son lit. Les détails ne l'intéressaient pas.

— D'accord, je vais me recoucher.

— L'avocat de maman vient de m'appeler, reprit Bray comme s'il ne l'avait pas entendu. La maison est à nous.

Devinant qu'il ne parviendrait pas à se rendormir, Chase se leva d'un mouvement souple et se rendit à la cuisine. Les stores étaient levés et il était nu, mais il s'en moquait. Il avait besoin d'un café.

— A nous ? répéta-t-il. Je ne comprends pas. Brick avait un fils qui doit toujours être de ce monde, non ?

— Qu'il soit vivant ou non ne change rien. Il y a huit ans, quand maman est morte, nous avons hérité de la maison sans le savoir. Nous étions ses seuls héritiers. Mais elle avait donné à Brick l'autorisation d'y vivre jusqu'à son propre décès. L'avocat était surpris que personne n'ait songé à nous mettre au courant de ces dispositions, à l'époque. Un oubli, apparemment.

L'ironie de la situation n'échappa pas à Chase. Ses frères et lui auraient pu contester en justice cet usufruit, obliger Brick à quitter les lieux. Il se serait alors retrouvé à la rue, comme lui naguère lorsque son beau-père le jetait dehors.

Il versa plusieurs cuillerées de café dans le filtre, remplit d'eau le réservoir et mit la cafetière en route.

Son frère poursuivait :

— Il faut que tu ailles là-bas pour voir comment nous débarrasser au plus vite de cette baraque.

— Pourquoi moi ? Vas-y, toi. Après tout, c'est toi l'aîné.

— Si je le pouvais, j'irais. Mais la mission sur laquelle je travaille depuis deux ans est dans une phase cruciale, et il m'est impossible de m'absenter en ce moment.

— Alors Cal devra s'y coller. Il est le plus jeune, nous allons faire pression sur lui pour l'y obliger.

— Il n'est pas aux Etats-Unis actuellement.

Cal avait passé l'essentiel des huit dernières années à l'étranger, ce qui était normal pour un membre des Forces spéciales de la marine américaine. Six mois plus tôt, il avait quitté l'armée pour devenir entrepreneur. A en croire ses nouvelles cartes de visite, en tout cas. Pour sa part, Chase doutait que le benjamin de la famille exerce réellement ce métier. Peu de chefs d'entreprise étaient entraînés à tuer des terroristes, à désamorcer des bombes, et à infiltrer les lignes ennemies.

— Où il est, je m'en moque. Je suis occupé, moi aussi. Et je ne suis sorti de l'hôpital qu'il y a huit jours.

— Comment va ta jambe ?

*Fonctionnelle, mais loin d'être complètement rétablie.*

— Ça va. Ça va.

— Je ne comprends pas, reprit Bray. Je pensais que tu bénéficiais d'un congé maladie de six semaines et, finalement, tu es retourné travailler au bout de quatre.

— Nous sommes à court de personnel, aux homicides.

— Tous les flics du pays sont logés à la même enseigne, non ? En tout cas, j'ai été très impressionné en apprenant que tu t'étais comporté en héros le jour même de ton retour.

Chase ne répondit pas. Il avait détesté la photo, l'article, l'intérêt suscité par cette histoire. Pour lui, l'affaire ne méritait pas un tel tapage médiatique.

— « L'inspecteur de police Chase Hollister, l'un des plus fins limiers de la police de St Louis, grâce à qui les rues sont un peu plus sûres… », poursuivit son frère.

Travaillant pour la brigade des stupéfiants, Bray contribuait autant que lui à la sécurité des habitants de cette ville. Et, tout comme lui, il détestait se trouver sous le feu des projecteurs. Il lui lisait le papier relatant ses exploits dans l'espoir que, gêné, il accepterait de s'occuper de la maison familiale afin d'abréger la conversation. Mais il se faisait des illusions.

— Inutile de te fatiguer, Bray. Je ne retournerai pas dans le Missouri, un point c'est tout. Cette baraque peut bien s'écrouler, je m'en moque comme de l'an quarante.

Sur ces mots il raccrocha et jeta son téléphone portable sur la table ; le bruit résonna dans l'appartement silencieux. Il se servit un bol de café et le vida presque d'un trait, se brûlant la langue au passage.

La propriété dont ses frères et lui venaient d'hériter se trouvait à Ravesville, une petite bourgade du Missouri perdue dans la campagne, à deux bonnes heures de route de St Louis. Là-bas, tout le monde se connaissait, discutait avec ses voisins, leur donnait un coup de main si nécessaire. L'été, les enfants enfourchaient leurs bicyclettes au lever du soleil et ne revenaient que pour dîner. Il n'était pas rare que tout le village soit invité à partager un chili con carne chez l'un ou à se régaler de pancakes au petit déjeuner chez l'autre. A la fin du repas, chacun mettait la main à la pâte et faisait la vaisselle. Chase était né et avait grandi à Ravesville, et il y avait connu une enfance plutôt heureuse.

Tout avait changé l'été où son père était mort. Il avait alors quatorze ans et se préparait à entrer au lycée. Mais, si perdre son père avait été une terrible épreuve, le pire pour lui avait été le remariage de sa mère, deux ans plus tard. Brick était alors devenu son beau-père.

Il n'y avait sans doute pas d'homme plus cruel dans tout le pays. La raison qui l'avait poussé à épouser une femme mère de trois adolescents, alors qu'il n'aimait pas les enfants, restait un mystère. Il avait lui-même un fils, un peu plus âgé que les frères Hollister, qui vivait avec sa mère. Chase n'avait rencontré ce garçon qu'une fois.

Lorsque, quelques instants plus tard, le téléphone sonna de nouveau, Chase décrocha, prêt à insulter son frère. Au dernier moment, il se rendit compte que l'appel n'émanait pas de Bray mais de son coéquipier. Pourtant, Dawson aurait dû être en train de dormir. Lui non plus n'avait pas fermé l'œil pendant plus de vingt-quatre heures.

— Oui, répondit Chase.

— Le patron vient de m'appeler à l'instant. Il s'est entretenu longuement avec le chef, expliqua Dawson. Quelqu'un a pris pour cible Lorraine Taylor, la femme de Floride qui doit témoigner au procès de Malone.

Dawson et Chase n'avaient pas travaillé sur l'affaire mais, comme tous les policiers de St Louis, ils s'y intéressaient. Harry Malone était soupçonné d'avoir assassiné trois femmes dans le Missouri. L'une d'elles était la filleule du chef de la police de St Louis. Malone attendait son procès en prison.

— Je ne comprends pas ! s'exclama Chase. Quelqu'un aurait dû veiller sur elle jour et nuit. Son témoignage est capital.

— Je sais, répondit Dawson.

— Elle a été blessée ?

— Non. Elle a eu beaucoup de chance.

Elle était vraiment née sous une bonne étoile, oui. Chase n'avait pas en mémoire tous les détails de l'affaire, mais il se souvenait qu'elle avait miraculeusement réussi à échapper à Malone. Elle avait parlé aux inspecteurs de police des photos des victimes que Malone lui avait montrées. Non seulement il n'avait pas caché qu'il était l'assassin de ces malheureuses, mais il s'en était vanté. Lorraine Taylor avait pu conduire les policiers jusqu'à l'appartement où elle avait été séquestrée. Bien sûr, à ce moment-là, ni Malone ni les photos n'y étaient plus. Mais l'ADN de la jeune femme avait été retrouvé dans l'une des pièces et ses blessures étaient compatibles avec son histoire.

Malone s'était montré prudent. Aucune preuve, aucun indice ne le reliait aux meurtres du Missouri parce qu'il n'y avait pas de cadavres. Pourtant, grâce aux renseignements fournis par Lorraine Taylor, il avait été arrêté et inculpé pour enlèvements et meurtres.

Elle avait sans doute estimé avoir fait son devoir en menant les policiers chez le tueur et pouvoir à présent reprendre le cours de sa vie.

Malheureusement pour elle, elle avait vite compris qu'il n'en serait rien. Six semaines plus tard, alors qu'elle se rendait à pied à son travail, elle avait failli être renversée par un chauffard — un chauffard qui avait évidemment pris la fuite. Plusieurs témoignages attestaient qu'il ne s'agissait pas d'un accident mais d'un acte délibéré. Pourtant, depuis le départ, la police avait veillé à ne pas dévoiler l'identité de Lorraine Taylor. Son nom n'était jamais apparu dans les journaux.

Malheureusement, à l'ère de l'informatique, ces précautions s'étaient avérées inefficaces. Les enquêteurs de Floride comme ceux de St Louis connaissaient l'identité de la jeune femme. Toutes les personnes qui travaillaient au bureau du procureur ou avec le juge avaient également accès au dossier. Malone savait sans doute aussi qui elle était. Son incarcération ne facilitait certes pas la communication avec le monde extérieur, mais il avait malgré tout pu charger des amis d'éliminer ce témoin gênant.

Les policiers s'étaient demandé si l'accident dont Lorraine Taylor avait failli être victime était lié ou non au fait qu'elle devait témoigner contre Malone au procès. Que ce soit le cas ou non, il n'était de toute façon pas question qu'un chauffard prive l'Etat du Missouri d'un témoin qui avait le pouvoir d'envoyer un tueur en série en prison.

Il avait donc été décidé qu'elle séjournerait dans une résidence protégée où elle serait en sécurité. Depuis lors, Chase n'avait plus entendu parler de l'affaire.

Malgré ces mesures de protection, quelqu'un avait donc tiré sur elle, provoquant l'affolement général dans le monde de la police comme dans celui de la justice. Sans Lorraine Taylor, le riche trader new-yorkais risquait d'être innocenté.

Harry Malone n'était pas idiot. Non seulement il n'était jamais passé aux aveux lorsqu'il avait été interrogé par les enquêteurs, mais il avait engagé les meilleurs avocats pour assurer sa défense. Comme il s'était vu refuser une liberté conditionnelle, il avait fait des pieds et des mains pour avancer la date de son procès.

Et, d'après la rumeur publique, il était certain de sortir libre du tribunal.

Etait-il possible qu'il soit moins confiant qu'il voulait le faire croire et qu'il ait voulu se débarrasser de Lorraine Taylor pour se donner une chance supplémentaire de s'en tirer ?

— Le chef veut qu'elle soit transférée à St Louis, reprit Dawson.

Le chef avait toujours envie de tout contrôler et, compte tenu de ses liens personnels avec l'une des victimes, il était sans doute inutile de chercher à l'en dissuader. Cela dit, Chase comprenait sa réaction. L'enjeu était important. Ils avaient vraiment besoin du témoignage de cette femme.

— Il a dit au patron qu'il voulait nous mettre sur le coup, reprit Dawson.

— Pourquoi nous ?

Ils n'étaient pas les inspecteurs les plus expérimentés de St Louis. De plus, depuis qu'il était aux homicides, Chase n'avait pas dû échanger plus de dix mots avec le chef. Faire des ronds de jambe pour progresser dans la hiérarchie n'était pas son genre. D'ailleurs, rien ne disait qu'il travaillerait dans la police sa vie durant. S'il trouvait mieux, il n'hésiterait pas à changer son fusil d'épaule.

— D'après le patron, le chef a trouvé que nous avions fait un boulot formidable dans l'affaire Brodger.

Hamas Brodger, un trafiquant de drogue, avait assassiné trois adolescents sous prétexte qu'ils avaient tenté de le rouler de deux cents dollars.

Un quatrième avait réussi à s'enfuir. Chase et Dawson avaient veillé sur lui pendant six semaines, jour et nuit, comme des nounous. La mission n'avait pas été une partie de plaisir, loin de là. Le gamin refusait de se laver et ne connaissait pas les bonnes manières. Et, plus grave, il avait été incapable de se déconnecter des réseaux sociaux, ce qui avait permis aux complices de Brodger de remonter sa piste. Chase avait ainsi reçu une balle dans la jambe.

Mais au final l'adolescent avait pu témoigner au procès, et Brodger allait passer de nombreuses années au pénitencier.

— Tu aurais dû laisser ces voyous descendre ce gamin, dit Dawson, pince-sans-rire. A cause de lui, nous allons avoir un surcroît de travail.

— Peut-être la prochaine fois, répondit Chase sur le même ton. Mais écoute, je vais sans doute être obligé de prendre un jour ou deux de congé. Une affaire de famille à régler…

— Tes frères vont bien ? demanda Dawson, soudain grave.

— Oui, oui, merci. Mon beau-père vient de mourir.

Dawson lui épargna ses condoléances et autres platitudes habituelles. Il en savait assez sur Brick pour s'en dispenser.

— Puis-je t'aider en quoi que ce soit ?

— Je dois juste m'occuper de mettre en vente la

maison familiale. Le chef ne nous attend pas tout de suite, n'est-ce pas ?

— Il a dit que demain serait parfait. Lorraine Taylor sera alors arrivée. Entre nous, je me demande ce que nous allons bien pouvoir faire d'elle…

Raney Taylor avait l'impression que le cauchemar qui avait commencé le soir où Harry Malone était entré à Next Steps et lui avait proposé son aide n'en finirait jamais.

N'était-il pas suffisant qu'elle soit obligée de témoigner à un procès et de revivre à cette occasion chaque horrible moment des cinquante-quatre heures qu'elle avait passées avec lui ? Pourtant, même si cette épreuve s'annonçait douloureuse, elle ne s'y déroberait pas, elle ferait son devoir. Il fallait mettre cet homme hors d'état de nuire.

Une fois que son ravisseur avait été incarcéré, elle s'était imaginé qu'elle ne courait plus aucun danger. Elle était retournée travailler, refusant d'écouter ses collègues qui lui conseillaient de prendre une semaine ou deux de congé. Elle espérait seulement être un jour capable de faire de nouveau confiance à quelqu'un. Et, au fond, elle était sûre d'y parvenir.

Mais quand un 4x4 avait essayé de l'écraser, non loin de chez elle, elle avait compris que les choses seraient plus difficiles que prévu.

Les policiers lui avaient alors promis de veiller sur elle.

« Ne vous inquiétez pas, lui avaient-ils dit en lui tendant les clés d'une petite maison dans la banlieue de Miami. Il s'agit d'une résidence protégée. Nous y logeons en permanence des témoins. Rien ne leur est jamais arrivé. Vous serez en sécurité. »

Malgré cet optimisme, la veille au soir — et moins de dix jours après son emménagement dans cet endroit prétendument « ultra-sécurisé » —, quelqu'un l'avait prise pour cible alors qu'elle sortait la poubelle sur le trottoir.

Si elle ne s'était pas baissée opportunément pour ramasser un mouchoir tombé de sa poche, elle serait morte, à l'heure qu'il est.

Dès l'alerte donnée, elle avait appris qu'elle allait être transférée ailleurs. Elle s'y attendait, mais elle n'avait pas imaginé devoir plier bagage sur-le-champ pour embarquer dans le premier avion en partance pour St Louis.

Elle avait toujours su que, tôt ou tard, il lui faudrait se rendre dans cette ville. Non seulement le procès de Harry Malone s'y tiendrait le mois prochain, mais les trois autres victimes du tueur étaient toutes originaires du Missouri.

Bien qu'elle n'ait jamais rencontré ces malheureuses, elle les *connaissait* pour avoir partagé la même terreur, les mêmes souffrances. Après avoir réussi à échapper à ce monstre, elle n'avait pu s'empêcher de lire les journaux, de chercher les détails de leur existence. Elle avait eu envie de voir ces femmes lorsqu'elles étaient vivantes, d'apprendre quel métier elles avaient exercé, où elles avaient habité, qui elles avaient aimé. Elle avait éprouvé le besoin de remplacer les horribles images qu'elle avait gardées en mémoire par d'autres, plus heureuses.

Maintenant, elle avait peur de se retrouver dans la même ville que Malone. En lui faisant confiance, elle avait commis une terrible erreur ; elle avait failli le payer de sa vie.

Elle se frotta les côtes. Il lui en avait brisé trois d'un violent coup de pied après l'avoir jetée sur le sol de son appartement. Le médecin lui avait dit que les fractures se résorberaient rapidement, mais qu'il lui faudrait plusieurs mois pour guérir de ses meurtrissures. Chaque nuit, lorsqu'elle roulait sur elle-même dans son sommeil, la douleur la réveillait.

De toute façon, elle ne dormait plus beaucoup.

Le plus difficile pour elle avait été de renoncer à son travail de conseillère d'orientation. Elle adorait son métier.

Ses clients, issus pour la plupart de milieux défavorisés, avaient envie de travailler mais, pour une raison ou pour une autre, ils avaient du mal à trouver un emploi et à le garder. Elle les aidait à mieux cerner leurs envies, leurs aptitudes et leur personnalité pour leur permettre de se former et de s'insérer dans un projet professionnel viable. Elle s'investissait complètement dans ses fonctions, les accompagnant sur tous les plans, apprenant à certains à s'habiller, à d'autres à développer leur sens de l'organisation ou encore à gérer les conflits.

Chaque fois que l'un de ses protégés revenait la voir en brandissant son premier bulletin de salaire, elle était contente. S'il occupait toujours son poste trois mois après avoir été embauché, elle était aux anges. Et lorsqu'il fêtait sa première année dans une entreprise, elle se sentait euphorique.

Aider les autres était sa raison de vivre, et Harry Malone lui avait volé ce bonheur. Ainsi que beaucoup d'autres choses.

Elle sursauta quand un petit coup fut frappé à sa porte.

— Etes-vous prête, mademoiselle Taylor ? demanda l'officier de police.

Luis l'escortait depuis le premier jour de sa « mise en résidence protégée ». Non seulement il jouait les gardes du corps avec sérieux, mais il se montrait toujours extrêmement poli.

— Je ne comprends vraiment pas pourquoi je dois me rendre à St Louis, répéta-t-elle pour la vingtième fois. Miami est une grande ville, et je suis sûre que vous y avez d'autres résidences protégées.

Il haussa les épaules.

— Tout ce que je sais, c'est que vous devez embarquer sur le vol de 9 h 16 pour St Louis. Peut-être aurez-vous moins chaud là-bas.

En cette fin septembre, les températures étaient encore caniculaires, à Miami. Cela dit, elle n'était pas beaucoup sortie ces derniers temps.

— Très bien. Alors finissons-en, dit-elle.

Chase retrouva Dawson devant le siège de la police et tous deux entrèrent dans l'ascenseur en silence.

— Comment va Mary ? demanda Chase comme ils arrivaient au dernier étage.

— Elle a l'impression que ses chevilles ont triplé de volume et que quelqu'un lui envoie en permanence des coups de couteau dans le dos.

— Dur ! Veux-tu rester quelques jours chez moi ?

Dawson secoua la tête.

— Non, bien sûr que non. Mary a besoin d'être entourée, soutenue. Et dès que notre princesse sera née, nous oublierons ces petits désagréments, j'en suis sûr.

Chase poussa la lourde porte menant aux bureaux de leurs supérieurs.

— Je n'aime pas venir ici, murmura-t-il.

— Alors cesse de faire des trucs fous qui attirent l'attention de nos chefs.

— Je n'ai rien fait de fou !

— Il y a cinq semaines, tu as pris une balle dans la cuisse et, malgré tout, tu es parvenu à riposter et à protéger le gamin dont tu étais chargé. Tu t'es rétabli plus vite que prévu, tu as supplié le médecin de t'autoriser à quitter l'hôpital et à reprendre ton travail. Et le premier jour, alors que tu venais au commissariat, tu n'as pas hésité à entrer dans une voiture en flammes pour en tirer le conducteur, qui aurait grillé vif sans ça. Bien sûr, tes exploits ont été filmés par des téléphones portables, et les images ont été projetées aux JT. Maintenant, tu es considéré comme un héros national… Et tu n'avais même pas pointé, ce jour-là, ajouta Dawson avec un soupir exaspéré.

Le matin en question, tous deux se hâtaient vers le poste de police lorsqu'ils avaient été témoins de l'accident. Chase avait à peine sorti le premier type de sa voiture que la seconde explosait, piégeant le jeune conducteur à l'intérieur.

— Tu n'aurais pas laissé mourir ce gamin non plus, répliqua Chase.

Dawson sourit à la réceptionniste.

— Nous sommes les inspecteurs Roy et Hollister, et nous avons rendez-vous avec le chef Bates.

Lorsqu'elle décrocha son téléphone, il se tourna vers Chase.

— Je n'aurais pas voulu qu'il meure, répondit-il avec gravité. Mais je ne suis pas sûr que j'aurais eu le courage de faire ce que tu as fait. Tu devais quand même bien être conscient que tu allais peut-être y laisser ta jambe.

Chase avait envisagé cette éventualité, oui, puis refusé d'y penser. Ces deux jeunes gars devaient vivre, le reste importait peu.

Le chef ne les fit pas attendre. Agé d'une soixantaine d'années, il était grand, large d'épaules, et doté d'une poignée de main énergique.

Il salua Dawson.

— Heureux de vous voir, inspecteur Roy.

Il se tourna vers Chase.

— Comment va votre jambe, inspecteur Hollister ?

— Ça va, merci.

— J'ai lu le récit de vos exploits dans la presse, l'autre jour. Du bon travail.

Dawson, qui se trouvait derrière leur supérieur, leva les yeux au ciel. Chase l'ignora.

— Asseyez-vous, je vous en prie, poursuivit le chef en leur désignant des chaises devant son bureau. Vous connaissez la situation, n'est-ce pas ?

Chase opina.

— Lorraine Taylor a de nouveau été prise pour cible.

— Exactement. Malone est un homme puissant, nanti de ressources considérables. Il est possible qu'il ait organisé cette tentative de meurtre avec un acolyte avant que la police de Floride l'arrête. Mais il n'est pas exclu qu'il l'ait commanditée depuis sa prison…

Il n'insista pas. Les policiers intègres détestaient reconnaître qu'il y avait des ripoux dans leurs rangs, mais c'était un fait. Certains gardiens se faisaient graisser la patte pour transmettre des informations à l'extérieur. Il était également fréquent que des visiteurs servent d'intermédiaires.

Chase se pencha en avant.

— Malone pourrait-il avoir un complice ? Quelqu'un qui connaîtrait Lorraine Taylor ? Il fallait l'avoir rencontrée, pour la prendre pour cible. Elle n'a pas été victime d'un accident. Peut-être avait-elle été repérée depuis longtemps… Quand Malone a été arrêté, son acolyte serait alors passé à l'action.

— C'est possible, mais Taylor n'a vu personne d'autre quand elle était séquestrée chez Malone. Et elle ne l'a jamais entendu faire la moindre allusion à un tiers.

Malone était intelligent, tout le monde s'accordait à le dire. Il avait réussi à tuer trois femmes et à faire disparaître leurs cadavres.

Le chef soupira.

— Il n'est pas exclu non plus que nous ayons affaire à un malade qui serait parvenu, je ne sais comment, à découvrir l'identité de Taylor et qui aurait décidé de finir ce que Malone avait commencé.

Chase hocha la tête.

— En définitive, notre seule certitude est la nécessité de protéger la vie de Lorraine Taylor pour qu'elle puisse témoigner au procès de Malone.

— Il est très important qu'elle reste en vie, mais aussi qu'elle soit en confiance, corrigea le chef. Je finis par craindre qu'elle n'ose plus témoigner par peur de s'exposer au danger. Nous avons besoin qu'elle se sente rassurée, détendue, dit-il avant d'ajouter avec une petite grimace : Si tant est qu'on puisse l'être au procès d'un assassin…

— En quoi pouvons-nous nous rendre utiles ? demanda Dawson.

Le chef consulta sa montre.

— L'avion de Lorraine Taylor va atterrir dans quarante-cinq minutes, et personne ne m'a proposé quoi que ce soit qui me satisfasse.

Chase glissa un regard de biais à Dawson. Il y avait bon nombre de résidences protégées en ville et dans les environs. Il en connaissait certaines ; leur chef en connaissait sans doute d'autres.

— Sa présence a été repérée à Miami, reprit le chef Bates, et je ne veux pas qu'il se produise la même chose ici. Elle n'est déjà pas très contente de venir dans la ville où Malone est incarcéré… Je me demandais si je n'allais pas l'installer en périphérie, peut-être à Springfield.

Chase devinait l'inquiétude de Dawson. Son coéquipier n'avait certainement aucune envie d'être à des heures de route de sa femme alors qu'elle pouvait accoucher d'un jour à l'autre. Il attendit de voir si Dawson allait répondre quelque chose, mais celui-ci resta silencieux. Chase comprit pourquoi. Refuser une mission que le chef en personne vous confiait serait suicidaire, professionnellement parlant.

Il se pencha en avant. Il allait regretter ce qu'il s'apprêtait à dire, il le savait.

— Mes frères et moi possédons une maison à Ravesville. Elle est inoccupée pour le moment. Elle se trouve en dehors de la ville, et nous n'avons pas beaucoup de voisins. Brick, euh… mon beau-père vient de mourir.

Le regard du chef s'éclaira.

— Vous avez grandi là-bas ?

Chase hocha la tête.

— Quand en êtes-vous parti ?

Il était parti le jour où Calvin avait eu dix-huit ans, le jour où ses frères et lui avaient été enfin tous majeurs. Il avait alors vingt et un ans.

— Il y a treize ans, chef. Je n'y suis retourné qu'une fois, il y a huit ans.

Le chef réfléchit un instant avant de planter son regard dans celui de Chase.

— C'est parfait. Nous allons inscrire dans votre dossier que vous êtes actuellement en congé, pour raisons personnelles. Si quelqu'un vous interroge, ajouta-t-il à l'adresse de Dawson, vous direz que l'inspecteur Hollister est retenu loin de St Louis pour régler des affaires familiales. Mis à part vous et moi, personne ne doit savoir la vérité.

Il se tourna alors vers Chase.

— Félicitations, inspecteur Hollister. Vous venez de vous marier. Lorraine Taylor va se faire passer pour votre légitime épouse.

# 2

Dès que l'avion atterrit, Luis entraîna Raney hors de l'aéroport. Elle souffrait d'une épouvantable migraine, et la chaleur ambiante n'arrangeait rien.

— Je croyais qu'il faisait plus frais dans le Missouri qu'en Floride ! s'exclama-t-elle.

Occupé à lire ses SMS sur son téléphone portable, Luis ne répondit pas. Quand il leva enfin le nez, ce fut pour héler un taxi.

— Où allons-nous ? demanda-t-elle.

— Je n'en sais rien, dit-il d'un ton irrité. Mon contact m'a juste transmis une adresse.

— Voilà qui me semble particulièrement rassurant, remarqua-t-elle avec ironie.

La sueur perlait sur son front et le soleil brûlant lui donnait des nausées.

— Ils auraient quand même pu nous envoyer une voiture, non ? ajouta-t-elle.

De nouveau, Luis ne répondit pas, ce qui la surprit. En Floride, il s'était toujours montré extrêmement poli, prévenant, et bavard comme une pie. Dans l'avion, il était devenu silencieux et, à présent, il paraissait nerveux. Ses changements de comportement incompréhensibles la désarçonnaient.

Le taxi roula une bonne demi-heure avant de s'engager

dans une petite rue et de s'arrêter derrière une camionnette. Les portières arrière étaient ouvertes, et un livreur empilait des boîtes en carton sur un diable.

Raney avait l'impression d'être, elle aussi, un paquet. Comme un colis, elle avait été envoyée à l'autre bout du pays pour être confiée à quelqu'un d'autre. Elle serait déposée dans un coin et y resterait jusqu'à la date du procès.

Elle regarda l'enseigne du magasin que l'homme livrait. Il s'agissait d'une boutique de yaourts glacés. Voilà qui était prometteur.

— C'est ici ?

Luis ne répondit pas. Il inspectait attentivement les alentours. Comme ils descendaient du taxi, un grand blond d'une soixantaine d'années, bâti comme une armoire à glace, vint à leur rencontre.

Il la salua d'un bref signe de tête et serra la main de Luis. Ce dernier se chargea des présentations.

— Le chef de la police Bates va prendre le relais. Vous êtes désormais sous sa responsabilité.

— Formidable.

— Bienvenue à St Louis ! s'exclama Bates. Merci, officier Vincenze.

Luis opina avant de reporter son attention sur elle.

— Bonne chance, mademoiselle, dit-il avant de s'éloigner.

Il remonta dans le taxi à bord duquel ils étaient arrivés. Le chef Bates attendit que la voiture disparaisse au coin de la rue pour se pencher vers elle.

— Soyez assurée que vous serez en parfaite sécurité avec nous. Mais, avant toute chose, nous avons deux ou trois petits détails à régler.

— Quels petits détails ?

— Je répondrai à toutes vos questions. Mais plus tard.

Ils passèrent devant le magasin de yaourts glacés, tournèrent au coin de la rue, remontèrent jusqu'à un carrefour. Après quelques détours, Bates s'arrêta enfin devant une boutique.

Il en poussa la porte et l'invita à entrer dans ce qui se révéla être un petit salon de coiffure. Mais les lumières étaient éteintes, et il n'y avait pas de clientes. Uniquement une femme debout près des bacs à shampooing.

— Bonjour, Marvin, dit-elle.

— Mademoiselle Taylor, je vous présente ma sœur, Sandy. Je te la confie, ajouta-t-il à l'intention de cette dernière.

La dénommée Sandy fit asseoir Raney, de plus en plus perplexe, devant un grand miroir.

Deux heures plus tard, Raney considéra son reflet avec étonnement. Ses cheveux bruns, qu'elle portait depuis toujours aux épaules, avaient été coupés et teints en blond platine. Une fois raccourcis, ils bouclaient naturellement et leur nouvelle blondeur donnait un éclat extraordinaire à ses yeux bleus. Avec cette coiffure, elle se sentait autre, plus belle, plus assurée, plus légère. Elle se regarda longuement, ravie de sa métamorphose.

— Mission accomplie ! conclut Sandy.

C'était les premiers mots qu'elle prononçait depuis qu'elle lui avait expliqué qu'elle allait éclaircir et couper sa chevelure. Sandy était manifestement la reine de la formule lapidaire.

Le chef de la police, qui avait patienté assis dans un fauteuil, se leva et consulta sa montre.

— Parfait. Les autres ne devraient plus tarder.

En voyant trois hommes s'arrêter devant la vitrine du salon, Raney comprit qu'il s'agissait des « autres ». L'un d'eux, âgé d'une cinquantaine d'années, portait un appareil photo au cou et une grande housse de pressing dans les bras. Le deuxième, un Afro-Américain, était vêtu d'un élégant costume gris. Quant au troisième, il était en smoking et tenait une petite valise à la main. Grand et brun, il lui parut très séduisant.

Si Sandy avait prévu de lui couper les cheveux, à lui aussi, elle n'aurait pas grand-chose à faire. Il avait une coupe quasi militaire qui mettait en valeur la beauté de son visage.

Le chef leur ouvrit la porte et la referma soigneusement derrière eux. Le salon parut soudain rempli de testostérone. Raney, qui était toujours assise dans son fauteuil, se sentit désavantagée.

Elle voulut se lever, mais le talon de sa sandale se coinça sous son siège et elle bascula en avant.

Le beau brun en smoking la rattrapa au vol, avant qu'elle ne s'étale de tout son long sur le sol, et la remit d'aplomb avec douceur.

Il sentait bon, remarqua-t-elle. Cette odeur lui fit penser à une forêt tropicale après la pluie.

— Ça va ? demanda-t-il d'une voix rauque, sexy.

Il était hâlé, et ses yeux avaient une teinte originale d'ambre brun.

— Oui, oui, merci.

*Qui est cet homme ?*

— Mademoiselle Taylor, dit le chef Bates, vous allez vous changer.

*Ah bon ?*

Le quinquagénaire avec l'appareil photo lui tendit la grande housse. Elle la prit machinalement et fut surprise par son poids.

Mais, quand Sandy lui désigna une porte, elle refusa de bouger.

— Maintenant, ça suffit ! J'en ai assez d'être traitée comme un paquet. Vous croyez peut-être que quelqu'un m'a expliqué ce qui se passait, mais personne n'en a trouvé — ou pris — le temps. Et tant que je n'aurai pas compris le pourquoi du comment, il n'est pas question que je fasse quoi que ce soit.

Le Noir regarda le chef Bates comme s'il craignait de le voir exploser de colère tandis que le beau brun en smoking l'observait, elle, d'un air appréciateur.

— Bien sûr, bien sûr, répondit le chef d'un ton apaisant. Je suis désolé de ne pas l'avoir fait plus tôt, mais je tenais avant tout à vous mettre en sécurité. Laissez-moi vous présenter l'officier Henderson. Il travaille dans la police comme photographe. Et voici l'inspecteur de police Roy et son coéquipier, l'inspecteur Hollister.

— D'accord, merci, fit-elle. Maintenant, expliquez-moi pourquoi je dois changer de vêtements. J'ai empaqueté quelques affaires ; j'ai donc tout ce qu'il me faut, ajouta-t-elle en désignant sa valise du doigt.

— Cette housse contient une robe de mariée, poursuivit Bates. Vous devez la passer puis l'officier Henderson prendra plusieurs photos de vous au bras de l'inspecteur Hollister. Des photos de mariage. La date qui apparaîtra sur les clichés a été trafiquée afin que si quelqu'un s'intéresse au sujet tout lui prouve que la cérémonie a eu lieu il y a quelques semaines, le 15 août dernier, pour être précis. Bien entendu, nous avons pris soin d'inscrire cette union dans les registres à cette même date. Sous un autre nom, évidemment.

Lorraine sentit son visage s'empourprer. Que signifiait cette mascarade ? Cet homme en smoking ? Cette robe de mariée ? Ce mariage inscrit dans les registres ?

— Il n'en est pas question ! répliqua-t-elle. Je n'ai aucune envie de me marier.

Elle avait déjà convolé en justes noces, mais les choses ne s'étaient pas bien passées et le mariage s'était conclu par un divorce. La vie conjugale n'avait pas été ce qu'elle avait espéré.

Le chef Bates fronça les sourcils. Manifestement, il n'avait pas l'habitude que l'on discute ses ordres.

L'inspecteur Roy intervint.

— Bien sûr que non, dit-il. Rassurez-vous, il ne s'agit que d'une couverture, et elle est évidemment provisoire. Pour vous protéger jusqu'au procès de Malone, vous allez faire semblant d'être la femme de l'inspecteur Hollister. Vous vous installerez dans la maison familiale de Chase. Elle se trouve à la campagne, à deux heures de route de St Louis.

Raney eut l'impression d'être prise de vertige. Elle se tourna vers l'homme en smoking.

— Nous allons donc nous marier… Ou plutôt, nous le sommes déjà puisque notre mariage a été célébré le 15 août dernier, ajouta-t-elle bêtement.

— Voilà, fit-il.

— Et nous vivrons chez vos parents ?

Il secoua la tête.

— Non, ils sont morts. La maison est vide.

Elle se massa les tempes.

— Et comment vais-je m'appeler ?

Le chef Bates s'avança.

— Dans ce genre de situation, mieux vaut, lorsque c'est possible, garder le même prénom pour éviter des risques de confusion, d'erreur. En cas d'urgence, vous réagirez mieux. Quand nous avons inscrit votre mariage dans les registres du Missouri, nous avons choisi Smith pour votre nom de jeune fille. Smith est un patronyme assez commun qui conviendra très bien. Et, bien entendu, puisque vous êtes désormais mariée, vous serez Lorraine Hollister pendant la durée de cette mission.

— Quelque part dans le Missouri, dit-elle.

— Oui, madame, confirma le chef Bates.

Elle serra la housse contenant la robe de mariée contre elle.

— Je jure devant Dieu que si je recroise Harry Malone je le tuerai de mes propres mains !

La nouvelle coupe de cheveux de Lorraine Taylor et surtout leur nouvelle couleur déstabilisaient complètement Chase. Blonde, elle n'avait plus rien à voir avec la photo qu'il avait étudiée en route. Sa métamorphose était spectaculaire.

Sur le cliché, elle avait des cheveux bruns et ternes qui lui tombaient aux épaules, un visage pâle et des yeux cernés. La photo avait été prise lors de son premier interrogatoire par la police de Miami, alors qu'elle venait d'échapper à Malone.

Aujourd'hui, elle était belle à tomber par terre. Ses cheveux blonds et bouclés lui allaient à ravir, sa peau rayonnait, ses yeux bleus pétillaient. Elle ferait une très jolie mariée.

Quand le chef Bates leur avait exposé son plan, Chase et Dawson avaient dû passer à l'action sans perdre de temps. Tandis que Bates sautait dans un taxi pour aller prendre en charge Lorraine Taylor, Chase était rentré chez lui faire sa valise avant d'aller louer un smoking pour la séance de photos. Il avait ensuite retrouvé Dawson au poste et tous deux étaient passés prendre Gavin Henderson chez lui, où le chef l'avait envoyé récupérer la robe de mariée de sa fille. Tous, y compris Bates, avaient assisté à la noce deux mois plus tôt.

Au moment où tous trois montaient en voiture, Dawson avait glissé à l'oreille de Chase :

— Merci, vieux. Je sais pourquoi tu as proposé au chef la maison de Ravesville. Et j'apprécie le geste.

— De rien, avait répondu Chase.

Il mentait. L'idée de retourner dans sa ville natale lui faisait horreur.

— Tu vas devoir jouer les jeunes mariés, avait insisté Dawson. Ça ne te pose pas de problème ?

Dawson savait qu'il n'avait aucune envie de convoler. Etant marié et en adoration devant son épouse, son coéquipier ne cessait de l'encourager à sauter le pas à son tour, à s'engager, mais il ne voulait pas en entendre parler. Depuis quelque temps, il ne lui racontait même plus ses histoires avec ses copines du moment car, chaque fois, Dawson l'imaginait leur passant la bague au doigt.

Et, bien sûr, il craignait à présent de le voir finir dans la peau d'un moine.

— Tu ne rajeunis pas, lui répétait-il à la moindre occasion. Marie-toi pendant que tu es encore dans la force de l'âge. Bientôt, aucune fille ne voudra plus de toi.

La force de l'âge… Chase n'allait sûrement pas lui avouer que sa jambe le faisait souffrir comme s'il était un vieillard de quatre-vingt-dix ans perclus de rhumatismes.

Le mois à venir n'allait pas être drôle, mais il était décidé à faire contre mauvaise fortune, bon cœur. Il était certain que Lorraine Taylor réagirait de la même façon. Lorsqu'elle avait prononcé le mot « Missouri », il avait senti que, pour elle, il n'y avait pas pire endroit au monde. Et quand elle s'était retirée pour aller passer la robe de mariée, elle n'avait pas claqué la porte, malgré son envie manifeste de le faire.

Quoi qu'il en soit, même s'il détestait l'idée, il devait reconnaître que le plan du chef Bates était loin d'être mauvais. Personne ne s'interrogerait sur sa présence dans cette maison. Après tout, ses frères et lui y avaient vécu de nombreuses années et, comme Brick venait de mourir, les habitants du village s'attendaient forcément à ce que l'un des membres de la famille revienne à Ravesville pour s'occuper de la propriété.

Dès la fin de la séance de photos, Dawson allait télécharger des clichés du mariage sur les réseaux sociaux et sur plusieurs sites de médias, raconter à droite à gauche qu'il avait dernièrement été témoin aux noces de Chase et de sa ravissante épouse. Ainsi, si quelqu'un menait une petite enquête sur Chase Hollister, il tomberait obligatoirement sur son mariage. Le chef Bates avait recommandé à Dawson de poser un portrait du jeune couple sur son bureau, au poste de police, et de servir la même fable à tous les collègues qui l'interrogeraient. Une fois le procès terminé, Chase pourrait rétablir la vérité.

Finalement, tout le monde y trouvait son compte. Chase serait là pour veiller sur Lorraine et, dans le même temps, il aurait la possibilité de préparer la maison familiale à être mise en vente. L'Etat du Missouri, quant à lui, aurait l'assurance que son principal témoin au procès de l'année serait en sécurité. Il suffisait que Lorraine et lui jouent leur rôle avec conviction.

La porte s'ouvrit et, dans un bruissement de soie et de dentelle, Lorraine apparut, vêtue de la robe de mariée. Elle rougit.

— J'ai besoin d'aide avec la fermeture Eclair, dit-elle.

Aucun des hommes ne bougea. Chase avait cessé de respirer.

Finalement, Sandy lui prêta main-forte, et Chase entendit le léger bruit du zip.

Lorraine était ravissante, constata-t-il, la gorge sèche.

Une fois bien fermée, la robe moulait ses courbes à la perfection, et le décolleté laissait deviner une poitrine généreuse, des seins rebondis, que personne n'aurait pu deviner sous son T-shirt.

Dawson le regardait fixement d'un air interrogateur, mais il l'ignora.

— Finissons-en, ordonna le chef Bates.

Il alla ramasser un sac en plastique posé dans un coin et leur prouva qu'il n'avait pas perdu son temps en attendant que l'avion de Lorraine atterrisse. Il en tira d'abord un bouquet de roses blanches, enveloppé d'une fine feuille de plastique. Chase reconnut le type de bouquet que vendaient tous les supermarchés. Le chef le tendit à Lorraine mais elle ne le prit pas, se contentant de le regarder.

— Attendez…, fit Sandy.

Elle sortit d'un tiroir une paire de ciseaux, coupa l'emballage et arrangea le bouquet pour le rendre plus présentable.

Le second article qu'avait acheté le chef Bates était un gâteau d'anniversaire. Orné de ballons roses et jaunes en sucre.

— Ils n'avaient rien d'autre, grommela-t-il d'un ton d'excuse.

Chase vit un petit sourire passer sur les lèvres de Lorraine.

— Ça ira, assura Gavin. J'en fais mon affaire. Je retoucherai la photo pour en faire une pièce montée, plus appropriée. Chase et Lorraine, j'aimerais que vous vous mettiez tous les deux devant ce mur.

Chase se rendit à l'endroit que lui désignait Gavin. Après un instant d'hésitation, Lorraine l'imita. Si près d'elle, il se rendit compte qu'il la dépassait d'une bonne tête, ce qui lui donnait une vue imprenable sur son décolleté.

Il sentit une étrange chaleur l'envahir.

Redressant les épaules, il regarda Gavin qui avait sorti son appareil. Mais, très vite, le photographe leva les yeux de l'objectif et lança d'un ton irrité :

— Grâce à Photoshop, je pourrai ajouter une église

en arrière-plan, une foule d'amis autour de vous... Mais c'est à vous d'avoir l'air heureux. Aidez-moi un peu ! N'oubliez pas que c'est le plus beau jour de votre vie !

Chase s'humecta les lèvres et prit une profonde inspiration. Enlaçant les épaules de Lorraine, il se pencha vers elle et lui décocha son plus beau sourire.

Il pensait qu'elle allait l'envoyer au diable mais après l'avoir longuement regardé, les yeux dans les yeux, elle lui rendit son sourire.

Pendant un quart d'heure, Lorraine et lui jouèrent le jeu. Gavin les mitrailla dans toutes les positions, face à face, enlacés, dansant un rock endiablé, partageant la même part de gâteau...

Clic, clac, clic, clac !

Finalement, il demanda à Chase de sortir du champ et à Lorraine de se tourner vers une foule imaginaire.

— Faites semblant de jeter votre bouquet, dit-il.

Elle s'exécuta et il la photographia sous tous les angles.

— Merci, une dernière et c'est bon, dit-il enfin.

Lorraine lança alors réellement le bouquet en l'air. Sans réfléchir, Chase se précipita pour le rattraper. Quand elle s'en aperçut, ses yeux bleus pétillèrent de malice.

— Félicitations, inspecteur ! s'exclama-t-elle. Vous allez sans doute vous marier pour de vrai dans un avenir proche.

Chase laissa tomber les fleurs par terre. Tout le monde les regardait.

Gavin s'éclaircit la voix.

— Bon, finissons-en avec le baiser traditionnel des jeunes mariés.

Chase sentit s'accélérer les battements de son cœur, et regarda Lorraine. Soudain, il n'avait plus l'impression d'être un animal de cirque, mais un poisson hors de l'eau.

— Prête ? demanda-t-il.

— Prête, murmura-t-elle.

Il l'enlaça et se pencha vers elle, déterminé à se contenter de lui effleurer les lèvres.

— Montrez que vous aimez vous embrasser, recommanda Gavin.

Quand elle entrouvrit les lèvres, Chase se surprit à l'embrasser vraiment. Sa bouche était chaude, elle avait le goût du gâteau au chocolat. Voilà longtemps qu'un baiser ne l'avait pas mis à genoux !

Il se reprit. Pas question de laisser voir son trouble à Dawson !

— Ce sera tout ? demanda-t-il, veillant à s'exprimer d'un ton nonchalant.

Il fit mine de ne pas entendre le faible gémissement de Lorraine.

— Il ne faut pas tarder à prendre la route, ajouta-t-il. J'aimerais arriver à Ravesville avant la nuit.

Indéniablement, l'inspecteur Hollister savait embrasser. Ses lèvres étaient chaudes, son souffle léger, et ses mains douces et assurées lorsqu'elles avaient encerclé son visage. Raney avait eu l'impression d'une décharge électrique traversant son corps, la laissant pantelante.

Voilà longtemps qu'elle ne s'était pas sentie aussi vivante.

Elle avait eu la bêtise de croire que ce baiser l'avait bouleversé autant qu'elle mais, bien sûr, il n'en était rien. Elle se félicitait qu'il lui ait montré qu'il se moquait de cette brève étreinte, parce qu'elle avait été à deux doigts de se ridiculiser en s'effondrant dans ses bras.

Le nommé Henderson aurait pu ainsi faire la photo du siècle !

Ils n'auraient plus l'occasion de s'embrasser, et Chase ne s'en plaindrait sans doute pas. Bien qu'il ait joué son rôle de jeune marié avec conviction, elle devinait que se prêter à cette comédie ne l'avait pas vraiment amusé.

A la fin de la séance de photos, il avait troqué son smoking contre un jean et un T-shirt. En tenue décontractée, il était encore plus sexy.

Son comportement ne correspondait cependant pas à son physique de jeune premier.

Il se montrait poli, mais elle avait perçu son agacement lorsqu'ils avaient été obligés de perdre une demi-heure supplémentaire dans le salon de coiffure, le temps pour le photographe d'aller chercher un permis de conduire au nom de Lorraine Hollister. Pour passer le temps, elle avait feuilleté des magazines pendant que lui jouait avec son smartphone.

Quand Henderson était revenu avec le précieux document, ce dernier ressemblait tellement à un vrai qu'elle s'était demandé si Bates n'avait pas chargé le service qui les fabriquait d'en faire un authentique avec un faux nom.

Elle regarda la photo de son permis. Qui était cette blonde ?

La nouvelle Raney…

Elle le glissa dans son sac et ils s'en allèrent sans plus tarder.

Avant de les laisser partir, Bates leur avait recommandé de se tutoyer pour être crédibles en jeunes mariés et de commencer tout de suite afin de le faire avec naturel.

Une fois sorti du salon de coiffure, Chase avait continué à jouer les garçons bien élevés. Il avait porté sa valise, lui avait ouvert sa portière, puis attendu qu'elle soit assise et ait bouclé sa ceinture avant de s'installer au volant.

— La température te convient-elle ? avait-il demandé après quelques instants.

Après cela, il n'avait plus dit un mot.

Si le silence lui convenait, à lui, il ne l'aidait pas, elle, à se préparer à sa nouvelle existence.

— J'imagine que la situation t'est aussi désagréable qu'à moi, dit-elle finalement.

Il haussa les épaules, sans quitter la route des yeux.

— J'ai pour mission de veiller sur toi et sur ta sécurité pendant un mois. Et je m'en acquitterai, répondit-il avec assurance.

— Y a-t-il quelque chose de prévu pour notre arrivée à Ravesville ? Dois-je me préparer à une grande réception de mariage ? demanda-t-elle, tentant de plaisanter.

Il se tourna vers elle.

— As-tu déjà vécu dans une petite ville de province ?

— Jamais. J'ai passé une grande partie de ma vie à Manhattan, l'autre à Miami.

Il reporta son attention sur la route.

— Alors je vais t'expliquer comment les choses se passent dans les villages. En arrivant, nous allons nous arrêter dans le restaurant du coin pour dîner. Je ne suis pas sûr qu'il porte le même nom qu'autrefois mais, depuis toujours, il y a une brasserie à Ravesville, à l'angle de la rue principale et de la voie express. Je suis certain qu'elle est toujours là. Sans avoir l'air d'y attacher d'importance, je glisserai mon nom à la serveuse et lui expliquerai que je suis revenu au pays pour vendre la maison familiale et que je suis accompagné de ma jeune épouse. Avant que j'aie demandé l'addition, l'histoire aura fait le tour de la moitié du village et, demain matin, tous les habitants de Ravesville seront au courant.

— Fascinant…

— Après cela, Lorraine, j'espère que tu passeras le plus clair de ton temps dans la maison, où il me sera plus facile d'assurer ta protection.

— Raney, dit-elle. Je m'appelle Raney, pas Lorraine. Lorraine est mon deuxième prénom.

Il parut y réfléchir.

— Harry Malone te connaissait sous quel nom ?

— Il m'appelait Lorraine, le prénom écrit sur mon badge. J'utilisais mon deuxième prénom pour éviter les confusions, car il y avait une autre Raney. Et comme il n'était venu à Next Steps qu'une fois ou deux avant de… auparavant, il n'a sans doute jamais entendu quiconque s'adresser à moi autrement.

Chase resta un moment silencieux avant de se tourner vers elle.

— Alors, va pour Raney.

Elle fut soulagée qu'il ne lui demande pas les détails de ce qu'elle avait subi avec Harry Malone. Même si elle avait dû raconter son histoire plusieurs fois, elle détestait en parler. Repoussant ces horribles souvenirs, elle ferma les yeux et se concentra sur la façon dont Chase avait prononcé son nom.

*Raney.*

Comme s'il la connaissait. Ce qui n'était bien sûr pas le cas. Pas plus qu'elle ne le connaissait, lui. Il faisait son travail, voilà tout.

Et comme quelqu'un avait tenté à deux reprises de la tuer, elle espérait qu'il était bon dans sa partie. Il semblait confiant en lui disant qu'il veillerait sur elle, qu'il la protégerait.

— Depuis combien de temps travailles-tu dans la police ? demanda-t-elle.

— La plupart du temps, quand les gens me posent cette question, ils veulent savoir en réalité depuis combien de temps je suis inspecteur de police. Je travaille dans la police depuis treize ans, mais je ne suis inspecteur que depuis cinq ans. Et, depuis cinq ans, je suis aux homicides.

— Mais as-tu déjà été chargé de la protection des témoins ? insista-t-elle.

— Absolument. Ne t'inquiète pas, je sais ce que je fais.

Elle sentit qu'elle l'avait blessé.

— Je suis désolée, dit-elle. Je ne voulais avoir l'air de… C'est juste que…

— Je sais, répondit-il avec douceur.

— Et donc, tu vis à St Louis ?

— Oui.

Après cela, ils roulèrent un long moment sans rien dire. Le silence qui régnait dans le 4x4 finit par devenir oppressant.

— Dans une maison ? reprit-elle comme s'ils n'avaient pas interrompu leur conversation.

Depuis quelque temps, elle rêvait d'habiter une maison.

Il secoua la tête.

— Non, dans un studio dans le Central West End. J'ai un bail de six mois renouvelable. M'endetter pour trente ans afin de devenir propriétaire d'un bien immobilier n'est pas mon genre.

— Et que se passera-t-il au bout des six mois ?

Il haussa les épaules.

— Je renouvellerai mon bail. Ou pas.

— Depuis combien de temps vis-tu là ?

— Cinq ans.

Il travaillait dans la police depuis treize ans et vivait dans le même appartement depuis cinq ans, mais il préférait signer des baux de six mois. Curieux, se dit-elle. Ou peut-être était-ce habituel à St Louis.

Elle ignorait tout de Central West End, mais sans doute s'agissait-il d'un quartier huppé. En tout cas, Chase portait une belle montre, des chaussures de cuir de qualité, il était bien élevé et lui avait paru très à l'aise en smoking.

— Pour ma part, j'économise pour m'offrir un jour une

maison, reconnut-elle. J'aime beaucoup mon appartement mais, dernièrement, j'ai pensé qu'il était temps pour moi d'acheter une maison. Cela dit, maintenant… je ne sais plus. Peut-être serais-je plus rassurée d'avoir toujours des voisins à proximité.

Une fois de plus, il détacha les yeux de la route pour les poser sur elle.

— Tu as connu quelques mois difficiles. Ne prends aucune décision définitive maintenant. Attends, réfléchis, et n'agis que lorsque tu seras prête à le faire.

D'autres personnes lui avaient donné le même conseil, et elle ne se sentait toujours pas prête. Elle laissa échapper le soupir qu'elle retenait depuis leur départ. Peut-être à Ravesville y parviendrait-elle. Elle devait réapprendre à se détendre.

Le nœud au creux de son ventre se desserra un peu. A présent, le silence n'avait plus rien d'oppressant. Au contraire, il devenait rassurant, agréable. Elle ferma les yeux et ne les rouvrit que lorsqu'elle sentit quelqu'un lui presser doucement l'épaule.

— Nous sommes arrivés, annonça Chase.

Elle fut surprise de voir que la nuit tombait. L'horloge du tableau de bord indiquait un peu plus de 20 heures. Son estomac se mit tout à coup à gargouiller, et elle pressa la main dessus pour le faire taire.

— Je suppose que tu as faim…

Depuis sa tartine du petit déjeuner, elle n'avait rien avalé d'autre qu'une bouchée de gâteau pendant la séance de photos.

— Oui, répondit-elle en tournant la tête pour soulager sa nuque ankylosée. Nous y sommes donc ?

Ils se trouvaient dans une grande rue, avec de vieux immeubles en brique rouge alignés de part et d'autre. La plupart ne dépassaient pas trois ou quatre étages. Elle remarqua que les fenêtres et des balcons étaient ornés de jardinières. Les fleurs lui parurent particulièrement colorées, très printanières.

Le Wright Here Wright Now Café était éclairé, et plusieurs voitures stationnaient devant. Lorraine vit qu'il y avait un autre établissement en bas de la rue.

— Et là-bas ?

— C'est un bar. Tous les autres restaurants de la ville sont fermés le soir.

Elle avait grandi à Manhattan puis, sa mère ayant décroché un nouvel emploi au sein d'une compagnie d'assurances, déménagé pour Miami lorsqu'elle avait seize ans. Cela n'avait pas posé de problème à son père, qui était écrivain et travaillait à la maison. Quatre ans plus tard, ses parents avaient été tués par un chauffard. Ne sachant trop où aller, elle était restée en Floride. Miami était moins animé que Manhattan, mais les commerçants ne tiraient pas leur rideau à 6 heures du soir.

— J'espère que la cuisine est bonne, murmura-t-elle.

— Ne t'attends pas à un restaurant gastronomique. Mais nous avons besoin de dîner, et je ne suis pas sûr qu'il y ait grand-chose dans les placards de la maison.

Ils descendirent de voiture. Comme Chase traversait la rue, elle s'aperçut qu'il boitait légèrement. Elle ne l'avait pas remarqué plus tôt.

— Tu t'es blessé à la jambe ?

Il haussa les épaules.

— Conduire longtemps me provoque parfois des crampes.

— Comment est mort ton beau-père ? demanda-t-elle tout à coup.

— Dans un accident de voiture.

— Je suis désolée. Y a-t-il eu des funérailles importantes ?

Il ne répondit pas et lui ouvrit la porte du restaurant. L'intérieur était bien éclairé. Trois tables étaient occupées par des clients ; les neuf autres étaient recouvertes de nappes blanches et de couverts en argent.

Une femme d'une trentaine d'années, dotée d'une magnifique chevelure rousse, sortit de la cuisine, les bras chargés d'assiettes. Elle les salua d'un sourire mais, quand son regard se posa sur Chase, son sourire s'envola.

Elle posa si brusquement son chargement sur une desserte qu'un couple de personnes âgées sursauta et se retourna pour voir ce qu'il se passait.

— Chase Hollister ! s'exclama-t-elle. A cause de toi, je viens de perdre dix dollars. J'avais parié cette somme que tu ne reviendrais jamais ici.

# 3

Raney regarda Chase fouiller dans sa poche et en tirer un billet de dix dollars qu'il tendit à la rousse.

— Maintenant, nous sommes quittes.

Renversant la tête en arrière, la femme éclata de rire.

— Comment va ton bon à rien de frère ? demanda-t-elle.

— Il croit encore qu'il a des ordres à me donner, répondit Chase.

De nouveau, elle s'esclaffa.

— Personne n'a jamais pu te donner d'ordres. Sais-tu que les gens du coin parlent encore de tes frasques d'autrefois ?

Raney dressa l'oreille. L'inspecteur Hollister serait-il plus fantaisiste que son comportement professionnel le laissait penser ?

Chase se tourna vers elle.

— Laisse-moi te présenter ma femme, Raney, dit-il avec douceur comme s'ils étaient réellement mariés et qu'il avait l'habitude de la présenter comme sa légitime épouse. Chérie, voici Trish Wright.

— Wright-Roper, rectifia Trish.

— Oh, pardon ! J'ignorais que tu étais mariée, fit Chase.

— Veuve. Je suis veuve.

— Je suis sincèrement désolé, dit-il comme s'il l'était vraiment.

La rousse haussa les épaules, mais Lorraine sentit que

le chagrin était toujours là. Courageusement, Trish releva le menton et lui tendit la main.

Il y avait quelque chose entre Chase et Trish, devina Raney, sans parvenir à déterminer de quoi il s'agissait. Ils n'avaient pas été amants, elle en avait l'intuition, mais ils avaient été proches. Elle serra la main tendue.

— Avez-vous déjà vu la maison ? demanda Trish.

— Pas encore. Nous venons d'arriver, expliqua Chase.

— Tu vas avoir du travail, je te préviens. Cette baraque n'est plus entretenue depuis des années, et elle tombe en ruine, à présent.

Chase haussa les épaules comme si la nouvelle ne l'inquiétait pas. Cependant, Raney le vit déglutir avec difficulté.

— Nous n'avons pas l'intention de rester longtemps, précisa-t-il.

— Essaie de repasser ici pendant ton séjour, reprit Trish. Summer sera contente de te voir. Elle assure le service de midi, et moi celui du soir.

Elle les conduisit vers une table installée dans un coin. Raney remarqua que Chase veillait à ne croiser le regard de personne en traversant la salle.

Ils s'assirent et Trish leur tendit des cartes avant de s'éloigner.

Raney se pencha alors vers lui.

— Trish et toi, vous êtes de vieux amis ? demanda-t-elle.

Il hocha la tête.

— Je la connais depuis toujours. Bray, mon frère aîné, sortait autrefois avec sa sœur, Summer. J'ai toujours cru qu'ils finiraient par se marier mais, après le lycée, Bray s'est enrôlé dans les marines et elle a épousé quelqu'un d'autre.

— Depuis combien de temps n'étais-tu pas revenu à Ravesville ?

— Je suis parti d'ici il y a treize ans et ne suis revenu qu'une fois, il y a huit ans, à la mort de ma mère. Pour son enterrement. Qu'est-ce qui te ferait plaisir pour dîner ? demanda-t-il, désireux de toute évidence de changer de sujet.

Il n'avait donc pas fait le déplacement pour assister à l'enterrement de son beau-père, en déduisit Raney. Voilà pourquoi il ignorait si la cérémonie avait été intime ou non. Comme il ne semblait pas avoir envie d'en parler, elle essaya de se convaincre qu'elle s'en moquait. Elle n'avait pas besoin de connaître l'histoire de sa vie, après tout, mais de vivre dans un endroit où elle serait en sécurité. Pourquoi pas une maison en ruine au fin fond du Missouri ?

Lorsque Trish revint, un petit bloc et un stylo à la main, elle referma la carte.

— J'aimerais une salade avec un…

Elle vit tout à coup son reflet dans le miroir mural, et faillit crier de saisissement. Son changement de look était si radical qu'elle avait du mal à se reconnaître. Sandy avait vraiment fait un travail remarquable.

En tout cas, le résultat lui plaisait beaucoup. Elle aimait sa nouvelle tête, sa nouvelle coupe, la nouvelle couleur de ses cheveux. Elle n'avait jamais pensé se teindre un jour en blonde mais, à présent, elle n'avait aucune envie de redevenir brune.

Voilà enfin quelque chose de positif qu'elle pouvait retirer de sa mésaventure avec Harry Malone.

— Non, en fait, pas de salade, reprit-elle. Je prendrai un cheeseburger avec des frites.

Chase commanda du rôti de bœuf. Il la regarda quand Trish se fut éloignée.

— Tu as trop faim pour te contenter d'une salade ? demanda-t-il, cherchant manifestement quelque chose à dire.

Elle s'apprêtait à hausser les épaules sans répondre puis se ravisa. Ils allaient passer un mois comme mari et femme, alors autant se montrer honnête avec lui.

— Avant de croiser la route de Harry Malone, j'aurais à coup sûr commandé une salade. Mais depuis cette histoire j'ai décidé de ne plus jamais rien me refuser et de prendre ce qui me fait plaisir quand j'en ai envie, et sans culpabiliser.

Voilà sans doute pourquoi elle allait sûrement garder ce nouveau look par la suite. Il allait bien avec la nouvelle Raney Taylor, celle qu'elle était en train de construire.

Chase l'observa un long moment en silence avant de dire avec conviction :

— Tu as bien raison mais ne t'inquiète pas, ce fils de pute paiera pour ses crimes. Il finira sa vie en prison, et je suis certain que, lorsqu'il y sera, quelqu'un lui pourrira son quotidien.

Elle y comptait bien.

Quand Trish leur apporta leurs assiettes, leur contenu lui parut délicieux.

Elle prit son cheeseburger et y mordit à pleines dents.

*Un délice*, songea-t-elle.

— Alors, raconte-moi ce que tu as fait à Ravesville pour mériter ta réputation de mauvais garçon, dit-elle.

Il se gratta la tête.

— Un peu de tout…

— Es-tu devenu ensuite policier pour expier ? Pour te racheter ?

— Je suis entré dans la police de St Louis parce qu'elle embauchait à tour de bras, à l'époque, et que j'avais besoin de gagner ma vie ainsi que celle de mon petit frère. Heureusement pour moi, ce métier me convenait. Peut-être à cause de ma jeunesse de fauteur de troubles, oui.

— Si je comprends bien, tu as fait les quatre cents coups.

Avec un sourire, il secoua la tête.

— Les habitants de Ravesville en disent peut-être beaucoup sur mon compte, mais les bêtises dont je me suis rendu coupable quand j'étais enfant ou adolescent n'étaient que des blagues de potache comparées à ce que j'ai vu dans les rues de St Louis dès mon incorporation.

— Tu voulais donc seulement faire enrager tes parents.

Les beaux yeux de Chase s'assombrirent.

— On peut dire ça.

Ils finirent leurs plats en silence. Quand Trish revint prendre leurs assiettes vides, Chase demanda l'addition. Il tira quelques billets de sa poche et les posa sur la table.

— Prête ? demanda-t-il.

Comme elle hochait la tête pour lui signifier qu'elle était, en effet, prête à partir, il faillit regretter de l'y avoir invitée. Il eut soudain envie de lui proposer de se rasseoir, de commander un dessert, un café, n'importe quoi pour retarder le moment où il serait obligé de replonger dans ses souvenirs, dans le passé.

Mais chercher à gagner du temps ne faciliterait pas les choses, il le savait ; il l'entraîna donc vers la voiture. Il prit la voie express, et roula sur une dizaine de kilomètres avant de s'engager sur Mahogany Lane. En passant devant la maison des Fitzler, il vit qu'il y avait de la lumière. Se pouvait-il que le vieux Fitzler et sa femme y habitent toujours ? Il était plus probable qu'ils vivent à présent dans une maison de retraite et que l'une de leurs filles ait hérité de la demeure.

Depuis toujours, il enviait les filles de Fitzler.

Il n'avait jamais vu leur père crier, encore moins lever la main sur elles.

Ralentissant, il s'engagea dans l'allée menant à la maison familiale dont, bientôt, ses phares éclairèrent la façade.

Bâtie il y a plus de cent ans, la ferme paraissait encore solide. Comme toutes les constructions traditionnelles, elle était composée à l'origine de quatre pièces au rez-de-chaussée — une cuisine, une salle à manger, un salon et une salle de bains — et de quatre pièces à l'étage — trois chambres et une salle de bains. Mais dans les années 1960, le propriétaire de l'époque avait agrandi le bas pour ajouter une grande chambre et une autre salle de bains. Le travail avait été bien fait. L'extension s'intégrait harmonieusement au reste de la maison, et l'ensemble était à la fois beau et fonctionnel.

Quand les parents de Chase avaient cherché un toit, la vieille ferme avait paru idéale pour le jeune couple sur le point de fonder une famille qu'ils étaient alors. Chase était persuadé que sa mère avait été soulagée de pouvoir installer ses trois garçons à l'étage dès qu'ils avaient été assez grands pour s'éloigner un peu d'elle.

Chase remarqua plusieurs changements. Au cours des huit dernières années, Brick avait installé des volets aux fenêtres. Ils ne s'y trouvaient pas quand ses frères et lui étaient revenus pour les obsèques de leur mère.

Le porche, en revanche, n'avait pas changé et un hamac s'y balançait toujours. Il y avait souvent dormi. Certains soirs d'été, lorsqu'il trouvait qu'il faisait trop chaud à l'intérieur et qu'il préférait dormir à la belle étoile. Mais il avait aussi dû passer beaucoup de nuits dehors alors qu'il faisait froid parce que Brick l'avait banni de la maison. La rage au ventre, il avait alors eu envie de s'enfuir, de marcher, marcher, de ne jamais revenir. Pourtant, chaque fois, il avait renoncé à son rêve. Il ne pouvait pas faire ça à sa mère ni à Cal. Il était incapable de les abandonner à leur triste sort.

Avec les années, les buissons avaient envahi la cour et, comme il se rapprochait de la vieille bâtisse, il constata que la façade avait bien besoin d'être ravalée et que certaines marches du perron étaient cassées.

Il glissa un regard de biais vers Raney. Les yeux écarquillés, elle voyait tout.

Sans doute avait-elle envie de partir en courant.

— Espérons que l'intérieur est en meilleur état, dit-il.

— C'est certain. A l'époque où cette ferme a été construite, les maisons étaient solides, bâties pour durer. Cela se voit. Cette demeure a beaucoup de cachet, avec son porche et ses hautes fenêtres.

Une nuit d'hiver, Brick avait poussé Calvin à travers l'une de ces fenêtres. Après cet épisode, Chase avait conclu un pacte avec son beau-père.

Il coupa le contact, éteignit les phares, et mesura à quel point la nuit était noire.

— Fais attention, dit-il comme Raney ouvrait sa portière.

Ils prirent leurs valises et traversèrent la cour envahie d'herbes folles. Bray lui avait envoyé un texto pour lui dire que l'avocat avait laissé la clé dans la boîte aux lettres. Elle s'y trouvait bien.

Il guida Raney vers le perron.

— Fais attention, répéta-t-il.

Lorsqu'il ouvrit la porte, il tendit l'oreille en cherchant l'interrupteur à tâtons. Tout était silencieux. Il ne s'attendait pas à être confronté à un quelconque danger dans la maison mais, quand la lumière inonda la pièce, il dut s'avouer qu'il se sentit mieux.

Sur la droite se trouvait le salon, meublé d'un canapé et de deux fauteuils qu'il ne reconnut pas. En revanche, la grande table en bois de sa mère trônait toujours au centre de la salle à manger. L'arrière de la maison était encore plongé dans le noir, mais il savait que la vaste cuisine était là. Une fenêtre avait été percée au-dessus de l'évier, et il se souvint que sa mère adorait se poster là pour regarder les cerfs et les dindons sauvages passer dans la cour.

Brick avait repeint les boiseries en blanc, mais il avait dû utiliser une peinture de mauvaise qualité car elle s'écaillait déjà par endroits. Plus inquiétant, de grandes fissures zébraient le plafond. Visiblement, le toit fuyait et la pluie avait traversé l'étage jusqu'au rez-de-chaussée. Ce n'était pas bon signe.

Tout en faisant faire à Raney le tour du propriétaire, il alluma d'autres lumières. Lorsqu'ils entrèrent dans la cuisine, il remarqua tout de suite le journal ouvert sur la table près d'une tasse dans laquelle flottait encore un sachet de thé. Une assiette sale traînait dans l'évier. Brick avait pris des œufs brouillés pour son dernier repas.

Il ouvrit le réfrigérateur et y découvrit des restes de fromages et de viande froide, des bouteilles de vinaigrette, de lait et de ketchup. Quelque chose s'était renversé sur la clayette du haut et dégoulinait.

Apparemment, avec l'âge, Brick s'était laissé aller. Mais peut-être avait-il toujours vécu comme un porc, et Sally Hollister avait-elle passé son temps à nettoyer derrière lui pour le cacher au reste du monde.

Quand il se retourna, il s'aperçut que Raney s'aventurait vers la chambre du bas. Il la suivit, avec l'impression qu'un étau lui comprimait les côtes. Il n'avait pas envie de voir le domaine de Brick ; il n'avait pas envie de pénétrer dans l'intimité de ce type.

Elle s'arrêta à la porte. Il la rejoignit et se tint derrière elle. Le lit était fait, recouvert d'un affreux jeté de lit vert. Les rideaux, assortis, étaient tirés. La peinture jaunâtre des murs donnait une impression de saleté, et la porte de la salle de bains était ouverte. L'ensemble était fidèle à ses souvenirs.

Pour rien au monde il ne dormirait dans cette chambre.

— Allons jeter un œil là-haut, proposa-t-il.

Comme autrefois, les marches de l'escalier grinçaient sous les pas.

Lorsqu'il vit Raney porter la main à ses cheveux, il s'aperçut qu'elle était passée à travers une grande toile d'araignée. A l'étage, la moquette du couloir était usée jusqu'à la corde et toutes les portes fermées.

— Je ne pense pas que ton beau-père montait souvent ici, remarqua-t-elle.

— C'est peu probable, en effet.

Il ouvrit la première porte, l'ancienne chambre de Bray. Il chercha l'interrupteur et, quand la lumière jaillit, il fut surpris de trouver la pièce totalement vide.

Il fit quelques pas dans le couloir jusqu'à sa propre chambre et actionna la poignée en vain. La porte était verrouillée.

Pour une raison obscure, ne pas pouvoir entrer dans son ancienne chambre le mit en fureur. Sans réfléchir, il leva sa jambe indemne et frappa avec force le battant de bois. Puis il prit son élan pour finir de le briser d'un violent coup d'épaule. Derrière lui, il entendit le petit cri que poussa Raney, mais il l'ignora. Quand il pressa l'interrupteur, rien ne se produisit. Il recula alors pour laisser la lumière du couloir éclairer l'intérieur.

La pièce était totalement vide, encore plus vide que celle de Bray, puisque même l'ampoule du plafond avait été retirée.

— Crois-tu qu'il y a un matelas gonflable rangé quelque part ? demanda Raney d'un ton léger.

Restait la chambre de Cal. La porte s'ouvrit sans difficulté et le plafonnier s'alluma. Au centre de la pièce, posé directement sur le plancher, se trouvait un matelas pour deux personnes, encore dans son emballage plastique, sans sommier ni literie, sans même un cadre de lit. Il y avait également une table de chevet et une lampe.

Pourquoi Brick avait-il acheté un matelas et l'avait-il monté dans la chambre de Cal ? Sans jamais y mettre de draps ou une couverture ? A en juger par l'épaisse couche de poussière qui recouvrait le plastique, il se trouvait là depuis un bon moment. Ce n'était pas comme si Brick en avait fait l'acquisition récemment et n'avait pas eu le temps de mener son projet d'ameublement à bien.

Quelle que soit la raison qui avait poussé son beau-père à l'installer là, ce matelas allait se révéler utile.

— Tu dormiras ici, dit-il à Raney.

Tirant un couteau de sa poche, il découpa le plastique. La poussière vola et Raney éternua.

— Désolé…, fit-il. Nous trouverons des draps demain.

— Et toi, où vas-tu dormir ? demanda-t-elle.

— En bas, sur le canapé. Il n'y a aucune raison de penser que quiconque sait que Lorraine Taylor est dans cette maison. Mais si quoi que ce soit te fait peur, crie. Je ne dors jamais que d'une oreille. Je t'entendrai.

Elle promena les yeux autour d'elle avant de soupirer d'un air un peu dramatique.

— Et dire que, toutes ces années, je n'ai jamais imaginé que ma nuit de noces se déroulerait ainsi !

Pour la première fois depuis que le chef Bates lui avait annoncé que Lorraine et lui allaient faire semblant d'être de jeunes mariés, Chase se surprit à sourire. Raney était sympa, et elle faisait contre mauvaise fortune bon cœur. Il ne faisait pas de doute que la résidence sécurisée où elle avait séjourné auparavant était plus confortable que cette masure, mais elle ne se plaignait pas.

Il eut envie de lui jurer que tout aurait meilleure figure à la lumière du jour mais, d'après ce qu'il venait de voir, il était probable que ce serait plutôt pire…

S'il s'était douté que la maison serait dans un tel état, jamais il n'aurait proposé à son supérieur d'emmener leur témoin à Ravesville.

— Bonne nuit, dit-il.

Avant de descendre, il alla jeter un coup d'œil dans la salle de bains. Il ouvrit le robinet et fit couler l'eau jusqu'à ce qu'elle soit claire. Comme il n'y avait pas de serviettes, il alla en chercher des propres dans le placard du bas et les remonta à l'étage.

Ce n'était pas du camping, mais cela y ressemblait.

Finalement, il retourna dans le salon et s'allongea, tout habillé, sur le canapé. Celui-ci était trop petit pour lui ; ses pieds dépassaient. Il se sentait épuisé. Lorsqu'il avait dit à son frère qu'il n'avait pas dormi depuis plus de vingt-quatre heures, il ne plaisantait pas. Après avoir discuté avec Dawson, il avait pu somnoler une heure ou deux, mais cela avait été loin de suffire.

Et maintenant, bien qu'il soit exténué, il ne parvenait pas à trouver le sommeil. Il fixa le plafond, essayant de surmonter l'appréhension qui l'étreignait à l'idée d'être de nouveau à Ravesville, dans cette maison qu'il avait quittée treize ans plus tôt en jurant de n'y jamais plus remettre les pieds.

En roulant vers sa ville natale, il s'était demandé s'il sentirait la présence de Brick entre ces murs. Ou celle de sa mère. En fait, la vieille ferme donnait seulement l'impression d'être vide, totalement vide, comme si elle n'avait jamais abrité la moindre vie.

Pourtant, ce n'était pas la réalité. A l'époque où Jack Hollister, son père, était encore de ce monde, il y avait eu de la vie et de l'amour dans cette maison. Son père aurait méprisé Brick, il aurait détesté ce qu'était devenue sa famille.

Aussi étrange que cela puisse paraître, Chase sentit

soudain la présence de son père dans la vieille demeure. Il n'y était jamais arrivé lorsque Brick habitait ici, mais maintenant tout était différent. Il revoyait son père devant les hautes fenêtres, lui faisant signe ainsi qu'à ses frères pour leur demander de rentrer dîner. Il le revoyait marcher dans la maison, une canne à pêche à la main, un panier à poissons dans l'autre, criant à ses fils de se dépêcher.

Comme s'il avait réveillé des fantômes, il perçut un bruit. Un petit bruit. Dehors.

Il dressa l'oreille. Après un moment, il se leva et se rendit à pas de loup jusqu'à la fenêtre. De la main, il écarta les épais rideaux et balaya la cour des yeux.

Rien ne bougeait dans l'obscurité. Il attendit, sans cesser de regarder, et vit alors une petite silhouette sombre passer furtivement sur le gravier, au ras du sol.

En reconnaissant une marmotte, il poussa un soupir de soulagement.

*J'ai eu peur d'un rongeur*, songea-t-il, dépité.

Il se recoucha, frotta sa cuisse endolorie et ferma les yeux. Il entendit une porte s'ouvrir et se refermer à l'étage, puis le bruit de l'eau dans les canalisations lorsque Raney actionna la douche. Elle avait eu une rude journée. Quelqu'un l'avait prise pour cible hier ; ce matin, elle avait dû quitter la Floride en catastrophe, puis se déguiser en jeune mariée dans l'après-midi, avant de finir ici ce soir, dans une ancienne ferme en ruine. Mais elle semblait bien gérer la situation.

Demain, il nettoierait la maison de fond en comble. Il commencerait par la dépoussiérer, après quoi il récurerait le réfrigérateur et irait en ville pour faire des courses. A en juger d'après ce que Raney avait pris pour le dîner, elle avait bon appétit. Ce qui était surprenant, vu qu'elle était plutôt mince.

Cela dit, elle avait des courbes là où il le fallait. Il avait eu l'occasion de le voir quand elle avait mis sa robe de mariée. Cette image l'avait hanté pendant tout le trajet de St Louis à Ravesville. Cette image, et le souvenir de la chaleur de sa bouche…

En l'entendant couper l'eau, il se laissa aller au plaisir coupable de l'imaginer entièrement nue, sortant de la vieille baignoire pour s'enrouler dans l'une des serviettes-éponges.

Quand la porte s'ouvrit, le parquet craqua sous ses pas. Il se demanda si elle portait un pyjama ou si elle dormait en tenue d'Eve.

Il poussa un soupir, heureux de laisser cette image envahir son esprit.

Lorsque Chase se réveilla, le soleil se levait à l'horizon. Il consulta sa montre. Bientôt 7 heures. Il s'étira et se leva pour partir à la recherche de café.

Il n'y avait pas de cafetière sur le comptoir ni de café dans les placards, constata-t-il. Pas même de l'instantané. Encore une raison de mépriser Brick.

Il monta à l'étage, évitant les marches qui grinçaient, surpris de si bien se rappeler où mettre les pieds pour ne pas faire de bruit. La chambre de Raney était fermée. Il hésita à frapper, puis y renonça.

Elle avait besoin de dormir.

Il entrouvrit la porte et s'immobilisa, pétrifié. Raney dormait, couchée sur le ventre, en travers du matelas. Elle n'était pas nue, mais son joli petit corps lui parut très sexy dans ce short de coton vert et ce T-shirt rayé vert et blanc. Elle respirait profondément.

Les vêtements qu'elle portait la veille étaient pliés et soigneusement empilés. Sur le dessus se trouvaient un soutien-gorge et une petite culotte en dentelle.

Il sentit son visage s'empourprer et, quand elle s'étira, il ne put réprimer un gémissement.

Dawson avait raison. Il avait besoin de relations sexuelles plus régulières.

Il recula, et referma la porte sans bruit. Il allait se précipiter en ville, acheter en vitesse du café et des viennoiseries, et revenir avant qu'elle se réveille. Lui préparer un bon petit déjeuner pourrait peut-être compenser l'état de la maison.

Il sortit donc et verrouilla soigneusement la porte. Il ne lui fallut qu'une dizaine de minutes pour rejoindre le centre-ville et, lorsqu'il entra dans la boulangerie, il vit tout de suite des pâtisseries sur les présentoirs.

Par association d'idées, il se souvint à quel point le gâteau d'anniversaire/mariage avait amusé Raney. Il hésita à en acheter un autre pour voir sa réaction puis, finalement, opta pour six beignets aux pommes et trois grands cafés.

Il en sirota un sur le chemin du retour. Lorsqu'il entra dans la cour, il ne remarqua rien d'anormal. Voilà pourquoi, quand il ouvrit la porte de la maison et se rendit dans la cuisine, il fut pris de court.

Il vit le type de dos, son jean crasseux, sa chemise sombre, les cheveux sales qui pendaient sur ses épaules.

Mais il vit surtout le couteau. Un couteau à la lame effilée, qu'il brandissait en direction de Raney.

Toujours en pyjama, elle était le dos au mur. Son visage était pâle et ses yeux écarquillés.

Quand l'homme bondit vers elle, Chase tira son arme de sa poche.

Mais il savait qu'il était trop tard pour empêcher le drame.

# 4

Raney frappa son agresseur d'un coup de genou à l'entrejambe avant de le repousser de toutes ses forces.

Elle ne parvint évidemment pas à le neutraliser, mais sa réaction donna à Chase la possibilité d'agir. Il se jeta en avant, fit valser le couteau et envoya le type à terre. Un pied sur sa poitrine, le canon de son revolver pointé sur son crâne, il le tenait à sa merci.

Il se tourna alors vers elle.

— Tu es blessée ? demanda-t-il.

Elle secoua la tête.

— Non.

Les yeux étincelant de colère, Chase reporta son attention sur l'intrus.

— Qui êtes-vous ? demanda-t-il d'un ton dur.

L'homme plissa les paupières.

— Lâchez-moi, geignit-il. Vous m'écrasez.

Raney regarda de plus près son agresseur. Il l'avait surprise. Alors qu'elle était descendue à la cuisine se remplir un verre d'eau, elle avait entendu un bruit derrière elle. Elle s'était retournée et, à la vue de l'inconnu sur le seuil de la porte arrière ouverte, elle avait compris qu'elle était dans de sales draps.

C'est alors que Chase était arrivé.

D'une main, il plaqua le visage du type contre le lino sale de la cuisine.

— Répondez d'abord à ma question.

— Je n'ai aucun compte à vous rendre. Que faites-vous ici ? Vous n'avez aucun droit d'y être ! Vous êtes chez moi. Alors partez. Partez tout de suite !

Raney vit une lueur passer dans les yeux de Chase et devina qu'il venait de comprendre quelque chose. Une chance, parce que, pour sa part, elle nageait en plein brouillard.

Il relâcha légèrement la pression sur le torse de son adversaire, mais sans pour autant le laisser se lever.

— Lloyd ? fit-il.

— Comment savez-vous mon nom ?

— Je suis Chase. Chase Hollister.

— En effet, on se connaît, répondit le type en souriant.

Chase se tourna vers elle.

— Je te présente Lloyd Doogan, le fils biologique de mon beau-père.

— Vous êtes donc de la même famille ? demanda-t-elle.

— Pas vraiment, non.

Il reporta son attention sur Lloyd.

— Lloyd, tu peux te mettre debout, mais je ne te rends pas ton couteau tout de suite. Nous allons d'abord discuter un peu, tous les deux. D'accord ?

Il s'était exprimé à haute et intelligible voix et ne bougea pas avant que Lloyd ait hoché la tête pour signifier qu'il avait compris.

Lloyd se releva et se laissa choir sur l'une des chaises de la cuisine. Il regarda Raney, les sourcils froncés.

— Qui êtes-vous ?

— Elle s'appelle Raney, répondit Chase. C'est ma femme.

Lloyd digéra un instant l'information.

— Je pensais qu'elle faisait partie de ces bandes de jeunes mal élevés qui traînent en ville et sèment la pagaille partout où ils passent.

Il l'avait prise pour une adolescente ! songea Raney, sidérée. D'accord, vêtue d'un short et d'un T-shirt, elle n'avait rien d'une dame patronnesse, mais elle n'avait pas non plus l'air d'avoir seize ans.

Chase tourna la tête, mais elle eut le temps de le voir sourire.

— Hé ! s'exclama-t-elle, indignée. Tu trouves ça drôle ?

— Prends-le comme un compliment, répondit-il, penaud.

Il reporta son attention sur Lloyd.

— Cette maison n'a jamais été celle de ton père. Après la mort de ma mère, Brick a continué à y vivre, mais il n'en était pas propriétaire. Seulement usufruitier. A présent, c'est à mes frères et à moi qu'elle appartient. Pas à toi. Nous en avons hérité.

Lloyd ne répondit pas mais fronça les sourcils.

— Comprends-tu, Lloyd ? insista Chase.

— Il m'avait dit que je pouvais vivre ici, répliqua Lloyd. Il y a deux ou trois ans, il m'avait dit qu'il m'avait acheté un lit et tout ce qu'il fallait pour moi. Mais après, quelque chose l'a contrarié. Je ne sais même pas quoi. Et à partir de ce moment-là, il m'a interdit de revenir ici. Ce ne sont pas des façons de traiter son fils.

Chase ne répondit rien.

— Je le détestais. Je le détestais plus que tout ! ajouta Lloyd.

— J'imagine, oui, dit Chase tranquillement.

Raney commençait à comprendre. Les deux hommes n'étaient peut-être pas frères de sang, mais ils avaient quelque chose en commun.

Chase la regarda par-dessus son épaule.

— Lloyd, reprit-il, sans la quitter des yeux. J'ai

besoin de parler un instant en tête à tête avec Raney. En attendant, tu vas rester assis sur ta chaise, c'est bien compris ?

Chase l'entraîna à l'écart. Du coin de l'œil, il surveillait Lloyd pour s'assurer qu'il obéissait.

— Je ne connais pas très bien ce garçon, murmura-t-il. Mais je suis certain qu'il pensait en effet que tu étais entrée chez lui par effraction. Ce qui ne lui donnait en aucun cas le droit de t'agresser avec un couteau, ajouta-t-il, le regard dur. Et s'il t'avait blessée, nous aurions eu une autre conversation. Maintenant, nous avons un choix à faire. Soit nous prévenons la police et nous portons plainte, soit nous faisons comme si rien ne s'était passé.

Appeler la police attirerait l'attention sur eux, ce qu'ils ne voulaient surtout pas. De plus, Chase demanderait sans doute que Lloyd aille en prison. Et, à en juger d'après son apparence, ce type n'avait pas les ressources suffisantes pour demander à être libéré sous caution.

— Il ne m'a pas blessée, répondit-elle. J'ai eu plus de peur que de mal, non ? Oublions cet incident. L'important est de récupérer sa clé, pour qu'il ne puisse pas revenir. Mais laisse-le partir, ajouta-t-elle.

— Tu en es sûre ? demanda-t-il en cherchant ses yeux.

Elle hocha la tête.

— Merci, dit-il simplement.

Il retourna s'asseoir en face du fils de Brick.

— Lloyd, comprends-tu que je pourrais appeler les flics ? Et que tu aurais alors beaucoup d'ennuis parce que cette maison est la nôtre ?

Lloyd hocha la tête.

— J'ai besoin de t'entendre le reconnaître, insista Chase.

— Je ne reviendrai pas.

Il se tourna vers Raney et ajouta :

— Je suis désolé de vous avoir fait peur, madame.

« Madame » ? Elle préférait encore qu'il la prenne pour une fille de seize ans !

— Raney, corrigea-t-elle.

Chase ramassa la clé.

— Lloyd, est-ce la seule clé de la ferme que tu aies en ta possession ?

— Oui. Il n'a jamais su que j'en avais une. Un jour, il y a presque un an, je suis entré sans qu'il me voie, et je l'ai prise dans le tiroir de la commode.

Chase déglutit avec difficulté.

— Lloyd, je ne vais pas appeler la police. Je vais te rendre ton couteau, tu vas t'en aller et ne plus revenir. D'accord ? Et si tu retombes un jour sur Raney, tu te montreras gentil avec elle, compris ?

Chase posa le poignard sur la table, pas trop loin de Lloyd pour que ce dernier puisse le prendre. Il regardait son interlocuteur avec attention, et Raney comprit qu'il se demandait encore s'il avait raison de le laisser filer.

— Au revoir, Lloyd, dit-elle.

Lloyd se leva et ramassa son couteau.

— Au revoir, madame.

Il ne dit rien à Chase, se contentant de gagner la porte.

Par la fenêtre, ils le virent enfourcher une vieille moto. Il la fit démarrer et s'en alla sans un regard en arrière. Quand il contourna la maison, il sortit de leur champ de vision mais ils l'entendirent accélérer et se diriger vers la voie express.

Lorsque le bruit cessa enfin, la cuisine leur parut très silencieuse.

— Le connaissais-tu quand il était petit ? demanda-t-elle.

— Je l'avais rencontré une fois. Il vivait avec sa mère. Brick se fichait de lui comme d'une guigne. Je ne sais pas si c'était son choix ou si c'était son ex-femme qui le tenait à distance. La seule fois où il est venu ici, Brick et lui se sont disputés comme des chiffonniers. Je me souviens que ma mère hurlait contre Brick, en lui répétant que Lloyd ne comprenait pas un mot de ce qu'il essayait de lui dire.

— Habite-t-il dans le coin ?

Chase haussa les épaules.

— Je n'en sais rien.

Il pivota sur ses talons, sortit un torchon d'un tiroir et se dirigea vers le couloir.

— Je mènerai une petite enquête sur lui pour découvrir où il vit et où il travaille. Il ne nous prendra plus par surprise.

— Je ne m'inquiétais pas, répondit Raney en lui emboîtant le pas.

Chase lui jeta un regard par-dessus son épaule.

— En tout cas, tu as très bien réagi. Tu sais te défendre, et tu as de la poigne.

Elle haussa les épaules.

— Tu ne te défends pas mal non plus…

En découvrant le parquet trempé, elle faillit fondre en larmes.

— C'était le café ?

Chase ramassa les deux gobelets qu'il avait laissés tomber en arrivant. Leur contenu s'était répandu par terre, mouillant au passage le sac de viennoiseries. Il en inspecta le contenu.

— Les beignets sur le dessus ont l'air d'avoir survécu, dit-il en les lui tendant.

Elle mordit dans l'un d'eux avec appétit, mais murmura :

— J'ai besoin d'un café…

— Va t'habiller, reprit-il. Nous allons prendre notre petit déjeuner en ville.

Chase espérait ne pas avoir commis une erreur en laissant Lloyd s'en aller. Le fils de Brick semblait vraiment penser qu'il avait le droit d'occuper cette maison. Et il ne s'était manifestement pas rendu compte du fait que Chase avait été à deux doigts de l'abattre en voyant qu'il était sur le point de poignarder Lorraine.

Avant de le reconnaître, il avait eu l'intention de le faire parler parce qu'il voulait savoir si, d'une façon ou d'une autre, Harry Malone avait réussi à les retrouver et avait envoyé un autre sbire pour s'en prendre à Raney.

Puis les pièces du puzzle s'étaient mises en place et, lorsque Lloyd avait dit qu'il détestait son père, Chase avait compris qu'il avait souffert à cause de Brick, lui aussi.

Il se rappela une réflexion de sa mère à propos de ce garçon. Elle trouvait triste de voir un homme adulte doté du cerveau d'un enfant de huit ans. A l'époque, Chase finissait le lycée. Même en sachant que Lloyd était un peu limité intellectuellement, il l'avait jalousé parce que lui avait la chance de ne pas vivre avec Brick Doogan.

Il frottait sa cuisse endolorie quand il entendit Raney descendre l'escalier. Il cessa aussitôt. Sa jambe avait été malmenée lorsqu'il avait sauté sur Lloyd et, à présent, elle le lui faisait savoir.

Raney portait une jupe beige et un corsage turquoise, couleur qui mettait ses yeux en valeur. Elle était très belle, et sacrément courageuse, aussi. Il l'avait compris depuis le départ. Non seulement elle avait réussi à échapper aux griffes d'un fou, mais elle avait survécu à deux autres tentatives de meurtre. Ce matin, la voir en action, en train de se battre contre son agresseur, lui en avait fait pleinement prendre conscience.

Pendant qu'elle était à l'étage, il avait envoyé un texto à Dawson pour lui demander de sortir tout ce qu'il pourrait trouver sur Lloyd Doogan. Son coéquipier le rappellerait sans doute en fin de journée.

Ils montèrent dans le 4x4 et prirent la direction du centre. Il ne restait qu'une seule place libre sur le parking du Wright Here Wright Now Café. A cette heure-ci, le village bourdonnait d'activité. Les gens allaient et venaient, faisaient leurs courses, bavardaient à tous les coins de rue. Il n'y avait pas de feux rouges, mais des stops à chaque carrefour. Dans une ville plus grande, la circulation aurait été un cauchemar. A Ravesville, le système était gérable.

Près du restaurant se trouvait une planche sur tréteaux qui n'y était pas la veille au soir. Cette table de fortune était couverte de barres chocolatées, et un panneau en carton indiquait qu'elles étaient à deux dollars l'unité. Deux adolescentes habillées en pom-pom girls les proposaient aux gens. Personne ne passait devant elles sans s'arrêter pour leur en acheter. Quand Raney ouvrit son sac pour en tirer un billet de cinq dollars, Chase lui chuchota à l'oreille :

— Ne te sens pas obligée de prendre quelque chose.

— Tu plaisantes ? C'est du chocolat !

Lorsqu'ils s'éloignèrent, Raney se rendit compte qu'il s'agissait en réalité de caramels enrobés de chocolat. Ce qui devait être encore meilleur parce qu'elle revint sur ses pas pour en demander trois supplémentaires.

Comme elle en tendait un à Chase, il se pencha vers elle.

— Dans le Missouri, si tu es mariée, tu es légalement tenue de tout partager fifty-fifty avec ton conjoint, dit-il à voix basse mais assez fort pour qu'elle l'entende.

— Lorsque cette loi a été votée, personne ne pensait aux barres chocolatées, j'en suis sûre. Sinon une exception aurait été prévue.

Chase souriait en ouvrant la porte du restaurant. Il se rappela ce que Trish lui avait dit la veille au soir : Summer travaillait le jour, assurait le service du déjeuner. Il n'eut aucune difficulté à identifier la femme que son frère avait failli épouser. Elle était à la caisse, occupée à rendre la monnaie à un client.

— Elle ressemble incroyablement à Trish, murmura Raney.

— C'est normal, elles sont jumelles.

Les deux rouquines se ressemblaient comme deux gouttes d'eau au lycée et encore beaucoup à présent, à ceci près que Trish avait les cheveux aux épaules alors que Summer les avait coupés au carré sous les oreilles.

Chase conduisit Raney à une table et s'assit de façon à pouvoir voir l'entrée. Elle posa ses barres chocolatées à côté de son assiette tandis qu'il fourrait la sienne dans sa poche comme s'il craignait qu'elle la lui vole s'il commettait l'erreur de la laisser à sa portée.

Alors qu'ils attendaient que Summer vienne prendre leur commande, une vieille femme s'approcha et s'adressa à Raney.

— Bonjour. J'ai remarqué que vous aviez acheté des barres chocolatées…

Raney hocha la tête.

L'inconnue posa deux barres chocolatées près d'elle.

— Prenez celles-ci aussi. Je ne peux pas les manger, mais nous avons tous envie de soutenir les écoles, n'est-ce pas ? Bonne journée à tous les deux.

— Mais…

La vieille femme s'éloigna sans se retourner. Soit elle n'avait pas entendu Raney, soit elle préférait l'ignorer.

Quand Chase s'empara des friandises, Raney lui donna une tape sur la main.

— Elle me les a données à moi. Pas à toi.

Il leva les yeux au ciel.

— Très bien.

Elle en prit une et poussa l'autre vers lui.

Summer vint à leur table. Elle sourit à Raney et se pencha vers Chase pour l'embrasser sur la joue.

— Trish m'a dit que tu étais revenu. Je suis contente de te voir !

— Moi aussi. Je te présente ma femme, Raney.

Summer lui tendit la main.

— Bienvenue à Ravesville.

— Merci, dit Raney. Cela sent délicieusement bon, dans votre restaurant.

— Nous faisons nous-mêmes nos pains et nos muffins. Aimeriez-vous commencer par un bon café ?

— Nous t'en serions éternellement reconnaissants, répondit Chase. Les affaires marchent bien, on dirait, ajouta-t-il en montrant la salle pleine.

— Oui, et Trish et moi, nous adorons notre métier.

La porte du restaurant s'ouvrit soudain et Summer se retourna pour voir qui arrivait. Aussitôt, son attitude changea. Elle se raidit.

Chase regarda avec plus d'attention le nouveau venu. Agé d'une trentaine d'années, il était chauve et portait un uniforme de policier.

— Il a l'air d'être un habitué, remarqua Chase.

— C'est Gary Blake, mon ex-mari. Excusez-moi un instant. Je reviens.

— Le connais-tu ? murmura Raney dès que Summer se fut éloignée.

Chase secoua la tête.

— Je l'ai déjà vu, mais il y a une éternité. Il a deux ou trois ans de plus que moi.

— C'est donc l'homme que Summer a épousé quand ton frère aîné s'est enrôlé dans l'armée.

— Oui, et j'ai l'impression que ce mariage n'a pas été

très heureux. Dommage. C'est une fille adorable. Bon, ajouta-t-il en prenant la carte. Que prends-tu ?

Raney se pencha vers lui.

— Ton frère est-il marié ?

Chase secoua la tête.

— Non. Bray est toujours célibataire.

— Peut-être devrais-tu l'appeler… Pour lui dire que tu es tombé sur Summer, et qu'elle est libre.

Chase referma la carte. Il était content de voir les yeux de Raney pétiller de nouveau.

— Ne me dis pas que tu es du genre à jouer les marieuses !

— Pas du tout ! Je dis juste que, peut-être, il aimerait le savoir.

— Tu me fais penser à Dawson, mon coéquipier. Il est tellement heureux en ménage qu'il tient à convaincre le reste de l'humanité de suivre son exemple, de convoler en justes noces.

— Tu as un côté cynique, chuchota-t-elle.

— Lucide.

Raney ne répondit pas parce que Summer revenait avec deux grandes tasses de café fumant. Ses joues étaient rouges. Chase avait suivi des yeux la conversation avec son ex. Cela n'avait pas duré plus de dix secondes.

— Tout va bien ? demanda-t-il.

— Comme toujours, répondit-elle laconiquement. Que puis-je vous servir ? ajouta-t-elle en tirant un calepin de sa poche, leur montrant clairement qu'elle n'avait pas envie de parler de ses problèmes.

Chase commanda des pancakes, des œufs et du bacon, Raney une omelette végétarienne. Summer nota le tout avant de se rendre à la table voisine.

— Quel est le programme pour aujourd'hui ? demanda Raney.

— Nous avons besoin de faire les courses, d'acheter de quoi nous restaurer ainsi que des produits d'entretien. Il nous faut aussi des draps pour ton lit et de la peinture.

— Pouvons-nous trouver tout cela à Ravesville ?

— Il y a un petit supermarché à la sortie de la ville. Mais pour les draps et la peinture, nous devrons nous rendre au centre commercial de Hamerton, à une trentaine de kilomètres d'ici. Hamerton n'est pas un village comme Ravesville. Il y a deux ou trois mille habitants.

— J'ai longtemps vécu à New York, répliqua-t-elle. Là-bas, les habitants se comptent par dizaines de millions.

— Je détesterais vivre dans une métropole aussi peuplée, dit Chase.

Elle haussa les épaules.

— Tu as choisi un bon compromis. St Louis n'est pas New York mais pas Ravesville non plus.

— Ce juste milieu me convient très bien, pour le moment.

— Envisages-tu de partir ? demanda-t-elle comme si elle s'attendait à ce qu'il se précipite vers la porte.

Il sourit.

— Pas en plein milieu de cette mission, mais j'aime l'idée que tout est possible.

Il recevait régulièrement des coups de fil de chasseurs de têtes spécialisés dans le recrutement des membres des forces de l'ordre. Le mois dernier, l'un d'eux lui avait offert de prendre la direction de la sécurité d'un grand hôtel de Chicago, son nom lui ayant été recommandé par quelqu'un. Il avait écouté le message avec attention, mais n'avait pas rappelé son correspondant. Peut-être répondrait-il favorablement à une autre proposition. Tout était possible.

Elle sirota son café.

— Tu as de la chance d'avoir le choix, dit-elle.

Beaucoup de gens ne l'ont pas, surtout dans les petites villes comme celle-ci.

Il hocha la tête.

Elle resta quelques instants silencieuse.

— En tout cas, Ravesville étant une toute petite ville, j'espère que la personne qui a tenté de me tuer l'autre jour ne soupçonne pas son existence.

— Tu es en sécurité ici, je te le garantis.

Summer arriva alors avec leurs assiettes. Leur contenu semblait très appétissant, et Chase sourit en voyant Raney saliver.

Elle attendit que Summer se soit éloignée pour chuchoter :

— En tout cas, grâce à Summer et à Trish, je suis sûre de ne pas mourir de faim. C'est déjà ça ! Au fait, sais-tu quelles couleurs de peinture tu vas acheter ?

— Du blanc. Rien que du blanc.

— Pour quelle pièce ?

— Pour toutes les pièces. En bas et à l'étage.

A son expression, il comprit que ce n'était pas la réponse qu'elle espérait.

— Pour vendre une maison, mieux vaut la peindre d'une couleur neutre, poursuivit-il.

— Mais les boiseries de cette ancienne ferme sont superbes. En tout cas, elles le seront lorsqu'elles auront été décapées. De même, la cheminée du salon est magnifique. Si tout est peint en blanc, cette belle demeure ne sera pas mise en valeur. Ce serait dommage.

Il se frotta la tête.

— Que ferais-tu, à ma place ?

— Eh bien, pour la salle à manger, j'opterais pour un vert sauge, les fenêtres restant en bois naturel. Dans le salon, je peindrais le mur de la cheminée et celui qui lui est perpendiculaire en rouge. Un joli rouge brique. Et les deux autres murs d'une couleur taupe. Bien sûr, les fabricants de peintures donnent des noms plus chics à leurs productions, mais c'est pour te donner l'idée générale.

Il comprit qu'elle voulait embellir l'ancienne ferme, la décorer, comme si elle allait y vivre le restant de ses jours, alors que lui avait simplement envie de la rendre présentable, pour ne pas faire fuir un acheteur potentiel.

Sa mère ne s'était jamais souciée de la décoration de la maison. Peut-être se disait-elle qu'avec trois garçons l'entreprise était vouée à l'échec et qu'il était donc inutile de s'en préoccuper. Et, visiblement, Brick n'était pas un lecteur assidu du magazine *Maisons & Jardins*.

Chase n'aspirait qu'à se débarrasser au plus vite de cette baraque. Il n'avait pas envie de consacrer son énergie à la mettre en valeur, ni même à en discuter.

— Un blanc cassé me paraît préférable, dit-il.

La supérette locale n'était pas très grande mais elle offrait tous les produits de base. Chase se dirigea vers le rayon du café pour prendre des filtres et du café moulu.

— Je ferai l'emplette d'une cafetière là où nous achèterons tes draps, dit-il.

Raney s'empara du Caddie et le poussa jusqu'au rayon des produits frais, où elle choisit des fruits et des légumes. A contrecœur, Chase ajouta un sachet de salade prête à l'emploi pour faire bonne mesure. Quand elle eut fini de peser, il consulta ostensiblement sa montre, mais elle l'ignora.

Peut-être n'avait-elle pas eu le dernier mot dans la discussion à propos des peintures, mais elle était décidée à tenir bon au sujet de l'alimentation.

Elle prit du pain complet, des céréales, du lait écrémé. Chase ajouta des chips et des cacahuètes. Au rayon viande, elle mit des ailes de poulet dans le Caddie, et Chase des steaks hachés.

— Je commence à comprendre comment tu te nourris, dit-elle.

— Moi aussi. Lorsque tu as commandé un cheeseburger avec des frites, hier soir, et quand tu as englouti un stock de barres chocolatées, tout à l'heure, j'ai cru comprendre que tu appréciais ce qui était bon. Mais je vois que je me suis trompé…

— J'apprécie ce qui est bon, mais je préfère la qualité à la quantité. Je suis une gourmande, pas un goinfre.

Au rayon des condiments, elle prit de l'huile d'olive, Chase de la moutarde, de la mayonnaise et du ketchup.

— Je vais balancer à la poubelle tout ce qu'il y avait dans le réfrigérateur et dans les placards, dit-il.

Elle ne pouvait que s'en féliciter ; la cuisine était dans un état épouvantable. Elle était d'ailleurs en train de se demander par où commencer le grand nettoyage quand Lloyd avait surgi derrière elle.

Ils ajoutèrent de l'eau de Javel, de l'ammoniaque et d'autres produits d'entretien ainsi que des éponges, des serpillières et des gants de caoutchouc.

Puis Chase se tourna vers elle.

— C'est bon ? Pouvons-nous y aller ?

— Oui.

Mais, alors qu'ils se dirigeaient vers la caisse, elle se souvint qu'il leur fallait du jus d'orange.

— Je te retrouve à la caisse, dit-elle.

Lorsqu'elle rejoignit enfin son « mari », il étreignait une autre femme.

Pour être honnête, c'était plutôt elle qui l'embrassait. Pendue à son cou, une belle brune le serrait avec force, écrasant ses seins contre son torse, alors qu'il restait les bras ballants. Elle le vit se détacher de l'inconnue, reculer, rompre le contact. Mais, coincé par un Caddie poussé par une vieille dame appuyée sur une canne qui attendait son tour derrière lui, il ne put aller loin.

Il parvint toutefois à profiter du peu d'espace dont il disposait pour prendre ses distances et s'arranger pour que cette femme ne le touche plus.

Un petit sourire aux lèvres, la jeune caissière, vêtue d'un T-shirt noir et d'un jean, ne perdait rien de la scène.

L'inconnue qui avait embrassé Chase avec effusion ne souriait pas. Elle était jolie, pensa Lorraine. Peut-être un peu trop maquillée pour aller faire des courses au supermarché. Fond de teint, blush, ombre à paupières, eye-liner, rouge à lèvres, elle n'avait rien oublié. Ses cheveux noirs étaient parfaitement coiffés et encadraient avec art son ravissant visage. Elle portait avec élégance un pantalon de lin beige, une veste noire bien coupée et de si hauts talons qu'elle pouvait presque regarder Chase dans les yeux.

A côté, Raney se sentit minable, avec sa jupe de coton et son corsage tout simple.

— N'ai-je pas droit à un baiser, après tout ce temps ? demanda l'inconnue.

Au même moment, Chase la vit et l'invita d'un geste à le rejoindre. S'excusant auprès de la vieille dame, Raney se faufila derrière le Caddie pour l'atteindre. Chase lui passa le bras autour des épaules.

— Sheila, laisse-moi te présenter ma femme, Raney. Raney chérie, Sheila Stanton est une vieille amie. Nous nous sommes connus au lycée.

Sheila changea de couleur.

— Ta femme ? répéta-t-elle. Terri, la boulangère, m'a dit que tu étais revenu, mais elle n'a pas fait la moindre allusion à une épouse.

— Raney dormait encore quand je suis passé acheter des beignets, ce matin, répondit Chase.

— Tu ne portes pas d'alliance.

— Nous allons nous en occuper. Nous venons de nous marier.

Sheila finit par se tourner vers elle et la détailla de la tête aux pieds d'un regard froid avant de marmonner :

— Félicitations.

Mais elle n'avait vraiment pas l'air de se réjouir de leur mariage.

— Bon, j'y vais, ajouta-t-elle en s'emparant du sac contenant ses emplettes.

Elle franchissait les portes vitrées quand la caissière éclata de rire, un rire nerveux qu'elle eut du mal à maîtriser.

— Qu'y a-t-il ? demanda Chase.

Pliée en deux, la caissière hilare finit par expliquer entre deux hoquets :

— Quand je suis arrivée pour prendre mon service, il y a plus d'une heure, je l'ai vue assise dans sa voiture sur le parking. Je me demandais ce qu'elle fabriquait. Je pense qu'elle vous attendait, parce que vous n'étiez pas dans le magasin depuis trois minutes qu'elle a brusquement fait irruption.

Tandis que Chase sortait son portefeuille, Raney se souvint de ce qu'il lui avait expliqué la veille sur la façon dont les nouvelles se répandaient dans un village. Sheila avait entendu dire que Chase était de retour. Avec logique, elle avait pensé qu'il aurait tôt ou tard besoin de se ravitailler, et elle l'avait attendu devant la supérette.

Chase n'ajouta pas un mot avant de quitter le magasin. Les mâchoires toujours serrées, il déposa dans le coffre du 4x4 tout ce qu'ils avaient acheté. Ce n'est qu'une fois qu'ils eurent pris place dans l'habitacle qu'il se tourna vers elle.

— Désolé pour cet incident, dit-il.

— Est-ce quelqu'un que tu connaissais bien, dont tu étais très proche ?

— Sheila et moi sommes sortis ensemble quelques années après le lycée. J'ai même été arrêté avec elle, un soir, ajouta-t-il en souriant.

— Arrêté ? Pourquoi ? Qu'avais-tu fait ?

— L'imbécile. La course en voiture contre un camarade. Le but du jeu était d'accélérer pour atteindre deux cents kilomètres à l'heure le plus vite possible. Heureusement, le flic nous a laissés repartir dès qu'il a reconnu Sheila. C'était la fille du maire de la ville.

Elle se mit à rire.

— La réputation que tu t'es forgée lorsque tu vivais à Ravesville n'est donc pas usurpée. Si je comprends bien, tu étais le bad boy local.

Il lui sourit.

— Et comme tu m'as épousé, tu es du coup devenue la nouvelle bad girl, non ?

Au moment où sa plaisanterie franchissait ses lèvres, il parut se rendre compte à quel point cela pouvait être mal interprété.

— Excuse-moi.

L'ancienne Raney, celle qui portait aux épaules des cheveux d'un brun terne, aurait fait mine de ne pas avoir entendu, et détourné le regard. Mais la nouvelle Raney, la blonde platine, n'allait certainement pas réagir de la même façon. Elle se demanda soudain ce qu'elle pourrait faire pour se forger une réputation de bad girl.

Et dans tous les scénarios qui lui vinrent alors à l'esprit, Chase Hollister tenait le rôle principal. Elle sentit son visage s'enflammer.

— En tout cas, une telle réputation ne me déplairait pas, répondit-elle.

Il la dévisagea avec étonnement. Ses yeux s'assombrirent. Qu'il était sexy…

Mais, comme sa coupe de cheveux, le courage de Raney était nouveau, et manifestement éphémère. Elle déglutit avec difficulté.

— Nous devrions rentrer à la maison. Pour mettre au frais les fruits et légumes que nous venons d'acheter.

Les fruits et légumes n'étaient pas les seuls à avoir besoin de se rafraîchir, songea Chase tout en conduisant vers l'ancienne ferme familiale. Parfois, il parlait vraiment sans réfléchir. Donner à penser qu'il aimerait bien qu'elle devienne une bad girl à son contact en était la preuve. Il lui fallait apprendre à tourner sept fois la langue dans sa bouche avant de parler pour ne pas dire de bêtises.

Il était censé la protéger.

Mais qui allait le protéger, lui, de la folle attirance qu'il ressentait chaque fois qu'elle était près de lui ? En vérité, cette attirance n'avait rien à voir avec une quelconque proximité physique. La nuit précédente, elle avait dormi à l'étage, lui en bas, sur le canapé, et il n'avait cessé de songer à elle, de la désirer. Même sa douleur à la jambe n'avait pas suffi à détourner son attention de Raney.

Il la connaissait depuis moins de vingt-quatre heures, mais il avait l'impression qu'ils étaient amis depuis toujours. Il n'avait jamais éprouvé une telle osmose avec une femme.

Ce matin, Sheila l'avait surpris. Lorsqu'ils étaient ensemble, leur liaison avait été intensément physique. Mais s'il voulait être sincère avec lui-même, il devait reconnaître qu'ils n'avaient partagé que du sexe. Pour le garçon de dix-neuf ans qu'il était alors, leurs relations étaient parfaites. Il avait toujours été persuadé que, comme lui, elle n'attendait rien d'autre que du plaisir. Lorsqu'il avait quitté la maison et Ravesville avec Cal, elle n'avait pas fait de drame. Pourtant, après leur installation à St Louis, Cal lui avait dit avoir croisé à plusieurs reprises Sheila, traînant dans leur quartier. Certain que son frère avait rêvé, il n'en avait pas tenu compte.

Mais, quelque temps plus tard, il avait reçu une lettre anonyme, le gratifiant de tous les noms d'oiseaux de la terre. Et alors que rien ne reliait cette lettre à Sheila, à la tournure des phrases, au vocabulaire employé, il avait tout de suite pensé à elle.

Il avait jeté cette missive au panier sans y accorder d'importance. A l'époque, il était très occupé à courir après les criminels de la ville, et il n'avait pas de temps à perdre avec ce genre de courrier.

A présent, en se remémorant le fou rire de la caissière, il se demanda s'il n'était pas passé à côté de quelque chose avec Sheila.

Mieux valait que Raney et lui gardent leurs distances avec elle.

Lorsqu'ils arrivèrent, il demanda à Raney de rester dans la voiture pendant qu'il faisait le tour de la maison pour vérifier que personne ne s'y était introduit en leur absence. Il ne pensait pas que Lloyd reviendrait, mais il ne voulait pas courir de risques inutiles.

Il n'y avait personne, mais la vieille maison semblait en plus piteux état à la lumière du jour que la veille au soir. Il porta les paquets à l'intérieur. Avant d'y mettre quoi que ce soit, il vida le réfrigérateur et le nettoya à fond à l'eau de Javel.

Comme il finissait sa tâche, il se rendit compte que Raney s'était attaquée à la cuisinière et qu'elle récurait le four avec énergie.

— Ce n'est pas à toi de faire ça, dit-il. Je vais m'en occuper.

— Ne sois pas stupide ! répliqua-t-elle. Que vais-je faire pendant ce temps-là ? Te regarder, les bras croisés ?

— Ce n'est pas ta crasse.

— Peut-être, mais c'est la maison dans laquelle je vais vivre pendant plusieurs semaines.

Il se passa la main dans les cheveux.

— J'imagine que la dernière résidence où tu as vécu était en meilleur état.

Elle regarda la table de bois jonchée de vieux papiers et de vaisselle sale, le comptoir crasseux, le lino collant de graisse.

— C'est exact, mais tu as un vrai « plus » par rapport à la situation antérieure.

— Vraiment ? Et lequel ?

— Personne ne m'a tiré dessus aujourd'hui.

Il la dévisagea un long moment en silence avant qu'un petit sourire passe sur ses lèvres.

— La journée est loin d'être finie, lui fit-il remarquer.

Elle lui colla une éponge dans la main.

— Je vois que tu es d'un optimisme à toute épreuve !

# 5

En fin d'après-midi, ils se rendirent à Hamerton. Ils roulaient depuis un moment sur la voie express quand Raney dit :

— Je ne m'attendais pas à découvrir une si belle région. Hier, quand nous sommes arrivés, il faisait nuit et je n'avais pas mesuré à quel point la campagne alentour est magnifique.

Chase promena les yeux autour d'eux. De part et d'autre de la route s'étendaient des champs de maïs récemment labourés. Çà et là, des chênes séculaires se dressaient avec majesté, comme pour annoncer la luxuriante forêt qui se devinait à l'horizon. Les feuillages commençaient à jaunir.

— Dans quelques semaines, ces arbres seront vraiment superbes, répondit-il. Les gens viennent de loin pour admirer la forêt aux couleurs de l'automne.

— Lorsqu'on m'a appris que j'allais être transférée dans le Missouri, je croyais que, comme beaucoup d'Etats du Midwest, il était plat et sans aucun intérêt. J'avais tort. J'avoue que je suis tombée sous le charme de ce terroir.

— Il est très boisé.

— Et il abrite de nombreux lacs, apparemment. As-tu déjà fait de la randonnée par ici ?

— Oui.

Du vivant de son père, Chase venait souvent camper

dans les bois avec ses frères. Encore une chose qui avait changé à sa mort.

— Je n'ai jamais eu l'occasion de dormir à la belle étoile ou sous une tente, reprit-elle. Je le regrette. Ça doit être sympa.

Il l'observa du coin de l'œil.

— Au risque de généraliser et de passer pour un affreux macho, je dois dire que les femmes associent souvent le mot « camping » au froid, à l'humidité, et aux moustiques. Sans parler des serpents.

— Je n'ai pas les mêmes associations d'idées, bien au contraire. J'idéalise peut-être, mais je m'imagine plutôt sur des chemins de randonnée, chaussée de godillots et vêtue d'une de ces vestes pleines de poches qui te donnent le sentiment d'être une véritable aventurière. Avec, bien sûr, un bâton à la main. Et la nuit, après avoir dressé ma tente, je me verrais bien assise près d'un feu de bois, enroulée dans une couverture et m'empiffrant de marshmallows. Et dans mon imaginaire, il n'y a aucun serpent alentour.

Il se mit à rire.

— Quand cette affaire sera terminée, que Malone aura été jugé, peut-être que tu pourras prendre une semaine de vacances et venir camper ici.

— Quand cette histoire sera terminée…, répéta-t-elle. Cela paraît presque irréel.

— Dans un mois, Malone aura sans doute été lourdement condamné, et tu pourras retrouver ta vie.

— Un mois… J'ai l'impression d'une éternité.

— Ça passera plus vite que tu le crois, dit-il en espérant ne pas se tromper.

Dans l'immédiat, un mois à Ravesville lui semblait très long à lui aussi, mais il comptait profiter de chaque instant pour préparer la maison à être mise en vente.

Ils roulèrent jusqu'à la périphérie de Hamerton, où se

trouvait le centre commercial. Ils se promenèrent dans les boutiques, choisissant des draps, une cafetière, et divers produits ménagers. Finalement, ils se rendirent au magasin de bricolage. Lorsque Chase prit six pots de « blanc coquille d'œuf » et les empila dans le Caddie, Raney ne fit aucun commentaire.

— Ne me regarde pas comme cela, dit-il.

— Comment ?

— Comme si tu venais de perdre ton chien.

Elle secoua la tête.

— Je n'ai pas de chien.

— Il faut une couleur neutre. Demande à n'importe qui. Tout le monde te confirmera que pour vendre un bien immobilier, les couleurs neutres sont toujours préférables.

— Peut-être est-ce vrai lorsqu'il s'agit d'une maison récente, mais une vieille ferme pleine de cachet comme la tienne mérite d'être mise en valeur.

Elle continua à marcher.

Il arrêta le Caddie.

— Tu ne vas pas me ressortir les mêmes arguments pendant un mois, n'est-ce pas ?

Elle pivota pour le regarder en face.

— Ce n'est pas moi qui ai remis le sujet sur le tapis.

Avec un soupir, il fit tourner le Caddie pour repartir au rayon peinture. Il remit les pots de peinture blanche à leur place et désigna d'un geste les pots de couleur.

— Tu as cinq minutes.

— Pour choisir les couleurs ou pour les choisir et demander que certaines teintes soient mélangées ?

— Cinq minutes.

Il lui fallut dix-sept minutes, mais ils sortirent du magasin avec deux pots de « meringue dorée », deux autres d'« amande douce » et deux de « coucher de soleil ».

— Quels noms ridicules ! Pourquoi ne pas les appeler simplement jaune, vert pâle ou rouge orangé ?

— Parce que ces noms ne feraient pas rêver.

— Mouais.

Il empila les pots dans le coffre et ils reprirent place dans l'habitacle.

— As-tu faim ? demanda-t-il.

— Un peu. Récurer la cuisine cet après-midi m'a ouvert l'appétit.

Elle avait travaillé dur et bien avancé dans la cuisine, qui ressemblait enfin à quelque chose. Quand ils avaient fini, elle était montée nettoyer la salle de bains à l'étage pendant qu'il s'activait dans le jardin.

Dans un coin de la galerie, il avait remarqué une tronçonneuse. Sans doute Brick avait-il prévu de tailler les haies en revenant de son rendez-vous médical. Le destin en avait décidé autrement.

Il avait donc entrepris de s'en charger, après quoi il avait impitoyablement arraché les broussailles qui envahissaient la cour. Cela éviterait aussi que quelqu'un de mal intentionné ait la possibilité de s'approcher de la maison sans être vu.

Il s'était retrouvé avec un amas de branchages dont il se demanda que faire. Sans doute devait-il les brûler. S'il attendait un jour de grand vent pour y jeter une allumette, il avait de grandes chances de réduire la maison en cendres par la même occasion, ce qui épargnerait beaucoup d'ennuis à tout le monde.

Mais il lui faudrait alors chercher un autre endroit pour accueillir Raney, et il n'était pas du tout certain d'en dénicher un. Même si l'idée paraissait idiote, elle avait trouvé sa place dans la vieille ferme familiale.

— Il y a un restaurant, là-bas, qui sert le meilleur bœuf de la région, dit-il en désignant un établissement sur sa gauche. Aimerais-tu y dîner ou as-tu eu ta dose de viande avec ton cheeseburger d'hier ?

— J'adore le bœuf !

— Parfait, fit-il en se garant. Laisse-moi y entrer d'abord.

— Si tu veux, répondit-elle d'un ton qui laissait entendre qu'elle estimait que ces précautions étaient inutiles. Mais j'ai vraiment du mal à imaginer quelqu'un attendant à l'intérieur, au cas fort improbable où nous viendrions dîner là.

Elle s'immobilisa et prit un air soucieux.

— Attends, je retire ce que je viens de dire ! Vu la possessivité de tes ex-petites amies et leur agressivité à mon égard, il n'est pas absurde de penser que l'une d'elles patiente sur ce parking depuis des heures, certaine que tu vas t'arrêter ici.

— Très drôle, répliqua-t-il sèchement.

Il ouvrit la porte du restaurant, et l'invita à l'attendre dans le vestibule tandis qu'il entrait dans la salle.

Rapidement, il balaya les lieux du regard. C'était stupide, mais il détestait laisser Raney seule, même pour un court instant. Il avait toujours eu beaucoup d'intuition, et quelque chose lui soufflait qu'elle était toujours en danger.

Il revint la chercher.

— Tout semble tranquille. Allons-y.

Dès que l'hôtesse les eut installés à une table, un serveur s'approcha. Agé d'une vingtaine d'années, il dévorait littéralement Raney du regard ; visiblement, elle lui plaisait. Elle lui rendit son sourire.

Le jeune homme les salua, sans la quitter des yeux.

— Bonsoir mademoiselle, bonsoir monsieur. Nous comptons beaucoup d'habitués parmi notre clientèle, mais je ne crois pas vous avoir déjà vus. Habitez-vous la région ?

« Mademoiselle » ? Peut-être devrait-il lui acheter une alliance sans tarder, songea Chase.

— Ma femme et moi venons d'emménager à Ravesville, répondit-il, saisissant la balle au bond.

Le jeune homme porta enfin son attention sur Chase, qui devina ce qu'il pensait comme s'il lisait dans un livre ouvert.

« Votre femme ? Quelle chance vous avez ! »

— Je vis moi-même là-bas, dit le serveur.

Tirant un briquet de sa poche, il alluma la petite bougie posée sur la table.

— Que puis-je vous servir à boire ? ajouta-t-il.

Raney commanda un verre de chardonnay et Chase un thé glacé. Il n'allait pas prendre d'alcool alors qu'il était en mission. Il avait déjà tendance à perdre ses moyens lorsque Raney était à proximité de lui… Il était certain que son trouble était lié à son parfum et à la façon dont elle croisait les jambes. Quelle qu'en soit la cause, il était totalement tombé sous son charme.

— Je vais me laver les mains, dit-elle en repoussant sa chaise.

Il faillit dire qu'il préférait inspecter les toilettes d'abord, mais il estima que ce serait exagéré.

— D'accord.

Pendant son absence, il reçut un texto de Dawson. Son coéquipier n'avait pas chômé. Il apprit ainsi que Lloyd vivait à l'autre bout de Ravesville, à une douzaine de kilomètres de leur maison. Quelques années plus tôt, il avait été arrêté à plusieurs reprises pour vol à l'étalage et ivresse sur la voie publique. Il avait passé quelque temps derrière les barreaux parce qu'il avait oublié de se présenter au tribunal le jour de sa convocation, et qu'un mandat d'arrestation avait alors été lancé contre lui. Il n'avait jamais été marié, n'avait pas d'enfants. Professionnellement, il avait exercé beaucoup de petits boulots mais, depuis deux ans, il travaillait comme couvreur pour l'entreprise Fitzler Roofing.

Voilà qui répondait à l'une de ses interrogations. L'entreprise de M. Fitzler était toujours prospère. Soit il l'avait vendue à quelqu'un qui avait gardé le nom de la société, soit l'une de ses filles avait repris le flambeau.

Lorsque Raney revint, ils passèrent leur commande. La viande était savoureuse à souhait et cuite à la perfection. Ils ne prirent ni dessert ni café et, quand ils sortirent du restaurant, la nuit tombait.

— Fatiguée ? demanda-t-il comme ils remontaient en voiture pour une demi-heure de route.

— Un peu, reconnut-elle. Je ne dors pas très bien, ces derniers temps.

— Tout sera bientôt fini, dit-il, songeant au procès de Malone.

— Sans doute, oui.

Il se tourna vers elle.

— Tu ne sembles pas très convaincue.

— Je me sens déchirée.

— Déchirée ? répéta-t-il sans comprendre. Pourquoi ? Témoigner contre Harry Malone est la seule chose à faire, ajouta-t-il d'un ton catégorique.

— Je le sais bien ! Je me sens déchirée parce que je ne peux pas m'empêcher de penser que si j'ai réussi à lui échapper, c'est qu'il y avait une raison. Trois autres femmes sont mortes… En tout cas, nous savons qu'il a tué au moins trois femmes. Mais, moi, je ne suis pas morte. Moi, j'ai survécu et j'ai réussi à m'enfuir. Et j'ai maintenant la possibilité de témoigner contre lui.

Elle se tourna vers lui.

— Pourquoi moi ?

Son ton émut Chase, qui sentit un poids tomber sur sa poitrine.

— Je n'en sais rien, répondit-il avec sincérité.

— Peut-être ai-je quelque chose à faire sur terre. Peut-être dois-je accomplir quelque chose de significatif, quelque chose qui fera la différence.

— Peut-être.

— Mais ça n'a aucun sens ! Je n'ai aucune chance de mettre au point un traitement contre le cancer ou de résoudre le problème de la faim dans le monde. Je ne suis qu'une banale conseillère d'orientation, c'est tout.

— Ce n'est pas rien. Professionnellement, tu aides des gens en permanence, non ? Tu exerces un métier important, ajouta-t-il un peu maladroitement.

— Je l'exerçais, tu veux dire. Je n'en ai plus la possibilité et, d'ailleurs, je ne retrouverai jamais mon poste. Quelqu'un a certainement été embauché pour me remplacer.

Elle paraissait davantage résignée qu'en colère.

— Tu retrouveras sûrement un poste, tu ne crois pas ?

— Sans doute, mais j'adorais mon travail à Next Steps. Je travaillais presque exclusivement avec des jeunes. Beaucoup avaient abandonné l'école avant de s'apercevoir trop tard qu'il y a très peu de débouchés pour quelqu'un qui n'a aucune formation.

— Le monde du travail n'est pas celui des Bisounours, c'est certain.

— Mais il y a toujours plusieurs facteurs en jeu. Dans mon métier, j'ai été confrontée à toutes sortes de problèmes… Ça allait des difficultés d'apprentissage aux grossesses non désirées d'adolescentes, en passant par la clochardisation ou la prison.

— Tu as travaillé avec des ex-taulards ?

— Bien sûr. Il m'est même arrivé de travailler avec

des détenus, lorsqu'ils arrivaient au bout de leur peine et qu'ils devaient préparer leur réinsertion.

— Et tu leur rendais visite en taule ?

Elle se mit à rire.

— Bien obligée ! Ils n'avaient pas vraiment la possibilité de venir jusqu'à moi.

— Ça aurait pu être dangereux. Ceux qui sont en prison ne sont pas des enfants de chœur. C'est d'ailleurs pourquoi ils se sont retrouvés derrière les barreaux…

— Je sais.

Elle se tourna vers lui pour le regarder en face.

— Dans mon cas, ajouta-t-elle, cela a été tout le contraire. Chaque fois que je me rendais au pénitencier, j'étais consciente de rencontrer des délinquants. Et, finalement, le danger a surgi de là où je ne l'attendais pas. Harry Malone n'avait jamais été incarcéré, et il avait très bonne réputation.

— Les choses vont changer pour lui, dit-il.

Il ne voulait pas qu'elle se focalise sur Malone.

— Parle-moi de ton travail, ajouta-t-il. En quoi consiste-t-il exactement ?

— Tout dépend du client. Certains, les nouveaux en particulier, ont besoin de prendre confiance en eux et de développer des compétences qui leur permettront de réussir. Je leur propose donc une batterie de tests d'évaluation et des entretiens pour mieux cerner leurs possibilités. Pour ceux qui cherchent du travail, je m'efforce de leur montrer leurs atouts et leurs faiblesses, et de leur enseigner ce que la plupart des gens savent intuitivement lorsqu'ils entrent sur le marché du travail.

— Comme quoi ?

Se rendait-elle compte de l'intonation passionnée qu'elle avait lorsqu'elle parlait de son métier ?

— Comme le fait d'avoir une conversation, une véritable

conversation. Beaucoup des jeunes parlent *à quelqu'un*, mais pas *avec quelqu'un*. Ils n'écoutent pas leurs interlocuteurs, ce qui ne les aide pas beaucoup au cours d'un entretien d'embauche. Ils ont également besoin qu'on leur apprenne comment s'habiller pour aller travailler, ou encore qu'on les aide à expliquer les « trous » dans leur CV parce qu'ils étaient alors en prison. Ce genre de choses.

— Je parie que tu es très bonne dans ta partie.

— Je le suis. Ou plutôt, je l'étais, corrigea-t-elle après un moment.

— Tu le seras de nouveau bientôt, assura-t-il.

Elle ne répondit pas. Le mal que ce fumier de Malone lui avait fait le rendait fou. Il l'avait tourmentée plusieurs jours, et maintenant le cauchemar continuait. Ce n'était pas juste.

Mais la vie l'était rarement.

Lui-même l'avait appris de la pire des façons la première fois que son beau-père lui avait donné des coups de ceinture. Et quand il était devenu assez fort pour se défendre, pour lui résister, Brick avait eu l'intelligence de changer de tactique.

Chase avait vraiment eu peur que sa mère ou Cal ne survivent pas à la violence de Brick. Alors il avait accepté de se sacrifier pour les protéger.

Lorsqu'ils arrivèrent à la maison, tout semblait tranquille. Il se rendit compte que Raney s'était endormie et la secoua doucement par l'épaule.

— Nous sommes arrivés.

Elle battit des paupières.

— Je vais dormir ici, marmonna-t-elle avant de refermer les yeux.

— Ça ne me paraît pas une bonne idée.

Il sortit, contourna la voiture pour lui ouvrir la portière et il lui tendit la main. Quand elle y posa la sienne, sa peau était si chaude, si soyeuse, si féminine, qu'il frissonna. Il tira doucement sur son bras pour l'encourager à se lever. Comme elle semblait ne pas bien tenir sur ses jambes, il lui enlaça la taille.

Ses cheveux sentaient la framboise et, sans y penser, il leva la main pour les caresser.

— Ta nouvelle coiffure m'a surpris, reconnut-il. Mais je la trouve très sexy.

Elle leva le visage vers lui. Ses lèvres étaient tout près des siennes, et il mourait d'envie de l'embrasser.

Il pencha la tête et s'apprêtait à le faire quand un ronflement de moteur rompit le silence. Des phares balayèrent l'obscurité, et il vit une voiture s'engager dans l'allée menant chez les Fitzler.

Il reprit brutalement ses esprits.

Avait-il perdu la tête ? Il avait le devoir de la protéger, il avait assuré à ses supérieurs qu'il pouvait la garder en sécurité.

— Chase ? murmura-t-elle, les yeux écarquillés.

— Je suis fatigué, Raney. Rentrons maintenant.

Raney avait rapidement sorti les draps de leur emballage et fait son lit avant de se mettre en pyjama, sans parvenir à chasser de son esprit ce qui venait de se passer entre eux.

Chase avait failli l'embrasser… et elle aurait bien aimé qu'il le fasse. Comment allait-elle pouvoir faire demain comme si rien n'avait changé ?

Elle était exténuée et avait besoin de dormir.

Il était plus difficile de reconnaître qu'elle avait également besoin de faire l'amour.

Bien que fatiguée à l'extrême, elle se tournait et se

retournait dans son lit, lorsqu'elle entendit du remue-ménage en bas. Son cœur se mit à battre plus vite. Identifiant des bruits d'eau dans les canalisations, elle se leva. Aussi silencieusement que possible, elle traversa la chambre, ouvrit la porte et s'avança vers l'escalier.

Le rez-de-chaussée était éclairé et Chase, vêtu d'un simple jean, armé d'un balai-brosse et d'une serpillière, lavait avec énergie le plancher du salon. Elle le regarda s'activer un moment, admirant le jeu des muscles de ses bras et de ses épaules.

Il s'arrêta un instant pour essuyer d'un revers du bras la sueur qui perlait sur son front.

Une douce chaleur l'envahit.

Il était possible que Chase nettoie le sol avec autant de détermination parce qu'il ne supportait pas la crasse, mais elle devinait que la véritable raison qui l'animait était autre. Il était plus probable que, comme elle, il avait du mal à trouver le sommeil et qu'il tentait de traiter son insomnie en s'activant.

Sans faire de bruit, elle retourna dans sa chambre, se coucha, et fixa le plafond. Que se passait-il donc entre elle et Chase Hollister ?

L'ancienne Raney aurait été intriguée mais trop timide pour creuser la question. Qu'en était-il de la nouvelle Raney ? Elle n'aurait pu répondre avec certitude.

Quoi qu'il en soit, elle trouvait curieusement réconfortant de savoir que Chase dormait mal à cause d'elle.

Le lendemain, Chase était assis à la table de la cuisine quand elle descendit. Comme la veille au soir, il était en jean mais, ce matin, il portait une chemise. Il sirotait un bol de café et s'était servi des céréales.

— Bonjour, dit-il.

— Bonjour.

— Bien dormi ?

— Pas mal, oui, merci. Et toi ?

Il haussa les épaules.

— Très bien.

*Ah oui ?*

Elle versa du café dans un bol et s'assit en face de lui.

— Le sol du salon est métamorphosé. L'as-tu passé à la serpillière ?

Il fixa la boîte de céréales comme si ce qui était écrit dessus était passionnant.

— Oui, je me suis levé ce matin avec une énergie du tonnerre.

Elle hésita à lui faire remarquer qu'il mentait, mais elle n'avait pas grand-chose à y gagner. S'il voulait faire croire que le petit moment de flottement entre eux la veille n'avait jamais existé, elle préférait ne pas revenir dessus.

— Je vais nettoyer à fond les chambres à l'étage, aujourd'hui, dit-elle.

— Ça m'ennuie vraiment que tu te sentes obligée de faire le grand ménage de cette maison.

— Ne t'inquiète pas à ce sujet, ça m'occupe. Dans la résidence protégée où j'étais hébergée le mois dernier, je passais mes journées à regarder la télévision. Je sens que, si je vois encore un épisode de *Friends*, je finirai par casser le poste. Et toi, que comptes-tu faire aujourd'hui ?

— Travailler à l'extérieur. Je vais commencer par tondre, puis j'irai jeter un œil sur le toit.

— Tu saurais réparer un toit ?

Il était policier, pas couvreur.

— Je suis assez doué de mes mains.

Elle laissa ses mots flotter dans l'air.

— Vraiment ? fit-elle en regardant ses belles mains qui serraient le bol.

Ses ongles étaient coupés court.

Des mains capables…

Capables de quoi ? Son imagination s'enflamma. Elle les vit se poser sur ses seins, les caresser, en exciter la pointe du bout du pouce.

Une douce chaleur l'envahit soudain.

Elle devait battre en retraite.

C'est ce qu'elle aurait fait *avant* sa mésaventure avec Malone.

Mais la nouvelle Raney, la blonde Raney, le regarda en face.

— Je suis ravie de l'apprendre, ajouta-t-elle d'un ton posé.

Puis elle finit son café et monta à l'étage.

Dix minutes plus tard, quand Chase démarra la vieille tondeuse, il pensait toujours au regard qu'elle lui avait lancé avant de quitter la cuisine. Tout en sillonnant la cour, il se repassait mentalement la scène en boucle.

Il était fatigué. Vers 2 heures du matin, renonçant à trouver le sommeil, il avait entrepris de passer la serpillière dans le salon. Il avait veillé à ne pas faire de bruit et, à cette heure-là, Lorraine dormait profondément.

Dans son lit.

Seule.

La veille, il avait été à deux doigts de l'embrasser. Près de la voiture, sous le clair de lune. Le désir qui l'avait soulevé avait été impérieux. Si un véhicule n'était pas passé sur la route à ce moment-là, il aurait sans doute commis une grave erreur.

Désormais, il allait garder ses distances.

Ils devaient cohabiter pendant un mois. Serait-ce difficile ? Ce n'était pas comme s'il n'avait rien à faire.

Dans la nuit, après avoir fini de passer la serpillière dans le salon, il avait dressé une liste de ce qu'il avait à faire dans la maison, en s'efforçant de classer les tâches par priorité. Puisqu'il lui fallait passer un mois ici, autant en profiter pour retaper la ferme afin qu'elle soit présentable et puisse être mise en vente.

Tant qu'il ferait beau, il travaillerait à l'extérieur. Il serait ainsi moins soumis à la tentation. Il restait encore des broussailles à arracher dans la cour, des haies à tailler, sans compter les arbres à élaguer. S'ajoutaient à cela la réparation des marches du perron et la remise en état du toit. En fait, le toit était une priorité, une urgence. Il n'était pas question de repeindre les murs tant qu'il ne se serait pas assuré que la pluie ne risquait pas de s'infiltrer dans la maison et de tout ruiner.

Lorsqu'il avait dit à Raney qu'il allait réparer le toit, il ne se vantait pas. C'était ainsi qu'il avait fait la connaissance de Gordy Fitzler. Son voisin était couvreur, le seul de Ravesville. Le jour où il lui avait proposé de travailler avec son équipe pendant l'été, il lui avait fait un vrai cadeau.

Il lui avait appris à marcher sur un toit sans perdre l'équilibre, à se servir d'un pistolet à clous, à porter des tuiles, à les placer. Et aussi à monter et à descendre le long d'une échelle chargé d'outils sans se retrouver dans les rosiers, dix mètres plus bas.

Pendant deux étés de suite, Chase avait affronté le soleil de plomb, intensifié par l'humidité ambiante de la région. Mais, en cette fin septembre, le temps était idéal pour travailler sur le toit. Le ciel était limpide, il ne faisait ni trop chaud ni trop frais.

Il se dirigea vers le garage bâti non loin de la maison. Quand il ouvrit la porte, une odeur de moisi le prit à la gorge, une odeur qui contrastait avec l'air vif de l'extérieur. Comme il l'espérait, des outils étaient rangés dans un coin, une ribambelle de pelles, de bêches. Des boîtes de toutes tailles étaient alignées sur les étagères. Alors qu'il levait le nez pour les examiner de plus près, il se rendit compte que le toit du bâtiment fuyait comme celui de la maison.

Il y avait des piles et des piles de vieux journaux partout, dans lesquelles de nombreux rongeurs avaient probablement élu domicile. Des bouts de ficelle emmêlés remplissaient un tiroir, comme si Brick avait récupéré chaque morceau utilisé au cours des sept dernières années. D'anciens pots de café étaient pleins de clous rouillés, de vis, de boulons, d'écrous. A part la tondeuse, rien ne semblait en bon état. Apparemment, Brick avait laissé les choses aller à vau-l'eau.

Comment avait-il occupé ses journées, ces dernières années ?

En secouant la tête, Chase s'empara d'une échelle posée contre l'un des murs et sortit. Il s'attaquerait aux réparations du garage un autre jour.

Un quart d'heure plus tard, il était sur le toit, à évaluer les dégâts. Rien de surprenant à ce qu'il y ait des infiltrations dans la maison. Les tuiles étaient vieilles, beaucoup d'entre elles cassées. Çà et là, certaines manquaient, sans doute arrachées par des vents violents.

Il se rendit compte, non sans découragement, que quelques petites réparations ne suffiraient pas.

Une décision s'imposait. Il pouvait aller acheter des tuiles dans une grande surface spécialisée, en poser là où il en manquait et remplacer celles qui étaient cassées ou trop usées. Les nouvelles tuiles risquaient de ne pas être assorties aux anciennes et le résultat serait affreux mais, au moins, le toit ne fuirait plus. Raney et lui auraient ainsi la possibilité de vivre dans de bonnes conditions durant le mois à venir. Et quand ses frères et lui mettraient la maison en vente, ils en baisseraient le prix pour tenir compte du fait que le nouveau propriétaire aurait la couverture à refaire.

Ou alors il pouvait s'en charger, lui. Cela représentait beaucoup de travail et, comme il était seul, il lui faudrait des semaines pour en venir à bout.

Ce faisant, il serait sur le toit, Raney à l'intérieur.

Il pourrait ainsi prendre des distances avec elle. Depuis des heures, il se répétait qu'il le devait…

Il descendait l'échelle lorsqu'il entendit un véhicule approcher. Il se tourna vers la route, la main en visière, pour tenter d'identifier leur visiteur.

# 6

En voyant une vieille estafette marron arriver dans la cour, il sourit. Il se souvenait très bien de cette camionnette. Il l'avait connue flambant neuve, et lui-même conduite à deux ou trois reprises en sachant qu'il aurait des ennuis s'il la ramenait avec la moindre égratignure.

Chase attendit que le vieil homme au volant en descende. A présent, Gordy Fitzler avait les cheveux blancs, et il semblait plus maigre que dans son souvenir. Il s'approcha de Chase, la main tendue.

— Bonjour, monsieur, dit Chase en la lui serrant.

Le vieillard se mit à rire.

— Voilà longtemps que je ne t'avais pas vu, Chase, mais à présent laisse tomber le « monsieur » et appelle-moi Gordy, ou « le vieux », comme tu le faisais autrefois.

— J'ignorais que vous connaissiez le surnom que vos hommes vous donnaient, reconnut Chase.

— Il me faisait rire chaque fois que je l'entendais. Vous étiez tous beaucoup plus jeunes que moi, mais j'abattais autant de travail que vous. Pour un « vieux », je ne me défendais pas trop mal. L'autre soir, il m'avait bien semblé voir de la lumière et ce matin, quand je suis allé prendre un café en ville, j'ai appris que tu étais revenu.

— Je ne suis pas revenu pour toujours, mais uniquement

pour réparer la maison afin de la mettre en vente, corrigea Chase.

— Alors du travail t'attend, dit Gordy en regardant l'échelle posée contre la maison. Elle est dans un sale état. Brick aurait dû refaire le toit il y a des années.

— Vous avez raison. Je viens d'y monter et d'évaluer les dégâts. Ils sont importants. Vous ne vous promenez plus sur les toits, n'est-ce pas ?

— Voilà des années que j'ai pris ma retraite ; mes vieilles jambes ne me portaient plus. Mais Jonah, mon gendre, a pris ma suite. Si tu as besoin de tuiles ou de quoi que ce soit d'autre, il peut te le procurer et te le livrer dans la journée.

Chase ne demanda pas le prix. Il savait que la facture serait honnête.

— Comment va votre femme ? reprit-il.

Le vieillard soupira.

— Glenda nous a quittés il y a presque deux ans.

— Je suis désolé, je l'ignorais.

— Je m'en doute, oui. J'imagine que Brick ne se donnait pas la peine de vous transmettre les nouvelles des uns et des autres. Sais-tu que son fils, Lloyd Doogan, travaille pour mon gendre ?

— Comment s'en sort-il ?

— Il n'a pas inventé l'eau chaude, mais quand il est là il se donne à fond. Parfois, pourtant, il est repris par de vieux démons et il s'absente plusieurs jours sans explication.

Il était difficile de dire si Lloyd avait beaucoup souffert lorsqu'il était enfant, mais si quelqu'un à Ravesville connaissait la vérité au sujet de Brick Doogan, c'était Gordy. Il avait vu, naguère, les marques de coups qui zébraient le corps de Chase. Voilà sans doute pourquoi il lui offrait l'hospitalité et lui proposait de dormir sur le canapé chaque fois qu'il en était réduit à frapper à sa porte.

— Parlez-moi de ces démons.

Gordy haussa les épaules.

— Je ne connais pas les détails, mais je sais que de temps en temps il passe la nuit à boire. Ensuite, il reste plusieurs jours à cuver. Ou s'il vient au travail, il est trop ivre pour grimper sur un toit. Mais toi, raconte-moi. J'ai appris que tu t'es marié.

— Avec une charmante Raney, oui.

Il s'en voulait de mentir à Gordy, mais la sécurité de Raney était plus importante que le reste.

— Elle est à l'intérieur, ajouta-t-il.

— Je serais heureux de faire sa connaissance.

— Bien sûr. Venez.

Ils gravirent les marches du perron, Chase lui montrant les marches cassées à éviter. Il ouvrit la porte. Raney n'était nulle part en vue.

— Raney ? appela-t-il. Un vieil ami est passé nous voir, et il aimerait te rencontrer.

Elle sortit de la cuisine, un torchon sur l'épaule. Elle avait mis un vieux jean qui moulait ses longues jambes fuselées et un T-shirt gris. Elle le regarda avant de tendre la main à Gordy.

— Bonjour, monsieur.

— Bonjour, madame. Je suis Gordy Fitzler, et je voulais vous féliciter. Vous avez épousé un homme bien, je peux en témoigner.

Raney sourit.

— Je le sais, répondit-elle, jouant sa partition à la perfection. Je suis ravie de faire votre connaissance.

— Je suis votre plus proche voisin. Si vous avez besoin de quoi que ce soit, n'hésitez pas à passer me le demander.

— D'accord, merci beaucoup.

— L'état du toit est pire que je le pensais, poursuivit Chase. Je vais le refaire. Le gendre de Gordy va me livrer des tuiles dans la journée afin que je puisse commencer à y travailler sans tarder.

— C'est un énorme travail, non ? demanda-t-elle.

— Il sait ce qu'il fait, intervint Gordy. C'était le meilleur couvreur que j'aie jamais eu. Bon, je vous laisse. J'espère à bientôt, ajouta-t-il.

Chase le raccompagna jusqu'à sa camionnette et l'aida à manœuvrer pour repartir. Lorsqu'il revint à l'intérieur, Raney se tenait près de la fenêtre.

— Chic type, dit-elle.

Gordy avait été un patron exigeant ; il n'aurait pas supporté un tire-au-flanc, mais il avait prouvé à Chase qu'un homme n'avait pas besoin de hurler pour se faire obéir.

Il se surprit soudain à avoir envie de parler à Raney de Brick Doogan, de sa violence, de ce qu'il lui avait fait endurer dans sa jeunesse. Devait-il lui avouer qu'il avait souvent rêvé d'avoir Gordy Fitzler comme beau-père au lieu de ce pauvre type ?

Il avait pardonné à sa mère. D'avoir laissé cette catastrophe se produire. D'avoir fermé les yeux sur ce qui se passait, d'avoir préféré ne rien voir, ne rien entendre. De ne pas avoir été plus forte. Il lui avait pardonné parce qu'elle le lui avait demandé sur son lit de mort, et qu'il voulait qu'elle parte en paix.

Mais il n'en avait jamais parlé. A personne. Et surtout pas à quelqu'un qui n'était que de passage dans sa vie.

— Bon, je vais commencer à retirer les tuiles, dit-il en ressortant.

Deux heures plus tard, il était toujours perché sur le toit à travailler quand il entendit la porte s'ouvrir. Il se pencha pour regarder. Raney s'était changée. Elle portait à présent une jupe qui montrait ses jolies jambes et un corsage qui mettait en valeur ses autres atouts.

*Garde tes distances*, se rappela-t-il.

La main en visière, elle l'appela.

— Chase ? J'ai envie de cuisiner des spaghettis pour le dîner, mais j'ai oublié d'acheter de la sauce tomate, hier. Puis-je t'emprunter ton 4x4 pour faire un saut en ville ?

— Je viens avec toi, répondit-il en commençant à descendre.

— Penses-tu que ce soit indispensable ? Tu as dit toi-même que personne n'avait de raison de croire que Raney Hollister et Lorraine Taylor ne faisaient qu'une et même personne. Il ne m'arrivera rien.

Alors qu'il était presque arrivé en bas de l'échelle, il s'arrêta. Elle avait raison, elle ne risquait rien. Et ils avaient intérêt à se comporter le plus normalement possible. Ce qui signifiait que Raney devait pouvoir aller faire une petite course en ville sans qu'il soit forcément avec elle.

— D'accord, dit-il. Les clés sont sur la commode.

— As-tu besoin de quelque chose ?

— Oui, du pain. Du vrai pain de boulanger. Je déteste celui du supermarché.

— D'accord. Essaie de ne pas tomber du toit en mon absence, ajouta-t-elle sur le ton de la plaisanterie.

Elle semblait plus légère. Il prit conscience qu'elle était sans doute très heureuse d'avoir la liberté de quitter la maison, de faire quelque chose d'aussi banal qu'une course, après avoir été enfermée pendant deux mois dans une résidence sécurisée à Miami.

Quelques instants plus tard, la voiture sortit de la cour. Il la suivit des yeux tandis qu'elle remontait l'allée avant de s'engager sur la route. Quand elle disparut de son champ de vision, il consulta sa montre et retourna sur le toit pour continuer à retirer les tuiles.

Lorsqu'il regarda de nouveau l'heure, il se rendit compte qu'une demi-heure s'était écoulée depuis son départ. Elle ne devrait plus tarder à rentrer. D'un revers de main, il essuya la sueur qui couvrait son front. Comme il faisait de plus en plus chaud, il décida de descendre pour se rafraîchir un peu.

Il se rendit à la cuisine, vida d'un trait deux grands verres d'eau, puis se posta devant la fenêtre du salon pour regarder la route. Que fabriquait-elle ? Pourquoi lui fallait-il tant de temps pour acheter un pot de sauce tomate ?

Dix minutes plus tard, il était vraiment inquiet.

Il essaya de la joindre sur son téléphone portable, mais elle ne prit pas l'appel. Glissant son arme à sa ceinture, il enfila rapidement une chemise et frotta sa cuisse endolorie. Monter et descendre l'échelle ou crapahuter sur le toit n'arrangeait pas sa blessure.

Avant d'être touché par une balle, il avait l'habitude de courir plusieurs heures par jour. Deux mois plus tôt, se rendre au petit trot en ville lui aurait paru une promenade de santé, mais il n'avait pas couru depuis six semaines. Lorsque les médecins l'avaient autorisé à reprendre son activité, ils lui avaient conseillé d'éviter le sport intensif pendant quelque temps.

Au diable les médecins ! Il n'était pas question de rester là les bras croisés. Il ressentait le besoin impérieux d'aller en ville voir ce qui se passait. Et très vite.

Il ouvrait la porte lorsqu'il vit le 4x4 arriver tranquillement. Il fixa le véhicule, sentant son irritation grimper à chaque tour de roue.

Raney descendit de la voiture.

— Salut, dit-elle comme si tout allait bien.

— Où diable étais-tu passée ? demanda-t-il avec plus d'agressivité qu'il ne l'aurait voulu.

Il prit une profonde inspiration pour se calmer. Perdre son sang-froid ne lui ressemblait pas.

Elle fronça les sourcils et brandit le sac en plastique qu'elle tenait.

— Je suis allée faire les courses.

— La supérette est à moins de deux kilomètres, et elle n'a que cinq allées, répliqua-t-il d'un ton sarcastique. Par ailleurs, je t'ai appelée.

Elle tira son téléphone portable de son sac et pressa une touche.

— Désolée, je l'avais laissé en silencieux.

— Qu'est-ce qui t'a pris tant de temps ?

— J'ai rencontré quelqu'un, répondit-elle. Le serveur du restaurant d'hier soir.

Des petits points rouges dansèrent devant les yeux de Chase.

— Je n'avais pas compris que vous vous étiez donné rendez-vous.

— Je… Je…

Elle laissa tomber le sac qu'elle tenait et les pots de sauce roulèrent sur le sol.

— De quoi diable parles-tu ?

— Au cas où tu l'aurais oublié, chérie, tu es mariée. Et il le sait, lui aussi.

Elle s'approcha de lui pour plaquer son index contre sa poitrine.

— Tu es un imbécile, dit-elle en articulant chaque mot.

Quoi ?

— Avant d'aller à la supérette, je suis entrée à la librairie, reprit-elle. J'ai dû quitter Miami en si peu de temps, j'ai fait si vite ma valise, que j'ai oublié d'emporter des livres. Alors que j'adore lire. Et il se trouve qu'il était là, à feuilleter des vieux bouquins. Nous nous sommes mutuellement reconnus et nous avons commencé à discuter. Il m'a raconté qu'il cherchait des livres d'occasion qui l'aideraient à se préparer pour un entretien d'embauche qu'il doit passer la semaine prochaine.

— Oh ! fit-il, se sentant stupide.

— Oh ? répéta-t-elle. Tu n'as rien d'autre à dire ?

En fait, non.

— Je suis désolé, dit-il. Je m'inquiétais. Je ne comprenais pas pourquoi il te fallait tant de temps. J'imaginais le pire.

Le regard de Raney s'adoucit.

— Je pensais que tu étais occupé sur le toit et que tu ne verrais pas le temps passer.

— La maison est secondaire. Ma véritable responsabilité est de te protéger. Tu es prioritaire.

— Ne crois-tu pas que je suis en sécurité ici ?

— Tu as de grandes chances de l'être, mais un bon policier ne prend pas le risque de se tromper sur ce genre de sujet.

— Je dois le retrouver demain, poursuivit-elle.

Il sentit sa colère remonter en flèche.

— Il n'en est pas question.

— Il a passé cinq entretiens d'embauche et n'a pas réussi à décrocher le moindre poste. Quelque chose ne va pas.

— Ce n'est pas ton problème.

— Peut-être, mais il se trouve que je sais comment l'aider. Et que j'ai le temps de le faire, ajouta-t-elle.

Il perçut dans sa voix la frustration de ne plus avoir la possibilité d'exercer son métier, un métier qu'elle adorait. Il se souvint avec quelle passion elle lui en avait parlé.

Harry Malone lui avait volé son travail, et lui était en train d'aggraver sa souffrance.

Il déglutit avec difficulté.

— Je veux son nom, son adresse actuelle, son ancienne adresse. Je veux tout savoir de lui, y compris la taille de ses chaussures.

Elle ouvrit la bouche mais la referma sans avoir prononcé un mot.

— Et tu le rencontreras ici. Pour que je puisse le garder à l'œil, marmonna-t-il.

Il n'allait sans doute pas s'amuser à se tenir entre eux deux pendant qu'ils étudieraient le CV de ce type…

Finalement, elle hocha la tête.

— 42.

— Quarante-deux quoi ? demanda-t-il, prêt à sortir pour aller taper sur quelque chose — de toutes ses forces.

— Je pense qu'il chausse du 42. J'ai passé un mois de vacances à vendre des chaussures quand j'étais étudiante. Il m'en reste quelque chose.

Il eut envie de rire. Bon sang, il avait envie de rire !

— Et moi, je chausse du 44 et s'il fait un pas de côté, je lui botterai les fesses.

Là-dessus, il sortit pour remonter sur le toit.

Et sourit en entendant Raney s'esclaffer dans son dos.

Pour le dîner, Raney prépara des spaghettis accompagnés d'une salade. Elle prévint Chase qu'ils allaient passer à table une demi-heure avant que le repas soit prêt pour lui laisser le temps de descendre et de prendre une douche. Il avait travaillé tout l'après-midi. Les tuiles neuves, des gouttières et tout ce dont il aurait besoin pour refaire la couverture avaient été livrés.

— Ça sent bon ! s'exclama-t-il en entrant. Très, très bon.

Raney espérait que le dîner serait à la hauteur. Cela faisait bien longtemps qu'elle n'avait pas cuisiné pour quelqu'un.

— Tu as un quart d'heure, dit-elle.

Il n'eut besoin que de onze minutes. Il l'aida à porter les plats sur la table et, quand il s'assit enfin, il fit vraiment honneur au repas. Visiblement, il se régalait.

Lorsqu'il posa ses couverts dans son assiette vide, il poussa un soupir d'aise.

— Délicieux ! Que sais-tu cuisiner d'autre ?

Elle haussa les épaules.

— Tout ou presque. Pour confectionner un nouveau plat, il suffit d'en lire la recette dans un livre de cuisine, non ?

Il secoua la tête.

— Non, ce n'est pas vrai. Je sais lire, mais je ne sais pas cuisiner.

Il prit les assiettes et les porta à l'évier.

Détendue, elle posa un coude sur la table et joua du bout des doigts avec ses cheveux.

— Je pense plutôt que tu as décidé un jour de ne pas cuisiner, mais que tu en serais parfaitement capable.

— Disons que j'ai connu quelques désastres culinaires retentissants qui m'ont refroidi, reconnut-il. Je préfère désormais aller au plus simple ou faire réchauffer des surgelés.

Il tourna le robinet et se mit en devoir de faire la vaisselle.

— Nous allons passer un marché, proposa-t-elle. Comme je déteste faire la vaisselle, tu vas t'en charger et, moi, je m'occuperai des repas.

— D'accord.

— Notre mariage a de vraies chances de fonctionner, ajouta-t-elle, sur le ton de la plaisanterie.

Il se retourna pour lui demander avec gravité :

— Pourquoi ne t'es-tu jamais mariée ?

— Je… j'ai été mariée, répondit-elle avant de savoir si elle avait envie d'aborder le sujet avec lui.

Une expression de surprise passa sur son visage.

— Je l'ignorais.

— J'imagine que tu n'as pas lu mon dossier en détail. Mon mariage n'a pas duré longtemps, à peine deux ans. Nous avons divorcé il y a cinq ans.

— Ton ex-mari connaît-il Harry Malone ?

— J'en doute. Il vit à Hawaii. C'est un surfer professionnel.

— Laisse-moi deviner : tu as demandé le divorce parce que tu n'avais pas envie d'emménager à Hawaii.

Elle secoua la tête.

— J'ai demandé le divorce parce que je ne voulais pas le partager avec une autre femme.

Même si elle sentait depuis quelque temps que leur mariage battait de l'aile, elle avait été dévastée en apprenant l'infidélité de Mike. Ses séances d'entraînement pour les championnats les avaient obligés à vivre séparément pendant de longues périodes de temps. Pourtant, elle n'avait jamais imaginé qu'il la trompait. Lorsqu'elle était tombée sur une lettre d'amour de sa maîtresse, elle avait été prise d'une folle colère.

Prié de s'expliquer, il n'avait pas cherché à nier et avait reconnu avoir une autre femme dans sa vie depuis des mois. Elle avait vite compris que sa découverte n'avait pas été aussi accidentelle qu'elle l'avait tout d'abord pensé. Il avait voulu qu'elle sache, qu'elle mette en route une procédure de divorce. Il n'avait plus envie de poursuivre leur vie conjugale, mais n'avait pas eu le cran de lui parler sincèrement.

Le divorce avait été rapidement réglé et, le jugement à peine prononcé, Mike avait emménagé chez Lenore.

Pour oublier sa peine, elle s'était jetée à corps perdu dans le travail. Ses amis lui avaient dit de ne pas s'inquiéter, qu'elle allait rencontrer quelqu'un d'autre. Elle n'avait pas voulu en discuter mais, seule dans son lit, elle s'était demandé si elle était faite pour le mariage, pour la vie à deux. Peut-être était-elle destinée à vivre seule…

— Ce Mike est un pauvre type, dit Chase d'un ton dur.

Il se rassit à table, se pencha vers elle et posa la main sur son bras.

Elle remarqua qu'un de ses ongles était noir. Sans doute s'était-il donné un coup de marteau par mégarde.

— Tu le sais, n'est-ce pas ? insista-t-il. Tu sais que c'est un pauvre type !

Elle savait surtout que Chase Hollister la troublait comme aucun homme, y compris Mike, n'avait jamais réussi à la troubler. Quand il la touchait, elle avait l'impression que son corps se réveillait. Il lui donnait envie d'être caressée, aimée…

Un gros soupir lui échappa.

— C'était il y a longtemps. Nous étions tous les deux très jeunes.

— Ça n'excuse pas ce qu'il a fait, répliqua-t-il.

Elle comprit alors que, si Chase avait été un bad boy dans sa jeunesse, il était devenu un homme qui savait faire la différence entre le bien et le mal. Et se comporter comme il le fallait. Il mettait tout en œuvre pour protéger un témoin, et refusait de franchir la ligne jaune.

Ce qui signifiait qu'il serait un homme parfait pour elle.

Cependant, leurs relations étaient déséquilibrées. Même s'il ne savait pas tout sur elle, il avait lu son dossier. Elle, en revanche, ne savait pas grand-chose de lui. Il lui avait dit d'un ton léger que le mariage n'était pas pour lui, mais peut-être entretenait-il une relation forte avec une femme. Si c'était le cas, s'il avait une petite amie, elle n'irait pas plus loin avec lui. Pour avoir souffert de l'infidélité d'un homme, elle refusait de faire subir cela à une autre.

— Tu m'as dit que tu nourrissais une aversion pour le mariage, dit-elle en s'efforçant de s'exprimer d'un ton insouciant. Mais as-tu quelqu'un dans ta vie, actuellement ?

Il posa ses yeux couleur d'ambre sur elle. Son beau visage avait pris des couleurs pendant qu'il travaillait sur le toit.

— Je suis trop occupé avec mon travail.

*Façon habile de ne pas répondre*, pensa-t-elle.

— J'imagine, oui.

— Je ne suis sorti avec personne depuis plus d'un an, ajouta-t-il.

Cela signifiait-il qu'il n'avait pas eu de relations sexuelles depuis un an ?

Elle n'eut pas le cran de lui poser la question.

Mais cela avait-il de l'importance ? En tout cas, il avait failli l'embrasser, la veille au soir, mais il avait reculé à la dernière minute. Elle avait été rejetée par son ex-mari et en avait énormément souffert. Il n'était pas question pour elle de se remettre dans cette situation.

Elle repoussa sa chaise.

— Je suis fatiguée, prétendit-elle. Je vais monter me coucher.

Chase tournait en rond au rez-de-chaussée, veillant toutefois à éviter de s'approcher de la chambre de Brick. Le seul poste de télévision de la maison s'y trouvait, mais il préférait s'en passer que d'entrer dans cette pièce.

Il aurait pu commencer à décaper les boiseries, mais l'odeur de l'essence de térébenthine était très désagréable et il fallait aérer, ce qui était impossible. Il ne voulait pas ouvrir les fenêtres en pleine nuit. Il tenait à ce que la maison soit totalement sécurisée.

Si une porte ou une fenêtre fermée n'avait guère d'effet dissuasif, cela pouvait néanmoins retarder un intrus de quelques instants, et il n'en fallait souvent pas davantage.

Le mieux serait qu'il se couche tôt, de manière à se lever de bonne heure demain matin pour profiter au maximum de la lumière du jour. Mais il se sentait nerveux, déstabilisé. Plongé dans ses pensées, il sursauta quand son téléphone portable sonna.

En reconnaissant le numéro qui s'affichait sur l'écran de l'appareil, il sourit.

— Je peux tout te demander, nous sommes bien d'accord ? dit-il.

— Bien sûr, répondit Bray. Dans quel état est la maison ?

— Lamentable. Il y a des bricoles à réparer et elle a besoin d'être repeinte de fond en comble, mais ça ce n'est rien. Le gros morceau, c'est le toit. Il fuit à plusieurs endroits. Je vais devoir refaire la couverture.

— Je regrette vraiment de ne pouvoir venir te donner un coup de main. Je suis sur une importante enquête sur le point d'aboutir. Je file l'un des gars depuis deux ans, et il n'est pas question qu'il m'échappe.

— Ne t'inquiète pas, nous assurons.

— « Nous » ?

— Je protège un témoin. Elle avait besoin d'être en sécurité quelque part, alors je l'ai amenée ici où personne n'aura l'idée de venir la chercher.

— Comment s'appelle-t-elle ?

— Raney. Elle se fait passer pour ma femme.

— J'aimerais voir ça ! Les habitants de Ravesville doivent en faire des gorges chaudes.

— A ce propos, j'ai revu Summer Wright.

Il y eut un silence au bout du fil.

— Summer Blake tu veux dire, répliqua enfin Bray d'une voix tendue.

— Non, Summer Wright. Elle a divorcé.

Un autre silence tomba. Chase attendit, mais son frère resta silencieux.

— Elle a deux enfants, ajouta-t-il.

— Je reçois un double appel, annonça soudain Bray. Je te laisse. Occupe-toi de ton témoin, et prépare bien la maison à être vendue.

Et il raccrocha.

Chase regarda son téléphone. Depuis des années, son frère traitait avec la lie de la société, et rien ne l'étonnait plus. Mais entendre le nom de Summer l'avait laissé sans voix.

Intéressant…

Se sentant soudain mieux, maintenant qu'il avait discuté un peu avec Bray, il se coucha sur le canapé et ferma les yeux. Au cours de la nuit, il se releva une fois pour s'assurer que la maison était bien fermée, et en profita pour retirer son jean. Il avait chaud, mais il ne voulait pas mettre en marche l'air conditionné, car le bruit pourrait l'empêcher d'entendre un intrus. Il se recoucha puis ne rouvrit pas les yeux avant d'entendre Raney descendre le lendemain matin.

— Bonjour, dit-elle d'une voix ensommeillée.

Il se mit sur son séant.

— Quelle heure est-il ?

— Presque 6 heures. Excuse-moi, je ne voulais pas te réveiller.

— Pas de problème.

Il devait enfiler son jean en vitesse, avant qu'elle remarque la cicatrice sur sa cuisse. Si elle la voyait, elle poserait inévitablement des questions auxquelles il n'avait pas envie de répondre. Il ne voulait pas qu'elle s'inquiète, qu'elle doute de sa capacité à la protéger.

Brusquement, il se sentit nu, vulnérable.

Il avait besoin de se couvrir, besoin de quelque chose qui dissimulerait son corps blessé, quelque chose qu'il faudrait prendre du temps à enfiler, ce qui lui en donnerait autant pour réfléchir.

Il attrapa son jean et l'enfila rapidement.

Raney était penchée sur la table, occupée à feuilleter des livres qu'elle avait empilés là la veille. Le haut de son pyjama était entrouvert, laissant deviner ses seins ronds, dont il ne parvenait pas à détourner les yeux.

Elle se redressa alors et surprit son regard.

Sans réfléchir, il tendit la main.

# 7

Chase se ressaisit aussitôt. Perdait-il la tête ?

Il se hâta vers la cuisine, saisit la cafetière, remplit le réservoir d'eau, mit un filtre dans le porte-filtre puis y versa du café moulu. Il attendit que les premières gouttes de café apparaissent pour se retourner.

Raney s'était assise à table comme si rien ne s'était passé. Avait-il rêvé la scène ? Avait-il pris ses désirs pour des réalités ?

Etait-il victime d'hallucinations ? Devenait-il fou ?

Il fallait qu'il se concentre sur quelque chose de concret.

— A quelle heure ce gars doit-il venir ? demanda-t-il.

— Il s'appelle Keith. Il arrivera vers 11 heures. Je vais dégager la table de la salle à manger pour que nous puissions travailler dessus.

Il jeta un coup d'œil à la pièce voisine. La table était en effet couverte de tout un fatras. Son beau-père y avait empilé de vieux journaux ainsi que des sacs en papier et, plus curieux encore, des briques de lait qui avaient été vidées et remplies d'eau, comme si Brick avait craint que le puits s'assèche. Des serviettes de bain pliées étaient entassées à l'autre bout. Elles avaient sans doute été propres un jour mais, à présent, elles étaient couvertes d'une épaisse couche de poussière. Du courrier, manifestement accumulé pendant des mois, complétait ce bazar.

Les enveloppes avaient été ouvertes et mises de côté. Il faudrait trier tout cela tôt ou tard.

Installé dans un coin de la salle à manger, le vaisselier était entièrement vide. Les assiettes et les plats de sa mère, qui lui venaient de ses propres parents, et dont beaucoup étaient ébréchés, avaient été soigneusement rangés dans des caisses à sa mort, il y a huit ans. Bray les avait emportées en assurant qu'il les tenait à leur disposition. Chase s'en moquait. Tout ce qui lui importait était que Brick ne les récupère pas.

Cette vaisselle faisait partie des rares choses dont ils avaient hérité de leur mère. Parce que aucun d'eux trois ne vivait dans un grand appartement, ils avaient été obligés de laisser les meubles, en particulier le vaisselier, l'armoire, la table et les chaises. Chase se souvenait encore de la joie de sa mère quand elle avait déniché dans une brocante ces chaises assorties à sa table. Elles avaient remplacé celles qu'elle avait achetées en même temps que la table mais qui s'étaient cassées au fil du temps parce que son mari et surtout ses trois fils n'en prenaient pas soin.

Elle avait fait l'acquisition de ces nouvelles chaises avant que Brick entre dans le paysage. Dans un mouvement de colère, ce pauvre type en avait un jour envoyé une sur le vaisselier dont il avait cassé la vitre.

Cette dernière n'avait jamais été remplacée.

— Il y a des sacs-poubelle dans le garage, dit-il. J'irai t'en chercher.

— Merci.

Raney se leva pour aller prendre la cafetière. Elle passa si près de lui qu'elle lui effleura le torse.

— Pardon, murmura-t-elle.

Il ne put rien dire. L'avait-elle fait intentionnellement ?

Elle s'écarta, le plus naturellement du monde.

Il se sentit pathétique, à essayer de décrypter quelque chose qui ne signifiait certainement rien.

— Je vais dehors, annonça-t-il.

— Mais tu n'as rien pris pour ton petit déjeuner ! s'exclama-t-elle, l'air préoccupé.

Il n'était pas question pour lui de rester une minute de plus dans cette cuisine.

— Je grignoterai quelque chose plus tard, répondit-il. Je préfère travailler pendant qu'il fait encore frais.

Une fois dehors, il se dirigea vers le garage. La veille au soir, il avait envisagé de laisser l'échelle contre la maison pendant la nuit pour s'épargner la peine d'aller la chercher chaque matin. Aussitôt, il avait écarté cette idée. Il ne voulait pas donner un accès au premier étage, à la chambre de Raney. Aussi avait-il rangé l'échelle dans le garage en la dissimulant derrière des boîtes en carton pliées pour qu'elle soit plus difficile à trouver.

Il la sortit de sa cachette, la cala avec soin, avant d'attacher sa ceinture à outils à sa taille. Puis il commença à gravir les échelons. Totalement déployée, l'échelle était tout juste assez grande pour lui permettre d'atteindre le toit.

Bray et Cal le féliciteraient certainement pour le travail qu'il allait faire. Conscients que ces travaux donneraient plus de valeur à la maison et la rendraient plus attrayante aux yeux d'un acheteur potentiel, ils ne lui reprocheraient pas sa décision de refaire le toit ni aucune des réparations qu'il effectuerait. Au contraire, ils lui seraient reconnaissants de les avoir prises en charge.

Cal ne le dirait sans doute pas. Cal ne disait jamais rien. Quelque chose s'était cassé en lui à l'époque où leur mère était morte. Il n'avait pas explosé de colère ni de chagrin. Il s'était simplement refermé ; il était devenu complètement silencieux.

Ils avaient sans doute besoin d'en parler, mais Chase

n'avait pas souvent vu son frère depuis huit ans et, ces fois-là, il n'avait pas eu envie de remuer le couteau dans la plaie, de rouvrir les vieilles blessures. Il avait préféré discuter de tout et de rien pour respecter les silences de Cal.

Il était grand temps de crever l'abcès, décida-t-il, en se promettant de le faire à la première occasion.

Bray et lui avaient toujours réussi à fêter ensemble Thanksgiving, la fête préférée de leur mère. Si l'un ou l'autre travaillait ce jour-là, les criminels ne respectant pas souvent les jours fériés, ils célébraient Thanksgiving un autre jour, voilà tout.

Que ce soit deux jours avant ou trois jours après la date officielle, ils décidaient que pour eux c'était Thanksgiving et partageaient le repas traditionnel. En général, ils trouvaient un restaurant qui vendait des dindes cuites à emporter, prêtes à être réchauffées, ainsi que de la tarte au potiron.

Si la maison n'était pas encore vendue à Thanksgiving, il inviterait Cal et Bray à venir festoyer ici avec lui, se dit-il. Et il n'accepterait aucun refus de leur part.

Cette idée lui semblait curieusement attrayante.

Arrivé sur le toit, il gagna la zone sur laquelle il avait travaillé la veille. Fin novembre, au moment de Thanksgiving, le procès de Malone serait terminé depuis longtemps, et Raney serait retournée chez elle.

Il se remit à enlever les tuiles et les lança dans la benne qui avait été installée dans la cour à cet effet. Il était stupide d'avoir imaginé fêter Thanksgiving dans cette maison !

L'ancienne ferme avait besoin d'un exorcisme, pas d'une réunion de famille.

Il travaillait depuis plus de trois heures sur son toit quand il vit une vieille Toyota longer la route, puis ralentir avant de s'engager dans l'allée. Elle était tellement couverte de boue que sa couleur d'origine était difficile à définir. Quand Keith en descendit et se dirigea vers la maison de la démarche souple d'un jeune homme de vingt ans, Chase ressentit une vive douleur à la cuisse, comme si sa jambe choisissait ce moment pour se rappeler à son bon souvenir.

Les railleries habituelles de Dawson — « Tu ne rajeunis pas ! » — lui revinrent en mémoire tandis qu'il s'approchait prudemment de l'échelle pour descendre.

Certes, il ne rajeunissait pas. Mais, quel que soit l'âge, prendre une balle dans la cuisse était un coup dur. Et encore, il ne devait pas se plaindre. Le chirurgien lui avait dit que le projectile était passé tout près de l'artère, et que si celle-ci avait été touchée, il se serait vidé de son sang avant d'arriver à l'hôpital. Il avait beaucoup souffert après l'opération, et les antalgiques n'y avaient pas changé grand-chose.

Après un ou deux jours difficiles, il avait décidé de faire contre mauvaise fortune bon cœur et de voir le côté positif des choses. Il était un miraculé ; il avait survécu et c'était l'essentiel. D'accord, sa jambe le faisait encore souffrir, mais ce n'était vraiment pas un drame. Et il n'était pas question qu'il reste assis, les bras croisés, à regarder un gamin chasser sur ses terres.

Parce qu'il était chez lui.

Décidément, il perdait l'esprit, se dit-il.

Mais voilà : contre toute attente, il était heureux d'être revenu dans cette vieille ferme où il avait pourtant juré de ne jamais remettre les pieds. Plus étrange encore, il s'y sentait bien et était content d'y travailler, de la restaurer. Et Raney était pour beaucoup dans cette évolution.

Raney qui s'apprêtait à passer un agréable moment avec Keith.

Chase entra dans la maison en claquant la porte.

Raney fronça les sourcils mais refusa de laisser Chase la perturber, la distraire de sa tâche. Alors qu'elle venait d'inviter Keith à la suivre dans la salle à manger, Chase avait fait irruption dans la maison, raclant ses bottes sur le sol, claquant les portes, tirant les chaises avec bruit.

S'efforçant d'ignorer ce tapage, elle relut le CV de Keith, qui attendait, impassible. Comme Chase continuait à manifester bruyamment sa présence, elle finit par lever le nez.

— Je peux t'aider à quelque chose ? demanda-t-elle en élevant la voix pour se faire entendre.

Chase passa la tête par l'embrasure de la porte.

— Ne t'occupe pas de moi, dit-il.

Il mâchouillait des crackers couverts de beurre de cacahuète. Bruyamment.

Elle le fusilla d'un regard noir.

Il repartit dans la cuisine en veillant à en laisser la porte grande ouverte.

Après tout, libre à lui de se comporter comme un imbécile, se dit-elle.

Elle se tourna vers Keith, lui sourit et commença. Deux heures plus tard, ils avaient discuté des modifications à apporter à son CV, réfléchi aux réponses à donner aux questions délicates susceptibles d'être posées par un futur employeur, évalué ses objectifs à court ou moyen terme, et mis au point un plan pour les atteindre.

Chase devait s'ennuyer à mourir, mais il était resté là, assis dans la cuisine.

— Je m'en sors beaucoup mieux quand c'est vous qui m'interrogez, dit Keith en lui décochant un grand sourire. Dommage que ce ne soit pas vous qui me fassiez passer les entretiens d'embauche !

Une porte de placard claqua. Elle l'ignora.

— Votre aide m'est infiniment précieuse, ajouta Keith.

Pour vous remercier, permettez-moi de vous inviter à déjeuner. C'est le moins que je puisse faire.

Quelque chose tomba avec fracas sur le sol de la cuisine. Au bruit, elle identifia le grille-pain.

Keith finit par comprendre.

— Ce n'est sans doute pas une bonne idée, reprit-il.

Raney secoua la tête, se leva et le raccompagna à la porte.

— Tenez-moi au courant de la façon dont se passera votre prochain entretien d'embauche, dit-elle.

Elle attendit que la Toyota ait quitté la cour pour se diriger vers la cuisine, bien décidée à dire son fait à Chase. Il se tenait devant la cuisinière, une poêle à la main, une cuillère en bois dans l'autre, lui tournant le dos.

Il se retourna.

— Je t'ai préparé à déjeuner, annonça-t-il. Tu dois avoir faim.

Elle poussa un soupir. Comment lui faire une scène, maintenant ?

— Je croyais que tu ne savais pas cuisiner.

— Il ne s'agit pas de cuisine mais de survie.

— Merci, dit-elle.

— Crois-tu qu'il était sérieux en pensant que « J'étais immature » est la réponse à donner à un employeur potentiel qui lui demande pourquoi il n'est resté que trois mois dans une entreprise de télémarketing ?

— Il est de la génération Y, comme moi. Nous pensons tous que nous sommes immatures. Toi, tu es de la génération X.

— Merci de me considérer comme un grand vieillard.

Elle n'avait jamais rencontré de grand vieillard plus sexy.

Elle sourit.

— Si cela peut t'aider à te sentir mieux, dis-toi que

l'année prochaine je fêterai mes trente ans. Nous serons alors dans la même décennie.

— Dans dix ans, nous travaillerons sans doute encore tous les deux pour l'entretenir.

— J'espère que non. Ne l'as-tu pas entendu dire que son rêve était d'ouvrir un restaurant d'ici à une dizaine d'années ?

— Formidable ! Tu te chargeras de la cuisine et moi, je serai le videur.

— C'est un restaurant qu'il veut ouvrir, pas un bar pour voyous. Et je ne pense pas que le métier te conviendrait.

Il haussa les épaules.

— Pourquoi pas ? Il faut rester ouvert à tout, être prêt à saisir les opportunités qui se présentent.

Elle plaisantait, mais lui était manifestement sérieux, et elle ne sut trop que dire.

— Comment avance le toit ?

— Plutôt bien.

— Je peux monter voir ?

Il l'observa.

— Ça ne me paraît pas une bonne idée. J'ai l'habitude des hauteurs. Comme l'a dit Gordy, je me promène sur les toits depuis des années. Mais toi…

— Si j'ai un jour une maison à moi, mieux vaut que je sache à quoi ressemble une toiture. Et je n'ai pas le vertige.

— Le premier été où j'ai travaillé pour Gordy, Brad Morgan, un copain de mon âge, a commis une erreur. Une erreur grave. Il est tombé de plus de dix mètres de haut et s'est fracturé le bassin. Il n'était pas en forme, crois-moi. Je ne veux pas qu'il t'arrive la même chose, et je suis certain que le chef Bates me reprocherait de t'avoir fait prendre un risque pareil. Je dois veiller à ta sécurité, pas t'exposer à un accident.

Elle comprit qu'il ne changerait pas d'avis, quoi qu'elle dise.

— D'accord, d'accord. Alors je vais ouvrir le pot de peinture « meringue dorée » et commencer à repeindre la cuisine. C'est la seule pièce qui n'ait pas souffert des fuites du toit.

— Tu sais, j'apprécie vraiment que tu te donnes autant de mal pour restaurer la maison.

Il était difficile d'en vouloir longtemps à un homme aussi adorable.

— Et j'apprécie, moi, de ne pas être obligée de repeindre tout en blanc.

Elle avait envie de lui parler plus sérieusement de ce sujet, mais elle ne savait pas comment s'y prendre. Lorsqu'elles restauraient leur maison, ses amies lui demandaient toujours son avis en disant qu'elle avait bon goût pour tout ce qui touchait à la décoration. Mais Chase n'était sans doute pas très intéressé par son opinion sur ces questions. Il voulait que tout soit blanc, neutre, pour être plus facilement vendable. Le reste ne l'intéressait pas.

Pourtant, elle se devait de dire quelque chose. Cette maison était un bijou. Il lui avait fallu un petit moment pour en prendre pleinement conscience. Dès son arrivée, elle était tombée sous le charme de cette ancienne ferme, de son grand porche, de ses hautes fenêtres. Mais l'intérieur l'avait un peu déçue parce qu'il était sombre, sale et en désordre. A présent qu'elle y avait passé un peu de temps, qu'ils avaient rangé et nettoyé les principales pièces à vivre, elle portait un tout autre regard sur la vieille demeure.

— J'ai eu la possibilité d'examiner de près la salle à manger ce matin, quand j'attendais Keith. J'avais besoin d'un peu d'espace pour que nous puissions travailler et, pendant que j'y étais, j'ai jeté un œil sous le lino. Il est affreux, mais il se décolle facilement. Te doutais-tu que dessous il y a un magnifique parquet ? Bien sûr, il faut le remettre en état, le poncer, le cirer… Mais, une fois restauré, il donnera un cachet fou à cette pièce.

— Le prochain propriétaire s'en occupera s'il le souhaite. Moi, je vais me contenter de tout lessiver et de brosser les tapis.

Contrariée, elle fronça les sourcils. Elle n'allait vivre qu'un mois dans cette maison mais, vraiment, que Chase ait envie de cacher un parquet aussi beau la révoltait.

— Sais-tu ce qui manque au salon ? poursuivit-elle.

Il lui sourit.

— Non, je n'en ai aucune idée.

— Une bibliothèque. Tu peux en construire une sur tout un pan de mur, ce sera top.

— Top…, répéta-t-il.

— Et à ta place, je retirerais ces rideaux qui, en plus d'être très laids, sont de vrais nids à poussière. J'installerais des stores pour les descendre ou les remonter en fonction de la lumière ambiante. Et il va sans dire que le faux plancher dans le salon — qui est censé ressembler à du bois mais qui est très loin de le faire — devra sauter. Je suis sûre que tu pourrais facilement trouver un authentique parquet proche de celui de la salle à manger. Une fois fini, l'ensemble sera magnifique.

— Je n'aurai pas le temps de me lancer dans tous ces travaux. Encore une fois, le nouveau propriétaire avisera. Je vais retirer les rideaux parce que, c'est vrai, ils sont sales et poussiéreux. Mais je n'irai pas plus loin. Je n'ai pas l'intention de me charger de la rénovation complète de cette baraque.

— Mais tu as tort. Tu as intérêt à la réparer, à l'embellir, pour en tirer un bon prix.

— L'important pour moi n'est pas d'en tirer un bon

prix, mais de la vendre au plus vite, répliqua Chase. A ce propos, je ferais mieux de me remettre au travail. Je vais d'ailleurs devoir faire un saut en ville, je n'ai presque plus de clous.

Elle était déçue de ne pas avoir réussi à le convaincre du réel potentiel de cette maison mais, après tout, cela ne la regardait pas.

— Je serais très contente d'aller t'en acheter, dit-elle. J'en profiterai pour prendre de la farine pour faire un gâteau.

Elle sentit qu'il avait envie de refuser, mais sans doute culpabilisait-il de ne pas la laisser grimper sur le toit ni suivre ses idées de décoration intérieure. Il ne pouvait dire non à tout.

— D'accord. Il n'y a sans doute rien à craindre.

Une demi-heure plus tard, Raney remonta dans le 4x4, chargée d'un paquet de farine, de deux sachets de chips parce qu'elle avait remarqué que Chase en mangeait en permanence, et d'un gros sac de clous. En passant devant l'église, elle vit que des jeunes de la paroisse lavaient des voitures pour récolter des fonds afin d'aider les personnes âgées à se chauffer l'hiver prochain. Une file de véhicules attendaient leur tour.

Aucun ne semblait sale. Les petites villes étaient généreuses.

Alors qu'elle approchait du Wright Here Wright Now Café, elle décida de s'y arrêter. Elle ne resterait pas longtemps, mais elle mourait de soif et un thé glacé lui ferait du bien. Le temps était en train de changer. Dans la matinée, pendant qu'elle travaillait avec Keith, le soleil brillait et la chaleur était accablante ; maintenant, il faisait plus frais. Le vent se levait.

Elle se demanda si un orage s'annonçait. Non, vraiment,

elle ne s'attarderait pas au café. Chase avait besoin de ces clous, et mieux valait qu'il ait remis des tuiles avant que la pluie s'abatte sur la maison.

Quand elle ouvrit la porte du restaurant, Summer, assise derrière le comptoir, la reconnut et sourit.

— Bonjour, Raney. Je suis contente de vous voir.

Raney s'installa sur l'un des hauts tabourets du bar. L'heure du déjeuner était passée, et seules deux tables étaient occupées.

Raney désigna du doigt le gâteau posé sur le comptoir.

— S'agit-il d'une tarte au citron ?

— Exactement, je l'ai faite ce matin.

— Je vais en prendre une part, dit-elle.

Si Chase la voyait, il se moquerait sans doute de sa façon de s'empiffrer de gâteaux tout en prétendant vouloir se nourrir de manière saine et équilibrée. Il aimait bien la taquiner.

Elle aussi avait voulu jouer avec lui, ce matin. Lorsqu'elle s'était réveillée, la blonde Raney avait pris le dessus. Au lieu de s'habiller, elle était descendue à la cuisine en pyjama. Se sentant pleine d'audace, elle s'était penchée en faisant mine de feuilleter des livres pour lui offrir une vue plongeante sur son décolleté.

Comme elle l'espérait, il avait regardé, les yeux exorbités. Et quand il avait tendu la main comme s'il mourait d'envie de la toucher, elle avait fondu.

Mais il s'était alors précipité dans la cuisine.

Refusant de s'avouer battue, elle l'avait alors frôlé, l'air de rien, en allant chercher la cafetière.

Après cela, il avait quitté la cuisine comme s'il avait le diable aux trousses, et la blonde Raney s'était sentie rejetée.

C'était d'autant plus stupide de sa part que, si Chase avait été intéressé, s'il avait tenté quelque chose, c'est elle qui se serait enfuie en courant. Son manque d'expérience lui jouait des tours.

Elle était sortie avec Mike trois ans avant de l'épouser, alors qu'elle venait de quitter l'université, diplôme en poche. Deux ans plus tard, elle divorçait, alors qu'elle n'avait pas vingt-quatre ans.

Elle avait commis une grave erreur en jetant son dévolu sur Mike et, à présent, elle s'interrogeait sur ses capacités de jugement. Depuis son divorce, elle avait décidé de ne prendre aucun risque dans le domaine amoureux. Mais maintenant, à quelques mois de son trentième anniversaire, elle se sentait prête à se lancer dans une nouvelle aventure.

Son enlèvement par Harry Malone n'était pas étranger à cette évolution. Elle s'était juré que, si elle parvenait à échapper aux griffes de ce malade, elle vivrait vraiment, à fond.

Et, surtout, elle se rendait compte à présent que Chase Hollister la troublait comme personne ne l'avait troublée depuis très, très longtemps.

Il était bel homme et doté d'un charme fou. Elle se surprenait à s'imaginer dans ses bras, à l'embrasser…

La porte du restaurant s'ouvrit et Sheila Stanton entra. Elle croisa le regard de Raney et s'assit au bar, laissant un tabouret vide entre elles.

Il n'y avait aucune raison de ne pas se montrer polie, songea Raney. Bien sûr, Sheila s'était jetée au cou de Chase. Mais elle avait été éduquée pour se comporter en adulte. De surcroît, Chase avait quitté la supérette avec elle, et non au bras de Sheila.

— Bonjour, dit-elle donc.

Sheila sourit sans desserrer les dents, puis commanda un café auquel elle ne toucha pas et se tourna vers elle.

— Où est le beau gosse qui vous sert de mari ?

— Il travaille à la maison.

— Où vous êtes-vous rencontrés, tous les deux ?

Une sirène d'alarme se déclencha dans la tête de Raney. Chase et elle n'avaient jamais mis au point les détails de leur histoire.

— A St Louis. Des amis communs nous ont présentés l'un à l'autre.

— Et quel métier exerciez-vous ?

Elle se rappela le commentaire de Chase sur la vitesse à laquelle l'information circulait ici.

— La formation des adultes, mentit-elle.

La réponse était assez proche de la vérité, et si Sheila apprenait qu'elle avait aidé Keith à rédiger son CV, l'histoire tiendrait.

Elle ouvrit son sac, en sortit un billet et chercha Summer des yeux. La jolie rousse était occupée à nettoyer une table un peu plus loin. Comme elle se penchait en avant, son corsage se releva et Raney aperçut sa peau.

Elle se sentit blêmir. Un gros hématome ornait le bas du dos de Summer. Il était en train de virer vert et jaune, comme si le coup qui l'avait provoqué remontait déjà à plusieurs jours.

L'estomac noué, elle se souvint qu'elle était couverte de bleus semblables après sa rencontre avec Malone.

Comme si Summer avait senti son regard sur elle, elle se redressa et tira sur son corsage pour le remettre en place. Elle se retourna et riva ses yeux aux siens.

Il y avait une supplique dans son regard, mais Raney n'aurait su dire si Summer la suppliait de n'en parler à personne, de ne pas lui poser de questions à ce sujet ou si, au contraire, elle la suppliait de l'aider.

Elle jeta un œil vers Sheila, mais celle-ci était occupée à pianoter sur son smartphone et n'avait rien vu.

Se tournant vers Summer, elle articula sans émettre un son :

— Voulez-vous en parler ?

Summer secoua la tête. Fermement.

D'accord, elle ne lui demandait pas d'aide. Il était possible qu'elle soit tombée ou se soit cognée contre un meuble. Mais Raney eut l'intuition que ce n'était pas ainsi qu'elle s'était fait ce bleu. Elle avait été frappée, battue. Mais par qui ?

Son ex-mari ? Etait-ce pour cette raison qu'elle s'était disputée avec lui le matin où Chase et elle étaient venus prendre leur petit déjeuner au café ? Mais ils étaient séparés depuis longtemps, le divorce avait été prononcé. Le bleu ne datait pas de cette époque.

Elle comprenait que Summer ne veuille pas se confier. Après Harry Malone, elle n'avait pas eu envie non plus d'en parler. La police l'avait longuement interrogée, mais ces interrogatoires avaient été douloureux pour elle, une véritable torture.

Quand Summer revint derrière le comptoir, Raney lui tendit un billet de vingt dollars.

— Merci, dit-elle sans attendre la monnaie. A bientôt.

Il faisait une chaleur intenable dans le 4x4. Elle mit le contact, régla l'air conditionné et posa ses lunettes de soleil sur son nez.

Tout en roulant, elle se demanda si elle devait ou non parler à Chase de ce qu'elle avait vu. Que ferait-il ? Que dirait-il ?

« Occupe-toi de tes affaires » ? « Chacun a ses problèmes » ?

Elle ne le pensait pas. Sans doute encouragerait-il Summer à aller trouver la police, à porter plainte. Mais son ex-mari était policier, ce qui ne facilitait rien.

Dans le rétroviseur, elle vit soudain une voiture sombre s'approcher à vive allure. La route étroite longeait une pente rocailleuse et, à cet endroit, il était dangereux de doubler.

Le 4x4 qui la suivait entreprit malgré tout de la dépasser. Comme il arrivait à sa hauteur, elle jeta un coup d'œil de côté. Au même moment, l'autre se rabattit, la poussant hors de la route.

Elle s'accrocha au volant pour tenter de redresser sa trajectoire, sans succès. L'avant mordit sur le bas-côté puis la voiture bascula et plongea dans le vide.

La tête de Raney heurta violemment quelque chose, et elle perdit connaissance.

# 8

Il ne restait plus à Chase que seize clous lorsqu'il entendit le vrombissement d'un moteur. Comme il jetait un coup d'œil dans la cour, il reconnut la vieille moto de Lloyd Doogan. Lloyd allait si vite qu'il patina sur le gravier en arrivant.

Que se passait-il ?

En moins de temps qu'il n'en faut pour le dire, Chase descendit du toit.

— Il faut que tu viennes ! dit Lloyd qui se tordait les mains. Et vite !

— Pourquoi ? Qu'est-ce qui ne va pas, Lloyd ?

— Ta femme ! Elle est blessée.

Un poids tomba sur la poitrine de Chase.

— Raney ? répéta-t-il. Raney est blessée ?

— Oui, sur la route. Viens !

Chase laissa tomber son pistolet à clous. En deux enjambées, il atteignit la moto.

— Nous y allons sur ton engin. Pousse-toi, c'est moi qui conduis.

Quelques minutes plus tard, il aurait compris qu'il était arrivé sur les lieux de l'accident même si Lloyd ne lui avait pas tiré le bras pour l'en prévenir. Trois véhicules, tous vides, étaient garés sur le bas-côté. Son 4x4 ne faisait pas partie du lot. Il s'arrêta et bondit de la moto.

La route longeait un petit ravin au fond duquel il découvrit son 4x4, couché sur le côté. Plusieurs personnes qu'il ne reconnut pas se tenaient à proximité. Une femme était accroupie et semblait parler à Raney, qui était à l'intérieur, affalée sur le volant.

*Mon Dieu, faites qu'elle soit en vie. Je vous en prie, je vous en supplie !*

Il dévala la pente rocheuse, glissant sur les pierres qui roulaient sous ses pieds. Des hurlements de sirènes lui parvinrent, mais il poursuivit sa descente. Il n'avait pas l'intention d'attendre les secours sans rien faire. Arrivé en bas, il s'agenouilla à côté de l'inconnue.

— Raney, dit-il en frappant légèrement le pare-brise.

— Elle est inconsciente, fit la femme.

— Chérie, ouvre les yeux, je t'en prie !

Elle battit des paupières et se tourna vers lui pour lui adresser un faible sourire.

— Apparemment, elle vous attendait ! s'exclama la femme d'une voix émerveillée.

Ignorant le commentaire, Chase planta son regard dans celui de Raney.

— Tiens bon, dit-il. Les pompiers arrivent. Nous allons remettre le 4x4 sur ses roues et te sortir de là.

Elle referma les yeux.

Chase posa la main sur la carrosserie.

— Reste avec moi, Raney. Regarde-moi.

Quatre hommes descendaient vers eux. Des pompiers volontaires, comprit-il à la vue de leurs uniformes. L'un d'eux, Hank Beaumont, avait été le délégué de sa classe, naguère. Il était certain qu'il le reconnut lui aussi, mais ni l'un ni l'autre n'étaient d'humeur à bavarder. Tout à son affaire, Hank se focalisait exclusivement sur Raney.

— Une seule personne se trouvait-elle dans le véhicule ?

— Oui, répondit Chase.

— Connaissons-nous l'étendue des blessures de cette jeune femme ?

— Non. Le mieux est de remettre le 4x4 d'aplomb et de la sortir de là.

— Reculez, ordonna Hank.

La femme obtempéra, mais Chase ne bougea pas.

— Je fais partie de la police. Je suis inspecteur à St Louis.

Le regard de son interlocuteur s'adoucit.

— Je sais. J'ai entendu dire que tu étais revenu, Chase. Ma belle-mère se trouvait derrière toi à la caisse de la supérette, l'autre jour. J'imagine que c'est ta femme qui est coincée dans la voiture et j'en suis désolé, mais tu n'es pas ici à titre officiel. Alors laisse-nous faire notre travail et recule comme je te l'ai demandé.

Chase s'exécuta et enfonça les mains dans ses poches. Lloyd resta près de lui.

— Elle n'est pas morte, dit-il.

Non, elle ne l'était pas. Mais, quel qu'il soit, celui qui avait provoqué l'accident n'en avait plus pour longtemps à vivre, se jura Chase.

Il promena les yeux sur la petite foule de curieux qui s'étaient approchés. Il était fréquent qu'un meurtrier revienne traîner sur les lieux du crime après son forfait. Que ce soit pour admirer son œuvre ou pour se prouver qu'il ne risquait rien, parce qu'il était plus intelligent que les autres et qu'il pouvait se promener au vu et au su de tous. Voilà pourquoi, comme en témoignaient les séries télévisées, les policiers s'intéressaient aux personnes présentes sur une scène de crime.

Malheureusement, la police de Ravesville n'avait rien à voir avec la police des séries télévisées, et elle n'était même pas encore arrivée.

Très vite, les hommes remirent le 4x4 sur ses roues et

ouvrirent la portière du conducteur. Hank glissa la tête à l'intérieur, pour s'adresser à Raney.

Chase estima qu'il était resté suffisamment longtemps à l'écart. Fendant le petit groupe, il s'approcha de la portière passager. Avant que quiconque puisse l'en empêcher, il l'ouvrit et se glissa à l'intérieur.

— Raney, dit-il doucement.

Elle était toujours retenue par sa ceinture de sécurité, qui la serrait étroitement, et il se douta qu'elle aurait quelques ecchymoses. L'airbag s'était déployé puis dégonflé et Raney avait des résidus de caoutchouc partout, sur les vêtements, le visage, dans les cheveux. Une marque rouge ornait son front. Elle ne saignait pas, mais une grosse bosse s'était formée.

— Madame Hollister, dit Hank en s'avançant. Je vais vous poser une minerve, par précaution.

— Si vous voulez, répondit-elle. Mais je n'ai pas mal au cou.

— Tu t'es cogné la tête, intervint Chase, qui s'efforçait de s'exprimer d'un ton neutre pour ne pas l'effrayer.

Elle posa la main sur son front, tâta sa bosse.

— Oh…

Hank lui mit rapidement une minerve. Ainsi équipée, elle paraissait plus fragile encore, et Chase dut lutter contre la colère qui menaçait de le submerger. Il avait besoin de garder son sang-froid pour ne pas risquer d'altérer ses capacités de réflexion.

*Concentre-toi !* s'ordonna-t-il.

Les pompiers la sortirent avec précaution du 4x4 et la déposèrent sur une civière. Un ambulancier établit alors un premier bilan. Chase resta à proximité pour l'entendre. Elle avait 12/7 de tension, ce qui était satisfaisant. Son rythme cardiaque s'élevait à 79, ce qui était un peu rapide mais pas alarmant. L'homme en blouse blanche examina ses prunelles, vérifia ses réflexes. Quand elle demanda à se mettre sur son séant, il accepta. Chase poussa un soupir de soulagement.

Il entendit une nouvelle sirène approcher et comprit qu'un officier de police arrivait enfin. La voiture s'arrêta en travers de la route, bloquant la circulation. Quand la portière s'ouvrit, Gary Blake, l'ex-mari de Summer, apparut.

Lorsqu'il s'approcha de Hank Beaumont, Chase fut surpris de les voir se comporter comme deux étrangers, presque deux ennemis. En général, policiers et pompiers entretenaient des relations étroites, surtout dans les petites communautés. Ils intervenaient sur les mêmes accidents, échangeaient les mêmes mauvaises plaisanteries et partageaient la même aversion pour l'administration. Mais Chase ne sentit aucun signe d'une reconnaissance amicale entre Beaumont et Blake, pas même une simple camaraderie. Leurs échanges lui parurent tendus, comme si les deux hommes se sentaient obligés de communiquer mais avaient l'un et l'autre hâte d'en finir.

Chase prit conscience que, si Raney souffrait d'un traumatisme crânien, les choses pourraient mal tourner. Il ne fallait surtout pas, par exemple, que, perturbée par le choc, elle dise s'appeler Lorraine Taylor ou qu'elle raconte ce qui l'avait amenée en réalité à Ravesville. Même s'il n'avait aucune envie de faire pression sur elle dans de telles circonstances, l'enjeu était trop important.

Il se pencha vers elle pour lui murmurer à l'oreille :

— Souviens-toi que tu es Raney Hollister.

— Je sais, répondit-elle, semblant presque amusée. Je n'ai pas…

Avant qu'elle puisse terminer sa phrase, Blake s'était détourné du chef des pompiers pour s'approcher d'elle. Il paraissait ennuyé.

— Vous conduisiez, dit-il.

Chase ignorait s'il énonçait un fait ou posait une question.

— J'aimerais voir votre permis de conduire, poursuivit Blakc.

Chase fut choqué qu'il ne prenne même pas la peine de demander à Raney comment elle se sentait, mais il garda ses réflexions pour lui. Il était important pour elle de faire profil bas, de ne pas attirer l'attention sur elle. Entrer en conflit avec la police locale ruinerait tous leurs efforts.

Il tendit à Raney son sac à main, qu'il avait sorti de la voiture. Elle l'ouvrit, en tira son portefeuille. Sans hésiter, elle donna son permis, sachant que le document qui lui avait été remis après la séance de photos de mariage était au nom de Lorraine Hollister. *In petto*, Chase remercia ses supérieurs d'avoir pensé à ce genre de détails. Sur le moment, il avait trouvé inutile de lui faire faire de faux papiers pour un mois, et devoir attendre que ce permis de conduire arrive pour pouvoir prendre la route l'avait agacé. A présent, il préférait ne pas imaginer la catastrophe s'ils n'avaient pas pris cette précaution.

Blake s'empara du document sans faire de commentaire et l'examina rapidement avant de le rendre à Raney. Puis il reporta son attention sur Chase, les yeux plissés.

— Vous êtes le fils Hollister dont tout le monde me rebat les oreilles, n'est-ce pas ?

Sous-entendu « le bon à rien », « le fauteur de troubles de la famille Hollister ».

Chase se frotta le front, en proie à une migraine qui avait débuté quand la moto de Lloyd avait surgi dans sa cour, qui s'était intensifiée lorsqu'il avait vu Raney, une minerve au cou, et qui devenait insupportable. Même lorsqu'il aurait quatre-vingt-dix ans, les habitants de Ravesville le considéreraient toujours comme un vaurien et un délinquant en puissance.

— J'ai entendu parler de votre frère Bray, reprit Gary Blake.

— Je m'en doute, oui.

— J'en aurais entendu parler autrement si je l'avais laissé épouser Summer Wright.

Ni Chase ni Raney ne répondirent, mais Blake ne parut pas s'en apercevoir.

— Que s'est-il passé ? demanda-t-il à Raney.

— Une voiture a tenté de me doubler. Elle se rapprochait dangereusement, et j'ai voulu me rabattre sur le côté. Mes roues ont alors glissé sur l'herbe, je suis sortie de la route et ma voiture a fait un tonneau.

— A quelle vitesse rouliez-vous ?

— Je respectais les limitations, assura-t-elle.

— Bien sûr, fit Blake comme s'il n'en croyait pas un mot.

Pour lui, elle allait trop vite et était seule responsable de l'accident dont elle avait été victime. Elle faisait les frais de son imprudence, ce n'était que justice. Il n'en démordrait pas.

Pour sa part, Chase pensait plutôt que Raney n'avait simplement pas l'habitude de circuler sur ces routes et que l'autre conducteur avait malheureusement choisi la partie la plus étroite pour doubler.

— Où est passé l'autre véhicule ? reprit Blake.

Raney s'humecta les lèvres.

— Il ne s'est pas arrêté. Peut-être n'a-t-il pas vu que j'étais sortie de la route.

Blake leva le nez de son formulaire pour la regarder en face.

— Cela semble très improbable, non ?

— En tout cas, ça ne m'a pas aidée, répondit Raney, bottant en touche.

Blake consulta sa montre.

— Pouvez-vous décrire l'autre véhicule ?

— Une voiture noire ou bleu marine. Un 4x4 ou approchant.

Gary Blake serra les mâchoires. Un observateur lambda ne l'aurait peut-être pas remarqué, mais Chase avait l'habitude d'observer attentivement les personnes qu'il interrogeait. Il était passé maître dans l'exercice et il savait reconnaître à un mouvement, à un geste, à un tic nerveux ou même à une façon de s'exprimer quelqu'un qui mentait ou s'apprêtait à mentir.

Comme Blake n'émettait aucun commentaire, Chase insista.

— Cette description vous dit-elle quelque chose ?

Blake haussa les épaules.

— Beaucoup de 4x4 noirs ou bleu marine roulent dans le coin. Avez-vous vu le conducteur ? demanda-t-il à Raney.

— Il portait un sweat à capuche et des lunettes noires. Il était barbu, je crois. Une barbe de quelques jours.

De nouveau, Blake serra les mâchoires et nota quelque chose. Il leva le nez pour la considérer.

— Je vois que vous avez une bosse sur la tête. Allez-vous consulter un médecin ? Pensez-vous demander un avis médical ?

— Non, tout va bien. Je n'ai pas été blessée.

Chase n'en était pas convaincu, mais Raney avait raison de donner cette réponse à Blake. Il valait mieux qu'il ne se pose pas de questions. Les blessures à la tête pouvaient cependant être graves et, surtout, traîtresses. Sur le moment, les gens avaient l'impression d'aller bien et, quelques heures plus tard, ils s'écroulaient, emportés par une hémorragie cérébrale que personne n'avait soupçonnée.

Blake ne l'interrogeait que pour remplir son rapport. Il allait cocher quelques cases supplémentaires, ranger son crayon dans sa poche et estimerait avoir fait son travail.

Chase ne savait pas s'il était soulagé que cet accident

ne remette pas en cause la couverture de Raney ou ennuyé que Blake soit aussi mauvais policier. Il se comportait comme si Raney n'était qu'une gêneuse qui lui faisait perdre son précieux temps. Il n'y avait pas mort d'homme. Il allait pouvoir rentrer chez lui de bonne heure. De quoi se plaignait-il exactement ?

Il se désintéressait manifestement de l'autre véhicule impliqué dans l'accident, mais Chase se promit de le retrouver. L'irresponsabilité du conducteur aurait pu coûter la vie à Raney.

Blake se tourna vers lui.

— Comptez-vous rester longtemps à Ravesville ?

— Le temps de retaper un peu la maison de ma mère pour la mettre en vente.

— Brick Doogan était un fils de pute.

Chase n'avait pas l'intention de renchérir, même s'il partageait totalement son opinion.

— Il est mort, à présent.

Blake se mit à rire.

— Bon débarras ! Bonne journée à vous deux, et un bon conseil, madame Hollister : la prochaine fois, respectez les limitations de vitesse.

Comme ils suivaient des yeux le policier qui s'éloignait, Chase murmura :

— Tu as fait du bon travail.

Elle venait de mentir à un officier de police, songea-t-elle, incrédule. Elle lui avait caché sciemment la vérité.

— Merci, dit-elle, incapable d'ajouter quoi que ce soit.

— Je sais que tu as dit aux pompiers que tu ne souhaitais pas aller à l'hôpital, mais je préférerais que tu reviennes sur cette décision. Les blessures à la tête sont traîtresses, et tu…

— Je vais bien, vraiment.

Il n'eut pas l'air content. Il le serait encore moins quand il apprendrait la vérité, mais elle n'avait pas l'intention de la lui dire ici. Elle lui en parlerait quand ils seraient à la maison et qu'elle aurait la certitude que personne ne risquait de surprendre ses propos.

Elle regarda la dépanneuse soulever le 4x4 et le hisser hors du ravin. L'aile avant droite était défoncée, et un pneu crevé. Le véhicule allait être conduit chez un garagiste de Ravesville pour être expertisé et réparé.

Le chef des pompiers s'approcha.

— Avez-vous besoin que je vous dépose chez vous ?

— Volontiers, répondit Chase. Merci beaucoup, Hank.

Il aida Raney à prendre place dans le 4x4 du chef des pompiers.

Dix minutes plus tard, ils arrivaient dans la cour.

— J'ai été ravi de faire votre connaissance, Raney, dit Hank. Bon rétablissement.

A peine fut-il à la maison que Chase se jeta sur le téléphone. Tout en se dirigeant vers le salon, Raney l'entendit demander qu'un autre véhicule lui soit amené.

Après avoir raccroché, Chase la rejoignit dans le salon. Elle s'était allongée sur le canapé et avait fermé les yeux.

— As-tu besoin de quelque chose ? Puis-je aller te chercher un verre d'eau, un antalgique…

Elle secoua la tête.

— Merci, ça va. Cela ne va-t-il pas paraître bizarre que tu retournes en ville avec une nouvelle voiture ?

— Peut-être, répondit-il en s'asseyant dans un fauteuil en face d'elle. Mais je préfère courir ce risque plutôt que me retrouver coincé ici sans moyen de locomotion, en cas d'urgence. Ils vont faire en sorte que les papiers du véhicule soient établis au nom de Lorraine Smith devenue dernièrement Lorraine Hollister. J'espère que ça passera.

Il était presque effrayant de voir tout ce qu'il fallait déployer comme ressources pour que quelque chose ait l'air différent de la réalité.

Et elle venait de participer à cette mystification générale. Il était temps pour Chase d'apprendre la vérité.

Mais avant qu'elle ait ouvert la bouche, il demanda :

— Penses-tu pouvoir me répéter ce que tu as dit à Blake ?

— Pourquoi ?

— Ne m'en veux pas mais, moi, j'ai la ferme intention de retrouver le conducteur de l'autre voiture impliquée dans l'accident et de lui faire comprendre ce qui est arrivé à cause de lui.

*Ce n'est pas forcément une bonne idée.*

— Euh… Chase, l'accident ne s'est pas déroulé exactement comme je l'ai dit à Gary Blake…

# 9

Il y eut un petit silence, très bref, avant que Chase ne hoche la tête.

— D'accord.

C'était certainement un très bon inspecteur de police, songea Raney. Elle l'avait surpris, mais il ne le montrait pas.

— Pourquoi ne pas tout reprendre depuis le début ? poursuivit-il.

La mémoire fonctionnait de bien étrange manière. Alors que la scène n'avait duré qu'un bref instant, elle revoyait avec précision ses mains serrant de toutes leurs forces le volant tandis que l'autre véhicule l'emboutissait.

— J'aurais dû réfléchir un peu avant de te demander les clés de ton 4x4. J'ai mon permis mais, en réalité, je conduis rarement. Je n'ai même pas de voiture. Et j'aimerais que tu gardes cet état de fait dans un coin de ta tête quand je vais te raconter ce qui s'est réellement passé. Il est possible que j'aie réagi de manière excessive, que j'aie commis une erreur d'appréciation, parce que je ne suis pas une conductrice expérimentée et que je roulais dans une région que je ne connais pas bien.

— C'est noté, dit-il. Continue.

Elle déglutit avec difficulté.

— En arrivant en ville, je me suis d'abord rendue à la

quincaillerie. Mince ! ajouta-t-elle. J'ai oublié tes clous sur la banquette arrière du 4x4.

— Nous nous en préoccuperons plus tard. Continue.

— Il faisait chaud, et j'avais soif. Et même si cela va te paraître égoïste de ma part, je n'avais pas envie de rentrer tout de suite à la maison. Ces deux derniers mois, je n'ai jamais eu la liberté d'agir à ma guise. Lorsque j'étais dans la résidence sécurisée à Miami, mes moindres mouvements étaient contrôlés. Je n'avais pas le droit de me balader, d'aller au cinéma, ni de faire quoi que ce soit. Alors, aujourd'hui, j'ai eu envie de profiter un peu de ma liberté retrouvée, de me promener sans avoir quelqu'un attaché à mes pas, à surveiller tous mes faits et gestes.

— Ce n'est pas de l'égoïsme. Loin de là.

— En tout cas, j'ai décidé de retourner au café pour m'offrir un thé glacé. Summer était de service.

Elle ne parla pas de l'énorme hématome qu'elle avait vu sur le dos de Summer. Chaque chose en son temps.

— Et pendant que je le sirotais, Sheila Stanton est arrivée.

— As-tu parlé avec elle ?

— Elle m'a posé beaucoup de questions ; elle voulait notamment savoir comment et où nous avions fait connaissance. Je lui ai répondu que nous nous étions rencontrés par le biais d'amis communs. Notre conversation a été brève. Je ne me sentais pas à l'aise. Je ne sais pas ce qu'elle en a pensé. Elle est difficile à décrypter.

— Et ensuite, que s'est-il passé ?

— J'ai quitté le café et repris la voiture pour rentrer à la maison. Dans le rétroviseur, j'ai soudain vu arriver un véhicule derrière moi. J'avais mes lunettes de soleil, mais je suis sûre qu'il était noir ou bleu marine ou peut-être gris très foncé. Il me collait et roulait vite, ce qui me rendait nerveuse. J'ai ralenti dans l'espoir qu'il me doublerait, ce qu'il a fait. Mais, quand il a été à ma hauteur, il m'a heurtée de côté. Sciemment. Je sais que j'ai dit à Gary Blake que lorsque l'autre voiture s'était rapprochée j'avais un peu perdu les pédales et que ma nervosité avait sans doute provoqué ma sortie de route. Mais ce n'était pas tout à fait vrai. Il est possible — probable — que l'autre conducteur ait cherché délibérément à m'envoyer dans le décor.

Elle vit une lueur passer dans ses yeux mais, très vite, il se ressaisit. Il était passé en mode « inspecteur de police ».

— Parle-moi de ce conducteur, dit-il d'une voix calme en se penchant en avant.

A l'idée de revivre ce moment, elle se sentit un peu nauséeuse, et se massa l'estomac.

— Fais attention, dit-elle. J'ai mal au cœur. Le thé et la tarte au citron que j'ai pris au café risquent de remonter à la surface.

Au lieu de reculer, il se leva et vint s'asseoir près d'elle, sur le canapé. Il lui enlaça les épaules dans un geste réconfortant.

— Prends ton temps.

— J'ai dit la vérité à Gary Blake en lui décrivant le type. Il avait une capuche rabattue sur le visage, ce qui m'empêchait de distinguer ses traits. Mais il y a quelque chose qui m'ennuie… J'ai l'impression d'être passée à côté d'un détail important.

— Que veux-tu dire ?

— Je ne peux pas te donner de meilleure réponse. Tout s'est passé très vite et, en un dixième de seconde, j'ai tout enregistré. La façon dont l'autre conducteur a braqué le volant, la manière dont il m'a télescopée, la sensation de la voiture qui quittait la route… Cela faisait beaucoup en même temps, et j'ai l'impression que je n'ai pas vu ce qu'il fallait voir, ni réagi comme je l'aurais dû.

— Je n'ai pas du tout ce sentiment. Ton récit est tout à fait cohérent.

Elle secoua la tête.

— Je n'aurais pas dû ralentir et le laisser m'emboutir. Son 4x4 se serait peut-être alors encastré dans le mien.

— Et tu aurais pu être gravement blessée, répliqua-t-il. Non, ne te reproche rien. Tu as réagi comme il le fallait. Tu as essayé d'éviter le danger. S'il t'a percutée délibérément, il avait sans doute également choisi l'endroit *ad hoc* pour passer à l'attaque. La route est particulièrement étroite, sur ce tronçon, et elle longe un ravin.

Elle avait pensé la même chose, en attendant l'arrivée de la police. Mais l'entendre le dire, savoir qu'elle avait sans doute été victime d'une agression, la glaça de peur.

— Pourquoi n'as-tu pas dit la vérité à Blake ? reprit-il.

Elle le regarda en face.

— La première fois que j'ai rencontré Harry Malone, quelque chose chez lui m'avait mise mal à l'aise. Je ne pouvais pas mettre le doigt dessus, définir ce qu'il avait d'inquiétant, de malsain, mais j'avais eu instinctivement envie de fuir. Pourtant, il était charmant, aimable avec les clients, et tout le personnel de Next Steps le trouvait merveilleux. Du coup, je n'ai pas voulu écouter mes petites antennes, et je l'ai payé cher.

Il ne fit aucun commentaire, mais elle le vit opiner.

— Je me suis juré de suivre mon instinct à l'avenir, d'être plus attentive à mes intuitions. Et tout à l'heure, mon instinct m'a soufflé que Gary Blake n'était pas quelqu'un de bien. J'ai senti que, si je lui disais la vérité, je le regretterais.

Il sourit.

— Tu me rassures.

— Pourquoi ?

— Parce que, si tu es capable de réfléchir avec tant de

lucidité, de logique, tu ne souffres certainement pas d'un traumatisme crânien. Je voulais t'exhorter à aller consulter un médecin, à te rendre aux urgences. Finalement, cela ne me paraît pas nécessaire. Pour en revenir à ce que tu disais, tu as évidemment pris la bonne décision en ne racontant pas la vérité à Blake, n'en doute pas. Ce n'est peut-être pas un ripou, mais il fait son travail par-dessus la jambe, et moi non plus, je ne lui fais pas confiance.

— Crois-tu que le chauffeur du 4x4 fait partie des sbires de Malone, des gens qui ont déjà cherché à me tuer ? demanda-t-elle, fière de réussir à poser la question sans trembler. Qu'ils m'ont retrouvée ?

Il la serra plus fort contre lui.

— Je n'en sais rien, répondit-il avec sincérité. J'en doute un peu parce que, si c'était le cas, le gars serait certainement revenu sur ses pas pour s'assurer qu'il avait bien fait le boulot, qu'il ne t'avait pas ratée. Cela dit, il est possible que les autres voitures soient arrivées très vite sur les lieux de l'accident, que leurs conducteurs soient immédiatement descendus te porter secours, et qu'il ait eu peur d'être vu dans les parages. Mais dans tous les cas de figure, il n'aura plus l'occasion de t'approcher, je te le garantis. J'y veillerai personnellement.

— Mais, si je n'ai pas été victime d'un chauffard ou d'un inconscient mais bien d'une tentative de meurtre, cela signifie que quelqu'un a compris que Lorraine Hollister et Lorraine Taylor ne faisaient qu'une seule et même personne. Ils peuvent maintenant découvrir où nous habitons et venir ici pour s'attaquer à moi.

— Je m'en chargerai, dit-il calmement. Je ne laisserai personne te faire de mal.

Comme une douce chaleur l'envahissait, elle prit conscience du fait qu'ils étaient seuls dans la maison, et qu'il était peu probable qu'ils reçoivent de la visite avant un bon moment.

Chase était si près d'elle qu'elle sentait son souffle sur sa peau. Elle se tourna vers lui. Elle aurait dû regarder ailleurs, se lever, faire quelque chose, mais elle resta parfaitement immobile. A attendre.

Le silence était tel qu'elle entendait le tic-tac de l'horloge de la cuisine. Chase prit une profonde inspiration.

— Chase…, murmura-t-elle.

Il expira lentement et, retirant son bras, s'écarta d'elle. Elle se sentit aussitôt glacée, vulnérable.

Il se leva.

— Essaie de te reposer. Je ne te laisserai pas dormir longtemps. Par précaution, au cas où tu souffrirais d'une commotion cérébrale, je te réveillerai toutes les deux heures.

Le Dr Chase Hollister faisait consciencieusement son devoir.

— Chase…, répéta-t-elle.

Mais il secoua la tête.

— Je vais dehors.

Chase n'avait plus de clous pour travailler sur le toit, aussi alla-t-il chercher la tronçonneuse pour commencer à élaguer les arbres qui entouraient la cour. Le vent s'était levé, et les branches pliaient sous les bourrasques, rendant l'entreprise plus ardue.

Il ne savait plus que faire. Il était tombé sous le charme de Raney. Cette femme était un mélange d'audace et d'innocence, et elle lui donnait envie de jouer, d'aller plus loin avec elle.

Lorsqu'il avait téléphoné à Dawson pour lui demander de lui procurer un autre véhicule, son coéquipier lui avait demandé si tout se passait bien. Incapable d'avouer la vérité, il lui avait assuré que la mission se déroulait au mieux.

Or, c'était un mensonge.

Il la désirait. Il l'imaginait sans cesse dans son lit. Sous lui. Sur lui. Le désir était dangereux. Au début, il avait été léger, passager. Il l'avait ressenti très tôt, sans doute dès qu'il l'avait vue, si sexy dans sa robe de mariée, avec ses cheveux blonds et ses jolis seins ronds. Le lendemain matin, ce désir naissant avait grimpé d'un cran quand il l'avait découverte, étendue sur son lit, vêtue de son short et de son petit haut de pyjama.

Il avait réussi à garder la maîtrise de lui-même, à prendre ses distances, jusqu'au moment où il avait vu Keith avec elle, à la table de la salle à manger. Tous deux détendus, à l'aise. Et maintenant qu'il avait été si près de la perdre dans cet accident, son désir renaissait de plus belle.

Pourtant, elle était blessée, ce qui aurait dû suffire à refroidir ses ardeurs. Hélas ! Il ne parvenait pas à se calmer, ce qui lui posait un énorme problème vis-à-vis d'elle. Si elle avait raison et si sa sortie de route avait été un acte délibéré, criminel, alors il était capital qu'il soit sur ses gardes en permanence, d'une vigilance extrême. Il n'était pas question de se laisser distraire par un désir qui n'avait pas sa place dans cette mission.

Tout en tronçonnant les branches qu'il avait coupées, il ne cessait de réfléchir à la situation.

Un 4x4 noir…

L'inexpérience de Raney l'avait peut-être poussée à réagir de façon excessive, à paniquer, mais cela n'expliquait pas pourquoi le conducteur de l'autre véhicule ne s'était pas arrêté. Il y avait plusieurs explications possibles. Peut-être n'était-il pas assuré ou n'avait-il pas de permis de conduire. A moins qu'il n'ait préféré éviter toute confrontation avec la police parce qu'il savait que l'accident n'en était pas un. Cela dit, beaucoup de gens faisaient tout pour ne pas avoir à s'expliquer avec la police sans pour autant être des criminels.

La voiture du jeune Keith était sombre, elle aussi. Mais il ne s'agissait pas d'un 4x4. De plus, Raney lui avait donné un coup de main. Il n'avait donc aucune raison de vouloir lui nuire…

Etait-il possible que Keith soit l'un des hommes de main de Harry Malone ? Si Malone était derrière toute cette histoire, ses gars tomberaient sur Raney tôt ou tard. Chase comprit qu'il était impératif de mettre sa libido sous le boisseau. La vie de Raney était en jeu. Il devait la protéger. Jamais elle ne saurait qu'elle le rendait fou.

Après le récit que Raney lui avait fait, il avait envoyé un texto à Dawson. En plus de la voiture, il lui fallait des armes supplémentaires pour ne pas être pris au dépourvu.

Le ciel était encore clair, mais le vent montait en puissance, soufflant assez pour soulever les feuilles qui jonchaient la cour. Chase empila les bûches près de la maison, dans un endroit sec.

Il se demanda si Raney appréciait les bonnes flambées, les soirs d'hiver. A St Louis, il était chauffé au gaz. Son petit deux pièces lui suffisait. Jusqu'à maintenant.

Il s'était échappé un jour de cette maison en jurant de ne jamais y remettre les pieds. Pourquoi diable aurait-il envie d'y revenir maintenant ?

L'ancienne ferme serait vendue avant l'hiver. Une autre famille profiterait de son labeur.

Il alla ranger la tronçonneuse dans le garage. Lorsqu'il regagna la maison, tout était silencieux. La radio n'était pas allumée. Raney ne pianotait pas non plus sur son ordinateur ; elle n'était pas au rez-de-chaussée.

Sans bruit, il monta à l'étage, frappa à sa porte, et attendit. N'obtenant pas de réponse, il n'hésita pas à entrer.

Elle dormait. Sur le dos, cette fois. Toujours en travers du lit, un bras replié sous la tête. Elle était habillée comme plus tôt dans la journée.

Elle était belle, même avec une grosse bosse sur le front.

Il toussota deux ou trois fois puis, comme elle ne bougeait pas, il s'approcha du lit avec inquiétude.

— Raney…, dit-il doucement.

Pas de réponse.

— Raney, répéta-t-il plus fort.

Elle battit des paupières une fois, deux fois, avant d'ouvrir grand les yeux et de lui sourire.

— Tu n'as pas besoin de crier. Je ne suis pas sourde. J'ai reçu un coup sur la tête, pas sur les oreilles.

Il eut envie de rire.

— J'ai frappé et je t'ai appelée, mais tu n'as pas répondu. Je me suis inquiété.

— Tu m'avais dit de me reposer.

Il s'assit sur le bord du matelas.

— Comment te sens-tu ?

— J'ai un peu mal au crâne, c'est sans doute normal. Mes côtes ont souffert aussi quand la ceinture de sécurité m'a brutalement retenue, mais je pense que ça ira mieux demain.

— As-tu faim ? Aimerais-tu que je te prépare quelque chose à manger ?

Elle réfléchit un instant.

— Non, merci. Je n'ai pas faim.

— Si tu veux, je peux te faire chauffer un bol de soupe.

Elle sourit de nouveau.

— Quand tu as accepté cette mission, tu ne t'attendais certainement pas à devoir me préparer mes repas. Un témoin est censé se nourrir seul, non ?

A vrai dire, il avait pensé que cette mission serait ennuyeuse à mourir, qu'il se sentirait mal à Ravesville, qu'il serait irrité contre Lorraine Taylor qui l'obligeait à passer un mois dans cette maison qu'il détestait.

Or, rien ne se déroulait comme prévu.

— Depuis le départ, ma mission consiste à m'assurer que tu es en sécurité, répondit-il. Et, dans l'immédiat, te préparer à dîner fait partie de mes responsabilités.

— Alors je veux bien un thé et quelques toasts. Mais je descendrai pour le prendre.

Il leva la main.

— Je t'en prie, laisse-moi au moins te le monter.

— Si tu y tiens.

Il hésita à tenter de la convaincre de manger quelque chose de plus consistant, mais après tout elle était majeure et vaccinée, et donc assez grande pour savoir ce qu'elle voulait.

Si elle avait faim au milieu de la nuit, elle pourrait se faire un sandwich.

Il descendit dans la cuisine, fit bouillir de l'eau et griller des tartines. Quand il monta le tout à l'étage, elle était assise sur son lit.

Il lui tendit une assiette chargée de toasts et posa la tasse de thé sur la table de nuit. Ce que Brick avait acheté en pensant que Lloyd allait revenir vivre dans la maison s'avérait utile, finalement.

— Qu'as-tu prévu pour la suite ? demanda-t-elle tout en se restaurant.

— Je vais lessiver les autres chambres de l'étage pour pouvoir les peindre ensuite.

Peut-être aurait-il le cran plus tard de s'attaquer à celle de Brick. Il avait pris de grands sacs-poubelle pour tout jeter. Même s'il ne sentait pas la présence de son beau-père dans le reste de la maison, il devinait qu'il en serait tout autrement dans cette chambre.

— Demain, j'irai beaucoup mieux et je pourrai te donner un coup de main, dit-elle.

Le seul fait de la savoir dans la maison donnait de l'énergie à Chase, mais il ne pouvait le reconnaître.

— Tu as intérêt, répliqua-t-il en riant. Il faut décaper les boiseries.

Il avait mis du beurre de cacahuète sur ses toasts, comme elle les aimait. Il avait donc été attentif à la façon dont elle se préparait son petit déjeuner.

Cela signifiait-il quelque chose ?

Dans l'immédiat, elle avait trop mal à la tête pour y réfléchir sereinement. Elle finit ses tartines, sirota son thé.

Une fois rassasiée, elle se leva, retira ses vêtements et se mit en pyjama, avant de traverser le couloir pour aller se brosser les dents et faire un brin de toilette.

En revenant, elle ouvrit la fenêtre pour aérer. Il faisait chaud dans la chambre, plus chaud que ces derniers jours. Le vent s'était levé mais n'avait pas encore rafraîchi l'atmosphère. Elle laissa la croisée ouverte ; il ferait sans doute plus frais dans un moment.

Il n'était pas 19 heures, et elle se préparait déjà à se coucher. Comme une vieille femme, songea-t-elle. Il ne lui manquait plus qu'un chat et une canne.

Elle avait été victime d'un accident de voiture, ce matin, se rappela-t-elle. Elle avait besoin de se ménager un peu.

Il en avait été de même lorsqu'elle avait réussi à échapper à Harry Malone. Elle était alors épuisée, mais la police avait tenu à l'interroger sans attendre. Elle n'avait rien oublié des salles d'interrogatoire sinistres, glaciales, des tables métalliques, des chaises inconfortables. Elle tombait de fatigue et il lui était arrivé à plusieurs reprises de se coucher sur la table et de fermer les yeux.

« Une tasse de café, mademoiselle Taylor ? Un sandwich, peut-être ? »

Les policiers faisaient mine de se soucier de son bien-être, alors qu'en réalité seul son témoignage les intéressait. Lorsqu'ils l'avaient enfin laissée tranquille, elle était rentrée chez elle pour dormir trois jours d'affilée.

Une bonne nuit de sommeil lui ferait sans doute le plus grand bien, à présent. Gary Blake n'avait manifestement pas eu envie de l'interroger pendant des heures et des heures. Vu qu'il ne cessait de consulter sa montre, elle avait compris qu'il était pressé de s'en aller.

Contrairement à Blake, Chase avait été formidable. Dès qu'il était arrivé sur le lieu de l'accident, il avait été à la hauteur. Elle se reprochait d'avoir abîmé son 4x4, mais il n'avait pas paru s'en soucier le moins du monde.

Demain, elle irait courir. Elle se coucha et ferma les yeux.

Elle se réveilla en sursaut en entendant quelque chose frapper violemment la maison et bondit de son lit. Le vent hurlait au-dehors, et des éclairs zébraient le ciel.

Le cœur battant, elle chercha à tâtons la lampe posée sur la table de chevet. Elle tenta de l'allumer, en vain. Le courant était coupé.

Elle vit alors un mouvement, une ombre, passer dans la pièce. Avec un hurlement, elle saisit la lampe, bien décidée à s'en servir comme d'une arme.

Elle se battrait jusqu'à son dernier souffle.

# 10

Un hurlement de femme tira Chase du sommeil. Il se leva du canapé d'un bond, se jeta sur son arme et se précipita à l'étage. Alors qu'il montait en vitesse l'escalier, il se rendit compte que la lumière qu'il avait laissée allumée dans la cuisine était éteinte. Il n'en fut pas surpris. Depuis toujours, au moindre orage, l'installation électrique qui datait de Mathusalem sautait.

Il ouvrit la porte de Raney d'un coup de pied et se rua à l'intérieur. La chambre était plongée dans le noir ; il ne voyait strictement rien.

Le tonnerre gronda et, presque aussitôt, un éclair zébra le ciel. Sa lumière lui suffit pour distinguer Raney recroquevillée dans un coin, les jambes repliées contre sa poitrine. Elle serrait dans ses mains la lampe de chevet comme si elle s'apprêtait à la lancer à la tête de quelqu'un. Ses yeux étaient écarquillés.

Puis la chambre retomba dans l'obscurité.

— Raney ? dit-il.

Elle ne répondit pas.

Il s'approcha d'elle.

— Tout va bien. Ce n'est qu'un orage comme il y en a souvent dans le Missouri.

Elle resta silencieuse. Il était si près d'elle, à présent,

qu'il aurait pu la toucher. Il se rendit compte qu'elle tremblait comme une feuille.

Oubliant ses résolutions, sa décision de garder ses distances, il lui retira doucement la lampe des mains et la reposa sur la table de chevet. Puis il la fit se lever et la prit dans ses bras.

— Calme-toi, dit-il doucement en la faisant s'asseoir sur le matelas. Tu n'as aucune raison d'avoir peur.

Il s'assit à côté d'elle, l'enlaça, et se mit à la bercer tendrement.

Après un long moment, elle cessa de trembler, mais il ne la lâcha pas. Sa peau était douce, elle sentait bon.

Il caressa la nuque avant de passer les doigts dans ses cheveux. Il la sentit retenir son souffle.

Etait-elle en train de lui demander d'arrêter ?

Non, pas encore, décida-t-il.

Il avait besoin de la serrer contre lui.

— Que s'est-il passé ? demanda-t-il.

— Quelque chose m'a réveillée, un gros bruit, et ensuite j'ai aperçu une silhouette qui se glissait dans la chambre et j'ai eu peur.

Il se tourna vers le coin qu'elle lui indiquait, mais la pièce était plongée dans le noir. Il aurait besoin d'un autre éclair.

— Je ne vois rien…

— C'était sans doute le rideau gonflé par le vent. J'ai cru voir quelqu'un, un intrus, mais j'ai probablement été victime de mon imagination. Je suis désolée, je n'aurais pas dû crier… Mais soudain j'ai eu l'impression… Ça m'a rappelé…

— Qu'est-ce que ça t'a rappelé ?

Elle ne répondit pas tout de suite. Il entendit le grondement du tonnerre et attendit un nouvel éclair. Au moment précis où il illumina la chambre, Raney leva la tête et le regarda en face. Ses yeux étaient brillants de larmes. Il la serra plus fort tandis que l'obscurité reprenait le dessus. Le vent hurlait, maintenant.

— Après m'avoir kidnappée, Harry Malone m'a enfermée dans une petite pièce. Il n'y avait pas de lit, aucun meuble, à l'exception d'un classeur métallique à tiroirs complètement vide. Je dormais par terre, sur un vieux plancher tout vermoulu. En bien pire état que les parquets de ta maison, ajouta-t-elle.

Elle tentait d'alléger l'atmosphère en plaisantant, mais Chase avait le pressentiment que ce qu'elle allait lui raconter serait difficile à entendre.

Un autre coup de tonnerre secoua la maison et Raney sursauta. Il resserra son étreinte autour de ses épaules.

— Un jour, un orage a éclaté alors qu'il n'était pas là. Il était parti je ne sais où. La tempête était violente et, pendant tout le temps qu'elle a duré, j'ai prié pour que le vent souffle si fort sur l'immeuble ou la maison — j'ignorais alors où j'étais enfermée — que le bâtiment s'écroule. Quelqu'un aurait alors vu que j'étais là et aurait pu me sauver.

— Que s'est-il passé ?

— Malone est revenu au plus fort de la tempête. Dehors, l'orage se déchaînait. Je le revois ouvrant la porte si violemment qu'elle a heurté le mur. Il était trempé. Tout à l'heure, quand j'ai entendu quelque chose frapper la maison et que j'ai vu une ombre, un mouvement, j'ai cru que tout recommençait, qu'il revenait.

L'envie de tuer Harry Malone s'empara de Chase.

— Que s'est-il passé quand il est rentré ?

Elle poussa un soupir.

— Il était en colère, quelque chose l'avait sans doute contrarié. Je n'ai jamais su de quoi il s'agissait, mais il m'a poussée par terre et il m'a bourrée de coups de pied.

J'étais déjà couverte de bleus, et il m'avait cassé plusieurs côtes. Je n'en pouvais plus.

Inconsciemment, il lui caressa les côtes à travers son pyjama. L'idée qu'un homme ait pu lui donner des coups de pied le rendait malade, et il se rendit compte que tuer ce fumier serait une punition trop douce. Il voulait lui briser les os un à un, lentement.

— Je suis désolé, dit-il simplement.

— Il ne m'a jamais…

— J'ai lu les rapports de police.

Elle n'avait pas été violée mais sévèrement brutalisée, traitée comme un animal enragé.

— Tu sais, dit-elle comme si elle essayait de le rassurer, j'ai eu de la chance, beaucoup de chance. J'ai réussi à m'enfuir, à lui échapper. Je suis vraiment née sous une bonne étoile. Les autres malheureuses qu'il avait enlevées avant moi n'y sont pas parvenues, elles.

— Mais grâce à toi elles seront vengées. Tu vas témoigner et ce salaud paiera pour ses crimes.

— Sais-tu qu'il m'a prise en photo ?

— Oui, répondit-il d'un ton neutre.

— La première fois, je me suis demandé ce que je devais en penser. Il se comportait avec moi comme un photographe lors d'une séance de photos. « Lève-toi, assieds-toi, mets les bras derrière la tête. » Il a dû prendre huit, peut-être dix clichés. Puis, sans me donner la moindre explication, il est parti. Ça me semblait absurde.

La tempête montait en intensité. Les éclairs se succédaient, illuminant chaque fois brièvement la chambre.

— La pluie tombe très fort, maintenant. Un vrai déluge, remarqua-t-il pour lui donner la possibilité de changer de sujet.

Mais elle ne saisit pas la perche qu'il lui tendait.

— Quand il est revenu vers moi, il m'a montré les

photos des autres femmes. Au début, je n'ai pas compris. Parce qu'elles avaient l'air bien. Terrifiées, bien sûr, mais pas blessées. C'est horrible à dire, mais j'espérais que je n'étais pas seule, que ces autres femmes étaient tout près, peut-être au bout du couloir. Mais il a continué à faire défiler les clichés. Et j'ai vu ces malheureuses commencer à souffrir, se couvrir de bleus, de marques de coups, devenir sales, fatiguées. J'ai commencé à comprendre où il voulait en venir. A la fin, il m'a montré des photos où elles étaient mortes.

Sa voix se brisa sur ces derniers mots.

— Il te torturait psychologiquement, dit-il. Cela faisait partie de son programme de malade.

— Oui. Il voulait que je comprenne ce qui m'attendait. C'était horrible de savoir que ces femmes avaient été en vie, qu'il les avait tuées, et que la même chose allait m'arriver à moi.

— Il était sûr de lui.

Ce fumier l'avait sous-estimée. Son orgueil avait causé sa perte. Il lui avait montré ces photos parce qu'il était certain qu'elle ne lui échapperait pas, qu'il la tuerait comme les autres. Il n'avait pas imaginé qu'elle parviendrait à s'enfuir et qu'elle le dénoncerait.

— Il était évident qu'il prenait plaisir à me montrer ces photos, un plaisir sadique.

Il entendait l'angoisse qui perçait dans sa voix. Il se pencha pour déposer un petit baiser sur son épaule.

— C'est fini, Raney. Ce cauchemar est terminé.

Elle prit une profonde inspiration. Elle n'avait pas fini son récit.

— J'ai compris alors que, si je ne trouvais pas le moyen de lui échapper, il ne faudrait pas longtemps pour qu'une autre femme regarde des photos de moi.

Il posa un doigt sous son menton et, doucement, lui fit

tourner le visage vers lui. S'il y avait eu de la lumière, il aurait pu river ses yeux aux siens.

— Mais tu étais plus intelligente et plus courageuse qu'il l'avait prévu. Tu as réussi à t'enfuir alors qu'il était certain que tu n'y parviendrais pas.

— Il ne faut jamais sous-estimer le pouvoir du vernis à ongles, dit-elle d'un ton solennel.

Quand il avait lu le rapport de police, il avait été à la fois fasciné et impressionné par ce qu'elle avait fait. Il avait envie de l'entendre expliquer comment elle était parvenue à échapper à son tortionnaire, mais il ne voulait pas qu'elle revive cette horrible histoire en la lui racontant.

— Tu ne l'as pas sous-estimé, toi, et c'est l'important.

— C'était tout ce que j'avais. Quand Malone m'a kidnappée alors que je rentrais à la maison après ma journée de travail à Next Steps, il m'a pris mon sac et mon téléphone portable. Mais il n'a pas pensé à fouiller mes poches. J'y avais fourré mon flacon de vernis. Ce matin-là, je l'avais emporté au travail parce que je n'avais pas eu le temps de me faire les ongles avant de partir. Dans la journée, je n'en ai pas eu le temps non plus, et il est resté dans ma poche.

— Et tu as eu l'idée de l'utiliser pour te fabriquer une arme.

— Pas tout de suite. Il n'y avait rien dans la pièce, à part ce classeur métallique. J'avais essayé de le soulever en me disant que je pourrais peut-être le lui envoyer à la figure, l'assommer avec, mais ce n'était pas réaliste. J'ai regardé ce meuble pendant des heures avant de prendre conscience qu'il tenait grâce à des boulons et à des écrous, et que je pourrais utiliser les rondelles.

— Mais tu n'avais pas d'outils…

— Non, pas même un couteau en plastique. Malone n'était pas idiot. J'ai dû utiliser mes doigts. J'ai souvent paniqué parce que, à plusieurs reprises, je me suis coupée et que du sang poissait les écrous, m'empêchant de les desserrer. J'avais surtout peur que Malone surgisse et découvre ce que je faisais. Mais à force de patience j'ai réussi à récupérer une dizaine de ces rondelles, et j'ai utilisé le vernis à ongles pour les coller ensemble. Elles formaient ainsi une sorte de pile dure. Ce n'était peut-être pas grand-chose, mais j'ai pensé que cela suffirait.

— Pour ?

— Pour bloquer la serrure. Avant qu'il n'entre dans la pièce où il me retenait prisonnière, je l'entendais remonter le couloir puis introduire une clé dans la serrure d'un verrou pour l'ouvrir. En partant, il le refermait. J'avais dans l'idée de coller ma petite pile de rondelles dans le dispositif.

— Intelligent.

— Je ne sais pas si c'était intelligent, mais je n'avais aucun autre moyen de m'enfuir, et le temps filait. Malone m'apportait parfois à boire, mais jamais à manger. Il utilisait d'ailleurs le classeur métallique dans ce but. Pour y déposer un verre d'eau… Ne trouves-tu pas ce comportement bizarre de sa part ? Il avait l'intention de me tuer mais, en attendant, il veillait à ne pas laisser un verre d'eau sur le sol.

— L'esprit humain échappe parfois à toute logique.

— En tout cas, je m'affaiblissais d'heure en heure et, à en juger d'après les horribles photos des autres femmes qu'il m'avait montrées, il n'était pas difficile de comprendre que mes jours étaient comptés. Mon plan n'était pas parfait, loin de là. Il fallait que, juste avant d'introduire ma pile dans le dispositif, je l'enduise de vernis pour qu'elle tienne bien en place. Et puis, j'espérais que mon petit assemblage serait assez solide pour résister aux assauts de la clé dans la serrure, mais je n'étais sûre de rien. Comme tu vois, il y avait beaucoup d'inconnues, l'une d'elles et non des moindres étant que je devais m'approcher de la porte sans qu'il le remarque.

— Mais tu savais ce que tu avais à faire.

— Oui. Et, dans mon malheur, j'avais la chance d'être confrontée à un homme qui avait ses petites habitudes. Je savais qu'il entrerait dans la pièce et poserait le verre sur le classeur avant de commencer à me photographier. Lorsqu'il était avec moi, il laissait toujours la porte ouverte. Je suis sûre qu'il pensait que si j'essayais de m'enfuir il lui serait relativement facile de me rattraper. Par ailleurs, il aimait me faire prendre une pose particulière. Debout, les mains autour du cou, la tête baissée, pour donner l'impression que je m'étranglais moi-même.

Malone était une véritable ordure.

— Je me suis exécutée, poursuivit-elle. Comme je le faisais toujours. Mais ensuite, j'ai fait semblant de m'étouffer. J'ai commencé à tousser, à tousser à n'en plus finir, jusqu'à être sur le point de vomir. Je savais que Malone craignait plus que tout les infections, les germes, les virus, quels qu'ils soient. En arrivant dans les bureaux de Next Steps, il désinfectait le clavier de l'ordinateur, son téléphone et même les poignées de portes et de fenêtres. Il ne se risquait jamais à prendre ses repas à la cafétéria parce qu'il ne savait pas qui les avait préparés et qu'il avait peur que les conditions d'hygiène ne soient pas respectées. J'espérais qu'il allait craindre que je vomisse sur lui et que, dégoûté, il s'écarterait. C'est ce qui s'est passé. Il est sorti. Pas longtemps, mais ça m'a donné le temps de mettre ma petite pile en place.

— Que s'est-il passé ensuite ?

— Je tremblais si fort que j'arrivais à peine à bouger. Quand il a quitté la pièce, pour de bon, je l'ai entendu glisser la clé dans la serrure comme à son habitude pour verrouiller. Sauf que, cette foi-ci, il n'y est pas parvenu. Ça ne marchait pas. Il a essayé encore, autrement. Tenté de claquer la porte, de forcer la serrure. Comme il n'arrivait à rien, il a regardé dans le trou pour comprendre ce qui se passait. Il a mis son doigt dedans. Peut-être a-t-il senti quelque chose, peut-être pas, je n'en sais rien. Mais il semblait plus agacé que suspicieux à mon égard. Je l'ai entendu s'éloigner, sans doute pour aller chercher une lampe de poche ou une boîte à outils, et j'en ai profité. Je me suis précipitée hors de la pièce, j'ai couru vers la porte de l'appartement, je l'ai ouverte, j'ai dévalé l'escalier de l'immeuble et je me suis retrouvée dans la rue. J'ignorais où j'étais, mais je me rendais compte que je me trouvais dans un quartier pauvre de la ville. Il faisait nuit. Je me suis mise à courir. Comme j'arrivais à un croisement, j'ai fait signe à une voiture. Je suis surprise que le conducteur se soit arrêté, parce que je ressemblais sans doute à une folle échappée d'un asile ou à une clocharde. Mais le vieux couple qui se trouvait dans la voiture a stoppé le véhicule. Ils m'ont fait monter et m'ont ainsi sauvé la vie. Tu connais le reste de l'histoire.

— Sidérant, murmura Chase.

— Malone a dû s'apercevoir très vite que je m'étais sauvée. Peut-être a-t-il essayé de me courir après, de me rattraper. Mais s'il m'a vue monter dans cette voiture, il a compris qu'il n'y parviendrait pas. Il n'était pas difficile pour lui de deviner que j'allais prévenir la police. Alors il a tenté de s'enfuir. La police l'a coincé alors qu'il roulait en direction d'un petit aéroport privé. Il possédait un jet et sans doute avait-il l'intention de quitter le pays. Bien sûr, il a tout nié. Et il s'était montré prudent. Mis à part me donner des coups de pied, il ne m'avait jamais touchée. La police n'a pas retrouvé mon ADN sur lui, uniquement dans l'appartement.

Mais les jurés la croiraient, elle, Chase en était certain. Ils écouteraient son témoignage, celui du couple qui l'avait ramassée sur la route, ceux des policiers qui avaient pris les premiers sa déposition. Les experts en médecine légale leur confirmeraient qu'elle avait bien été enfermée dans cet appartement parce que son sang avait été retrouvé sur le classeur métallique.

Un éclair déchira tout à coup le ciel. Il espéra voir son regard apaisé mais, dans ses yeux, il vit quelque chose d'autre, quelque chose de plus.

Du désir.

— Chase, murmura-t-elle. Reste avec moi.

Pour de multiples raisons, ce n'était pas une bonne idée, il le savait. Cependant, aucune ne comptait. La seule chose qui importait était que Raney, sa tendre Raney avec sa peau douce et ses beaux cheveux, soit dans ses bras.

Il se pencha vers elle, prit ses lèvres. Sa bouche était chaude. Il avait l'impression que, toute sa vie, il avait rêvé d'être embrassé ainsi.

Il prit son visage entre ses mains, caressa du bout des doigts ses joues, ses petites oreilles, son cou gracile. Il ne cessait de l'embrasser, et ces baisers étaient si délicieux qu'il se sentait euphorique. Il flottait littéralement sur un petit nuage.

Dehors, l'orage s'éloignait. Le tonnerre grondait encore au loin, mais le plus dur était passé.

— Raney ? chuchota-t-il, pour lui donner une dernière possibilité de changer d'avis.

Pour toute réponse, elle lui prit les mains et les posa sur ses seins.

Alors il lui fit l'amour. Et quand elle s'envola dans ses bras, il la rejoignit rapidement au septième ciel. Il sentit que cette femme touchait son âme et, quelque part, il compris que plus rien ne serait comme avant, que plus rien ne serait pareil.

Quand Raney se réveilla, la chambre était plongée dans l'obscurité, et elle avait bien chaud. Chase Hollister la réchauffait plus efficacement qu'une grosse couette.

Il était nu et l'enveloppait de son corps d'homme.

Délicieux.

Faire l'amour avec lui avait été meilleur qu'un fondant au chocolat. Chase était un amant attentif et généreux. Il avait découvert son corps avec ravissement, cherchant ce qu'elle aimait, s'efforçant de la combler.

Elle était déjà folle de lui.

Lorsqu'elle bougea, il l'étreignit plus fort, l'attirant plus étroitement contre lui.

— Ça va ? murmura-t-il. Je ne te fais pas mal ?

— Non, non. J'ai l'impression qu'il ne pleut plus.

— Tant mieux.

Allait-il s'écarter d'elle, se lever ? Avec son ex-mari, le sexe s'était toujours déroulé ainsi. Il la prenait assez rapidement et, à peine avait-il joui, il se laissait retomber sur le dos. Un instant après, il dormait, se moquant totalement de ses désirs, de ses besoins. De son plaisir à elle.

Elle attendit, compta jusqu'à cent.

— Chase ?

— Oui ?

— Je… je ne veux pas que tu te sentes obligé de me câliner dans tes bras. Tout va bien. Vraiment.

Il soupira.

— Tu aimes parler après avoir fait l'amour ?

Aimait-elle cela ?

— Euh… Je ne crois pas.

— Tant mieux. Parler épuise les énergies, et j'essaie de conserver les miennes.

Il la serra plus fort encore contre lui. Il semblait avoir parfaitement récupéré.

— Pour quoi faire ? demanda-t-elle.

Il la retourna pour l'allonger sur le dos avant de couvrir son corps de baisers. Quand il prit la pointe de l'un de ses seins dans sa bouche, elle ne put réprimer un gémissement.

— Pour recommencer, bien sûr.

Cet homme était merveilleux. Beau comme le péché, sexy en diable, et tendre comme elle aimait. Elle lui ouvrit les bras.

— D'accord, dit-elle en souriant. Mais, cette fois, c'est moi qui mène la danse.

# 11

Le soleil inondait la chambre quand Raney ouvrit les yeux. C'était le matin. Elle se demanda si l'électricité était revenue. Le cordon de la lampe traînait par terre, loin de la prise de courant.

Chase était contre son dos, les jambes mêlées aux siennes, le bras posé sur sa taille, le menton sur sa tête.

*Parfait.*

— Bonjour, murmura-t-il.

Elle se demanda depuis combien de temps il était réveillé et espéra ne pas avoir ronflé.

— Bonjour, répondit-elle. Quelle heure est-il ?

— Je dirais 7 heures… Prête pour le café ?

— Je suis toujours prête pour un café ! A toute heure.

Il se mit à rire.

— Voilà une fille selon mon cœur.

Une fille selon son cœur ? Etait-elle donc du genre de Chase Hollister ? Son amante, c'était sûr. Mais, selon son cœur ? L'expression sous-entendait quelque chose de plus intime, de plus personnel. Elle n'avait pas beaucoup d'expérience en matière de « lendemains matin ». Après son divorce, elle était sortie avec un homme, mais ils n'avaient jamais passé une nuit ensemble. Ils se retrouvaient dans son appartement, et elle rentrait ensuite chez elle dans la nuit.

Lorsque Chase s'assit sur le lit, elle se mit sur le dos pour pouvoir l'admirer. Il lui avait paru magnifique dans le noir, mais il l'était plus encore à la lumière du jour, avec son dos large et musclé, ses épaules carrées, ses belles fesses. Il se leva soudain comme s'il venait de prendre conscience de sa nudité. Toutefois, avant qu'il ait pu s'enrouler dans le drap, elle eut le temps de voir sa jambe et la cicatrice sur sa cuisse.

— Que t'est-il arrivé ? murmura-t-elle.

Il posa la main sur sa blessure.

— C'est moche, je sais.

— Ce n'est pas la question. Dis-moi ce qui s'est passé.

— Il y a six semaines, j'ai reçu une balle. J'ai eu de la chance qu'elle ne brise pas d'os, mais elle a fait des dégâts au niveau musculaire.

— As-tu subi une opération ?

— Immédiatement. Je perdais beaucoup de sang, il fallait stopper l'hémorragie.

— Et alors que tu es blessé, tu es monté crapahuter sur le toit, dit-elle. C'est de la folie !

*Sans parler des mouvements de gymnastique au lit*, ajouta-t-elle *in petto*, se sentant coupable.

— Tout va bien. Comme le disait Nietzsche, ce qui ne tue pas rend plus fort.

— Pourquoi ne m'as-tu rien dit de cette histoire ?

Elle s'attendait à ce qu'il lui réponde que ce n'était pas ses affaires. Au lieu de quoi il grommela :

— Je ne voulais pas t'inquiéter, je ne voulais pas que tu aies peur que je ne sois pas capable de te protéger.

Comment avait-il pu imaginer une telle bêtise ?

— Tu fais partie des gens les plus capables que je connaisse, s'empressa-t-elle de dire pour le rassurer.

Après un moment, il s'éclaircit la voix.

— En tout cas, après cette nuit, je ne veux pas qu'il

y ait de malentendu entre nous, reprit-il d'un ton neutre qui ne lui permettait pas de deviner ce qu'il ressentait. Ni de malaise.

Que voulait-il dire ? Craignait-il qu'elle ne le laisse plus quitter son lit ? Ou qu'elle le paye pour connaître une autre nuit comme celle qu'ils venaient de vivre ?

Ou redoutait-il qu'elle croie que ce qui s'était passé entre eux signifiait quelque chose pour lui ?

— Il n'y a aucun malaise, assura-t-elle.

*Menteuse !*

— En es-tu sûre ?

— Absolument.

— Alors je vais préparer le café. Veux-tu que je te fasse griller du pain ?

Elle hocha la tête. Elle voulait surtout qu'il quitte la chambre au plus vite et la laisse un peu seule. Elle avait besoin de recouvrer ses esprits et la maîtrise de la situation.

Ce qui s'était passé cette nuit était sans doute prévisible, inévitable ; ils avaient été attirés l'un par l'autre dès leur rencontre. Et ils n'étaient plus des adolescents mais des adultes majeurs et vaccinés, conscients et capables d'assumer leurs actes.

Elle avait l'impression d'évoquer cela comme une expérience biologique, alors qu'en réalité ce qu'ils avaient partagé avait été incroyablement beau et exaltant.

Chase n'avait pas envie de malaise ou de malentendus entre eux.

Bien sûr, elle pouvait le comprendre.

Il revint avec deux bols de café et une assiette de pain grillé. Il avait enfilé un short.

Elle voulut boire tout de suite une gorgée de café et se brûla la langue.

— Fais attention, dit-il au même instant.

Trop tard… Quelqu'un aurait dû lui recommander la prudence, cette nuit, avant qu'elle ne lui saute dessus.

Ils prirent leur petit déjeuner, puis Chase posa son bol sur la table de chevet. Il se tourna ensuite vers elle et la dévisagea longuement, comme s'il s'attendait à ce qu'elle le bombarde de questions.

Elle lui sourit.

— Tu ferais mieux d'aller travailler dehors pendant que je m'attaque aux murs de la cuisine.

Peu avant midi, Chase vit arriver deux véhicules, deux 4x4 identiques à celui qu'il conduisait jusqu'à la veille. Il posa le grattoir avec lequel il décapait la peinture du porche.

Il avait changé d'activité après être monté sur le toit pour évaluer les dégâts provoqués par la tempête. Heureusement, ils n'étaient pas énormes. La veille, il avait fini de retirer les vieilles tuiles. Et juste avant que Raney l'appelle pour dîner, comme il se doutait qu'il allait pleuvoir, il avait couvert la charpente de grandes bâches que le gendre de Fitzler lui avait fournies.

Il aurait sans doute pu commencer à poser les nouvelles tuiles ce matin mais, curieusement, il ne se sentait pas assez d'aplomb pour aller se percher à dix mètres au-dessus du sol.

Pour employer une expression un peu cliché, Raney Taylor avait bouleversé son univers. Elle s'était montrée si chaude et si douce dans ses bras ! Et quand il avait voulu lui refaire l'amour et qu'elle lui avait proposé de mener la danse, de prendre la direction des opérations, il s'était dit qu'elle pouvait l'emmener où elle le souhaitait. Que ce soit au bout du monde ou même en enfer, il la suivrait. Il leur suffisait de rester couchés pour toucher le ciel.

Il ne regrettait rien de ce qui s'était passé, bien au contraire. Jamais il ne s'était senti aussi heureux qu'avec Raney blottie contre lui dans le noir. Il avait encore l'impression de flotter sur un petit nuage.

Ce matin, quand elle avait découvert sa cicatrice, il avait vraiment eu peur qu'elle soit révulsée, voire terrifiée, d'être avec un homme blessé alors qu'elle-même avait tant besoin d'être protégée. Mais non. Elle était vraiment parfaite.

En revanche, elle l'avait laissé se débrouiller pour trouver un commentaire après cette fabuleuse nuit d'amour. Craignant de l'effrayer, il avait décidé de dire qu'il espérait que ce qui venait de se passer ne compliquerait pas leurs relations, alors qu'il aurait été plus simple — et plus honnête — de lui avouer qu'elle le rendait fou.

Ensuite, il s'était esquivé pour aller travailler à l'extérieur, mais il était resté à proximité. Au cas où elle aurait voulu passer la tête par la fenêtre pour discuter un moment ou pour l'embrasser... Mais elle n'était pas sortie. Et maintenant, il allait devoir affronter son coéquipier et le chef de la police. Le plus difficile serait de leur faire croire qu'il ne s'était rien passé.

Il essuya son front moite de sueur et s'efforça de paraître décontracté. Il avait son arme à la ceinture, cachée sous sa chemise. Lorsque le premier 4x4 entra dans la cour, il se détendit un peu en voyant Dawson au volant. Son coéquipier mit pied à terre, promena les yeux autour de lui et posa les poings sur les hanches.

— D'après mon GPS, cette route n'existe pas.

Chase sourit.

— Alors comment m'as-tu retrouvé ?

— Je t'ai appelé sur ton portable, mais tu n'as pas répondu. Alors je me suis arrêté au restaurant du village. Une magnifique rouquine m'a indiqué comment arriver jusqu'à ton repaire. Alors, comment vas-tu ? Et comment va Lorraine ?

— Elle… va bien.

L'autre véhicule se gara à son tour et le chef de la police en sortit.

En des circonstances ordinaires, Bates n'aurait jamais perdu deux heures de son temps pour amener une voiture. Mais la situation n'avait rien d'ordinaire. Le témoignage de Raney était capital. Pour l'enquête. Pour le chef Bates. Pour la justice.

Chase lui serra la main.

— Merci pour le 4x4, dit-il.

— Pas de problème. Nous n'allons pas rester longtemps, mais j'aimerais m'entretenir un instant avec Lorraine à propos de l'accident dont elle a été victime hier.

Chase faillit refuser. Il ne voulait pas qu'elle ait à revivre ce drame en le racontant.

— Elle est à l'intérieur.

Il ne savait pas exactement ce qu'elle faisait. Peut-être était-elle remontée se coucher. Ils n'avaient pas beaucoup dormi, la nuit dernière.

Il leur tint la porte ouverte.

— Raney ! cria-t-il en entrant.

Elle sortit de la cuisine. Elle portait le même jean que la veille, avec un T-shirt blanc cette fois.

— Oui ?

Elle s'arrêta net à la vue de Dawson et du chef Bates.

— Bonjour, messieurs, dit-elle enfin.

— Bonjour, Lorraine, répondit Dawson.

— J'ai été navré d'apprendre que vous avez été victime d'un accident, ajouta Bates.

Elle hocha la tête.

— Et moi, je suis désolée d'avoir endommagé le 4x4

et de vous avoir obligés à venir jusqu'ici nous amener un autre véhicule.

— Ce n'est pas l'important, répondit le chef. Accepteriez-vous de me raconter ce qu'il s'est passé ?

Sa requête ne la surprit pas. La veille, elle avait entendu Chase résumer l'incident à Dawson, au téléphone. Il était logique qu'il l'ait rapporté au chef.

— Bien sûr.

Elle leur expliqua comment elle s'était rendue en ville, s'était arrêtée au café pour prendre un thé glacé puis était repartie, quand une voiture avait surgi derrière elle.

— A quel moment avez-vous remarqué ce véhicule ? l'interrompit Bates.

Elle déglutit avec difficulté.

— Peu de temps avant qu'il essaie de me doubler.

— D'accord, continuez.

— Lorsque le conducteur a déboîté, j'ai cru qu'il allait me dépasser. Mais, quand il est arrivé à ma hauteur, il m'a heurtée, volontairement. Je crois vraiment qu'il cherchait à me faire quitter la route. Malheureusement, je n'avais pas bien réalisé à quel point la voie était étroite ni, surtout, qu'un ravin se trouvait là. D'instinct, j'ai cherché à éviter le choc.

— Avez-vous vu le conducteur ? aboya le chef.

Chase se mit derrière elle. Il vit l'expression de surprise qui passa dans les yeux de Dawson, mais il l'ignora. Bates était peut-être le chef, mais il n'avait pas à faire peur à Raney.

— Je l'ai vu, oui. Mais pas de façon très utile.

Si le chef l'impressionnait, elle parvint à ne pas le montrer. Elle repoussa sa chaise et alla se chercher un verre d'eau en prenant son temps. Elle serait un témoin hors pair.

Elle se rassit.

— J'ai vu ses mains et j'ai aperçu son visage de profil. Il portait la barbe, mais dissimulait ses traits sous une capuche. Et tout est allé très vite. Dès que je suis sortie de la route, j'ai compris que j'étais en mauvaise posture et je me suis concentrée sur le volant.

— Vous pensez que ce type vous a emboutie sciemment, délibérément ? insista le chef.

— Oui, j'ai vraiment eu l'impression qu'il a donné un violent coup de volant pour m'envoyer dans le décor. De plus, alors qu'il s'est forcément aperçu que j'avais quitté la route et que je filais vers le ravin, il ne s'est pas arrêté.

Pendant un long moment, Bates resta silencieux. Finalement, il se leva.

— Bien, je suis heureux que vous vous en soyez bien sortie. Il nous faut repartir, inspecteur, dit-il à Dawson.

Il serra la main de Raney, et salua Chase d'un mouvement de menton en lui indiquant la porte.

Chase comprit qu'il voulait lui parler dehors.

Ils approchaient des véhicules quand le chef se tourna vers lui.

— Cette histoire m'inquiète. Qu'en pensez-vous, inspecteur Hollister ?

— Elle a eu de la chance de s'en tirer sans une égratignure, c'est certain. Nous avons tous eu beaucoup de chance. Mais rien ne nous permet de penser que Harry Malone sait qu'elle est ici, n'est-ce pas ? Alors gardons notre sang-froid. D'autant que la police d'ici ne nous serait d'aucune utilité et qu'il me serait impossible d'enquêter sans éveiller les soupçons. Je crois que nous avons toutes les raisons de nous féliciter d'avoir eu l'idée de la cacher à Ravesville, que Malone et ses hommes ne peuvent se douter de sa présence, et qu'il faut la laisser ici. Je ne la quitterai plus des yeux. Elle n'ira nulle part sans moi et je ne la laisserai jamais seule, comptez sur moi.

Le chef hocha la tête.

— Je pense que vous avez raison. Je l'espère, surtout.

Alors qu'il s'apprêtait à remonter en voiture, il s'interrompit.

— Cela vous ennuie-t-il que j'utilise vos toilettes avant de partir ?

Avait-il l'intention de retourner à l'intérieur pour ennuyer Raney ? se demanda Chase.

Mais il ne pouvait pas refuser.

— La salle de bains se trouve à l'étage. La première porte à droite.

Il lui emboîtait le pas quand Dawson le tira par le bras.

— Qu'y a-t-il ? demanda Chase.

— Je crois que c'est plutôt à moi de te poser la question ! Que se passe-t-il dans cette maison ?

Chase ne répondit pas. Comme le silence se prolongeait, son coéquipier poussa un gémissement.

— Oh non ! Je le savais ! As-tu perdu la tête ou quoi ? C'est notre témoin !

Chase serra les dents en s'efforçant de se souvenir que Dawson était son meilleur ami.

— Je le sais. Et je sais ce que je fais, répliqua-t-il.

— Rentre à St Louis et laisse-moi avec elle, dit Dawson. C'est moi qui m'occuperai de sa protection.

— Ne sois pas ridicule ! Ta femme n'est-elle pas sur le point d'accoucher ?

Son coéquipier hocha la tête.

— Oui, mais je m'inquiète pour toi. Lorraine a vécu l'enfer. Peut-être ne sait-elle plus très bien où elle en est. Peut-être se sert-elle de…

Bates sortit alors de la maison en claquant la porte.

— De toi, termina Dawson.

Lorsque le chef les rejoignit, Dawson ouvrit le coffre rempli des armes que Chase avait demandées. Des fusils, des revolvers et des chargeurs en pagaille. Les trois hommes les portèrent sous le porche.

Ils retournèrent ensuite à la voiture et Bates s'installa au volant. Dawson adressa un clin d'œil à Chase avant de monter à son tour.

Chase regarda leur 4x4 s'éloigner et disparaître dans le lointain.

Il allait protéger Raney, il ne la quitterait pas des yeux.

Raney alla à la fenêtre pour voir Chase dire au revoir à son coéquipier et au chef Bates. Il n'était pas midi, et elle avait déjà envie de monter pour une petite sieste.

Ce matin, elle était restée au lit un moment quand Chase était descendu travailler dehors. Elle avait enfoui la tête entre les draps pour s'enivrer de son odeur, de *leur* odeur.

Faire l'amour avec Chase avait été magique. Et plus encore.

Ce n'était pas la blonde ou la brune Raney qui s'était retrouvée dans ses bras. Mais Raney, tout simplement. Elle n'avait plus envie de comploter ou de réfléchir à la meilleure façon de se comporter avec lui. Elle avait envie de laisser les choses se faire.

Et se répéter. Encore et encore.

Lorsqu'elle s'était enfin levée, douchée et habillée, et qu'elle était descendue, elle l'avait entendu travailler sous le porche. Elle l'avait observé de loin sans trouver le courage d'ouvrir la porte, d'aller lui parler.

Elle voulait qu'il sache qu'elle ne lui demandait pas de recommencer, qu'elle ne lui demandait rien, en vérité. Qu'elle ne cherchait pas à lui passer la corde au cou, qu'elle comprenait que les circonstances les avaient jetés dans les bras l'un de l'autre, mais qu'elle n'en tirait aucune conclusion.

Elle voulait qu'il sache que faire l'amour avec lui avait été merveilleux.

Quand, tout à l'heure, elle l'avait entendu l'appeler en ouvrant la porte de la maison, elle s'était précipitée, ravie qu'il ait enfin envie de lui parler. Elle avait été surprise de le voir accompagné de son coéquipier et de son chef.

Bates lui avait paru un peu brusque, mais sans doute était-ce lié à son métier. Elle préférait s'adresser à quelqu'un qui s'intéressait trop au problème qu'à quelqu'un comme Gary Blake, qui s'en moquait totalement.

Et avoir Chase avec elle changeait tout. Lorsqu'il s'était posté derrière elle, elle avait senti sa force. Il lui avait communiqué une assurance qu'elle n'avait pas un instant plus tôt et, soudain, ce que pouvait dire le chef ne l'impressionnait plus.

Le seul moment où elle avait été mal à l'aise avait été celui où les trois hommes avaient discuté près des voitures. Manifestement, il s'agissait d'une conversation à laquelle ils préféraient qu'elle ne participe pas. Elle devinait qu'ils s'interrogeaient pour savoir si la laisser à Ravesville était ou non une bonne idée.

En voyant le chef revenir, elle s'était préparée à de mauvaises nouvelles. Elle avait du mal à se rappeler que, quelques jours plus tôt à peine, elle se plaignait auprès de l'officier Vincenze. Elle lui avait dit qu'elle n'avait aucune envie de venir s'enterrer dans ce coin perdu. A présent, elle ne pouvait s'imaginer quittant ce village, cette maison.

Cette belle demeure avait besoin d'eux, elle le sentait.

Elle s'était détendue en se rendant compte qu'il montait simplement aux toilettes et avait compris qu'elle allait rester ici.

La porte s'ouvrit et Chase entra.

— Ça va ? demanda-t-il.

Elle hocha la tête.

— J'aime bien ton coéquipier. Il émane de lui quelque chose de calme et de compétent.

Chase sourit.

— Il s'inquiète pour moi.

— Pourquoi ? fit-elle, étonnée.

— Parce qu'il a senti que quelque chose avait changé entre nous deux.

Elle devinait que ce n'était pas exactement ce que l'inspecteur Roy avait dit. Lorsqu'elle travaillait à Next Steps, elle entendait parfois ses collègues hommes parler de femmes entre eux. Chase et son coéquipier avaient sans doute un vocabulaire plus riche et plus respectueux mais, sur le fond, il ne devait guère y avoir de différence.

— Je suis désolée, répondit-elle simplement.

Il secoua la tête.

— Pas moi. Je ne regrette rien. Que ce soit bien clair.

Elle se sentit fondre.

— Nous sommes deux adultes consentants.

— Tu es fragile. La situation te rend vulnérable, remarqua-t-il, essayant de donner raison à Dawson.

Elle songea à ce que la blonde Raney dirait et s'aperçut que la brune n'aurait pas dit autre chose.

— J'avais envie de toi, dit-elle avec sincérité.

Il serra les mâchoires.

— Tu en parles au passé ?

Elle planta son regard dans le sien.

— J'ai toujours envie de toi. Au présent.

Il lui prit la main pour l'entraîner à l'étage.

# 12

Ils passèrent l'après-midi à faire l'amour et à dormir. Leurs étreintes furent moins frénétiques que la nuit précédente et, lorsqu'elle le laissa mener la danse, il sentit qu'il parvenait à se maîtriser. Mais, quand elle le prit dans sa bouche, il crut exploser.

Après avoir touché le ciel, ils restèrent un long moment blottis l'un contre l'autre, en petites cuillères.

— J'aime bien quand tu me serres contre toi comme ça, dit-elle.

— C'est un réflexe de survie, répondit-il avec un petit sourire en coin. Si je te laissais faire, tu prendrais toute la place.

— Pas du tout ! protesta-t-elle.

— Tu dors en travers du lit quand tu es seule. En te tenant comme ça, je t'empêche de trop t'étaler, et tout le monde est content.

Elle resta un long moment silencieuse et il crut qu'elle s'était assoupie. Puis elle mêla ses doigts aux siens et dit :

— Je veux que tu saches que je n'ai pas été aussi heureuse depuis très longtemps. Pourtant, hier encore, quelqu'un a tenté de me faire du mal, peut-être de me tuer. Mais je n'ai jamais été aussi heureuse.

— C'est pareil pour moi, reconnut-il.

Même s'il s'était senti très mal lorsqu'il avait vu son 4x4 renversé…

Depuis des années qu'il travaillait dans la police, il avait, comme tous les policiers, souvent été appelé sur des lieux d'accidents. Et certains étaient horribles. Lorsque les membres de la famille, les proches des victimes arrivaient, il avait vu leurs larmes, leur angoisse. Il avait cru comprendre alors ce qu'ils éprouvaient. Maintenant, il en était moins sûr.

Il avait été surpris de ressentir une telle terreur viscérale.

Il lui embrassa la nuque.

— J'ai demandé à Dawson de mener discrètement une petite enquête pour dresser la liste des 4x4 noirs, gris froncé ou bleu marine conduits par des hommes dans un rayon de trente kilomètres autour de Ravesville. Je ne pense pas que Gary Blake ait l'intention de le faire.

— Merci, dit-elle. Maintenant, je vais descendre préparer le dîner.

Il prit son sein au creux de sa main, en excita la pointe du bout du pouce, et la serra plus étroitement contre lui, contre son érection.

— Tu as faim ? demanda-t-il.

Elle se retourna entre ses bras pour l'embrasser à pleine bouche.

— Très, murmura-t-elle.

Quand il la mit sur le dos et la pénétra d'un coup de reins, elle poussa un soupir de plaisir.

— Le dîner attendra, décida-t-elle.

Le lendemain, Chase remonta sur le toit pour se remettre sérieusement au travail. Vers 3 heures de l'après-midi, il vit le camion de Gordy Fitzler s'engager sur le chemin et descendit l'accueillir.

Le vieil homme lui serra la main.

— J'ai entendu dire que ta femme a été victime d'un accident, hier, dit-il. J'espère qu'elle va bien.

— Oui, merci de vous en inquiéter.

— Elle a eu de la chance.

Chase se souvint alors de ce qu'il avait dit en discutant pour la première fois de Lorraine Taylor avec Dawson. Qu'elle avait eu de la chance. Mais cette chance ne risquait-elle pas de finir par tourner ?

— Tu avances bien, poursuivit Gordy.

— J'ai du bon matériel, ce qui me facilite la tâche.

Il s'exprimait comme si son travail consistait à poser correctement des tuiles, mais il savait que sa véritable tâche était de veiller sur Raney.

— Je suis heureux de la façon dont mon gendre et ma fille ont repris l'entreprise familiale, reprit Gordy. A ce sujet, il se trouve que je fête aujourd'hui mes soixante-quinze ans. Mes filles ont organisé une petite fête, ce soir, au Wright Here Wright Now Café. Comme je leur ai dit t'avoir vu, elles m'ont chargé de vous inviter, Raney et toi. Je sais que l'invitation est un peu tardive, mais ça me ferait vraiment plaisir que vous soyez là.

Gordy Fitzler avait joué un rôle majeur dans sa vie, et Chase avait très envie de se rendre à cette fête. La pensée que, la veille, quelqu'un avait tenté d'envoyer Raney dans le décor le traversa, mais il serait avec elle, à ses côtés. Et elle aimait sortir.

— Nous serons ravis d'être des vôtres, répondit-il.

Un grand sourire éclaira le visage de Gordy. Il retira sa casquette pour essuyer d'un revers de main la sueur de son front.

— 18 heures. J'espère que vous aurez faim. J'ai entendu dire que les sœurs Wright avaient prévu un menu spécial.

Et, surtout, pas de cadeau. J'ai des enfants et des petits-enfants, je ne souhaite rien d'autre.

Il y avait quelque chose de réconfortant à entendre Chase travailler sur le toit avec son pistolet à clous, songea Raney. *Tap, tap, tap. Tap, tap, tap…*

Elle se mit à l'ouvrage avec énergie, remerciant *in petto* Chase de lui avoir fourni de grands sacs-poubelle. Même s'il semblait bizarre de jeter les affaires de quelqu'un d'autre, ce travail se révélait finalement moins difficile qu'elle l'avait pensé. Si elle tombait sur quelque chose qui pouvait peut-être être utile à quelqu'un, elle le mettait de côté. Sinon, poubelle. Et, en définitive, tout ou presque était à jeter.

Lorsqu'elle entendit la porte d'entrée s'ouvrir, elle regagna rapidement la cuisine. Elle se préparait une tasse de thé quand Chase entra.

— Tout va bien ? demanda-t-il.

— Très bien. Et ton toit ? Il avance ?

— Lentement mais sûrement.

Il repéra les cookies qu'elle avait sortis du four un quart d'heure plus tôt.

— Je peux ? dit-il en en prenant un.

— Ils sont peut-être encore chauds.

Il ouvrit le réfrigérateur pour se servir un grand verre de lait, avant de porter le cookie à sa bouche.

— Délicieux !

Elle sourit. Jusqu'ici, il semblait adorer tout ce qu'elle cuisinait.

— Gordy Fitzler est passé il y a un instant, poursuivit-il.

— Pour jeter un œil sur ton toit ?

— Sans doute, mais surtout pour nous inviter à fêter

son anniversaire ce soir au Wright Here Wright Now Café. Ses filles ont tout organisé et comptent sur nous.

— C'est sympa de leur part.

— J'ai pensé que nous pourrions y aller, si tu n'as pas d'autres projets.

Depuis quelque temps, elle n'avait plus vraiment la possibilité de faire des projets, mais elle ne releva pas. Pour la première fois depuis qu'elle le connaissait, elle avait l'impression que Chase hésitait. Etait-ce parce qu'ils avaient fait l'amour ?

— Je n'ai rien de prévu, répondit-elle. Serai-je en sécurité, à cette fête ?

— Je ne t'en aurais pas parlé si je n'en étais pas certain.

— Nous n'avons pas de cadeau.

— Il a dit qu'il n'en voulait pas.

Elle réfléchit un instant.

— Peut-être pourrions-nous faire un don à une association en son nom, une association défendant une cause qui lui tient à cœur.

Chase n'y avait même pas pensé.

— Il a toujours soutenu l'association sportive de Ravesville. Quand j'étais lycéen, il avait fait un don pour permettre à la ville de financer une piscine afin que les gosses puissent se baigner l'été.

— Eh bien voilà ! Ça me paraît parfait.

— Pouvons-nous discuter un instant des consignes de sécurité ?

— Quelles consignes de sécurité ?

— L'important est de prévoir, de ne pas être pris au dépourvu. Tu devras rester en permanence dans mon champ de vision. En clair, il n'est pas question par exemple que tu sortes de la salle, sous aucun prétexte, si je ne suis pas avec toi. Si tu as besoin d'aller aux toilettes, je t'y accompagnerai pour m'assurer qu'il n'y a aucun danger.

— Je sais que nous sommes censés être de jeunes mariés, mais ne crains-tu pas que les gens nous trouvent un peu trop fusionnels ?

— Je m'arrangerai pour que personne ne remarque que je ne te quitte pas des yeux.

Sans doute sous-estimait-il la façon dont toutes les femmes de la ville épiaient ses faits et gestes, songea-t-elle. Il était si séduisant, si viril.

— D'accord. Je veille à rester dans ton champ de vision en permanence. Mais j'avoue que je suis un peu déçue…

— Pourquoi ? demanda-t-il, déconcerté.

Elle soupira.

— Eh bien, j'espérais que nous n'aurions pas que des contacts visuels, ce soir.

En riant, il la prit dans ses bras.

— Ne t'inquiète pas. Dès que Gordy aura soufflé ses bougies et que le gâteau sera servi, nous rentrerons pour nous rapprocher plus étroitement.

Un peu moins de trois heures plus tard, Chase attendait Raney dans le salon. Elle était contente de se rendre à cette soirée d'anniversaire, il le savait. Il n'avait pas oublié que, depuis des semaines, elle vivait enfermée dans des résidences sécurisées. Cette petite sortie lui procurait certainement un agréable sentiment de liberté.

Lorsqu'il était rentré, une demi-heure plus tôt, elle venait de finir de peindre la porte de la cuisine. Il n'avait jamais vu de peintre plus lent. En trois heures, il passait au rouleau une pièce entière, alors que Raney, dans le même laps de temps, ne peignait qu'un pan de mur. Qu'elle préfère prendre son temps n'avait toutefois rien de gênant.

Il avait sorti des vêtements propres et était monté se doucher. Curieusement, même s'ils dormaient dans le même lit, il n'osait pas encore se promener nu devant elle ; cela lui semblait prématuré. Sans doute devraient-ils en parler mais, pour le moment, ni l'un ni l'autre n'avaient souhaité mettre le sujet sur le tapis.

Il connaissait l'origine de ses propres réticences. Il était en proie à un conflit intérieur. Il aimait Raney. Il l'aimait énormément, mais il la soupçonnait de désirer ce que la plupart des femmes désiraient : quelqu'un qui s'engagerait sur le long terme avec elle, qui lui passerait la bague au doigt. Or, il n'était pas de l'étoffe dont on faisait les maris et fatalement, tôt ou tard, il allait la décevoir.

Il ne comprenait pas bien pourquoi, contrairement à la plupart des femmes, elle ne semblait pas vouloir parler d'avenir. Elle avait été mariée, ce qui signifiait qu'elle croyait à l'institution du mariage. Lorsqu'elle évoquait son divorce, elle ne paraissait pas particulièrement en colère ou triste. En bon inspecteur, il cherchait donc des indices pour comprendre ce qu'elle attendait mais, jusqu'ici, elle cachait bien son jeu.

Quand elle descendit, il resta un instant bouche bée. Elle était ravissante. Bien qu'elle ne soit pas particulièrement grande, elle avait de longues jambes fuselées, mises en valeur par une jupe noire étroite. Et il rêvait de déboutonner son petit corsage, noir lui aussi.

— Tu es très belle, dit-il.

— Tu n'es pas mal non plus.

Il portait un pantalon kaki et une chemise à manches longues qui dissimulait un revolver à sa ceinture.

— Dans combien de temps devons-nous partir ? demanda-t-elle.

Il consulta sa montre.

— Nous avons encore quelques instants.

— Tant mieux. Parce que… j'ai quelque chose à te dire.

Aussitôt, il imagina le pire. Elle allait lui expliquer

qu'elle avait réfléchi, que ce qui s'était passé entre eux avait été une erreur, et qu'elle préférait en rester là. Une énorme vague de déception s'abattit sur lui.

— D'accord.

Il se laissa tomber sur le canapé et l'invita à s'asseoir près de lui. Bien sûr, il était dépité, mais il survivrait.

Elle s'éclaircit la voix.

— L'autre jour, j'ai vu quelque chose, qui me pèse depuis, et j'aimerais mieux t'en parler.

Elle ne faisait certainement pas allusion à sa blessure à la cuisse. Ils en avaient déjà discuté, et…

— J'aurais sans doute dû le faire tout de suite, mais la personne concernée n'a manifestement aucune envie de se confier sur le sujet et je respecte ses secrets.

Chase était complètement perdu. Elle paraissait sincèrement inquiète et n'était de toute évidence pas sûre de devoir en discuter avec lui. Elle avait besoin d'y réfléchir. Il garda donc le silence pour lui en laisser la possibilité.

— Lorsque j'étais au café, l'autre jour, avant l'accident, Summer passait l'éponge sur une table. Dans le mouvement, son corsage est sorti de sa jupe et j'ai vu le bas de son dos. Il était couvert de gros bleus, énormes. Ils dataient de plusieurs jours, peut-être plusieurs semaines ; ils viraient déjà au jaune. Il se trouve que je suis devenue experte pour repérer les différents stades d'un hématome…

Il sentit son estomac se nouer.

— Qu'as-tu dit ou fait ?

— Rien. Sheila était là, et je ne voulais pas qu'elle entende la conversation. D'autant que j'ai bien senti que Summer aurait préféré que je n'aie rien vu. Elle n'avait pas envie d'en parler.

— Elle a pu se faire des bleus de mille façons différentes. Par exemple, accidentellement.

— Je sais. Et c'est la raison pour laquelle je n'ai rien

dit. Mais… ces bleus ressemblaient beaucoup à ceux que Harry Malone m'avait faits avec sa chaussure. Et je ne peux pas m'empêcher de penser que quelqu'un bourre Summer de coups de pied.

La photo de Raney qu'il avait vue dans le dossier lui revint en mémoire. Sur ce cliché, elle était couverte de bleus, de marques de coups, et elle semblait épuisée. Elle n'avait pas mérité d'être ainsi maltraitée. Aucune femme ne le méritait. De plus, il se sentait proche de Summer ; son frère avait failli l'épouser. Qu'est-ce que Bray aurait voulu qu'il fasse ?

La réponse s'imposa à lui. Bray risquait sa vie tous les jours pour que des gamins ne meurent pas d'une overdose.

— Je lui parlerai, dit-il. Ce soir.

Raney secoua la tête.

— Non, c'est à moi de le faire. Mais je voulais te mettre au courant parce que, si elle a des ennuis, nous aurons sans doute besoin de ton aide.

Les deux sœurs Wright étaient de service pour cette soirée d'anniversaire. Coiffée d'une toque de chef et armée d'un grand couteau, Trish s'affairait en cuisine. Elle découpait la viande et préparait les plats avec entrain, visiblement ravie de régaler des amis.

Summer accueillait les invités avec, à côté d'elle, un garçon de quatorze ans qui avait l'air de s'ennuyer à mourir et une fillette de cinq ans peut-être qui ne tenait pas en place tant elle était excitée. Il n'était pas difficile de deviner qu'il s'agissait de ses enfants. Même grain de peau, mêmes yeux en amande. Mais le garçon était brun et sa petite sœur blonde.

Il était logique qu'elle les ait emmenés. Summer était une mère célibataire qui, en général, ne travaillait pas le soir ; elle ne pouvait laisser sa progéniture seule à la maison.

Une pancarte annonçant « Fermé pour cause d'anniversaire » était accrochée sur la porte, mais Raney se dit que cela n'avait pas d'importance. A en juger d'après la foule présente, tous les habitués du restaurant figuraient sur la liste des invités.

Des guirlandes lumineuses avaient été accrochées au plafond. Quant aux tables, elles étaient couvertes de nappes blanches, de bouquets de fleurs, et de bougies.

Les deux sœurs avaient aménagé une petite piste de danse dans un coin de la salle.

Il ne s'agissait pas d'une grande réception somptueuse comme elle en avait vu à New York, mais d'une petite fête chaleureuse telle qu'il y en avait dans les petites villes de province.

Elle adorait cette ambiance.

M. Fitzler et ses deux filles vinrent vers eux pour les saluer. Lorsque Chase la présenta aux deux femmes, elles parurent sincèrement ravies de faire sa connaissance.

— Merci de nous avoir invités, dit-elle.

— Chase fait pratiquement partie de la famille, expliqua Reneta, l'aînée des filles de Fitzler. Il est le fils que papa n'a jamais eu, ajouta-t-elle. Venez à notre table, cela nous ferait tellement plaisir !

Ce n'est qu'une fois assise que Raney aperçut Gary Blake à l'autre bout de la salle. Il n'était pas en uniforme et avait une bière à la main. Il était entouré de deux hommes qui parlaient haut et fort, mais il ne regardait pas ses compagnons. Il promenait les yeux sur l'assistance comme s'il cherchait quelqu'un. Au début, elle pensa qu'il cherchait son ex-femme et leurs enfants, mais ce n'était pas le cas. Il fixait souvent la porte.

Elle se pencha vers Chase.

— Tu as vu Gary Blake ?

— Oui. Veux-tu un peu de vin ?

— Avec plaisir.

Chase l'avait évidemment repéré. Il savait sans doute exactement qui était là.

Il lui servit un verre de vin blanc et prit de l'eau pour lui. Puis ils allèrent faire la queue au buffet. Ils garnirent leurs assiettes de rôti de bœuf, de pommes de terre, et de salades variées, puis retournèrent à leur table.

Raney était en train de se régaler quand la porte s'ouvrit sur Sheila ; elle était seule. Raney vit les filles de Gordy échanger un regard. Elles n'étaient manifestement pas enchantées de voir la nouvelle venue.

Reneta se pencha vers Chase.

— Tu te souviens de Sheila, n'est-ce pas, Chase ?

— Oui.

Imperturbable, il ne laissait rien paraître de ses pensées.

— C'est une bonne cliente, expliqua Reneta. Elle possède la moitié des commerces de Ravesville, et elle fait toujours appel à nous quand elle a besoin de faire réparer les toits. Mon mari a pensé qu'il valait mieux l'inviter.

Le message sous-entendu était clair. Si les filles avaient été seules à décider, elles ne l'auraient pas conviée à l'anniversaire de leur père.

Raney regarda Summer offrir un verre de vin à Sheila, qui en but une gorgée et grimaça comme s'il était bouchonné. Summer l'ignora.

Elle décida de faire la même chose, d'ignorer Sheila Stanton. Se tournant de l'autre côté, elle engagea la conversation avec Jonah, le mari de Reneta, qui avait repris l'affaire familiale. Très vite, elle parvint à le convaincre de recevoir Keith pour un poste d'employé de bureau que l'entreprise avait besoin de pourvoir.

Chase, qui avait entendu la conversation, lui murmura à l'oreille :

— Je croyais que son objectif était d'ouvrir son propre restaurant. Je ne vois pas très bien le rapport.

— Keith est très bon serveur, mais s'il veut un jour monter sa boîte il doit apprendre à maîtriser également les aspects administratifs du métier. Il peut le faire dans des sociétés très diverses, y compris chez un couvreur. D'autant qu'il a envie de rester dans la région et qu'il n'y a pas énormément d'offres d'emploi par ici. S'il décroche ce poste, ce sera gagnant-gagnant. Il pourra se former et mettre de l'argent de côté. Ses économies lui permettront plus tard de contracter un emprunt. Et la société Fitzler aura embauché un employé sérieux, motivé, prêt à prendre des responsabilités.

— Tu es très intelligente, dit-il.

Elle se sentit rougir.

— Non, pas tant que cela.

Son regard sc posa soudain sur Sheila Stanton, assise à une table de l'autre côté de la salle. Elle avait repoussé ses cheveux derrière l'oreille et Raney voyait son profil, son menton.

— Mon Dieu ! s'exclama-t-elle.

— Quoi ? demanda Chase.

Elle vit qu'il cherchait son arme et posa la main sur son bras pour le tranquilliser.

— Calme-toi, Chase. Je crois que c'était Sheila qui conduisait la voiture qui m'a envoyée dans le décor, l'autre jour.

Il cilla.

— Tu disais qu'il s'agissait d'un homme.

— Je sais, je le pensais. Mais j'avais vu son profil, son menton. Et je suis certaine maintenant que c'était Sheila.

# 13

Chase se félicita de ne pas avoir pris une goutte d'alcool. Autrement, il aurait peut-être été malade tant les révélations de Raney lui donnaient le tournis. Etait-il possible que Sheila ait provoqué l'accident ?

Lorsqu'elle avait quitté la supérette, le jour où il l'y avait croisée, le lendemain de leur arrivée, il avait vu sa voiture. Elle conduisait un 4x4 noir.

Aurait-elle pu faire une chose pareille ? C'était de la folie ! Leur histoire remontait à plus de dix ans ! Entre-temps, elle s'était mariée puis avait divorcé. Quant à lui, il était maintenant marié, ou du moins le croyait-elle. Elle n'imaginait certainement pas qu'ils pourraient se remettre ensemble !

Puis il se souvint que, lorsqu'il avait emménagé à St Louis avec son frère, Cal avait affirmé l'avoir aperçue à plusieurs reprises traînant près de leur immeuble. Il se remémora également la lettre anonyme qu'il avait reçue, sans parler du fait qu'elle avait attendu des heures sur le parking de la supérette qu'il vienne y faire ses courses.

— Reste ici, ordonna-t-il à Raney.

Sheila demandait un verre de vin quand il s'approcha d'elle.

— Chase ! Je suis ravie de te voir.

— Puis-je te dire un mot ? demanda-t-il, surpris de

s'exprimer si calmement alors qu'il mourait d'envie de lui tordre le cou.

Si Raney avait raison, elle avait pris le temps de se déguiser, de camoufler son visage, de se coller une fausse barbe avant de prendre le volant pour provoquer une collision et l'envoyer dans le ravin. Ce qui signifiait que le crime avait été prémédité. Et qu'elle était sans doute très dangereuse.

— Bien sûr, répondit-elle d'une voix enjôleuse. Aimerais-tu que nous allions faire un tour dehors ? La nuit est si belle.

Il ne voulait pas quitter Raney des yeux.

— Non, nous sommes très bien ici, dit-il en s'asseyant à côté d'elle de façon à pouvoir voir Raney.

Il dévisagea Sheila un moment avant de lancer :

— Ma femme a été victime d'un accident de la route, l'autre jour.

— Je l'ai entendu dire, oui. Comment va-t-elle ?

— Elle va bien… Un 4x4 noir l'a emboutie sciemment pour la sortir de la route.

— Vraiment ?

Elle était très forte, songea Chase. Elle ne paraissait même pas nerveuse.

— Et tu conduis un 4x4 noir, non ?

— Oui, et j'adore cette voiture.

Elle but une gorgée de vin avant d'ajouter :

— As-tu ce genre d'échange avec tous ceux et celles qui ont un 4x4 noir ? Ou uniquement avec moi ?

Elle s'exprimait d'un ton suggestif comme si cette dernière éventualité lui plaisait, comme si le fait d'avoir droit à un traitement particulier la ravissait. Il eut envie de vomir.

— Ecoute-moi bien, Sheila. Quoi qu'il se soit passé entre

nous autrefois, c'est fini depuis longtemps. Maintenant, je suis marié. Et j'adore ma femme. Je... Je l'aime.

Il aimait Raney, oui, se dit-il, ébranlé par cette prise de conscience. Il l'aimait vraiment.

Il inspira profondément pour se calmer.

— Je ne supporterais pas qu'il lui arrive quoi que ce soit, poursuivit-il. Même si elle se cassait un ongle, j'en serais malade. Et celui ou celle qui s'en prendra à elle le paiera au prix fort. Je m'en occuperai moi-même. As-tu bien compris, Sheila ?

Elle perdit son air amusé.

— Tu es complètement taré, Chase ! Cette fille ne m'arrive pas à la cheville, et, quoi qu'elle fasse, elle ne sera jamais à ma hauteur.

Il refusa de prendre la défense de Raney, elle n'en avait pas besoin.

— Je vais te poser une question, une seule. Est-ce toi qui as embouti Raney pour l'envoyer dans le décor ?

— Jamais de la vie ! Bien sûr que non !

Il était incapable de dire si elle mentait ou non.

— Je t'aurai prévenue, Sheila. Fais très attention.

Tandis qu'il s'éloignait, Chase sentit les yeux de Sheila dans son dos. Quand il reprit sa place, Raney le dévisagea d'un air interrogateur.

— Je ne comprends pas comment j'ai pu un jour la trouver désirable, dit-il. Ou sexy.

— Tu avais dix-neuf ans. Toutes les femmes te plaisaient, du moment qu'elles étaient d'accord pour coucher avec toi.

Il se mit à rire si fort que les autres dîneurs se tournèrent vers lui d'un air étonné.

Il mêla ses doigts aux siens.

— Rentrons à la maison, proposa-t-il.

— Je dois d'abord parler à Summer, lui rappela-t-elle.

Elle se leva.

Chase la suivit des yeux tandis qu'elle traversait la salle.

Summer était toujours derrière le buffet, à servir du vin, à décapsuler des bouteilles de bière ou des sodas. Elle sourit à Raney.

— Avez-vous bien dîné ?

— Tout était délicieux, merci ! J'aimerais une goutte de chardonnay, s'il vous plaît.

D'un coup d'œil, elle s'assura qu'elles étaient seules.

— Puis-je vous dire un mot un instant ? demanda-t-elle quand Summer lui tendit son verre.

Elle sentit que Summer allait refuser.

— Je vous en prie, insista-t-elle.

Summer promena les yeux autour d'elle.

— Suivez-moi à la cuisine, dit-elle.

Chase lui avait recommandé de ne pas s'éloigner, de ne pas sortir du restaurant sans lui, mais il ne lui avait pas interdit d'aller à la cuisine. Tout en emboîtant le pas à Summer, elle croisa le regard de Chase et, d'un mouvement de menton, lui montra où elle se rendait.

Il lui répondit d'un hochement de tête. Elle sut qu'il surveillerait la porte jusqu'à ce qu'elles aient fini leur conversation.

Lorsqu'elles entrèrent dans la cuisine, un garçon d'une quinzaine d'années remplissait d'assiettes sales un grand lave-vaisselle. Il avait son walkman vissé sur les oreilles et ne leva même pas le nez vers elles.

— Nous pouvons parler, dit Summer. Jess ne fait pas attention à nous.

Raney ne chercha pas à tourner autour du pot.

— L'autre jour, quand votre corsage s'est soulevé, j'ai vu des ecchymoses sur votre dos. Je ne pense pas que ce soit le genre de bleus que n'importe qui peut se faire en se cognant contre un meuble. J'ai plutôt eu l'impression que… quelqu'un vous a sciemment frappée. Et je… je m'inquiète pour vous.

Summer se mordilla la lèvre.

— Je sais que vous pensez bien faire, Raney. Vraiment. Et j'en suis très touchée. Mais je vous en supplie, n'en parlez à personne. Cela pourrait me créer beaucoup d'ennuis. Et à mes enfants aussi. Je vous en prie ! ajouta-t-elle, les yeux soudain pleins de larmes.

Raney perçut son désespoir.

— Votre sœur peut-elle vous aider ?

— Non, elle ne sait rien. Ne lui dites rien, s'il vous plaît.

— Des gens sont prêts à vous aider, des gens comme Chase.

Elle secoua la tête.

— Non, je vous en prie, répéta-t-elle. De toute façon, la situation s'arrange.

Raney s'empara du téléphone portable que Summer avait glissé dans la poche de son corsage. Elle y enregistra son nom et ses coordonnées.

— Promettez-moi de m'appeler si vous avez besoin d'aide. N'importe quand.

Elle ne resterait à Ravesville que trois semaines encore, mais même si elle n'était plus en ville elle ferait ce qu'elle pourrait.

— Promis, répondit Summer.

Raney n'aurait su dire si elle avait l'intention de le faire ou si elle cherchait simplement à mettre un terme à la conversation.

Quand elle sortit de la cuisine, Summer ne la suivit pas. Comme elle l'avait deviné, Chase se tenait près de la porte. Elle se rendit compte qu'il avait pu voir ce qui se passait à l'intérieur à travers la partie vitrée du battant.

— Alors ? fit-il.

— Elle m'a suppliée de garder pour moi ce que j'ai vu.

— Que comptes-tu faire ?

— Rien. Elle est majeure et vaccinée. Je lui ai tendu une perche, donné la possibilité de demander de l'aide. Maintenant, soit elle maîtrise en effet la situation, soit elle n'est pas prête à réagir. Dans tous les cas, je ne peux pas la forcer.

Chase hocha la tête.

— Tu as sans doute raison. Tu ne cesses de m'impressionner, Raney. Avoir cette conversation avec elle n'était pas simple, pourtant tu es allée jusqu'au bout.

— La blonde Raney a encore frappé, répondit-elle sans réfléchir.

Il recula, un peu interloqué.

— Que veux-tu dire ?

Elle était un peu gênée d'évoquer le sujet, mais elle connaissait assez Chase pour savoir que, tant qu'elle ne se serait pas expliquée, il insisterait pour comprendre.

— Ma nouvelle coupe et ma nouvelle couleur de cheveux me donnent un look très différent et, depuis cette séance chez le coiffeur, depuis que je suis devenue blonde, je me sens différente. Autre. La blonde Raney est une aventurière, courageuse, elle n'a pas froid aux yeux, elle fonce en avant. J'aime sa personnalité. Et dans une situation difficile, si j'ai un choix à faire sur la façon dont je dois me comporter, je peux être soit la blonde Raney, soit la vraie Raney.

— Ne crois pas que ton audace vient de ta couleur de cheveux, chérie. Ta blondeur te va bien, mais ta force de caractère fait partie de toi. Lorsque tu as imaginé un subterfuge pour échapper à Malone, tu n'étais pas blonde ; lorsque tu t'es montrée plus intelligente que lui et que tu as osé t'enfuir au lieu de te résigner à ton triste sort, tu n'étais pas blonde non plus. Et lorsque tu as donné ton accord pour témoigner contre ce type, tu étais encore brune, non ?

— Mais j'étais blonde quand j'ai couché avec toi, chuchota-t-elle.

Pendant un moment, il ne répondit pas.

— Raney, brune ou blonde, tu es vraiment quelqu'un d'extraordinaire. Tu as traversé les pires épreuves, des épreuves que peu de femmes auraient supportées. Et tu as survécu. Je sais que tu te sens mal parce que Malone a réussi à te duper, et cela a détruit la confiance que tu avais en toi et en les autres.

Il prit sa main.

— Tu veux que je te dise ? Tes cheveux blonds sont une béquille. Pas dans le mauvais sens du terme. Tout le monde a besoin d'une béquille de temps en temps. Si tu t'étais cassé une jambe, tu en aurais utilisé une sans te poser de questions. Cette histoire t'a profondément ébranlée, et quelque chose s'est brisé en toi au cours de ta séquestration. C'est compréhensible. Alors tu as passé une sorte de pacte avec toi-même ou avec Dieu. Et maintenant que tu es libre, tu as peur de ne pas le respecter. Il t'est plus facile de dire que c'est la blonde Raney qui agit, comme s'il s'agissait de quelqu'un d'autre. Mais non, c'est toi, chérie. Toi seule.

Elle crut que son cœur allait éclater d'amour.

— Et si tu as couché avec moi, tu sais aussi bien que moi pourquoi, poursuivit-il. Ce n'est pas parce que tu es blonde, mais parce que nous sommes faits l'un pour l'autre.

Gordy Fitzler choisit ce moment pour s'approcher.

— Chase, m'autorises-tu à danser avec ta femme ?

— C'est à elle d'en décider.

Le vieil homme se pencha galamment vers elle. Comment aurait-elle pu refuser ?

— Avec grand plaisir, répondit-elle.

L'orchestre jouait une chanson country qui avait été à la mode quelques années plus tôt. D'un rythme assez lent, elle était parfaite pour danser avec lui.

— Merci de nous avoir conviés à votre anniversaire, dit-elle. J'ai passé une très bonne soirée.

Elle le pensait vraiment.

— Je sens que vous êtes la femme qu'il fallait à Chase, poursuivit-il. Vous lui faites beaucoup de bien.

La gorge de Raney se noua lorsqu'elle songea qu'elle mentait à ce brave homme, à tous ces gens.

— Merci, réussit-elle à dire.

Du bruit et des éclats de voix à l'entrée de la salle les firent se retourner.

Lloyd Doogan avait surgi au milieu de la fête. Manifestement ivre, il titubait et parlait fort. Heureusement, bon nombre d'invités étaient déjà partis. Sheila avait quitté les lieux peu après que Chase lui avait parlé. Raney chercha Gary Blake des yeux. Elle ne voulait pas que Lloyd soit arrêté, qu'il ait des ennuis. Par chance, le policier n'était nulle part en vue. Sans doute était-il lui aussi rentré chez lui.

Elle vit Chase s'excuser auprès de Hank Beaumont, le pompier qui l'avait aidée lors de l'accident, et s'approcher de Lloyd. Comme Gordy cessait de danser pour se diriger vers l'entrée, Chase le devança.

— Finissez votre danse, je m'occupe de lui.

Il prit le bras de Lloyd.

— Salut, vieux. Et si tu allais te coucher ?

— Je suis venu souhaiter un bon anniversaire à Gordy, répondit-il d'une voix pâteuse en tentant de se libérer de son emprise.

— Tu auras tout le temps de le faire demain.

Lloyd planta les yeux dans ceux de Chase.

— Gordy est un type bien.

Chase opina.

— C'est vrai… Bon, alors je t'accompagne.

Tous deux traversèrent la salle. Lloyd trébuchait à chaque pas, mais il semblait décidé à saluer Gordy.

Aimablement, ce dernier lui serra la main en le remerciant d'être passé. Puis il dit quelque chose à l'oreille de son gendre, qui hocha la tête et sortit des clés de voiture de sa poche. Chase l'aida à entraîner Lloyd à l'extérieur. Raney comprit qu'il serait reconduit chez lui pour qu'il ne lui arrive rien de fâcheux.

Ce qui aurait pu mal tourner finissait bien. Grâce à Chase. Il prenait soin des gens en toutes circonstances.

C'était l'une des raisons pour lesquelles elle l'aimait.

Parce que, oui, elle l'aimait. Elle ne voulait pas nier plus longtemps ses sentiments mais, tandis qu'elle retournait danser avec Gordy, elle se posait des questions.

Chase n'avait rien dit à propos de ce qu'il adviendrait d'eux après le procès. Lorsqu'elle serait libre de retourner à Miami. Il lui avait répété qu'il ne se marierait jamais. Devait-elle l'accepter ? En rester là ?

Non.

Si sa première expérience conjugale avait été désastreuse, cet échec n'avait pas pour autant ébranlé sa foi en le mariage. Elle avait compris que sa première union les avait menés dans une impasse parce que Mike n'en attendait pas la même chose qu'elle. Elle ne commettrait pas deux fois cette erreur.

Elle laissa son regard errer autour d'elle. Elle avait envie de cette existence. De vivre dans une petite ville où tout le monde se connaissait, où tous partageaient du bon temps mais savaient aussi acheter des bonbons qu'ils ne mangeraient pas pour aider des pom-pom girls à partir en camp d'été, ou faire laver des voitures propres pour permettre à des personnes âgées de se chauffer l'hiver.

Elle avait perdu ses parents très jeune, et avait toujours rêvé d'une famille. Et elle eut l'intuition qu'elle la trouverait à Ravesville.

Chase était réfractaire à l'engagement. Il préférait signer des baux de six mois pour se sentir libre de partir quand il sentirait le vent tourner.

Elle en éprouvait une grande tristesse.

Quand il revint, Raney embrassa le vieil homme sur la joue et Chase serra la main de Gordy.

— Es-tu prête à y aller ? demanda-t-il en passant le bras autour de sa taille.

Son désir crevait les yeux. Elle n'avait pas le cœur à exiger quoi que ce soit de lui. Tant pis si leur histoire n'était pas vouée à l'éternité. Elle l'acceptait.

Il leur restait trois semaines à passer ensemble. Elle avait l'intention d'en profiter à fond.

Y compris dans son lit.

# 14

Quatre jours plus tard, alors que Chase et Raney prenaient leur petit déjeuner dans la cuisine, le téléphone de Chase sonna.

Il regarda l'écran.

— C'est Dawson, dit-il avant de prendre l'appel. Salut, vieux ! Quoi de neuf ?

Quand son coéquipier lui répondit, Chase perdit son air détendu. Il se leva et se mit à marcher de long en large, la main dans les cheveux. Il ne disait rien, se contentant d'écouter.

Raney comprit qu'il s'était passé quelque chose de grave.

Lorsqu'il raccrocha, il revint s'asseoir en face d'elle, le regard dur.

— Qu'y a-t-il ? demanda-t-elle.

— Le cadavre de Luis Vincenze a été découvert ; il avait la gorge tranchée. Il n'a été trouvé que ce matin, mais il a été tué depuis un moment, sans doute depuis plus d'une semaine.

Donc peu de temps après l'avoir conduite dans le Missouri, se dit-elle. Un poids tomba sur sa poitrine quand elle mesura les implications de ce nouveau meurtre.

— Quelqu'un l'a assassiné dans l'espoir d'obtenir des renseignements sur moi, dit-elle.

— Nous n'en sommes pas sûrs.

— Mais c'est une éventualité que nous aurions tort de négliger.

— Bien sûr, répondit-il avec colère.

Elle savait que sa fureur n'était pas dirigée contre elle mais contre la situation dans son ensemble. Pauvre Luis ! Il n'avait fait que son travail ; cela lui avait coûté la vie.

— Mais il est aussi possible qu'il soit tombé pour une autre histoire, poursuivit Chase. Il était flic depuis plus de vingt ans. Il s'est certainement fait beaucoup d'ennemis pendant tout ce temps.

Il avait raison mais, d'instinct, Raney devinait que cet assassinat était lié à elle.

— Comment se fait-il qu'il ait fallu tant de temps pour retrouver son cadavre ? Personne ne s'était donc aperçu de sa disparition ?

— Après t'avoir quittée à St Louis, il a laissé un message sur la messagerie vocale de sa femme pour lui dire de ne pas s'inquiéter, qu'il allait travailler sous couverture pendant quelque temps et qu'il ne pourrait pas la contacter durant sa mission. En parallèle, il avait laissé un message sur le téléphone de son patron, pour lui annoncer que maintenant qu'il t'avait mise en sécurité il prenait quelques jours de vacances. Personne ne s'est douté de rien jusqu'au moment où sa femme s'est inquiétée de ne pas pouvoir le joindre. Elle a appelé son patron. Faire le lien entre sa disparition et un cadavre retrouvé dans une maison de location à Ozarks a demandé un jour de plus.

— Il a dû laisser ces messages sous la contrainte.

Chase opina.

— C'est évident. On ne l'a pas seulement égorgé. Il a été torturé, pendant un long moment. Nous devons réagir comme s'il avait craqué, parlé. Pour en finir avec toute cette souffrance.

Dehors, une hirondelle qui passa tout près de la fenêtre

fit sursauter Raney. Elle s'ordonna de se calmer, de prendre une profonde inspiration et de réfléchir.

— Nous ne savons pas ce qu'il leur a dit. Ni qui est derrière tout ça.

— Non.

— Qu'est-ce que tes chefs veulent que nous fassions ?

— Que nous restions ici, que nous fassions profil bas. Ils nous envoient deux hommes pour assurer ta protection vingt-quatre heures sur vingt-quatre, sept jours sur sept. Nous ne sommes pas seuls, dans cette histoire. *Tu* n'es pas seule.

Non, elle n'était pas seule. Chase était avec elle, il était profondément impliqué dans cette affaire. Elle jeta un regard de biais à sa jambe qui lui faisait mal quand il travaillait trop longtemps sur le toit. En restant avec elle, il risquait d'être de nouveau blessé. Ou, pire, d'être tué. Elle se leva soudain.

— Je dois partir. Ailleurs. Seule. Et que personne ne sache où.

Il la regarda, le visage empourpré. Toutefois, quand il prit la parole, sa voix était calme.

— Assieds-toi, Raney. Personne ne va nulle part. Ni toi ni moi.

Elle ne se rassit pas, elle en était incapable. Au plus profond de son cœur, elle savait que Luis Vincenze était mort à cause d'elle.

— Est-il possible qu'il ait été acheté par Malone ? s'entendit-elle demander.

Elle se sentait ignoble de suggérer une telle éventualité, mais elle se souvenait qu'il avait brusquement changé de comportement alors qu'ils voyageaient ensemble.

— Pourquoi cette question ? demanda Chase.

— Quand j'ai fait sa connaissance alors que j'étais dans la résidence sécurisée à Miami, Luis était gentil, très serviable, et bavard comme une pie. Ça m'avait frappée parce que les flics que j'avais rencontrés à Next Steps étaient très différents. Beaucoup moins sympas.

Il sourit.

— Continue.

— Tout a changé dans l'avion. Et dès que nous avons atterri à St Louis, il est devenu distant et il semblait préoccupé. Il aurait dû être content de ne plus avoir à jouer les nounous avec moi, de pouvoir bientôt rejoindre sa famille. J'aurais dû remarquer que quelque chose n'était pas logique, cohérent dans son comportement, mais j'étais moi-même tellement malheureuse de venir m'enterrer dans le Missouri que je n'ai pas été assez attentive à ce qu'il vivait.

— Raconte-moi tout ce dont tu te souviens.

Elle réfléchit.

— Je sais qu'il ignorait notre destination finale. Une fois qu'il a reçu un texto, nous avons hélé un taxi pour aller retrouver le chef Bates.

— Il a donc discuté avec le chef ?

— Un bref instant seulement. Puis il est reparti avec le taxi qui nous avait amenés près du salon de coiffure.

— Vous a-t-il vus entrer dans ce salon ?

— Je ne pense pas. Nous avons marché un moment, et tourné deux fois avant d'y arriver.

Chase réfléchit quelques instants.

— Il y a deux possibilités. Soit Vincenze était un ripou et quelqu'un l'a payé pour s'assurer que tu n'arriverais jamais entière dans le Missouri. Mais il n'a pas eu la possibilité de te tuer — en tout cas pas sans risquer d'être immédiatement suspecté du meurtre — et pour cette raison, lorsqu'il t'a confiée à Bates, il était déjà mort. Parce qu'il n'avait pas rempli sa mission. Et il le savait, d'où sa nervosité.

Raney secoua la tête et fit mine d'arracher les pétales d'une marguerite.

— Dois-je la tuer ? Ou non ? Dois-je la tuer ? Ou non ?

Il lui prit les mains.

— Quel mot as-tu employé, l'autre jour ? Ah oui. « Déchirée ». Je pense qu'il était déchiré. Vous aviez passé pas mal de temps ensemble. Il t'aimait bien, tu es merveilleuse. Et peut-être ne se voyait-il pas exécuter les ordres qui lui avaient été donnés.

— Donc, pour toi, il a été tué parce qu'il n'a pas fait son travail ?

— Oui. A moins qu'il ne soit un flic honnête, et que les sbires de Malone l'aient torturé pour le forcer à avouer que tu étais allée à St Louis.

— Mais il n'a pas pu leur dire grand-chose. Il savait seulement qu'il m'avait confiée aux bons soins du chef de la police, ce qui n'a pas dû leur être très utile.

— Non, reconnut-il.

Une terrible pensée la traversa.

— Tu dois appeler le chef Bates. Tout de suite. Il est le maillon qui relie tous les autres. Ils vont s'en prendre à lui, maintenant.

— C'est possible, mais ne t'inquiète pas. Le chef est assez grand pour se défendre. En tout cas, même si Vincenze était un ripou, il ne m'a jamais vu, il n'a jamais entendu prononcer mon nom. Il n'y a toujours aucun moyen de relier Lorraine Taylor à Lorraine Hollister.

Pour la première fois depuis qu'il avait reçu ce coup de fil, Raney parvint à respirer. Comme l'expliquait Chase, il n'y avait aucune raison de paniquer.

— Que va-t-il se passer, maintenant ?

— Nous allons avoir de la visite. Les renforts arriveront d'ici une bonne heure.

Elle songea à ce que cela signifiait.

— Et du coup, nous ne pourrons plus… être ensemble. Pas tant qu'ils seront là.

Bien sûr que non. Si le chef apprenait qu'il avait couché avec un témoin, il le virerait immédiatement pour faute grave. Lorsque Bates avait mis au point ce mariage bidon, il n'avait pas imaginé qu'ils joueraient leurs rôles à ce point-là.

Chase secoua la tête, l'air malheureux.

— Non, tu devras rester tout le temps à l'intérieur, ne jamais t'approcher des fenêtres. J'assurerai la surveillance avec les deux autres officiers. L'un de nous sera dans la maison, l'autre devant, le troisième derrière. Nous nous relaierons pour pouvoir dormir un peu.

Elle consulta sa montre.

— Nous déjeunerons quand ils seront là.

Le regard de Chase s'adoucit.

— Bien sûr.

— Peut-être devrions-nous en profiter tant que nous sommes encore seuls pour faire ce que nous ne pourrons plus faire plus tard, quand ils seront là.

— Serais-tu en train de me faire une proposition malhonnête ?

— Je te demande seulement de revoir ton emploi du temps. Peut-être pourrions-nous déjeuner plus tard ? Dans la matinée.

Il lui prit la main.

— Excellente idée. D'ailleurs, j'ai toujours adoré les brunchs.

Chase était allongé sur le lit, Raney paresseusement étendue contre lui. Elle lui faisait un peu mal à la jambe, mais pas assez pour lui demander d'arrêter. Il aimait sentir ses mains sur lui, sa chaleur sur sa peau.

Elle promenait les doigts sur son torse quand, soudain, ils s'immobilisèrent. Lorsqu'elle leva la tête, il se tendit.

— As-tu été touché par une balle, ici aussi ? demanda-t-elle d'un ton mi-incrédule, mi-horrifié.

Il tenta de l'écarter, mais elle tint bon.

— Que t'est-il arrivé ?

Il hésita à mentir. Avec les années, sa cicatrice était presque devenue invisible et, jusqu'ici, personne ne l'avait remarquée. En tout cas, personne ne l'avait interrogé à ce sujet. D'ailleurs, il aurait pu faire croire qu'il s'agissait d'une tache de naissance ou d'autre chose de bénin.

Mais pas à Raney.

— C'est une brûlure de cigarette, dit-il.

Il la sentit se raidir.

— Comment est-ce arrivé ? demanda-t-elle après un moment.

— Mon beau-père, Brick Doogan, a écrasé sa clope sur moi.

Elle blêmit et se souleva sur son avant-bras pour le regarder en face.

— Quel âge avais-tu ?

— Dix-sept ans.

Elle ne dit rien, mais il voyait presque les rouages de son cerveau se mettre en branle. Elle était une battante, elle l'avait amplement prouvé.

Il se racla la gorge.

— Tu te demandes pourquoi un garçon de dix-sept ans accepte ce genre de traitement sans réagir, non ?

— Peut-être, reconnut-elle.

— Parce que ce salaud m'avait promis que, si je n'endurais pas ce qu'il me faisait comme un homme, il s'en prendrait à Cal.

Elle se redressa, tirant le drap sur ses seins, comme si elle était incapable de discuter de cela en étant nue.

— Ça n'a aucun sens.

Il haussa les épaules.

— Peu de temps après que Brick a épousé ma mère et est venu vivre ici, j'ai compris que c'était un minable et un violent. J'avais alors seize ans, je séchais parfois l'école et je faisais souvent l'imbécile. Mais sous prétexte de m'éduquer, il se comportait en brute, en sadique. Et personne ne pouvait m'aider. Bray, qui avait quatre ans de plus que moi, s'était déjà enrôlé dans l'armée et combattait à l'autre bout du monde. Et Cal n'avait que treize ans.

— Et ta mère ?

— Je ne lui en ai jamais parlé. Elle avait été tellement triste à la mort de mon père… Pendant deux ans, je l'ai entendue sangloter toutes les nuits dans son lit. Quand elle a fait la connaissance de Brick, elle a cessé de pleurer. Je ne sais pas ce qu'elle trouvait à ce pauvre type, mais elle était heureuse. Enfin, au début. Je ne voulais pas briser ce bonheur revenu.

— C'était un bien lourd fardeau, pour un gamin de seize ans.

— Oui. Les coups étaient quotidiens. Il se servait de tous les prétextes pour me battre comme plâtre. Et quand il m'a brûlé avec sa cigarette pour me punir d'avoir laissé s'échapper la chèvre, je me souviens encore de la douleur que j'ai ressentie.

Elle embrassa sa blessure.

— Je suis désolée…

Il poussa un soupir.

— La brûlure était profonde et s'est infectée. J'ai eu de la fièvre. J'ai été obligé d'en parler à ma mère.

— Qu'a-t-elle dit ?

Maintenant, son récit devenait plus difficile, plus douloureux.

— De raconter au médecin des urgences que je m'étais

endormi, la cigarette au bec, et que je m'étais brûlé accidentellement.

Elle resta un moment silencieuse.

— Et tu as accepté de mentir ?

— Pas pour lui. Pour elle.

— Je sais qu'il est interdit de dire du mal des morts, mais je trouve sa réaction horrible et injuste.

— Elle n'était pas méchante. Elle était faible et, à la mort de mon père, elle s'est retrouvée complètement perdue à l'idée d'élever trois garçons toute seule.

— Brick la maltraitait ?

— Non, pas à ma connaissance. C'était toujours moi. Jusqu'au moment où il s'en est pris à Calvin. Et c'est là que j'ai décidé que quelque chose devait changer.

— Je ne comprends pas.

— Alors que j'étais en dernière année au lycée, mon équipe de football s'est rendue au championnat. Ma mère, Cal et Brick étaient venus assister au match. Et nous avons gagné. Tout le monde était content. Mais je n'ai pas compris tout de suite que tous les parents allaient ensuite boire un coup pour fêter la victoire de leurs rejetons. Quant à nous, les joueurs, nous étions invités chez le goal. Son père était très riche et il vivait dans une grande maison avec piscine et billard. Nous avons passé le week-end entier chez lui. Il m'était impossible de refuser cette invitation et puis, pour être honnête, j'avais envie d'y aller.

— Bien sûr ! Tu étais un gosse.

— Oui, mais je m'inquiétais un peu, malgré tout. J'avais prévenu Cal de garder ses distances avec Brick. Si j'avais su qu'il allait boire, je ne serais jamais resté au loin. Il était toujours plus cruel quand il avait bu.

— Que s'est-il passé ?

— Il a poussé violemment Cal contre la fenêtre, celle du salon, qui s'est brisée. Sa main était tellement abîmée que ma mère a dû le conduire aux urgences pour le faire recoudre.

— Et là encore, personne ne s'est inquiété, personne ne s'est posé de questions…

— Non. Cal a prétendu qu'il était tombé.

— Pourquoi ?

— Parce que Brick lui avait juré que, s'il disait quelque chose, ce serait pire la prochaine fois.

Raney comprenait ce qu'il lui décrivait. Malone aussi avait joué à la guerre psychologique avec elle.

— Cal avait quinze ans. Il était petit pour son âge, et Brick le terrifiait. Tu devrais le voir maintenant. Il a fait partie des Forces spéciales. Il est grand et fort.

— Que s'est-il passé quand tu es rentré ?

— J'ai vu la main de Cal bandée et je suis devenu fou. Je me suis jeté sur Brick. Il était grand et fort, bien plus fort que moi, mais j'étais dans une telle colère que j'étais en train d'avoir le dessus. Ma mère a surgi à ce moment-là pour nous séparer. Je ne voulais pas qu'elle soit blessée, alors j'ai arrêté. Et je pensais aussi qu'après cette histoire elle ouvrirait les yeux, qu'elle quitterait ce fumier.

— Mais elle ne l'a pas fait ?

— Non, elle en était incapable. Et lorsque j'ai voulu partir avec Cal, elle m'en a empêché.

— Il était mineur et elle était sa mère, je comprends sa réaction. Mais il est probable que les dossiers de l'hôpital t'auraient aidé. Ne pouvais-tu pas demander l'aide d'un professeur, d'un conseiller ? dit-elle avec tristesse.

— J'avais trop honte. Je pensais que ce genre de chose se produisait uniquement chez les pauvres, chez les minables, les incultes. Et puis, je n'aurais jamais laissé Cal seul avec Brick. Alors je suis resté. J'ai travaillé comme un chien pour mettre de l'argent de côté et pour pouvoir gagner de quoi vivre avec mon frère, un jour. Nous sommes partis le jour où Cal a eu dix-huit ans. Je me suis fait engager dans la police de St Louis. Tu connais le reste.

Il sentit que quelque chose la laissait perplexe.

*Dis-le, dis-le.*

— Et après l'incident avec Cal, Brick a changé, non ? demanda-t-elle.

Elle était trop intelligente. Elle aurait fait un bon flic ; elle repérait vite les failles d'une histoire.

— Je lui ai dit que, s'il relevait la main sur Cal ou sur ma mère, je le tuerais. Je pense qu'il m'a cru. Et je suis alors devenu son unique souffre-douleur. Et parfois, je le laissais me battre sciemment.

— Quoi ?

— Je l'avais démasqué. Il était malheureux. Il travaillait dans une usine qui l'exploitait, il détestait son patron. Il avait besoin d'un bouc émissaire sur qui déverser ses souffrances. Tous les six mois, lorsqu'il ne parvenait plus à contenir sa fureur, il buvait et devenait dangereux. Je faisais alors quelque chose qui le mettait hors de lui pour qu'il se défoule sur moi.

Elle se leva, serrant toujours le drap contre elle.

— Tu t'offrais en sacrifice ?

— Oui, mais il n'a plus jamais écrasé une cigarette sur moi. Je le laissais m'envoyer quelques coups et me virer de la maison pour un jour ou deux.

— Où allais-tu ?

— Jamais très loin. S'il faisait chaud, je dormais dans le hamac sous le porche. En hiver, j'allais frapper à la porte de Fitzler. Je ne voulais pas m'éloigner de Cal, même si je savais que Brick ne le toucherait pas.

— Comment pouvais-tu en être sûr ?

— Parce qu'il savait que j'étais désormais plus fort que lui et que, si je décidais de me battre avec lui, je le tuerais.

Elle se rassit.

— En définitive, tu protégeais tout le monde sauf toi.

— D'une certaine façon, oui. Mais essaie de comprendre. Je ne voulais pas le tuer, je ne voulais pas finir en prison à cause de lui. Je n'aurais pas pu devenir policier si j'avais été condamné à cause de Brick.

— Et tu ne l'as jamais revu après avoir quitté la maison avec Cal.

— Je l'ai revu à la mort de ma mère. Elle avait demandé à l'infirmière de l'hôpital de nous appeler, tous les trois. Bray, Cal et moi sommes donc revenus à la maison. Nous l'avons entourée jusqu'à la fin. Brick était dans le coin, mais il est resté à distance.

— J'imagine que Cal t'est très reconnaissant de l'avoir protégé pendant son enfance.

— Cal n'a jamais rien su du marché que j'avais passé avec Brick. Il ne s'est jamais douté de ce qu'il m'infligeait.

— Et ton frère aîné ?

— Il n'a appris que l'épisode de la main de Cal. Ça lui a suffi pour détester Brick Doogan à vie. Mais je ne lui ai jamais raconté le reste. Il aurait tué Brick, et il aurait fini en prison.

Elle le regarda.

— Tu t'es sacrifié ta vie durant.

— Sur son lit de mort, ma mère m'a demandé pardon. Je lui ai pardonné.

Il consulta sa montre.

— Nous devons nous lever. Ils ne vont pas tarder à débarquer.

Elle ne discuta pas et se hâta de ramasser ses affaires, mais il vit ses yeux pleins de larmes.

# 15

Chase avait peut-être pardonné à sa mère — ce qui était surprenant vu tout ce qu'il avait enduré — mais les maltraitances dont il avait été victime avaient laissé des traces. Ces cicatrices-là étaient plus nombreuses que celles qui marquaient son corps.

Les pièces du puzzle se mettaient en place. Maintenant, Raney comprenait mieux le comportement de Chase. Sa capacité à rester calme en toutes circonstances, par exemple. Il avait appris à ne rien montrer à Brick de ce qu'il éprouvait.

Sa réticence à signer un bail de plus de six mois s'expliquait de la même façon. Voilà aussi pourquoi il répétait qu'il était prêt à changer de travail à tout moment, alors qu'il exerçait le même depuis treize ans. N'ayant pas été libre de ses mouvements pendant sa jeunesse, il voulait avoir à présent la possibilité de tout quitter du jour au lendemain.

Son refus de s'engager, de se marier, venait également de là. Des années durant, il avait pris soin de sa famille, de sa mère, de ses frères. Pour eux, il s'était sacrifié au-delà du supportable. Il n'en pouvait plus.

Son histoire était terrible, catastrophique. Peu d'hommes auraient pu en endurer autant.

Raney travaillait dans la cuisine quand les deux nouveaux officiers de police envoyés par Bates pour jouer les gardes du corps arrivèrent. Chase, qui les connaissait, se chargea des présentations.

Leo, un quinquagénaire, avait la voix rauque des gros fumeurs. Plus jeune d'une vingtaine d'années que son coéquipier, Toby portait un pull vert trop chaud pour la saison.

En découvrant la cuisine, il s'extasia devant le mur fraîchement repeint.

— Cette teinte capte la lumière naturelle et met les boiseries en valeur. Le résultat est magnifique ! Je rénove mon studio, actuellement, ce qui m'a poussé à m'intéresser aux couleurs.

Raney releva le menton, juste pour que Chase comprenne que certains étaient capables de reconnaître qu'elle avait bon goût.

Comme il levait les yeux au ciel, elle se tourna vers Toby.

— Venez voir ce que j'ai fait dans le salon, dit-elle.

— Hé ! Ils ne sont pas venus pour tourner une émission sur la décoration d'intérieur ! protesta Chase.

En rougissant, Toby se rassit. Leo promena le regard autour de lui, cherchant sans doute un cendrier. N'en voyant pas, il se mit à tapoter nerveusement la table.

Raney les prit tous deux en pitié et leur proposa une part de la tarte aux prunes qu'elle venait de faire. Tandis qu'ils s'en régalaient, Chase leur expliqua les tenants et les aboutissants de la mission. Il leur montra les différentes entrées de la maison et tous trois mirent au point la façon dont ils allaient assurer sa protection.

Ils décidèrent que Chase et Toby se chargeraient du premier quart, laissant Leo se reposer à l'intérieur jusqu'à ce qu'il soit l'heure pour lui de prendre la relève. Au début, elle fut un peu gênée de sentir la présence d'un inconnu dans la pièce voisine mais, très vite, elle s'absorba dans ses travaux de peinture et l'oublia.

Dans l'après-midi, Chase rentra pour se désaltérer. Leo se leva du canapé sur lequel il faisait la sieste pour le remplacer.

Chase regarda les murs de la cuisine et sourit.

— C'est très beau.

Elle savait qu'il trouvait surtout qu'elle n'avançait pas très vite. Il n'avait certainement jamais vu de peintre plus lent qu'elle. En réalité, elle progressait bien mais… pas dans la cuisine.

Maintenant qu'il lui avait raconté son histoire, elle se félicitait de s'être attaquée à la chambre de Brick Doogan. Au départ, elle avait entrepris de la restaurer parce qu'elle trouvait stupide que Chase soit obligé de dormir dans le salon, sur un canapé trop petit, alors qu'un lit confortable n'attendait que lui, un lit parfait une fois qu'elle aurait refait la pièce.

A présent, elle comprenait pourquoi Chase n'avait pu se résoudre à s'occuper lui-même de l'ancienne chambre de son beau-père. Mais il n'aurait pas à le faire, puisqu'elle s'en était chargée.

— Comment ça se passe ? demanda-t-elle en le regardant vider une bouteille d'eau à grands traits.

— Très bien. J'ai l'intention de remonter sans tarder sur le toit parce qu'un nouvel orage s'annonce en fin d'après-midi. Ça ne t'ennuie pas de rester seule à l'intérieur, n'est-ce pas ? ajouta-t-il.

— Pas du tout. Je vais simplement m'assurer que ma fenêtre est bien fermée. Je ne voudrais pas que le vent dans les rideaux me fasse imaginer la présence de quelqu'un, comme lors du dernier orage.

Il déglutit avec difficulté.

— Il faut que je te le dise, Raney : je suis vraiment heureux que tes rideaux se soient soulevés, l'autre nuit.

Il ne s'agissait pas d'une déclaration d'amour éternel, mais ce n'était pas rien.

— Moi aussi, répondit-elle.

Ils restèrent silencieux, dévorés par le désir de se jeter dans les bras l'un de l'autre mais se l'interdisant, conscients que des étrangers étaient dehors, à quelques pas.

— Cela sent drôlement bon, dit-il enfin.

— J'ai préparé des lasagnes pour le dîner.

— Ils se seraient contentés d'un sandwich.

— Je sais.

Il lui sourit.

— Tu aimes prendre soin des gens.

Sans doute se ressemblaient-ils beaucoup, sur ce plan.

Comme il ouvrait la porte pour ressortir, ils virent arriver Lloyd sur sa moto. Aussitôt, Chase décrocha le talkie-walkie qu'il portait à la ceinture pour prévenir ses collègues.

— Moto à l'approche. Il ne s'agit pas d'une menace, mais restez sur vos gardes.

Ils ne l'avaient pas revu depuis la soirée d'anniversaire de Gordy Fitzler. Il arrêta son engin et s'approcha d'eux.

— Salut, Lloyd, dit Raney.

— Salut.

Il semblait éviter le regard de Chase, comme s'il le craignait. Manifestement gêné, il ouvrit son sac à dos et en tira quelque chose, enveloppé dans du papier journal. Lorsqu'il commença à déchirer l'emballage, Raney s'aperçut qu'il s'agissait de trois photos identiques encadrées de la même façon.

— Je dois t'avouer un truc, Chase…, commença-t-il, mal à l'aise. Quand j'avais piqué la clé de la porte arrière dans la commode de l'entrée, j'avais aussi emporté ces cadres. Ils étaient rangés dans le tiroir du bas.

Sur le cliché, trois garçons et une femme souriaient à l'objectif. Raney reconnut Chase lorsqu'il était beaucoup plus jeune et devina qu'il était aux côtés de ses frères, le plus grand étant sans doute Bray, et le plus petit, Cal.

Ce fut néanmoins la mère de Chase qui retint son attention. Elle s'était retrouvée veuve très jeune, avait élevé ses trois fils seule et avait été jolie femme.

Sans doute n'avait-elle pas été foncièrement méchante, mais elle avait fait de mauvais choix. Elle avait épousé un sale type en secondes noces.

D'une certaine manière, Raney pouvait le comprendre. Après tout, elle aussi avait commis des erreurs. Mike n'avait pas été violent, mais il était trop différent d'elle. Elle aurait dû en prendre conscience plus tôt. Il cherchait la notoriété, même si seule une petite communauté suivait ses exploits sportifs. Il attendait la vague, plus grosse que les autres, qui lui apporterait la gloire.

Elle ne l'avait pas rendu heureux parce que, contrairement à lui, elle préférait vivre dans l'ombre, la discrétion. Elle n'avait pas besoin d'être adulée par la foule pour avoir le sentiment d'exister.

Lui aimait l'aventure, elle la paix.

Cependant, elle avait assumé ses erreurs. Elle avait demandé le divorce et chacun avait repris sa vie, alors que la mère de Chase avait laissé l'un de ses fils faire les frais de ses mauvaises décisions. Et il les avait payées au prix fort.

Elle regarda Chase réagir à cette photo et vit se succéder sur ses traits la surprise, l'émotion, la tristesse. Mais, très vite, il se ferma et afficha un visage impassible.

Comment pourrait-il retrouver le sourire ?

Certainement pas en restant ici, à Ravesville. Il y

avait trop souffert. Treize ans plus tôt, il avait quitté cette maison, cette ville et tous ceux qui y vivaient, par instinct de survie.

Elle prit les cadres et les retourna. Il était écrit « Pour Brayden » sur le premier. Les deux autres portaient des inscriptions similaires « Pour Chase », et « Pour Calvin ».

— Tes frères seront heureux d'avoir ces photos, dit-elle.

Lloyd se balançait d'un pied sur l'autre.

— Je n'aurais pas dû les prendre…

— Ce n'est pas grave, Lloyd, répondit Chase. Je te remercie de les avoir rapportées.

— Tu ne penses pas que je les ai volées ?

— Non, tu les avais empruntées, c'est différent.

— J'avais oublié qu'elles étaient chez moi jusqu'à ce que j'entende Blake parler de tes frères.

Chase fronça les sourcils.

— Gary Blake ? L'inspecteur de police ?

Lloyd hocha la tête.

— Après la soirée d'anniversaire, l'autre jour, quand mon patron m'a ramené, je n'arrivais pas à dormir. Il faisait trop chaud, et je n'ai pas l'air conditionné chez moi. Alors je suis sorti faire un tour, histoire de me rafraîchir, et je les ai entendus parler.

— Qui ?

— Blake et cette garce, la brune, j'ai oublié son nom. Elle est si riche qu'elle traite tous les gens comme des moins-que-rien.

Raney regarda Chase. Elle avait une petite idée de la personne dont parlait Lloyd.

— Sheila Stanton ? fit Chase.

Lloyd opina.

— Ils étaient en train de se disputer, ils criaient.

Lloyd était ivre, ce soir-là. Ses souvenirs étaient-ils fiables ? Raney se rappela ce que lui avait dit Chase sur la manière dont les rumeurs se propageaient dans une petite ville.

— Que disaient-ils ? ne put-elle pourtant s'empêcher de demander.

Même s'il ne s'agissait que de ragots, elle avait envie de les entendre. Sans savoir très bien pourquoi, elle ne cessait de penser à Sheila Stanton.

Pendant longtemps, Sheila avait été l'amoureuse de Chase. Alors maintenant, fatalement, Raney se comparait à elle. Et, bien sûr, la comparaison n'était pas à son avantage. Sheila était ravissante, avec ses longs cheveux bien coiffés, son visage aux traits fins et délicats, son élégance. En vérité, elle était d'une beauté parfaite qui lui donnait le sentiment d'être minable.

Elle rendit les cadres à Chase. Il y aurait toujours des gens plus beaux, plus riches, plus intelligents qu'elle. Et alors ? Envier les autres était une perte de temps. Même avant sa mésaventure avec Malone, elle n'aimait pas jalouser d'autres femmes. Maintenant, elle refusait de s'abaisser à le faire.

— Oubliez ma question. Cela n'a pas d'importance, dit-elle.

— Mais si, dis-le, Lloyd, insista Chase.

— Il lui a lancé qu'il avait été marié avec une femme qui avait aimé un Hollister et qu'il refusait de perdre son temps avec une autre qui avait le même problème.

Gary Blake et Sheila Stanton ? Stupéfaite, Raney eut soudain le tournis.

— Qu'a-t-elle répondu ? demanda Chase.

— Elle a répondu quelque chose que je n'ai pas compris. Après, il a dit qu'il n'avait pas l'intention de la laisser lui créer des problèmes… Tu sais, Chase, tu ferais mieux de faire attention à Blake. Il a les moyens de pourrir la vie des gens qu'il a dans le nez. J'en parle d'expérience.

Chase hocha la tête.

— Merci de m'avoir mis au courant, Lloyd. Et si Blake revient t'embêter, promets-moi de m'en parler. D'accord ?

Lloyd opina, remit son sac sur ses épaules et retourna vers sa moto. Ni Chase ni Raney ne dirent un mot avant que la moto ait disparu dans le lointain.

— Voilà qui est intéressant…, fit alors Chase.

— Il était ivre, ce soir-là.

— Il avait bu, oui, il ne tenait pas bien sur ses jambes, d'accord. Mais il n'était pas incohérent. Et je suis sûr qu'il n'a ni inventé ni déformé les propos qu'il nous a rapportés.

— Que signifient-ils, à ton avis ? demanda-t-elle.

— Déjà que Blake et Sheila Stanton sortent ensemble. Mais pas officiellement, pas ouvertement.

Raney porta la main à sa bouche.

— Je l'avais vu regarder fixement la porte, ce soir-là. J'avais trouvé son comportement bizarre. Maintenant, je pense qu'il la guettait. Il l'attendait.

Chase opina.

— Ce qui explique aussi autre chose qui me soulage intensément.

— Et quoi ? Je ne comprends pas…

— Quand tu as eu ton accident, tu as dit à Blake que tu avais été suivie de trop près par un 4x4 noir ou sombre. Il s'était crispé en t'écoutant.

— Ah bon ?

— Oui, subtilement, mais je l'avais remarqué. Il savait que Sheila conduisait un 4x4 noir. Il ne s'est détendu que lorsque tu as parlé d'un homme au volant.

— Et ça te soulage parce que…

— Parce que ça tend à prouver que Sheila est vraisemblablement bien celle qui a essayé de t'envoyer dans le décor. Et non les sbires de Malone. Et je préfère…

— Moi aussi. Mais ne trouves-tu pas dangereux que la

police la laisse en liberté après un coup pareil ? Il s'agit quand même d'une tentative de meurtre.

Chase haussa les épaules.

— Nous n'avons aucune certitude. Il est possible que Blake l'ait soupçonnée parce qu'il sait qu'elle sortait avec moi autrefois et qu'elle est sans doute encore éprise — je ne peux pas croire que j'aie prononcé ce mot ! Et dès que tu as parlé d'un homme, il a changé de sujet.

— Dans ce cas, il n'est pas un ripou.

— Non. Il est peut-être stupide, mais pas forcément malhonnête. Il a dû me voir parler avec Sheila à la soirée d'anniversaire et, par curiosité ou par jalousie, il lui a demandé ensuite pour quelle raison j'avais voulu discuter avec elle entre quatre yeux. Peut-être le lui a-t-elle dit. Et soit elle a nié être responsable de ton accident et il l'a crue, soit, plus probablement, elle a nié mais il ne l'a pas crue. Ce qui indiquerait qu'il n'est pas complètement stupide.

— Il n'est pas exclu non plus qu'elle ait avoué la vérité mais qu'il soit trop accroché à elle pour lui en vouloir, dit Raney.

— Et nous revenons à sa bêtise.

Elle sourit.

— En tout cas, Lloyd est gentil d'avoir rapporté ces cadres.

Chase, qui les tenait toujours, examina l'une des photos.

— Je devais avoir douze ans... Mon père vivait encore. C'est lui qui a pris la photo. Nous étions allés pique-niquer en famille dans un parc. Nous avions joué au ballon, pêché dans la rivière et grimpé dans les arbres. C'était une belle journée, ajouta-t-il après un moment.

Raney se hissa sur la pointe des pieds pour l'embrasser sur le front.

— Garde-la en mémoire et oublie tes autres souvenirs.

Il l'enlaça.

— Je regrette que nous ne soyons plus seuls, tous les deux.

— Moi aussi !

Elle se blottit contre lui. Dans ses bras, elle se sentait bien, en sécurité. Et c'était merveilleux.

Mais, d'instinct, elle savait que cela ne durerait pas et que, sous peu, la situation allait se dégrader.

La nuit était tombée. Comme il était indispensable que deux personnes soient en permanence à l'extérieur pour surveiller les alentours et que c'était à son tour d'assurer la garde, Chase resta dehors pendant que Raney partageait les lasagnes avec Toby.

Il n'avait pu s'empêcher de jeter des coups d'œil à l'intérieur pour voir ce qu'ils fabriquaient, tous les deux. Ils étaient assis à table, des nuanciers de peinture à la main, désignant l'un des murs de la pièce. Manifestement, ils discutaient de la couleur qui mettrait le plus en valeur les boiseries de la salle à manger.

Chase était heureux d'être dehors, seul avec ses pensées. Il aurait pu rester sous le porche pour être au sec, mais il préférait marcher dans la propriété. La pluie lui faisait du bien.

La photo de sa mère entourée de ses trois fils l'avait surpris, touché. Il se souvenait du moment où elle avait été prise, mais il ne l'avait jamais vue par la suite.

Mais sa mère l'avait gardée et fait tirer et encadrer en trois exemplaires destinés à ses garçons. Avait-elle fait cela à l'époque, ou plus tard, quand Brick était entré dans leur vie ? Avait-elle alors retrouvé ce portrait de famille, décidé qu'il était le reflet des temps heureux et voulu que ses enfants gardent une trace de ces moments ?

Il pleuvait si fort à présent qu'il devenait difficile de

distinguer quoi que ce soit dans la nuit. Il devinait plus qu'il ne voyait la maison de Fitzler, même si les lumières étaient allumées au rez-de-chaussée.

Comme il se retournait vers l'ancienne ferme, il vit qu'il y avait de la lumière dans la cuisine et le séjour, mais aussi dans une pièce qui aurait dû être plongée dans le noir.

Il y avait quelqu'un dans la chambre de Brick ! Pendant un instant complètement fou, il crut que son beau-père était revenu. Mais très vite, recouvrant ses esprits, il s'approcha. Les épais rideaux étaient tirés mais il n'avait pas imaginé le rai de lumière qui filtrait entre les deux pans de tissu.

Quelqu'un avait-il réussi à pénétrer dans la maison ?

Quelqu'un qui voulait s'en prendre à Raney ?

Il alla à pas de loup jusqu'à la porte d'entrée qu'il ouvrit lentement, puis il entra et tendit l'oreille, cherchant à entendre Raney et Toby. Il ne perçut rien, aucun bruit.

La maison sentait bon, il y faisait chaud. Quand il vit que Toby et Raney avaient mis de la peinture « coucher de soleil » sur le mur, il sentit son cœur se serrer.

L'arme au poing, il se rendit dans la cuisine. Maintenant, il entendait des voix. Raney, Toby. Il ne comprenait pas ce qu'ils disaient, mais ils s'exprimaient normalement, leur ton ne trahissant pas de détresse particulière.

Il s'approcha de la chambre de Brick.

Raney et Toby se trouvaient à l'autre bout de la pièce, près de la salle de bains.

Il s'avança, prêt à tirer.

# 16

En voyant surgir Chase l'arme au poing, Raney poussa un petit cri et Toby laissa tomber le pot de peinture qu'il tenait. Heureusement, il était bien fermé.

L'ancienne chambre de Brick avait été totalement vidée de son contenu, le lit dépouillé du matelas. Les murs avaient été repeints. Le jaunâtre sordide avait été remplacé par la teinte « délice de pêche », officiellement destinée à la salle à manger. La pièce en était totalement métamorphosée.

Chase en resta un moment bouche bée.

— Mais… mais… comment as-tu fait ? balbutia-t-il enfin.

Raney sourit.

— Je voulais te faire une surprise.

Il s'avança, regardant autour de lui. Elle faisait plus que le surprendre, elle le sidérait. Conscient de la présence d'un autre officier de police, il s'efforça pourtant de maîtriser le flot d'émotions qui l'avait envahi.

— Comment as-tu pu sortir les meubles et le reste sans que je m'en aperçoive ? demanda-t-il.

Elle sourit.

— Ça n'a pas toujours été simple, mais j'attendais que tu sois sur le toit pour les emporter, ainsi que les sacs-poubelle, dans le garage. Je te montrerai où je les ai cachés. Bien sûr, j'ai mis de côté tout ce qui pourrait être utile à quelqu'un. J'ai pensé que tu n'avais pas envie de t'occuper de ce bazar, voilà pourquoi je m'en suis chargée.

Personne ne lui avait jamais fait un si beau cadeau, songea-t-il. Parler à Raney de sa jeunesse, des mauvais traitements dont il avait été victime l'avait soulagé, libéré. Le poids qui pesait sur sa poitrine depuis des années s'était allégé. Jusque-là, il n'en avait jamais dit un mot à quiconque ; il n'aurait évoqué Brick avec personne d'autre. Mais il avait senti qu'il pouvait s'abandonner à elle, lui faire confiance, qu'elle ne le jugerait pas.

Qu'elle l'aimait d'un amour inconditionnel.

Le fait qu'elle ait travaillé en secret pour transformer cette chambre, pour en exorciser les démons, en était la preuve.

Il avait envie de la prendre dans ses bras, de l'embrasser comme un fou, mais la présence de Toby l'en empêchait. Il ne voulait pas qu'il soit au courant de leur amour ni qu'il aille alimenter les potins.

N'y tenant plus, il finit pourtant par se tourner vers son collègue.

— Toby, peux-tu nous laisser un instant seuls, s'il te plaît ?

Alors que celui-ci s'apprêtait à quitter la pièce, le téléphone portable de Chase sonna. Il le tira de sa poche et, en reconnaissant le numéro, sut qu'il s'agissait de mauvaises nouvelles.

— Hollister, fit-il.

— Ici le chef Bates. Nous avons un problème. Nous avons de très bonnes raisons de croire que votre localisation est compromise. Vous devez ramener Lorraine Taylor à St Louis au plus vite.

Il alla se poster à la fenêtre, et écarta du doigt les épais rideaux.

— Dites-moi ce qui s'est passé.

— Une série de cambriolages ont été commis près de Patch Street.

Il s'agissait de la rue où se trouvait le salon de coiffure où Raney s'était fait couper les cheveux.

— Les rapports ont été rédigés par des policiers différents, et les rapprochements n'ont pas été faits aussi vite qu'il l'aurait fallu, poursuivit Bates, une pointe de colère dans la voix. Ce n'est que lorsque le magasin de yaourts glacés a été visité que nous avons enfin compris le véritable objectif des cambrioleurs. Quelqu'un cherchait à s'emparer des images prises par les caméras de surveillance des boutiques du quartier.

Chase mesura aussitôt la gravité de la situation. Vincenze avait révélé, volontairement ou sous la contrainte, l'endroit où il avait laissé le témoin. Qu'il ait parlé sous la torture ou par intérêt financier, le résultat était le même. Les hommes de Malone s'étaient alors donné les moyens de découvrir où Raney avait été ensuite transférée. Et avec qui.

— Vous croyez qu'ils ont maintenant assez d'éléments en leur possession pour comprendre qu'elle s'est rendue dans ce salon de coiffure, qu'elle a changé de look et que, quelques heures plus tard, elle est partie avec moi ?

— Nous en sommes certains. L'orientation des caméras de surveillance leur a permis de retracer son parcours, sa métamorphose, et de repérer qui l'accompagnait, c'est évident. Et donc vous.

— Mais mon nom n'était pas écrit sur mon front, répliqua Chase. Même s'ils m'ont vu sur ces images, comment auraient-ils pu deviner mon identité ? Et savoir que j'allais ensuite retourner avec elle dans ma maison d'enfance, une maison où je n'avais pas remis les pieds depuis des années ?

Le chef ne répondit pas tout de suite.

— Gavin Henderson est mort, dit-il enfin. Abattu d'une balle en pleine tête, tirée à bout portant, après avoir été torturé comme l'a été Luis Vincenze.

Gavin Henderson ! Un haut-le-cœur souleva Chase. Henderson était un excellent policier, un bon copain, un mari, un père de famille. Et il comprenait pourquoi les sbires de Malone l'avaient pris pour cible. Il était arrivé dans le salon avec un appareil photo au cou. S'il y avait de nombreux policiers à St Louis, rares étaient ceux qui étaient également photographes. Et parmi ceux qui cumulaient les deux fonctions, très peu étaient de sexe masculin. Il n'avait donc pas été difficile aux bandits de l'identifier.

— Prenez la route immédiatement, reprit le chef. Au besoin, je mettrai Lorraine en prison, si c'est le seul moyen de garantir sa sécurité.

Mieux valait la laisser ici, songea Chase. Il veillerait sur elle. Cependant, la logique du chef était compréhensible. Bates pouvait, bien sûr, envoyer davantage d'hommes à Ravesville pour assurer la protection de Raney, mais l'opération serait coûteuse et peu efficace. Ils ne pouvaient pas compter non plus sur la police locale pour leur donner un coup de main. De toute façon, quels que soient les arguments qu'il pourrait avancer, le chef ne prendrait pas le moindre risque. Il voulait être certain que le témoin principal, la seule personne qui puisse faire lourdement condamner Malone, resterait en vie jusqu'au procès.

— Très bien. Nous serons à St Louis dans deux heures.

Il raccrocha et se tourna vers Raney.

— Qu'est-ce qui ne va pas ? demanda-t-elle.

Il n'avait pas le temps de la préparer, de lui épargner un choc. Il ne pouvait que lui annoncer la nouvelle brutalement.

— C'était le chef Bates. Nous devons t'exfiltrer vers St Louis. Tout de suite. Cette planque a été compromise.

Il préféra ne pas lui dire ce qu'il était arrivé à Gavin.

— Tu as trois minutes, montre en main, pour plier bagage, ajouta-t-il.

— Mais…

— Raney, je t'en prie.

Elle hocha la tête et se précipita hors de la pièce, bousculant presque au passage Toby qui se tenait toujours sur le seuil.

Chase lui expliqua à mi-voix la situation, y compris le sort réservé à Henderson.

— Raney et moi monterons dans l'un des 4x4, conclut-il. Leo et toi, vous nous suivrez dans l'autre.

Il appela Leo *via* son portable pour le mettre au courant des événements.

— Nous levons le camp immédiatement, dit-il.

Au pas de charge, il alla chercher les armes que Dawson et le chef lui avaient procurées en même temps que la voiture. Il répartit cet arsenal dans le coffre des deux 4x4.

Lorsqu'il eut terminé, Raney était redescendue, sa petite valise à la main. Elle avait enfilé son manteau.

Ils fermèrent la maison et prirent place dans les voitures.

Avant de démarrer, Chase lança aux deux autres policiers :

— Suivez-moi de près. Vous ne devez me perdre de vue sous aucun prétexte.

Bien que Chase ait mis le chauffage, Raney frissonnait. Elle était glacée.

Le vent soufflait si fort que des rafales déportaient par moments le 4x4 sur le côté. Au carrefour, quand ils prirent à gauche et non à droite vers le village comme ils en avaient l'habitude, elle sentit son cœur se serrer.

Elle avait envie d'aller au Wright Here Wright Now Café.

De s'asseoir sur l'un des hauts tabourets, de commander un chocolat chaud, une part de tarte aux cerises avec de la glace à la vanille. Elle serait en sécurité, là.

Mais non, ce ne serait pas le cas, elle le savait. Et en faisant preuve d'une telle irresponsabilité, elle exposerait d'autres personnes au danger. A commencer par Chase.

— Je suis désolée, dit-elle.

Il se tourna vers elle.

— De quoi parles-tu ?

— De toi. Je regrette de t'avoir mis dans une telle situation. Je suis désolée que tes supérieurs t'aient choisi, toi, pour me protéger.

Il lui prit la main et la porta à ses lèvres pour l'embrasser avec tendresse.

— La couleur « coucher de soleil » met en valeur les boiseries et la cheminée. Comme tu l'avais dit.

Elle essaya de se libérer de son emprise, mais il la retint.

— Tu veux parler peinture, maintenant ? demanda-t-elle d'un ton sceptique.

Il sourit avant d'embrasser de nouveau sa main.

— Je veux parler de la couleur des murs, de la beauté des parquets, de l'épaisseur des tapis, du modèle des robinets de la salle de bains. Je veux parler des fleurs que tu cultiveras dans la cour et des rosiers grimpants que je planterai sur la façade de la maison. Je veux parler de nos enfants et du bruit qu'ils feront dans l'escalier.

— Penses-tu sérieusement quitter St Louis pour t'installer dans le Missouri ? Et ton métier ?

— J'en trouverai un autre. Nous sommes faits l'un pour l'autre, Raney. Nous serons heureux à Ravesville. Epouse-moi, chérie.

Elle crut que son cœur allait exploser de bonheur. Comme elle se tournait vers lui pour lui dire qu'elle l'aimait, elle vit quelque chose sur le côté, quelque chose qui la fit hurler.

— Attention !

Surgissant d'une petite route latérale, un véhicule fonçait sur eux, tous phares éteints, dans la nuit noire. Chase braqua de toutes ses forces et, par miracle, parvint à éviter la collision.

Un énorme bruit de tôle froissée derrière eux leur apprit que Leo et Toby n'avaient pas eu la même chance.

— Il faut faire demi-tour ! cria-t-elle. Leur venir en aide !

— Non. Il ne s'agit pas d'un accident.

Chase lui tendit son téléphone.

— Appelle les secours et dis-leur qu'un 4x4 s'est fait emboutir par un autre véhicule au carrefour de Hawk et de Billow. Et qu'il y a au moins deux blessés graves.

Elle tremblait tellement qu'elle eut du mal à presser les touches et dut s'y reprendre à deux fois. Elle répéta à la personne qu'elle eut en ligne ce que Chase venait de lui dire, puis l'opérateur lui demanda son nom.

— Lorraine, Lorraine Hollister, murmura-t-elle avant de mettre fin à la communication.

Chase se tourna vers elle.

— Tiens bon, Raney. Nous allons nous en sortir.

Malheureusement, quelques kilomètres plus loin, leurs phares éclairèrent une voiture arrêtée en travers de la voie. La route à cet endroit était étroite et ne permettait pas de contourner l'obstacle.

Sans hésiter, Chase quitta la route et s'engagea sur le champ voisin, un champ de pois dont la récolte avait été faite récemment. Leur 4x4 patina un peu sur les mottes de terre mais recouvra vite son équilibre.

— Nous allons couper à travers champs, dit Chase.

Ils allaient s'en tirer. Il le fallait.

Mais, alors qu'il accélérait, une des roues avant heurta violemment une pierre. Sous le choc, l'essieu se cassa. Le 4x4 tangua et s'affaissa.

A la hâte, Chase coupa le contact, éteignit les phares et descendit de voiture. De nombreux nuages obstruaient le ciel et il pleuvait toujours, mais la lune pleine diffusait un peu de lumière.

Il contourna le 4x4, ouvrit la portière de Raney et la tira hors de l'habitacle.

— Cours, ordonna-t-il. Vite ! Il faut fuir !

Alors qu'elle pensait qu'il l'inciterait à regagner la route, il lui saisit la main et la tira plus loin dans le champ. Elle trébuchait à chaque pas, mais il la soutenait, l'encourageant à continuer.

Tout en courant, elle risqua un œil derrière elle. Leurs poursuivants avaient allumé de puissantes torches pour éclairer les alentours. L'angoisse s'empara d'elle. Maintenant, elle doutait de réussir à leur échapper.

Elle faillit heurter un arbre de plein fouet avant de prendre conscience que le champ avait cédé la place à une forêt. Elle sentit l'odeur de la terre mouillée. Une branche la gifla au passage.

Ils coururent encore sur une petite distance puis Chase s'arrêta.

— Grimpe dans cet érable, dit-il. Ne fais pas de bruit et, surtout, ne redescends pas avant que je sois revenu te chercher. D'accord ?

Il allait la laisser et s'élancer dans une autre direction pour attirer l'attention de leurs poursuivants sur lui et loin d'elle.

— Non, fit-elle. Restons ensemble.

Il prit son visage entre ses mains et l'embrassa avec force.

— C'est trop dangereux. Ecoute-moi. Tu vas faire exactement ce que je te dis. Ils ne s'attendent pas à ce que nous

nous séparions. C'est notre seule chance, chérie. Prends ce revolver, ajouta-t-il en tirant une arme de sa poche. Il est chargé. Tu n'as plus qu'à presser la détente. S'ils te voient, tire. N'hésite pas, n'attends pas. Comprends-tu ?

Elle fondit en larmes.

— D'accord.

Il l'embrassa de nouveau avec passion.

— Donne-moi ton pied, ajouta-t-il. Je vais te faire la courte échelle.

Il la souleva et, s'agrippant aux branches, elle se hissa le plus haut possible dans l'arbre. Elle avait dit à Chase qu'elle ne souffrait pas de vertige, mais elle était terrifiée à l'idée de se retrouver seule. Elle trouva une grosse branche sur laquelle elle put s'installer assez confortablement pour rester longtemps sans bouger.

Elle était gelée, trempée. Ses dents s'entrechoquaient et ses mains tremblaient. Après quelques instants, elle entendit du bruit et comprit que Chase essayait d'entraîner leurs poursuivants le plus loin possible d'elle.

Peu après, des pas précipités lui firent tourner la tête. Elle vit des lumières. Leurs agresseurs arrivaient.

Ils s'arrêtèrent sous son arbre.

Chase courait comme un dératé, cherchant à faire le plus de bruit possible pour mettre les types sur sa piste. Il buta soudain contre une racine. Sa jambe blessée était encore trop faible pour lui permettre de se rétablir, et il s'étala de tout son long sur le sol trempé. Le souffle court, il se releva, serrant les dents pour ne pas crier.

Il pria pour ne pas heurter un arbre dans l'obscurité et s'assommer avant d'être suffisamment éloigné de Raney. Il savait qu'il ne pourrait pas distancer longtemps ses poursuivants, mais ce n'était pas son intention. Il avait seulement besoin de gagner du temps.

Sans en être certain, il pensait qu'ils étaient deux, peut-être trois. S'il devait se battre avec eux, le combat ne serait pas égal, mais pas perdu d'avance non plus. Si les bandits se séparaient, il aurait une chance supplémentaire de s'en tirer.

L'essentiel était de les éloigner de Raney. Parce que, s'ils parvenaient à le rattraper et s'ils s'apercevaient qu'elle n'était pas avec lui, elle serait en grand danger.

Le terrain devenait boueux et descendait en pente douce vers un cours d'eau. Une petite rivière. La nuit était de plus en plus noire, et il ne voyait plus rien. Il s'engagea dans l'eau et avança, espérant que la rivière n'était pas trop large et qu'il la traversait bien. Il craignait que, désorienté, il soit en train de la remonter.

Lorsqu'il parvint sur la rive opposée, il s'accorda un moment pour souffler, puis il se traîna sur la terre ferme et grimpa le talus avant de s'effondrer, épuisé. Mais très vite il se redressa pour aller se cacher derrière un arbre.

Ses poursuivants arrivaient sur l'autre rive. Comme il risquait un œil dans leur direction, il les vit allumer de puissantes torches pour éclairer le cours d'eau. Ils étaient deux.

Il les entendit entrer dans l'eau. L'un d'eux trébucha et poussa un juron. Chase profita de ce moment de diversion pour s'écarter de l'arbre.

Grâce à la torche que tenait l'un des hommes, il voyait parfaitement la scène. Il tint son arme à deux mains pour la stabiliser et assurer son tir.

Contrairement à son complice, sa première cible ne tenait pas de lampe. Peut-être lui avait-elle échappé quand il avait failli tomber. Chase attendit, compta jusqu'à trois et fit feu. Dans un jet d'écume, le gars s'effondra comme une masse.

Visant aussitôt l'autre, Chase tira de nouveau. La balle atteignit le malfrat en plein cœur et il s'abattit à son tour dans l'eau.

Ne les voyant plus bouger, Chase s'approcha d'eux avec précaution. Il saisit la torche que tenait toujours le deuxième homme et éclaira les cadavres. Il ne connaissait aucun de ces hommes.

Il chercha le pouls de celui qui était à ses pieds pour s'assurer qu'il était bien mort. Pour l'autre, la question ne se posait pas. Allongé sur le ventre, la tête sous l'eau, il était forcément passé de vie à trépas.

Au départ, ses agresseurs étaient trois, il en était certain. Il lui fallait trouver le troisième avant que celui-ci ne s'attaque à Raney.

Il traversa la rivière en sens inverse, tenant la torche d'une main, son arme de l'autre.

Il devait retourner vers l'endroit où il avait laissé Rancy en veillant à ne pas sc faire voir.

Pour revenir sur ses pas, il devait suivre ses propres traces, repérer les petites branches qui s'étaient cassées sur son passage, les empreintes de ses semelles sur la terre boueuse. Il espérait retrouver l'arbre de Raney sans trop de difficultés.

*Tiens bon, chérie. J'arrive.*

# 17

Chase marchait depuis un petit quart d'heure quand il entendit du bruit derrière lui. D'instinct, il se jeta à terre et réussit à éviter la balle, qui siffla au-dessus de sa tête avant de finir sa course dans un arbre. Roulant sur lui-même, il allait tirer à son tour quand un géant envoya valser son arme d'un coup de pied.

— Lève-toi ! fit le type.

Il s'exprimait avec un accent que Chase ne reconnut pas.

L'homme lui arracha la lampe torche des mains et lui éclaira le visage.

— Où est-elle ?

— Qui ? demanda Chase.

Le géant lui envoya son poing en pleine figure. A demi assommé, Chase s'effondra sur le sol.

— Relève-toi !

Chase obtempéra. Lentement.

— Où est-elle ?

— Je n'en sais rien.

Cette fois, son agresseur lui frappa le crâne de la crosse de son arme. Chase tomba à genoux.

— Je vais te reposer la question. Si tu ne me donnes pas la bonne réponse, je commencerai à tirer. D'abord dans les coudes. C'est très douloureux, tu verras. Ensuite, dans les genoux. Ainsi, tu ne pourras plus bouger ni te défendre quand les coyotes viendront te finir. Où est la femme ?

Chase fit mine de réfléchir.

— Je lui ai dit de courir vers la cabane. Pour s'y réfugier.

— Quelle cabane ?

— Celle qui est en bordure de la forêt.

— Je n'ai vu aucune cabane par là.

— Vous ne connaissez peut-être pas bien la région ; moi, j'y ai grandi, répondit Chase en espérant que le type saurait que c'était vrai. Je lui avais montré cette cabane il y a quelques jours, au cas où. Ecoutez, je m'en fiche, de cette fille. Cette histoire n'est qu'une mission pour moi. Je refuse de mourir pour une affaire qui ne me concerne en rien. Il me reste sept ans à tirer avant ma retraite de flic. Alors laissez-moi et allez chercher la fille. Tirez-moi dans la jambe si vous voulez me ralentir.

— Conduis-moi jusqu'à cette cabane. Après je te tirerai dessus comme tu m'as demandé.

Le géant le tuerait, Chase en était certain. Mais il lui fallait d'abord l'entraîner le plus loin possible de Raney et trouver le moyen de le désarmer.

— J'ai besoin de la lampe, dit Chase. Pour me repérer dans la forêt.

L'autre lui rendit la torche et Chase se remit en marche.

— Malone doit bien vous payer, pour ce travail, dit-il après un moment en regardant par-dessus son épaule.

L'autre ne répondit pas.

— C'est un de vos amis ?

— Ferme-la !

— Si vous me tuez, sachez quand même que les meurtres de flics sont sévèrement punis dans le Missouri. Avec un bon avocat, descendre n'importe qui peut vous coûter quelques années de taule. Mais quand il s'agit d'un flic le tarif est plus élevé. En général, l'injection létale est le prix à payer.

Comme l'homme le poussait en avant, Chase trébucha mais réussit à ne pas tomber.

— J'ai déjà buté des flics. Alors un de plus, un de moins, je m'en moque. De toute façon, j'ai bientôt fini mon travail et je ne compte pas m'éterniser ici. Dès que j'aurai tué cette femme, je quitterai les Etats-Unis et personne ne me retrouvera jamais.

Chase marchait toujours devant le géant quand un coup de feu claqua. Il se jeta à terre et roula sur lui-même, persuadé que le malfrat avait changé d'avis et décidé de le tuer avant de chercher seul la cabane.

Puis il vit Raney, les pieds bien plantés sur le sol, les bras tendus à hauteur des épaules. Elle vida son chargeur sur le sbire de Malone.

L'homme s'écroula, le visage dans la boue.

Raney n'avait encore jamais tiré sur quelqu'un, ni même eu une arme entre les mains. Quand tout fut fini, elle tomba à genoux en gémissant.

Chase la prit tendrement dans ses bras.

— Je te tiens, c'est fini, Raney.

— Il… il t'a frappé…, balbutia-t-elle. Ta pauvre tête…

— Ne t'inquiète pas, chérie. J'ai la tête dure. J'ai eu très peur quand tu as tiré. La peur de ma vie.

— Je sais que tu m'avais dit de ne pas quitter l'arbre avant que tu reviennes me chercher, mais je…

— Je ne t'en veux pas du tout ! Tu m'as sauvé la vie. Je suis très heureux que tu n'aies pas obéi.

— Je ne pouvais pas attendre plus longtemps. J'avais entendu les coups de feu, je t'imaginais blessé dans le bois. Je pensais que tu avais besoin de moi. Tu prends toujours soin des gens, tu n'hésites jamais à sacrifier ton bien-être pour protéger les autres, pour qu'ils soient heureux. Je me suis dit qu'il était temps que quelqu'un veille sur toi.

— Raney…, dit-il d'une voix étranglée.

— Je ne pouvais pas rester là sans rien faire, poursuivit-elle. Et quand je l'ai vu te frapper et te frapper encore, j'ai su que j'allais le tuer pour qu'il arrête.

Il lui caressa les cheveux, les repoussa tendrement derrière ses oreilles.

— La blonde Raney en action. Je t'aime tant, mon amour. Que tu sois brune ou blonde, je t'aime, Raney. Toi.

Elle lui rendit ses baisers.

— Je t'aime pour toujours, Chase. Maintenant, rentrons à la maison.

BEVERLY LONG

# La mariée sans mémoire

*Traduction française de*
CHRISTINE BOYER

BLACK ROSE

HARLEQUIN

*Titre original :*
AGENT BRIDE

*Ce roman a déjà été publié en 2016.*

# 1

En général, rien n'arrêtait Cal Hollister, et surtout pas les intempéries. Mais la pluie verglaçante qui tombait lorsqu'il avait quitté Kansas City avait laissé la place à une véritable tempête de neige qui rendait l'autoroute de plus en plus difficilement praticable. Il décida donc qu'une petite halte s'imposait.

Il s'engagea sur une aire de repos pour faire le plein puis poussa la porte du Dawson's Diner, un restaurant routier. Attablé devant un repas dont la qualité le surprit, il jetait de temps en temps un œil sur le poste de télévision installé dans un coin de la salle. Le son avait été coupé mais, au cas où les images n'auraient pas été assez explicites, des explications défilaient en bas de l'écran.

« Une tempête hivernale précoce paralyse le Midwest. »

Avec un soupir, il détourna le regard. Tout à l'heure, dans sa voiture de location, il avait également éteint la radio. Il en avait assez d'entendre en boucle le point météo.

Certes, les tempêtes de neige étaient rares dans le Missouri, et tout à fait exceptionnelles en novembre. Quoi qu'il en soit, il n'était pas question de laisser quelques flocons lui barrer la route.

Après huit ans d'absence, il revenait au pays, à Ravesville. Il rentrait à la maison. Cette idée lui était venue le mois dernier, quand il avait appris la décision de son frère Chase de restaurer la vieille demeure familiale dont ils venaient d'hériter afin de la mettre en vente.

Chase ne lui avait pas demandé d'aide ; il n'en demandait jamais, et surtout pas à lui. Mais justement, il était temps de changer cet état de choses. Une fois sa mission terminée, il avait pris ses dispositions pour revenir aux Etats-Unis. Bien que rien n'ait été simple, il y était arrivé et, maintenant, il se trouvait à une centaine de kilomètres de sa destination finale et à trois semaines de Thanksgiving.

— Avez-vous terminé ? demanda la serveuse en passant près de sa table.

— Oui, merci, dit-il. Et j'avoue que je ne m'attendais pas à me régaler à ce point dans un routier.

Elle lui avait conseillé de prendre le plat du jour, le rôti de porc en cocotte, surtout s'il était pressé. Il n'avait aucune contrainte horaire, mais il s'était laissé tenter par sa suggestion et ne le regrettait pas.

Elle sourit.

— Les gens sont toujours surpris. Il est rare de se voir proposer de bons petits plats dans un relais au bord de l'autoroute, mais nous avons la chance d'avoir un chef. Un vrai. Pietro a travaillé pendant des années à l'université Moldaire, dans le restaurant haut de gamme de leur association étudiante. Il était chargé de préparer les repas lors des événements importants, y compris les réceptions privées organisées par le président de l'université.

Elle prit son assiette.

— Un petit dessert ? Aimeriez-vous goûter à notre tarte aux pommes ?

— Je n'ai plus faim mais, si elle est aussi délicieuse que le plat du jour, je veux bien en emporter une part. Je la mangerai plus tard.

— Sage décision, répondit-elle.

Elle alla couper un généreux morceau de tarte puis le mit dans un carton qu'elle posa sur la table avec des couverts en plastique.

Cal laissa un billet de vingt dollars sur la soucoupe.

— Gardez la monnaie, Lena, dit-il après avoir lu son prénom sur son badge.

Elle paraissait fatiguée. La restauration n'était pas un métier de tout repos, mais au moins avait-elle un emploi.

Actuellement, il ne pouvait en dire autant.

Cependant, n'ayant plus de travail, il n'avait plus de contraintes à respecter, plus d'ordres à recevoir, plus de règlements à appliquer. Il avait enfin la liberté de vivre comme bon lui semblait. Une liberté grisante pour un homme qui avait passé plus de huit ans au service de l'Oncle Sam, comme Navy SEAL — les Forces spéciales des marines —, et les six derniers mois à effectuer le même genre de travail que dans l'armée, mais dans le cadre de contrats privés — et donc pour une rémunération bien plus élevée.

— Que disent-ils sur l'état des routes ? demanda-t-il.

Il avait vu Lena bavarder au comptoir avec deux policiers du coin.

— Le réseau routier est pour ainsi dire impraticable, et la situation empire d'heure en heure. L'autoroute n'a pas encore été fermée à la circulation, mais beaucoup de voitures sont déjà dans le fossé.

Cela ne le surprit pas. Chaque année, la première tempête de neige se traduisait par des sorties de route et des carambolages. Les gens devaient réapprendre à conduire en hiver, à rouler plus lentement, à respecter les distances de sécurité, à ne pas freiner lorsqu'ils dérapaient sur une plaque de verglas.

Il se leva de sa chaise et s'étira.

— Alors, souhaitez-moi bonne chance, dit-il.

Elle secoua la tête.

— Vous êtes comme tous les autres fous furieux qui sont passés ici aujourd'hui. Juste avant votre arrivée, par exemple, des types ont fait tout un ramdam sur le parking. A courir partout, à claquer les portières, à crier après je ne sais qui ou quoi. Mais ils sont vite partis quand des voitures de patrouille sont arrivées sur l'aire de repos. En fait, les policiers ne venaient que pour notre tarte aux pommes ; ils ne ratent jamais l'occasion de s'en régaler. Il n'empêche qu'en les voyant ces imbéciles ont filé comme s'ils avaient le diable aux trousses… Ils sont sans doute allés se tuer un peu plus loin en dérapant sur une plaque de verglas.

Cal se félicita d'être arrivé après toute cette effervescence. Au cours des huit dernières années, il avait eu sa dose de chaos.

— A toutes fins utiles, ajouta-t-elle, je vous signale qu'il y a un motel pas très loin d'ici sur l'autoroute. Peut-être leur reste-t-il une chambre…

Il la remercia du conseil avec un sourire puis, remontant le col de son manteau, gagna la porte. Dès qu'il la poussa, une bourrasque glacée le fit frissonner.

Sans doute était-il un fou furieux, oui. Lena n'avait pas idée des folies dont il s'était rendu coupable ces dernières années. Et, pour la plupart, au nom de la protection de la sécurité nationale ou des intérêts américains…

L'hôtel aurait été une bonne option s'il avait eu l'intention de rouler longtemps sur l'autoroute, mais il la quitterait à la prochaine sortie. Pour la dernière partie de son périple, il emprunterait la voie express qui le conduirait jusqu'à Ravesville. Le réseau secondaire serait sans doute en plus mauvais état que l'autoroute ; cependant, il disposait encore de deux heures avant la tombée de la nuit et comptait bien en profiter.

Si tout allait bien, il serait à la maison dans deux ou trois heures. Il songea à passer un coup de fil à Chase pour lui annoncer son arrivée puis écarta cette idée. Même si Chase pouvait aisément imaginer que les intempéries ne faisaient pas peur à un ancien marine, il risquait de s'inquiéter.

Chase avait toujours pris très au sérieux son rôle de grand frère ; ils allaient enfin pouvoir en parler. Voilà trop longtemps que Cal évitait le sujet.

Il mit le contact, poussa le chauffage à fond, et entreprit de retirer l'épaisse couche de neige qui couvrait son 4x4, ce qui lui prit un moment. Lorsqu'il put enfin se mettre au volant et quitter le parking, il faisait chaud dans la voiture.

Les chasse-neige avaient déblayé les voies dans la matinée, mais elles étaient de nouveau recouvertes d'un tapis blanc. Il s'y engagea, tout en veillant à ne pas dépasser les cinquante kilomètres à l'heure. Quand il quitta l'autoroute, un peu plus loin, il s'aperçut rapidement que l'état du réseau secondaire était pire, comme il l'avait craint. Il fut toutefois rassuré de distinguer de larges traces de roue dans la neige. Manifestement, un gros camion l'avait précédé de peu.

Le vent faisait tourbillonner la poudreuse, et il avait l'impression de rouler dans un espace féerique plongé dans une brume blanche. Voilà sans doute pourquoi, lorsqu'il vit quelque chose bouger dans le fossé, il crut d'abord être victime d'une hallucination.

Après s'être assuré d'un bref regard dans le rétroviseur qu'il n'y avait pas d'autres véhicules derrière lui, il s'arrêta sur le bas-côté. Laissant le moteur tourner, il descendit de voiture.

En contrebas d'un petit talus, près d'une barrière en bois qui servait probablement à cantonner le bétail dans un champ pendant l'été, il y avait bien quelque chose.

Il s'approcha et eut du mal à en croire ses yeux. Il s'agissait d'une femme en robe de mariée. Son long voile blanc avait attiré son attention parcc qu'il battait au vent comme un drapeau. Elle ne portait rien d'autre, ni manteau ni chaussures.

L'inconnue était allongée sur le côté, lui tournant le dos. Sans doute était-elle morte. Comment aurait-elle pu survivre dans ce froid, dans cette neige ?

Elle avait froid, si froid… Jamais elle n'avait eu aussi froid. Et sa tête lui faisait mal. Mais elle devait se lever, fuir.

Comme elle s'ordonnait de bouger, elle entendit soudain un homme jurer et sentit des mains sur elle. La panique la saisit. L'avaient-ils retrouvée ?

Il n'était pas question de retomber entre leurs griffes !

Avec l'énergie du désespoir, elle se débattit, lança des coups de pied, des coups de poing.

— Hé ! cria-t-il quand elle le frappa en pleine poitrine.

Ouvrir les yeux lui demanda un effort surhumain, douloureux.

L'homme penché sur elle était grand et brun.

Terrorisée, elle se mit à hurler, tout en sachant que personne ne l'entendrait, que personne ne viendrait l'aider. Comme auparavant.

— Comment diable vous êtes-vous retrouvée ici ? demanda-t-il.

Sans attendre la réponse, il glissa ses bras puissants sous ses épaules, sous ses genoux, et la souleva.

La tenant contre lui, il se mit en marche.

Une nouvelle fois, elle essaya de lutter, de le forcer à desserrer son emprise, en vain. Elle avait l'impression qu'il avait des muscles en acier, alors que les siens étaient sans force, tout mous.

Elle était en train de mourir, elle le savait.

Fermant les yeux, elle attendit que la Faucheuse l'emporte.

Au bout d'un petit moment, elle sentit qu'il la posait doucement et se retrouva debout. Il fallait qu'elle en profite, qu'elle prenne ses jambes à son cou et fuie. Loin. Très loin.

Mais elle était si fatiguée…

Elle vit le véhicule, la portière qu'il lui ouvrait.

— Montez, dit-il.

Comme elle n'esquissait pas le moindre mouvement, il la reprit dans ses bras pour l'asseoir dans la voiture. Une douce chaleur y régnait. Il referma la portière avant de contourner le 4x4 pour s'installer au volant.

Il était grand, fort, couvert de neige. Pendant un instant, elle crut avoir affaire à l'abominable homme des neiges. Il se tourna vers un gros sac posé sur la banquette arrière, et elle entendit le zip d'une fermeture Eclair.

Il saisit un grand T-shirt gris puis, se penchant vers elle, l'utilisa pour lui frotter avec énergie les bras, les jambes, le visage. Il avait monté le chauffage au maximum.

Soudain, il s'immobilisa, les sourcils froncés, les yeux fixés sur ses mains. Elle suivit son regard. Des traces rouges marquaient ses poignets. Elle se revit tout à coup tirant, tirant dessus de toutes ses forces, emplie de colère.

— Que vous est-il arrivé ? demanda-t-il d'un ton dur.

Pour toute réponse, elle se contenta de le dévisager.

Il hésita un instant avant de farfouiller de nouveau dans son sac. Il en tira un autre T-shirt, blanc à manches longues, et un pantalon de survêtement gris.

— Il faut retirer cette robe mouillée, reprit-il.

Elle baissa les yeux pour considérer sa tenue. Lorsqu'elle découvrit comment elle était habillée, son cœur se mit à battre à grands coups.

Que fabriquait-elle dans une robe de mariée ?

— Etes-vous blessée ? poursuivit-il.

Il avait évidemment remarqué qu'elle était vêtue en mariée, mais semblait s'en moquer. Elle, en revanche, avait du mal à passer à autre chose.

Elle effleura le satin du bout des doigts et remarqua, sans en être particulièrement affectée, que le tissu était taché à plusieurs endroits. Ses mains commencèrent à trembler.

Il posa la main sur les siennes.

— Vous frissonnez.

— J'ai froid.

En effet, elle avait froid — très, très froid —, mais ce n'était pas la raison pour laquelle elle tremblait comme une feuille. Elle se sentait dans un état bizarre. Elle avait le tournis, l'impression de manquer de sommeil, d'être sur le point de perdre connaissance et, en même temps, elle était la proie de violentes nausées comme si elle avait trop bu.

Elle se tourna vers lui. Elle devait tenter de lui répondre, de lui donner un minimum d'explications. Mais, avant qu'elle ait ouvert la bouche, il s'exclama :

— Mais vous saignez !

Avec une surprenante douceur, il passa les mains sur sa tête, palpa son cuir chevelu. Elle l'entendit siffler entre ses dents.

— Vous avez une énorme bosse sur le crâne, dit-il. Et une plaie, là, pas trop grande, heureusement. Elle a déjà cessé de saigner.

Voulant en juger par elle-même, elle posa à son tour les doigts sur sa tête. Dans le mouvement, sa main frôla la sienne ; elle la trouva chaude, vibrante.

En continuant son inspection, elle sentit quelque chose accroché à ses cheveux. Un voile, un voile de tulle.

Elle se mit à arracher les épingles qui le retenaient et

à les jeter par terre. L'une d'elles rebondit sur le tableau de bord. Enfin, elle tira sur le voile pour s'en débarrasser.

Le regard noisette de l'homme était rivé sur elle.

Elle se redressa, rabattit le pare-soleil et considéra son reflet dans le miroir de courtoisie.

Une folle terreur s'empara aussitôt d'elle, lui donnant envie de vomir.

*Calme-toi et réfléchis !* s'ordonna-t-elle. *Tu as besoin de réfléchir.*

Quand elle se rendit compte qu'elle en était incapable, elle se remit à trembler, de plus en plus fort, au point qu'elle finit par être agitée de soubresauts incontrôlables.

L'homme sortit de son immobilité. Il lui passa le T-shirt à manches longues par-dessus la tête avant de descendre la fermeture Eclair de sa robe, de dégrafer son soutien-gorge. D'un geste, il retira le tout en baissant le T-shirt pour respecter sa pudeur. Il se montrait efficace, rapide et impersonnel, mais elle l'écarta.

Si elle ne voulait pas qu'il la déshabille, elle devait s'en charger toute seule, comprit-elle.

Elle enfila les manches et tira sur le T-shirt pour le faire descendre — il lui arrivait à mi-cuisses. Enfin, elle ôta complètement sa longue robe de mariée trempée et la roula en boule. Quand elle la lui tendit, il la jeta sur la banquette arrière. Elle mit alors le pantalon de survêtement, serrant le plus possible les cordons de la ceinture. Enfin, l'inconnu lui tendit d'épaisses chaussettes blanches. Elle nageait dans ces vêtements d'homme, mais être au chaud et au sec lui parut merveilleux.

— Je ne sais pas où se trouve l'hôpital le plus proche, dit-il. Mais, en retournant sur l'autoroute, nous avons des chances de voir un panneau indicateur.

*A l'hôpital ?*

Elle prit son bras.

— Non.

Il la dévisagea, les sourcils froncés.

— Pourquoi ? Que se passe-t-il ?

Elle n'en avait aucune idée, mais elle savait qu'elle ne devait pas se rendre à l'hôpital. Ni nulle part.

Ils la retrouveraient.

— Comment vous appelez-vous ? demanda-t-il.

Elle ne répondit pas ; il ne lui était pas possible de faire confiance à un inconnu.

Il attendit.

— Comment vous appelez-vous ? répéta-t-il.

— Mary… Mary Smith.

Il plissa les paupières.

— Ça m'étonnerait.

De nouveau, elle resta silencieuse.

— Et si je vous surnommais…

Il promena un instant les yeux au-dehors. De gros flocons de neige tourbillonnaient autour d'eux.

— Stormy, décida-t-il. Ça fera l'affaire.

— Et vous, quel est votre nom ? dit-elle, cherchant à tout prix à changer de sujet.

Il n'hésita qu'un bref instant.

— Cal. Cal Hollister.

Passant la première, il desserra le frein à main et reprit sa route.

— Où allons-nous ?

Il ne répondit pas.

Il la conduisait à l'hôpital, devina-t-elle. Elle devait s'enfuir avant qu'il mette son idée à exécution.

Elle posa la main sur la poignée de sa portière, mais il fut plus rapide et tendit le bras pour l'empêcher de l'ouvrir.

— Je vous en prie. J'aimerais vous aider. Je viens de me restaurer dans un petit routier au bord de l'autoroute.

Deux policiers du coin s'y étaient également arrêtés. Sans doute pourront-ils vous secourir.

*La police ?*

De nouveau, la peur la saisit et elle sentit son cœur s'emballer. Pourquoi ? Elle se creusa la cervelle, y cherchant désespérément une réponse, mais elle avait la tête vide. Elle tenta de trouver une explication logique à sa brusque angoisse. Avait-elle des ennuis avec la police ? Tentait-elle d'échapper à la justice ?

— Je n'ai besoin que de me reposer, d'un endroit où dormir, dit-elle. Pourriez-vous me déposer devant un hôtel ?

D'un geste, il lui montra les alentours.

— Nous sommes un peu au milieu de nulle part…

Elle le voyait bien. Il y avait de la neige partout, et la nuit tombait.

— Alors auriez-vous la gentillesse de me conduire jusqu'à la ville la plus proche ? demanda-t-elle. Je vous paierai, je vous le promets. Je n'ai pas d'agent sur moi, mais je vous en enverrai. Vous me laisserez votre adresse.

Il se tourna vers elle et la dévisagea un instant. Hésitait-il à l'éjecter de sa voiture, estimant qu'elle lui avait déjà fait perdre assez de temps comme cela ?

— Il y a sûrement des gens qui vous cherchent, qui s'inquiètent à votre sujet. Et, au risque d'énoncer une évidence, je pense que cette journée n'a pas été une journée comme les autres, mais le plus beau jour de votre vie.

S'était-elle mariée aujourd'hui ?

Elle ne parvenait pas à le croire. Si elle s'était mariée, elle le saurait, le sentirait au plus profond d'elle-même. Non ?

— Je prendrai contact avec mes proches dès que je serai arrivée à l'hôtel, dit-elle.

Il sortit de l'une de ses poches un téléphone portable qu'il lui tendit.

De nouveau, leurs doigts s'effleurèrent.

Sa peau était chaude.

Tellement différente.

Un souvenir lui revint brusquement. Une image en noir et blanc, comme dans un vieux film. Elle vit des mains froides, glacées, se poser sur son bras, la pousser avec brutalité.

Elle ferma les yeux en espérant que quelque chose d'autre allait lui revenir, mais il ne se passa rien.

— Je vous en prie, déposez-moi devant le premier hôtel venu, répéta-t-elle en posant l'appareil sur la console.

Dormir lui ferait peut-être du bien, l'aiderait peut-être à recouvrer ses esprits. Elle l'espérait. Il le fallait.

Parce que, dans le cas contraire, elle ne savait vraiment pas ce qu'elle ferait.

# 2

Dans des conditions normales, quand une jolie femme lui demandait de la conduire à l'hôtel, Cal s'arrangeait pour la satisfaire dans les meilleurs délais sans se poser trop de questions.

Evidemment…

Et, si tout se passait bien, une demi-heure après être montés dans la chambre, tous deux avaient oublié le temps qu'il faisait à l'extérieur.

Mais la situation présente n'avait rien de normal. Il avait trouvé cette femme allongée dans la neige, vêtue d'une robe de mariée. Il l'avait d'abord cru morte puis, lorsqu'il s'était approché d'elle et avait cherché son pouls, elle avait réagi comme une enragée, lui envoyant coups de pied et coups de poing.

Comme tous les membres des Forces spéciales, il avait reçu une formation de secouriste. Après l'avoir rapidement examinée, il avait dressé la liste des options qui s'offraient à lui. Déplacer quelqu'un sans avoir établi un bilan complet de son état présentait toujours un risque. Cependant, elle semblait capable de bouger, même si ses mouvements étaient un peu saccadés, un peu maladroits. La laisser dans le froid serait finalement plus dangereux que tout le reste. Aussi, sans perdre de temps, l'avait-il soulevée pour la porter jusqu'à la voiture et la mettre au chaud.

Cela n'avait pas été simple, vu qu'elle se débattait comme un beau diable, mais il y était parvenu.

Avec ses traits fins et harmonieux, ses épais cheveux bruns et ses yeux sombres, presque noirs, elle était d'une incroyable beauté. La couleur vanillée de sa peau prouvait des origines plus exotiques que ses propres racines germano-irlandaises. Peut-être était-elle originaire des îles du Pacifique.

Quand elle s'était mise à hurler, il avait repoussé les images voluptueuses que la vue de cette ravissante inconnue avait fait naître dans son esprit et il était passé à l'action. Il ne pensait pas qu'elle était là depuis longtemps. Vêtue comme elle l'était et par ce temps, elle n'aurait pas survécu plus d'une demi-heure.

Craignant qu'elle ne soit pas capable de marcher, il avait préféré la porter jusqu'à la voiture. Une fois au chaud, alors qu'il se demandait ce qu'il devait faire, il avait vu les marques rouges qui entouraient ses poignets. De toute évidence, elle avait été attachée.

Il était possible qu'elle ait accepté de l'être. Les jeux coquins auxquels se livraient certains couples dans l'intimité de leur chambre à coucher ne regardaient personne. Mais, après avoir passé la plus grande partie des dix dernières années dans des pays où les hommes maltraitaient systématiquement les femmes, il ne pouvait s'empêcher de penser que cette inconnue avait été enchaînée contre son gré. Pourtant, quand il lui avait posé la question, elle avait considéré ses poignets comme si elle les voyait pour la première fois, comme si elle découvrait ces marques rouges.

A la vue du petit filet de sang sur le côté de son fin visage, il avait été très inquiet. La grosse bosse sur son crâne laissait supposer qu'elle s'était cognée contre la barrière. En constatant que la plaie était superficielle et cicatriserait vite, il avait poussé un soupir de soulagement.

Il avait décidé de ne pas se soucier dans l'immédiat des mauvais traitements dont elle avait peut-être été victime et de parer au plus pressé, à savoir lui retirer ses vêtements mouillés.

Lorsqu'il lui avait ôté sa robe, il avait rapidement parcouru son corps des yeux pour évaluer ses blessures. Il avait entrevu de jolis seins, une peau satinée, mais pas d'autres marques rouges ni d'ecchymoses.

La robe de mariée lui avait paru lourde, encombrante, et totalement déconcertante.

Curieusement, elle semblait avoir le même effet sur l'inconnue. Elle avait arraché les épingles de son voile avec rage, comme si elle s'attaquait à un nid de serpents. Libérés, ses épais cheveux noirs étaient alors tombés souplement sur ses épaules.

Comment une jeune mariée avait-elle pu finir en rase campagne, dans un fossé enneigé ? Où diable était passé son mari ?

Quand il l'avait ramassée, il avait observé les alentours. Il n'avait remarqué aucune empreinte de pas, aucune trace de pneu, à l'exception de celles du camion qui l'avait précédé sur la route, et il était pour ainsi dire certain que le poids lourd ne s'était pas arrêté. S'il l'avait fait, la neige en aurait été marquée.

Etait-il possible que cette femme soit tombée du véhicule alors qu'il roulait ? Que quelqu'un l'ait poussée pour l'en éjecter ?

Aucune de ces hypothèses n'avait de sens, et l'inconnue ne l'aidait pas à éclaircir la situation. Lorsqu'il lui avait demandé comment elle s'appelait, elle lui avait donné un faux nom, il en était certain. D'ailleurs, en décidant de la surnommer Stormy, il lui avait fait comprendre qu'il n'était pas dupe. Quand, à son tour, elle avait voulu connaître son identité, il aurait pu l'imiter et mentir, d'autant plus facilement qu'il avait une bonne dizaine de pseudos divers sous lesquels il avait opéré ces dernières années. Au lieu de quoi il lui avait dit la vérité.

Il avait peut-être commis une erreur mais, sans qu'il sache pourquoi, il lui avait semblé important qu'au moins l'un d'eux soit sincère. Il lui offrait une main secourable jusqu'à ce qu'elle puisse demander l'aide de quelqu'un d'autre.

Or elle ne semblait pas pressée de contacter qui que ce soit. En lui tendant son téléphone portable, il pensait qu'elle se jetterait dessus comme sur une bouée de sauvetage. Manifestement, elle n'avait eu envie d'appeler personne.

Etrange… C'était le moins que l'on puisse dire.

Que faire, maintenant ? Plusieurs options s'offraient à lui. Il pouvait continuer à rouler jusqu'à Ravesville et l'accueillir dans la vieille maison familiale. Cependant, comme il ne savait rien d'elle et de son histoire, il était réticent à l'idée de lui ouvrir grand les portes de l'ancienne ferme. Il ne voulait pas courir le risque de créer des ennuis à sa famille, à Chase en particulier. En aucun cas.

Il culpabilisait assez comme cela.

Il pouvait ignorer ses déclarations comme quoi elle n'aurait besoin ni de soins médicaux ni de la police, et la laisser devant le premier hôpital ou commissariat venu.

Ou il pouvait faire demi-tour, retourner sur l'autoroute, trouver l'hôtel dont lui avait parlé la serveuse et l'y laisser. La belle inconnue se débrouillerait ensuite pour retourner chez elle et reprendre le cours de sa vie.

Ce serait sans doute la meilleure solution. Maintenant qu'il l'avait observée de plus près, il avait vu les cernes sous ses yeux, mesuré sa fatigue. Préparer un mariage n'était sans doute pas de tout repos.

Que s'était-il passé ? Avait-elle paniqué à la dernière minute à l'idée de s'engager ? Un homme était-il en train d'arpenter une église en se demandant ce que fabriquait sa promise ?

Mais ils étaient un mardi… Bien que loin d'être expert en matière de mariage, il savait que les gens se mariaient en général le samedi. Peut-être sa passagère n'aimait-elle pas se plier aux conventions. Ou peut-être travaillait-elle le week-end. A moins que le couple ait obtenu un bon prix pour la réception à condition qu'elle ait lieu en semaine… Toutes sortes d'explications étaient possibles.

En tout cas, l'inconnue ne semblait pas s'intéresser à la question. Les bras croisés, elle regardait droit devant elle.

Selon toute vraisemblance, il lui avait sauvé la vie. Il aurait été content de connaître son nom, mais ce n'était pas indispensable. De toute façon, il n'était pas du genre à se vanter ni à s'étendre sur ses exploits passés. D'ailleurs, ce n'était pas la première fois qu'il venait en aide à quelqu'un. Protéger les gentils, éliminer les méchants était le quotidien des Forces spéciales.

Il espérait qu'elle n'avait rien de grave à se reprocher, mais son instinct lui soufflait qu'il ne regretterait pas de l'avoir sauvée, et il avait appris à l'écouter.

— Attachez votre ceinture, dit-il.

Il fit prudemment demi-tour sur la route enneigée.

— Où allons-nous ? demanda-t-elle d'une petite voix.

— Nous retournons sur l'autoroute. Il y a un hôtel à quelques kilomètres. Je vous y déposerai.

Il alluma la radio. Peut-être, tout compte fait, valait-il mieux qu'il essaie d'obtenir des informations sur la météo. Tant qu'il n'avait eu à se soucier que de lui-même, il ne s'y était pas vraiment intéressé. Maintenant, il était responsable d'elle. Apparemment, la tempête de neige montait en intensité.

La situation aurait dû contrarier un homme qui venait de quitter l'armée bien décidé à ne pas prendre de nouvel engagement pendant quelque temps. Pourtant, au lieu d'être irrité de devoir se charger si vite de quelqu'un, il se sentait étrangement bien.

— Ne vous inquiétez pas, ajouta-t-il.

Pendant un long moment, elle resta silencieuse ; il entendait les pneus patiner sur la chaussée.

Finalement, elle se tourna vers lui.

— Merci, dit-elle. Je vous suis infiniment redevable.

En effet, elle lui devait une fière chandelle. Il lui avait sauvé la vie, elle en était bien consciente. Malgré cela, dès qu'elle en aurait la possibilité, elle lui fausserait compagnie. Il était jeune, sans doute avait-il moins de trente ans, mais ses yeux noisette semblaient renfermer tous les secrets de la terre. Sa peau était bronzée, et ses cheveux bruns coupés très court, à ras.

Quand il lui avait demandé son nom et insisté pour obtenir une réponse, il avait bien fallu qu'elle lui dise quelque chose. Il avait deviné qu'elle ne lui avait pas donné sa véritable identité. Lui n'avait pas caché la sienne — Cal Hollister, se rappelait-elle — et il paraissait toujours décidé à l'aider.

Elle aurait voulu accepter son aide, la prendre comme un geste gentil, gratuit, normal, d'un être humain envers un autre. Mais une petite voix lui soufflait qu'elle ne devait faire confiance à personne.

*A personne.*

Il était bon conducteur, à la fois détendu et assuré, et manœuvrait avec souplesse. Pour sa part, dès qu'elle prenait le volant, elle se sentait nerveuse.

Et elle détestait conduire par mauvais temps.

Elle ignorait comment elle le savait, mais elle le savait.

Très vite, ils se retrouvèrent sur l'autoroute dont il lui avait parlé. Elle aperçut un panneau :

ST. LOUIS, 310 km.

St. Louis… Elle laissa ces deux mots danser dans sa tête un instant.

— Joe Medwick, dit-elle.

Il se tourna vers elle.

— Pardon ?

— Medwick a fait partie des Cardinals, l'équipe de base-ball de St. Louis. Il détient le meilleur palmarès de lanceur, le record absolu de points gagnés par un joueur en une seule saison. C'était dans les années 1930.

— En 1937, précisa-t-il. Comment diable savez-vous ça ? ajouta-t-il.

Elle venait de le surprendre. Curieusement, elle en éprouva une certaine joie. Jusqu'ici, rien n'avait paru l'impressionner et, là, il semblait sidéré parce qu'elle avait des connaissances en matière de base-ball.

— L'intérêt pour le sport n'est pas réservé aux hommes, lui rappela-t-elle en souriant.

— C'est vrai.

Il resta silencieux un moment.

— Le motel ne devrait plus être très loin. Avez-vous mangé quelque chose, dernièrement ?

Elle n'en savait rien, mais elle n'avait pas faim.

— Oui, il y a peu de temps, dit-elle néanmoins.

Il hocha la tête.

— Très bien.

Malgré la neige, le 4x4 tenait bien la route. Il patinait parfois sur une plaque de verglas, mais pas au point de finir dans le décor. Elle vit que trois voitures avaient eu moins de chance et avaient terminé leur trajectoire dans le fossé.

Il leur fallut un quart d'heure pour arriver à l'hôtel. Comme ils s'engageaient sur le parking, elle regarda le bâtiment de deux étages, en bois peint, en essayant de deviner si elle y était déjà venue. Elle ne le pensait pas.

Chaque chambre avait une porte donnant sur l'extérieur. Elle en compta huit au rez-de-chaussée, séparées par un petit bureau de réception, et huit à l'étage. Un grand panneau signalait le nom de l'endroit : le Daly American Inn. Près de l'entrée, en haut d'un mât, un drapeau flottait dans le vent. Elle se demanda si quelqu'un avait bravé les éléments ce matin pour le hisser. A moins qu'il ne soit jamais descendu…

Elle sentit soudain un étau lui enserrer la poitrine.

— Oh ! fit-elle en posant une main sur son cœur.

— Un problème ? demanda-t-il.

Elle secoua la tête. Qu'aurait-elle pu répondre ?

*En vérité, je croule sous les problèmes, mais je ne peux vous parler d'aucun ?*

Les places de parking étaient pour la plupart occupées, mais il en restait une de libre devant le bureau de réception. Il s'y arrêta mais, avant qu'il puisse ouvrir sa portière, elle lui prit le bras.

— Comme je vous l'ai dit, je n'ai pas d'argent sur moi…

Il haussa les épaules.

— Nous nous soucierons de ça plus tard. Pour le moment, espérons surtout qu'il leur reste des chambres. Je vais voir.

Apparemment, il avait l'intention de payer. *Merci, mon Dieu !* Dès que possible, elle lui enverrait un chèque pour le rembourser. Elle avait l'habitude d'honorer ses dettes, du moins le pensait-elle.

Quand il descendit de voiture, un vent glacé s'y engouffra.

Elle le regarda aller jusqu'au bureau de réception. Il portait une veste matelassée, un jean et des bottes de cow-boy, une tenue qui lui allait particulièrement bien parce qu'il avait les hanches étroites et de longues jambes.

Vu les circonstances, elle se trouva un peu ridicule de remarquer ce genre de détails. Mais il était également réconfortant de constater que, malgré tout, son inconscient lui rappelait les petits bonheurs et les grands plaisirs de la vie comme celui d'admirer la démarche sexy d'un homme ou ses fesses.

La réception était bien éclairée, et un adolescent était assis derrière le bureau. Penché sur son téléphone portable, il pressait des touches, jouant manifestement à un jeu vidéo. Il leva le nez pour écouter ce que Cal lui disait et… secoua la tête.

Elle déglutit péniblement. Elle n'avait pas mesuré à quel point elle espérait trouver une chambre, un endroit où se reposer. Si ce n'était pas possible, qu'allait-elle faire ? Peut-être le réceptionniste les autoriserait-il à s'asseoir dans le hall jusqu'à…

Jusqu'à quoi ?

C'était la grande inconnue.

Elle vit Cal fouiller dans ses poches, pousser quelque chose sur le comptoir et prendre la carte magnétique que lui tendait le garçon.

Alléluia ! Elle était sauvée !

Lorsqu'il revint vers la voiture, il lui donna la carte magnétique.

— Vous avez de la chance, dit-il. C'était la dernière chambre.

— Quand j'ai vu le jeune homme faire « non » de la tête, j'ai cru qu'il n'en avait plus une seule de libre.

— Il ne comprenait simplement pas ce que je lui demandais.

Elle allait pouvoir dormir, aussi longtemps qu'elle le voudrait, songea-t-elle, intensément soulagée. Lorsqu'elle se réveillerait, après avoir récupéré, elle serait en mesure de faire face à la situation, de gérer les problèmes, elle en était certaine.

— Combien vous dois-je ? demanda-t-elle. Je vous rembourserai.

— Les chambres sont à quatre-vingt-dix dollars la nuit. Vous avez la n° 14. Elle se trouve à l'étage, au bout du couloir.

— Parfait.

— Comment va votre tête ? reprit-il.

— Elle me fait encore mal, répondit-elle avec sincérité.

— Des nausées ?

— Non.

Elle se sentait mieux qu'une demi-heure plus tôt.

— Vos pupilles réagissent normalement, dit-il. Ce qui signifie, en principe, que vous ne souffrez pas de commotion cérébrale. Mais j'aimerais en avoir la certitude, ajouta-t-il, l'air soucieux. Etes-vous sûre que vous allez pouvoir contacter quelqu'un, un proche ?

— Oui, mentit-elle.

Il démarra et alla se garer à l'angle du bâtiment, devant l'escalier desservant sa chambre. Il se retourna pour fouiller dans son sac de voyage, toujours posé sur la banquette arrière, et en sortit une autre paire de chaussettes.

— Celles que vous avez vont vite se tremper quand vous marcherez dans la neige. Celles-ci vous permettront d'en changer et de garder les pieds au sec.

Il était vraiment sympa.

— Puis-je avoir votre adresse ? Pour pouvoir vous envoyer un chèque, vous rembourser ce que je vous dois. L'hôtel, les vêtements…

Il secoua la tête.

— Ne vous inquiétez pas pour si peu. Un jour, vous aurez certainement l'occasion d'aider quelqu'un dans le besoin. Ce sera votre façon de rendre à la vie ce qu'elle vous a donné ce soir.

*Excellente idée.*

— Eh bien, dans ce cas, il ne me reste qu'à vous remercier.

De façon irrationnelle, elle n'avait pas envie de descendre de cette voiture. Elle était en proie à un mauvais pressentiment, avec l'impression que quelque chose de fâcheux était sur le point de se produire. Mais cet homme en avait déjà assez fait pour elle ; il ne servait à rien de chercher à jouer les prolongations.

— Merci pour tout, répéta-t-elle en lui tendant la main.

Il hésita un instant avant de la prendre et de la serrer de façon très formelle.

— Bonne chance, dit-il.

Elle prit une profonde inspiration. Un peu de chance lui serait bien utilc, en effet. Elle descendit de voiture. Comme elle s'apprêtait à refermer la portière, il s'exclama :

— Oh ! attendez ! N'oubliez pas votre bien, ajouta-t-il en indiquant la banquette arrière.

Sa robe de mariée... Elle la prit, ainsi que l'horrible voile qui lui avait tiré les cheveux, et roula le tout en boule avant de le caler sous son bras. Puis elle monta l'escalier au pas de course, glissa la carte magnétique dans la serrure et ouvrit la porte. Après quoi elle se retourna.

Il était toujours là. A la regarder.

Elle agita la main pour le saluer.

Après lui avoir répondu par un hochement de tête, il démarra et se dirigea vers la sortie du parking.

En entrant dans la chambre, elle se sentit curieusement triste. Pourtant, elle aurait dû se réjouir d'être enfin seule. Elle avait besoin de temps pour réfléchir à ce qu'elle allait faire, ce qui aurait été difficile avec ce Cal Hollister dans les jambes.

Elle s'assit sur le lit recouvert d'une affreuse courtepointe et considéra le tapis usé. Que diable allait-elle faire maintenant ?

Alors qu'il était sur le point de quitter le parking, Cal se dit qu'il aurait intérêt à se procurer quelque chose à grignoter, au cas où il se trouverait bloqué sur les routes enneigées. Il avait toujours la part de tarte aux pommes du restaurant routier, mais cela ne suffirait pas à le rassasier. Peut-être pourrait-il acheter des barres chocolatées, des chips et des bonbons. Le distributeur automatique de l'hôtel était le moyen le plus simple de s'en procurer.

Il fit demi-tour. Le garçon de la réception, qui jouait toujours avec son téléphone, leva le nez à son entrée. Cal le salua d'un geste et indiqua l'automate installé dans un coin. L'adolescent hocha la tête en souriant. Quand il découvrit le prix des produits proposés, il fronça les sourcils. C'était du vol caractérisé ! Cependant, nécessité faisant loi, il se résigna à glisser quelques pièces dans la machine.

Stormy avait semblé un peu réticente à l'idée de sortir de sa voiture et il avait éprouvé le désir, complètement fou au demeurant, de continuer à discuter avec elle. Peut-être auraient-ils pu faire un quiz sur le base-ball. Elle l'avait vraiment surpris, avec ses connaissances en matière sportive. Ses yeux s'étaient éclairés et il avait eu un aperçu de ce qu'était son visage lorsque le froid et la fatigue ne le marquaient pas.

Il trouvait cette femme charmante, et c'était finalement cette attirance qui l'avait poussé à abréger la conversation, qui l'avait empêché de la retenir. Elle était la fiancée, peut-être même l'épouse, d'un autre. Elle n'était pas pour lui.

Deux ans plus tôt, quand son meilleur ami avait reçu une lettre de rupture, il avait dû ramasser les morceaux. La femme de Leo avait rencontré un autre homme et demandé le divorce. Leo en avait été fou de chagrin, et Cal avait eu peur qu'il fasse une bêtise.

Il n'avait aucune envie de risquer une tragédie de ce genre. Voilà pourquoi il avait dit au revoir à Stormy et accepté que la façon dont elle s'était retrouvée étendue dans la neige en robe de mariée reste à jamais un mystère.

En réservant la chambre, il s'était assuré qu'elle était équipée d'un téléphone. Il espérait que, prévenus et soulagés d'apprendre qu'elle allait bien, ses proches allaient rapidement venir la chercher.

Alors qu'il prenait un dernier sachet de chips, la porte de la réception s'ouvrit. Deux hommes, vêtus de longs manteaux sombres et de pantalons noirs, entrèrent. Le plus grand avait le visage barré par une longue cicatrice.

Ils lui jetèrent un bref coup d'œil puis se focalisèrent sur le jeune réceptionniste.

— Nous cherchons notre cousine, dit le plus grand d'une voix basse, presque gutturale.

Il tournait le dos à Cal mais ce dernier avait l'oreille fine et l'entendit parfaitement. Le type avait un léger accent, il roulait un peu les R. Peut-être était-il russe.

L'homme tendit son smartphone pour que l'adolescent puisse en voir l'écran.

— Jolie mariée, remarqua le gamin.

— Oui, elle est très belle. L'auriez-vous vue ?

Cal fouilla tranquillement ses poches à la recherche d'une autre pièce et la fit glisser dans la fente du distributeur. Il prit son temps pour faire son choix.

— Non, répondit le réceptionniste. Et, si elle était

venue ici, je ne l'aurais sûrement pas oubliée, ajouta-t-il avec l'exubérance d'un jeune mâle.

Les deux compères échangèrent un regard ; ils avaient du mal à cacher leur déception.

— Il est très important que nous la retrouvions, insista le plus petit. Elle a dû arriver depuis moins d'une heure.

Le réceptionniste secoua la tête.

— Je suis désolé de ne pas pouvoir vous aider. Je suis le seul employé de l'hôtel. Si elle avait pris une chambre, je le saurais. Il y a deux autres motels à dix et à quinze kilomètres d'ici. Elle est peut-être descendue chez eux…

Les types hochèrent la tête et se dirigèrent vers la porte. Le plus petit avait une jambe raide et boitait à chaque pas. Par les baies vitrées, Cal les vit monter dans une Mercedes noire et s'en aller.

Il brandit le paquet de chips.

— Voilà qui va m'aider à garder les yeux ouverts sur la route, cette nuit.

L'adolescent haussa les épaules et reprit son jeu sur son téléphone.

Cal remonta le col de sa veste, ouvrit la porte et regagna son véhicule. Une fois à l'intérieur, il actionna les essuie-glaces pour chasser la neige de son pare-brise.

« Jolie mariée. »

« Très belle. »

« Arrivée depuis moins d'une heure »…

Il n'était pas difficile de comprendre que les deux hommes parlaient de Stormy — ou plutôt de la femme qu'il avait décidé de surnommer ainsi. Et ils semblaient déterminés à la retrouver. Cal était certain qu'ils reviendraient quand ils auraient la certitude qu'elle ne se trouvait pas dans les deux autres motels.

Ce n'était pas son problème.

Il démarra et sortit du parking.

# 3

Elle entra dans la cabine de douche, ouvrit les robinets à fond, et resta un long et délicieux moment sous le jet d'eau chaude. Après s'être savonnée, elle frotta ses poignets meurtris sans parvenir à en effacer les marques rouges.

Evitant soigneusement la bosse sur sa tête, elle se lava les cheveux. La plaie piqua un peu, mais sans doute était-ce une bonne chose. Même s'il ne s'agissait que d'une petite coupure, mieux valait la nettoyer.

Cela dit, risquer une infection n'était pas sa principale préoccupation dans l'immédiat.

Elle sortit de la douche puis se sécha. En plus du savon et du shampooing, l'hôtel offrait un petit tube de crème hydratante qui sentait bon la mangue. Elle s'en passa sur le visage ainsi que sur les jambes, les bras. Elle avait cru que ses mains la faisaient souffrir parce que le froid avait gercé sa peau, mais elle se rendit compte qu'elles étaient couvertes d'égratignures et qu'elle avait plusieurs ongles cassés.

Elle se rappelait vaguement, très vaguement, avoir tiré sur quelque chose, de toutes ses forces.

A ce souvenir, une sourde angoisse s'empara d'elle, mais elle s'ordonna de se calmer. Elle se frotta les cheveux avec une serviette avant de voir le sèche-cheveux fixé près du miroir. Elle s'en saisit et sécha son épaisse chevelure en la démêlant avec les doigts.

Faute de dentifrice, elle se lava les dents avec un peu de savon. En se rinçant la bouche, elle eut le sentiment d'être propre comme elle ne l'avait plus été depuis longtemps.

Quand elle sortit enfin de la salle de bains, elle se félicita de s'être enroulée dans une serviette-éponge parce que Cal Hollister était allongé sur son lit, les bras derrière la tête.

Il mâchouillait un bâton de réglisse.

Qu'est-ce que cela signifiait ?

— Descendez tout de suite de mon lit ! dit-elle, s'efforçant de s'exprimer d'un ton posé.

Elle ne voulait pas lui montrer qu'elle était terrifiée.

— Non.

Se penchant vers l'extrémité du lit, où elle avait laissé son T-shirt, son pantalon de survêtement et ses sous-vêtements, il les ramassa d'un geste et les lança dans sa direction.

En tendant automatiquement les mains pour les rattraper, elle faillit perdre sa serviette.

— Allez vous habiller, ordonna-t-il.

Elle battit en retraite dans la salle de bains dont elle claqua la porte. Elle voulut tirer le verrou mais, en constatant qu'il n'y en avait pas, elle sentit son agacement grimper d'un cran.

Il lui avait peut-être sauvé la vie, mais de quel droit était-il entré dans cette chambre sans son autorisation ? Il l'avait surprise, la mettant dans une position désavantageuse.

A la hâte, elle enfila ses vêtements puis, avant de le rejoindre, elle promena les yeux autour d'elle, cherchant quelque chose dont elle pourrait se servir comme d'une arme. Elle le trouva et sortit de la petite salle d'eau, les mains sur le ventre.

Elle traversa la chambre et, s'emparant d'une chaise, s'assit en face de lui. Il avait posé son sac de voyage près de la porte. Près de lui, sur le lit était étalé un assortiment de sachets de friandises et de chips.

— Accro au sucre ? demanda-t-elle.

— Exactement. Vous en voulez ? ajouta-t-il en lui lançant des M&M's.

Le petit paquet atterrit sur ses genoux et elle l'y laissa.

— Ils viennent du distributeur automatique de la réception, précisa-t-il.

Elle attendit. Où voulait-il en venir ?

— Pendant que je mettais des pièces dans la machine pour me constituer un stock de confiseries, poursuivit-il, deux hommes sont entrés. Cheveux noirs, mine patibulaire et regard fuyant. Ils portaient une montre en or au poignet, une chaîne au cou. L'un d'eux avait une grande balafre en travers du visage, l'autre une jambe raide.

Tout en parlant, il l'observait comme s'il guettait une réaction de sa part.

— D'accord, fit-elle.

— Ils ont montré au réceptionniste une photo sur leur smartphone. D'après ce jeune homme, il s'agissait d'une très jolie mariée…

A ces mots, elle sentit son estomac se nouer.

— Oui ?

— Et ils voulaient savoir si elle n'était pas venue lui demander une chambre.

— Et qu'a répondu le réceptionniste ?

— Qu'il ne l'avait pas vue et qu'il était certain que, si une femme aussi belle s'était présentée, il ne l'aurait pas oubliée.

Elle sentit le poids sur sa poitrine s'alléger un peu.

— Que s'est-il passé, alors ? Sont-ils partis ?

Il hocha la tête.

— Oui, mais je pense qu'ils ne vont pas tarder à revenir. Accompagnés de leurs camarades.

— Leurs camarades ?

— Les deux premiers sont partis dans une Mercedes noire, mais il y en avait une autre, sa sœur jumelle, garée au fond du parking. Celle-là est restée sur place. A mon avis, ses deux occupants attendaient de voir ce que ferait le réceptionniste. S'il avait menti, il était très probable qu'il allait se précipiter dans une des chambres pour prévenir la jeune mariée en question ou lui passer un coup de fil. Et la prétendue cousine des premiers serait alors sortie en catastrophe pour s'enfuir…

— Mais ce n'est donc pas ce qui s'est passé, dit-elle.

— Non.

— Les deux hommes vous ont-ils vu ?

— Oui. Et je ne serais pas surpris qu'ils aient demandé à leurs acolytes dans l'autre voiture de garder un œil sur moi. Alors j'ai quitté le parking et j'ai pris la direction opposée à celle de la première Mercedes. Je voulais savoir s'ils allaient me suivre, mais ils ne l'ont pas fait. Ils sont partis rejoindre les premiers. Sans doute n'avaient-ils pas envie de se séparer dans le mauvais temps.

— Et vous êtes revenu.

Pourquoi l'avait-il fait ? Pour la prévenir ? A moins qu'il n'ait vu dans cette histoire un bon moyen de s'enrichir. Il était probable que les deux types étaient prêts à payer pour obtenir des renseignements sur elle.

— Comment avez-vous réussi à entrer dans cette chambre ? demanda-t-elle, se sentant soudain très vulnérable.

Il brandit une carte magnétique.

— Quand nous sommes arrivés, tout à l'heure, j'ai demandé deux chambres au réceptionniste. Je me disais que dormir quelques heures avant de reprendre la route me ferait du bien. Mais il ne restait qu'une chambre avec un lit double. Je lui ai donc dit que je la prenais, que mon jeune frère et moi dormirions ensemble. J'ai même plaisanté en lui expliquant que nous avions souvent dû partager le même lit quand nous étions gosses et qu'il serait amusant de réitérer l'expérience. Il m'a tendu deux clés, une pour moi, une pour mon frère.

Elle avait vu le réceptionniste secouer la tête. Quand elle s'en était étonnée, il avait juste répondu que le jeune homme n'avait pas compris ce qu'il lui demandait.

— Vous m'avez donc menti, tout à l'heure.

Il haussa les épaules.

— J'ai pensé que, si vous saviez que j'avais envie de prendre une chambre moi aussi, vous vous seriez sentie obligée de me proposer de partager celle-ci. Et je préférais l'éviter. Pour ne pas avoir à expliquer ma présence à votre nouveau mari lorsqu'il frapperait à la porte.

Elle n'avait pas de nouveau mari. En tout cas, elle ne le croyait pas.

— Si je peux me permettre un conseil, ajouta-t-il, vous devriez sortir votre robe de mariée et votre voile de la poubelle. A mon avis, il ne sera pas très content non plus de les voir là.

Elle avait tassé toute sa panoplie de mariée dans la corbeille à papier, mais celle-ci débordait malgré tout.

— Ne soyez pas trop dure avec ce voile, reprit-il. C'est grâce à lui que je vous ai remarquée dans la neige. Il se soulevait sous le vent, ce qui m'a intrigué.

C'était un vrai miracle qu'il l'ait vue. Une femme vêtue de blanc dans un paysage enneigé... La plupart des gens seraient passés près d'elle sans se douter qu'elle était là, en train de mourir de froid.

Mais Cal Hollister n'était pas « la plupart des gens », elle commençait à le comprendre.

— Le réceptionniste est donc persuadé qu'il y a deux hommes, deux frères, dans cette chambre, dit-elle. Il ne se doute pas de mon existence.

— Il est possible qu'il vous ait remarquée quand vous êtes sortie de la voiture, mais je ne le pense pas. Vous n'étiez pas dans son champ de vision et, surtout, il semble avoir du mal à décrocher du jeu qu'il a téléchargé sur son téléphone.

Elle était donc en sécurité. Pour le moment, en tout cas.

Mais qui étaient ces hommes ? Et pourquoi la cherchaient-ils ? Que lui voulaient-ils ?

Elle releva le menton.

— Je vous suis infiniment reconnaissante de m'avoir mise au courant de la situation.

Il se redressa et fronça les sourcils.

— Vos manières sont parfaites et je vous en félicite. Vous avez été bien élevée. Mais, à mon avis, la bonne éducation et la politesse ne vous seront pas très utiles avec ces types. Je ne pense pas qu'ils vous poursuivent pour vous inviter à prendre le thé.

Il serait moins convaincu de sa bonne éducation s'il se doutait à quel point elle était proche de perdre le contrôle d'elle-même ! Elle avait envie de hurler, de donner des coups de pied dans le lit et même de le frapper, lui, tant elle était énervée.

— Pourquoi ces hommes vous cherchent-ils ? reprit-il.

— Je n'en sais rien.

— Allons, Stormy. Faites un effort. C'est important.

— Je-n'en-sais-rien, répéta-t-elle en articulant chaque mot. Et j'ignore qui ils sont. D'ailleurs, qu'est-ce qui me prouve que vous dites la vérité à leur sujet ?

Elle se passa la main dans les cheveux, et grimaça de douleur en entrant en contact avec sa bosse.

— Qui me dit que vous n'avez pas inventé cette histoire

afin d'avoir un prétexte pour vous introduire dans ma chambre ? poursuivit-elle. Que ce n'est pas vous le plus grand danger ?

Il se leva.

— Si j'étais dangereux, vous le sauriez déjà. Maintenant, je vous conseille de réfléchir sérieusement à ce que vous allez faire quand ces gars vont revenir. Parce qu'ils reviendront. Je connais ce genre de types ; ils ne vont certainement pas s'avouer battus par une femme. Et, quel que soit celui qui les paie assez grassement pour leur permettre de rouler en Mercedes, il n'apprécierait pas que ses sbires n'aient pas fait le travail. Lorsqu'ils vont s'apercevoir que vous n'êtes pas dans les deux autres motels du coin, ils reviendront ici pour faire des recherches plus approfondies. Le réceptionniste ne résistera pas longtemps. Je ne lui donne pas cinq minutes pour ouvrir toutes les chambres afin de leur permettre de les fouiller.

Quelque chose lui souffla qu'il avait raison.

— A votre avis, combien de temps ai-je devant moi ?

Il haussa les épaules.

— Ils ont dit au réceptionniste que vous étiez arrivée il y a moins d'une heure. Ils vont donc se rendre partout où vous auriez pu aller en moins d'une heure. Pour le moment, l'état des routes et les intempéries les ralentissent. Mais bientôt, les chasse-neige et les saleuses vont entrer en action, le réseau routier redeviendra praticable, et ces types iront plus vite.

— Combien de temps ? répéta-t-elle.

— Je dirais entre dix-huit et vingt-quatre heures. Après, vous avez intérêt à faire le poids. Vous n'aurez pas droit à la moindre erreur.

Malheureusement, elle n'avait aucune chance de faire le poids face à ces types. Aucune.

Un souvenir remonta brusquement à sa mémoire, mais elle secoua la tête, tentant de le repousser.

— Qu'y a-t-il ? demanda-t-il.

Peut-être pensait-il qu'elle ne prenait pas la menace assez au sérieux.

— Vous venez de dire que je n'aurai pas droit à la moindre erreur. Et, bizarrement, je ne peux songer qu'à l'erreur de Leon Durham.

— Le joueur de base-ball ? lança-t-il comme s'il n'arrivait pas à le croire.

— Oui. C'était un très grand joueur, il avait beaucoup de talent. Malheureusement, il a commis une erreur en laissant bêtement filer la balle entre ses jambes. A cause de son gant qui était vieux, usé, et qui lui collait aux mains.

— En 1984, renchérit-il. Les Cubs, qui jouaient alors contre les Padres, ont du coup perdu le match. Comment savez-vous tout cela ? ajouta-t-il après un instant.

Elle n'en avait aucune idée. Elle le savait, voilà tout.

C'était terriblement angoissant. Des hommes la pourchassaient, et elle ne parvenait à se souvenir que de résultats sportifs inutiles !

— Apparemment, monsieur Hollister, je vous suis de plus en plus redevable.

— Vous pouvez commencer à me rembourser dès à présent, répondit-il.

Quoi ? Il ne lui proposait quand même pas de…

— Je crois qu'il est temps pour vous de partir, dit-elle d'un ton ferme en lui désignant la porte d'un mouvement du menton.

— Non, rétorqua-t-il en se rallongeant sur le lit, après avoir retiré ses bottes.

Il croisa les bras sur son torse et ferma les yeux.

Elle serra les poings.

— Vous ne pouvez pas rester ici ! s'exclama-t-elle d'une voix plus aiguë qu'elle l'aurait voulu.

Il ouvrit un œil.

— Je suis fatigué. J'ai perdu une grande partie de la soirée à vous aider. Maintenant, à vous de choisir. Soit vous passez la nuit sur la chaise, soit vous vous allongez près de moi. Je m'en moquc, mais j'ai besoin de dormir. Vous aussi, d'ailleurs, et je vous suggère de vous reposer pendant que vous en avez la possibilité.

— Mais…

— Votre vertu n'a rien à craindre de moi. Je ne fréquente pas les femmes mariées, et je couche encore moins avec elles. Et merci de ne pas m'envoyer dans les yeux le shampooing que vous avez caché dans vos mains. Ça m'agacerait.

Jamais elle n'avait été plus en colère… ni plus reconnaissante. Elle le trouvait vraiment sans gêne d'avoir fait irruption dans sa chambre, mais il y avait quelque chose chez lui qui la rassurait.

Quoi qu'il en soit, il n'avait pas tort : elle avait besoin de dormir, et elle ne le ferait certainement pas sur la chaise. Elle se leva, se rendit dans la salle de bains pour poser le petit flacon de shampooing et revint.

— Par hasard, auriez-vous une lime à ongles ?

— Ai-je la tête de quelqu'un qui se lime les ongles ?

— Pas vraiment. En vous voyant, j'ai d'abord cru que vous étiez l'abominable homme des neiges, pour tout vous dire. Et je pense qu'il ne se lime pas les ongles non plus…

Il se mit à rire. C'était la première fois qu'elle l'entendait s'esclaffer ; il avait un rire chaleureux.

Il se leva, farfouilla dans son sac de voyage et finit par en sortir une petite boîte en plastique. Il en tira une paire de ciseaux qu'il lui tendit.

— Cela fera l'affaire ?

— Oui, merci.

Elle était contente de pouvoir couper ses ongles cassés. Elle le fit au-dessus de la corbeille à papier remplie de la robe de mariée.

— Vous avez vraiment les mains très abîmées, remarqua-t-il. Comment les avez-vous mises dans un tel état ?

Elle avait anticipé cette question et se félicita de constater que, malgré tout, ses neurones semblaient de nouveau fonctionner.

— J'ai dû défaire beaucoup de paquets, dernièrement. Des cadeaux de mariage trop bien ficelés.

— Vraiment ?

Elle se glissa sous les couvertures en veillant à rester le plus loin possible de l'homme qui s'était recouché.

Il tendit la main et éteignit la lampe de chevet. La chambre ne plongea pourtant pas dans une totale obscurité car elle avait laissé la lumière allumée dans la salle de bains.

Fermant les yeux, elle se mit à compter en silence. Lorsqu'elle parvint à deux cents, elle l'entendit respirer profondément et en déduisit qu'il dormait.

La tentation lui vint d'en profiter pour quitter la chambre en catimini. Il avait laissé son trousseau de clés sur la commode ; elle pourrait s'en emparer et filer à l'anglaise.

Elle était douée pour ce genre de choses.

Elle ignorait comment elle le savait, mais elle le savait.

Mais… où irait-elle ?

Le plus terrible, dans toute cette histoire, était qu'elle n'en avait pas la moindre idée. Elle ignorait où elle serait en sécurité, où vivait sa famille, où étaient ses amis.

Cal Hollister ne lui inspirait pas une confiance absolue, mais elle se méfiait bien plus encore du reste du monde.

# 4

Cal réprima un sourire lorsqu'elle se glissa sous les couvertures. Elle sentait bon. Il trouvait son odeur très féminine. Le désir fou de la toucher, de vérifier que sa peau était aussi douce qu'elle en avait l'air, le traversa.

Il garda cependant les bras croisés, les yeux fermés. Elle avait peur. De lui et, plus encore, des hommes qu'il lui avait décrits. Pour le moment, elle le considérait, lui, comme un moindre mal, ce qui lui allait très bien.

Quand il avait remarqué la seconde Mercedes, tournant au ralenti sur le parking de l'hôtel, invisible aux yeux d'un observateur ordinaire, il avait compris qu'elle était mêlée à quelque chose d'important. Beaucoup trop de personnes essayaient de retrouver sa trace avec beaucoup trop de moyens.

Il avait évalué les options qui s'offraient à lui. Il pouvait oublier ce qu'il avait vu et entendu et poursuivre sa route. Il pouvait aller trouver la police. Ou il pouvait faire demi-tour, et essayer de protéger cette inconnue.

Qui lui avait menti, il en était certain.

Tout comme il était certain qu'elle était terrifiée. Vraiment terrifiée. Et il ne parvenait pas à oublier les marques rouges de ses poignets.

Lorsqu'il était entré dans la chambre et avait vu la pile de vêtements soigneusement pliés sur le lit, il avait compris qu'il y avait de grandes chances qu'elle sorte de la salle de bains nue. S'il avait été un gentleman, il aurait frappé à la porte de la salle d'eau, signalé sa présence, et il lui aurait donné l'opportunité de se préparer.

Il avait hésité un instant puis, décidant de laisser faire le hasard, il s'était installé sur le lit. Elle était revenue dans la chambre, enveloppée dans une serviette qui, pour une raison obscure, la rendait plus sexy encore que si elle avait été en tenue d'Eve. Elle n'était pas grande mais avait un corps ferme, de belles courbes, et de longues jambes fuselées, vraiment magnifiques.

Quand elle l'avait rejoint après s'être habillée, il avait tout de suite remarqué qu'elle dissimulait quelque chose dans sa main. Cependant, il avait dû reconnaître qu'elle était douée. Elle semblait détendue, elle se déplaçait d'un pas assuré, sans se presser. Confiante.

Peut-être trop confiante. Etait-elle un agent ? Possible... Depuis qu'il avait entendu les hommes s'exprimer avec un fort accent étranger, cette éventualité le taraudait. Faisait-elle partie d'un groupe terroriste cherchant à attaquer les Etats-Unis ? Si oui, il ne devait pas la quitter des yeux. Etait-elle au contraire une innocente aux prises avec des malfrats ? Dans ce cas, elle avait besoin de son aide.

Comme il écoutait sa respiration, il sut exactement à quel moment elle lâcha prise et s'abandonna aux bras de Morphée. Il attendit un petit moment pour se tourner vers elle sans bruit et l'examiner.

Son ravissant visage restait charmant dans le sommeil. Pourtant, elle n'était pas totalement détendue. Elle serrait les mâchoires en dormant et agrippait le drap.

La bosse qu'elle avait sur le crâne le préoccupait toujours, mais elle ne montrait aucun signe de commotion cérébrale.

Elle s'exprimait bien, ses pupilles étaient normalement

dilatées. Cela dit, il lui faudrait s'assurer pendant la nuit qu'elle allait bien.

Dehors, le vent soufflait toujours. Le mauvais temps ralentirait les types en Mercedes, mais ils reviendraient. Il ne s'inquiétait pas pour sa propre sécurité. Pour un membre des Forces spéciales, affronter seul quatre adversaires n'avait rien d'insurmontable, mais elle risquait de le distraire, de le pousser à baisser la garde, ce qui pouvait lui être fatal.

Quand elle se réveillerait, il l'obligerait à lui dire la vérité, à lui confier toute son histoire. Dès qu'il aurait compris de quoi il retournait, il lui serait plus facile de se positionner, de décider quoi faire.

Fermant les yeux, il poussa un gros soupir en se souvenant que la mangue était l'un de ses fruits préférés. Un peu acide, juteux, délicieux…

Deux heures plus tard, il roula sur lui-même et se cogna à elle ; elle s'écarta mais ne se réveilla pas. Il tendit la main pour allumer la lampe de chevet.

— Hé…, grommela-t-elle. Que se passe-t-il ? ajouta-t-elle d'une voix ensommeillée en se tournant vers lui.

— J'avais besoin d'aller aux toilettes, mentit-il.

Il planta les yeux dans les siens. Ses pupilles réagissaient correctement à la lumière, tout allait bien.

— Rendormez-vous, dit-il en éteignant.

Elle ne répondit rien mais, à sa façon de respirer, il sut qu'elle ne s'était pas rendormie. Elle semblait même agitée, et il ne fut pas surpris lorsqu'elle se mit brusquement sur son séant.

— Vous n'aviez pas besoin d'aller aux toilettes.

— Non ? fit-il, faisant mine d'être surpris. C'est une question plutôt personnelle, non ?

— Vous m'avez réveillée exprès.

— Pourquoi aurais-je fait une chose pareille ? Pour avoir cette passionnante conversation avec vous ?

Il roula sur le côté, lui tournant le dos.

Elle attendit un instant avant de lancer :

— Parce que vous vous inquiétiez à propos de ma bosse sur le crâne. Et c'est gentil de votre part, ajouta-t-elle, presque à contrecœur.

Il sourit dans le noir.

— Bonne nuit, Stormy.

Enfin détendue, elle se rallongea, les couvertures tirées jusqu'au menton. Elle pouvait baisser sa garde. Cal avait eu plusieurs occasions de lui faire du mal et n'en avait saisi aucune. Au contraire, il avait interrompu son propre sommeil pour s'assurer qu'elle ne souffrait pas d'une fracture du crâne.

Il était intelligent, un brin arrogant, un peu trop sûr de lui… et sexy en diable, avec son jean et sa chemise à carreaux.

Il lui faisait penser à un tigre au repos. Calme, mais prêt à bondir. Il semblait habité d'une assurance tranquille.

Elle lui enviait cela. Pour le moment, elle manquait totalement de confiance en elle.

Peut-être l'aurait-elle retrouvée demain matin. Elle ferma les yeux et laissa le sommeil revenir.

Elle fut réveillée en sursaut par deux mains puissantes la saisissant par les épaules. Bien que dans un état second, elle sentit ses vieux instincts resurgir aussitôt. Elle se retourna, prête à se battre, mais elle ne parvint pas à repousser son agresseur.

Comme elle ouvrait les yeux, elle découvrit Cal au-dessus d'elle. Elle eut un petit moment de pure terreur avant de recouvrer ses esprits et de comprendre ce qui se passait.

Il la tenait, sans lui faire mal, cherchant seulement à l'empêcher de le frapper. Les couvertures étaient enroulées autour de ses jambes dans un amas inextricable.

— Quel jour sommes-nous ? demanda-t-elle.

La question le surprit.

— Mercredi. Pourquoi ?

Elle poussa un soupir de soulagement.

— J'avais besoin d'être sûre que nous n'étions pas samedi.

— Quelle importance ?

Elle ne répondit pas ; elle ne le pouvait pas. Mais, à l'expression déterminée de Cal, elle comprit qu'il voulait des réponses à ses questions.

— J'ai fait un cauchemar, dit-elle.

— C'est évident, oui, répliqua-t-il sèchement.

Il était toujours penché sur elle. Bien qu'il veillât à ne pas la toucher, à ne pas l'écraser, il était impossible de faire abstraction de sa présence.

Alors qu'ils étaient l'un et l'autre habillés, leur proximité devenait soudain très intime. Et passer d'un mauvais rêve à quelque chose qui promettait d'être bon, très bon, la déconcertait.

*Respire !* s'ordonna-t-elle.

— Vous m'avez fait une peur bleue, dit-il d'un ton radouci.

— Désolée.

Il s'écarta d'elle. Son regard semblait troublé.

— Avez-vous envie d'en parler ? De ce cauchemar ?

Le pouvait-elle ? Pouvait-elle retourner dans cette zone sombre et prétendre qu'il s'agissait juste d'un rêve terrifiant ?

Pouvait-elle accorder sa confiance à cet homme qui s'était introduit dans sa chambre et qui prenait plus que la moitié de la place dans le lit ?

Il lui avait sauvé la vie.

Il avait fait demi-tour, était revenu sur ses pas pour lui apprendre que des types louches la recherchaient. Elle le regarda de plus près. Il avait une marque rouge sur le visage, une marque qu'il n'avait pas la veille au soir.

— Que vous est-il arrivé ? demanda-t-elle, soupçonnant déjà la vérité.

— Vous avez un redoutable coup droit, répondit-il nonchalamment. Malheureusement, vous m'avez frappé en même temps que vous vous êtes mise à hurler, et j'ai été un peu déconcerté, au départ.

Quelqu'un avec moins de maîtrise aurait pu la tuer par réflexe.

— J'étais allongée sur un lit, peut-être un lit de camp. Je me sentais à l'étroit.

Il hocha la tête.

— Je voulais me lever, m'enfuir. Je savais que je devais leur échapper à tout prix, mais j'étais attachée par les poignets à la tête du lit. Je tirais sur mes liens, encore et encore, de toutes mes forces. Mais je n'arrivais à rien.

— Qui vous avait attachée ?

Elle secoua la tête.

— Je ne sais pas. Il… il ressemblait à un fantôme. Tout blanc.

Il ne souffla mot.

— Je sais, ça paraît fou, débile.

— Non, répondit-il. Le fantôme vous a-t-il dit quelque chose ?

Elle réfléchit un instant. Il lui avait parlé, oui, mais elle ne parvenait pas à se rappeler ce qu'il lui avait dit.

— Je n'en suis pas sûre…

— Que vous rappelez-vous d'autre ?

Elle lui montra la corbeille à papier dans le coin de la chambre.

— Cette robe était accrochée au mur.

— La robe de mariée ?

— Oui.

Cette robe l'avait terrifiée, mais elle ne pouvait le reconnaître à voix haute. C'était absurde. Il y avait autre chose dont elle avait eu peur, mais plus elle essayait de s'en rappeler, plus cela lui échappait.

— Vous souvenez-vous d'autre chose ? insista-t-il.

— J'étais malade. Le fantôme me rendait malade.

Il la dévisagea.

— Lorsque vous vous êtes réveillée, vous hurliez. Pourquoi ?

— Le fantôme était revenu, et je savais qu'il allait se passer quelque chose d'horrible.

— Et quoi ?

— Je ne sais plus, mais c'était affreux. J'ai commencé à crier de peur, et je crois que mes cris m'ont réveillée.

Il parut méditer un moment ces paroles.

— Vous avez des marques aux poignets. Comme si vous aviez été ligotée.

Il pointait du doigt l'évidence. Elle pouvait l'ignorer, le nier, ou alors prendre le risque de parler, de s'exposer. Si elle ne le faisait pas, elle serait seule. Toute seule.

— Etes-vous en train de suggérer qu'il ne s'agirait pas seulement d'un mauvais rêve ? demanda-t-elle.

— C'est à vous de le dire, répondit-il, tendu.

Elle prit une profonde inspiration.

— Je ne sais pas très bien par où commencer.

— Pourquoi pas tout simplement par le commencement ?

Oui, ce serait bien.

— Il s'est passé quelque chose avant que je vous rencontre. Mais il m'est impossible de dire combien de temps avant.

— Cela ne semble pas très clair…

Elle s'assit sur le lit et se passa la main dans les cheveux.

— J'ai des ennuis. Je ne sais pas lesquels, je ne sais pas pourquoi, mais j'en ai. Et le problème est que je n'arrive pas à m'en dépêtrer.

— Pourquoi ?

— Parce que je ne sais pas ce qui a mal tourné. Je ne sais pas qui d'autre est impliqué dans cette histoire. Je ne sais pas quel est le degré de gravité de cette affaire, mais j'ai le sentiment qu'il s'agit de quelque chose d'énorme. Vraiment énorme. Je ne sais pas qui sont ces types à ma poursuite, je ne sais pas ce qu'ils veulent.

— Bon. Y a-t-il autre chose que vous ne savez pas ?

Elle hocha la tête. C'était la partie la plus difficile.

— Hier soir, quand je me suis regardée dans le miroir de la salle de bains, je ne me suis pas reconnue. Ce n'était pas comme si j'avais changé de coiffure ou quelque chose de ce genre. Je ne savais rien de la femme dont je considérais le reflet…

Elle déglutit avec difficulté.

— Je ne sais pas qui je suis.

# 5

— Je savais que Mary Smith était un faux nom, dit Cal.

Les grands yeux noirs de l'inconnue s'assombrirent encore.

— C'est tout ce que vous trouvez à dire ? s'exclama-t-elle d'une voix qui montait dangereusement dans les aigus. Je vous explique que j'ai perdu la mémoire, et tout ce que vous trouvez à dire est : « Je savais que Mary Smith était un faux nom » ! Evidemment, c'est un faux nom. Je viens de vous le dire, je ne sais pas qui je suis. En quelle langue dois-je vous parler ?

— Et cette amnésie vous panique.

La manière dont elle le fusilla du regard aurait fait fuir beaucoup de gens, mais elle donna plutôt envie de sourire à Cal. Il s'interdit néanmoins de céder à la tentation : il ne voulait pas risquer un autre coup de poing.

— Un peu, oui, répondit-elle d'un ton sarcastique.

— Je peux le comprendre. Mais ne vous en faites pas trop. Il se trouve que j'ai eu l'occasion de rencontrer des personnes qui souffraient d'amnésie, et leur mémoire est toujours revenue.

Elle ne dit rien pendant un long moment.

— Et si, pour moi, elle ne revient pas ? demanda-t-elle enfin d'une toute petite voix.

Cette simple question, teintée d'une telle détresse, émut Cal.

— Ce n'est pas le moment de vous en soucier. Dans l'immédiat, vous ne devez vous concentrer que sur un seul objectif : rester en vie et en sécurité.

Il parlait sérieusement. Bien qu'il se soit efforcé de rester impassible, il avait été bouleversé quand elle lui avait raconté comment une sorte de fantôme l'avait attachée sur un lit.

— Vous vous êtes réveillée en demandant quel jour nous étions. Vous aviez peur d'être samedi. Pourquoi ?

— Je ne sais pas, dit-elle avec une grimace de frustration. Dans mon rêve, je savais qu'il allait se passer quelque chose d'horrible samedi. Que je devais empêcher à tout prix.

— Quelque chose d'horrible pour vous ?

— Je n'en sais rien, répéta-t-elle en secouant la tête. Ça paraît complètement fou mais, même bien réveillée comme maintenant, le simple fait de dire « samedi » me noue le ventre et me donne des sueurs froides.

— D'accord. Nous sommes mercredi, tout va bien. Si quelque chose de fâcheux doit se produire samedi, cela nous laisse quelques jours pour découvrir de quoi il s'agit. Nous devons déjà quitter ce motel.

— *Nous ?* répéta-t-elle. Pourquoi « nous » ? Ce n'est pas votre problème.

En effet, ce n'était pas son problème mais, quand il avait fait demi-tour pour la prévenir que des hommes en Mercedes la cherchaient, il avait pris sa décision. Il ne la laisserait pas se dépêtrer seule de cette histoire.

— Je suis entre deux postes, actuellement, et j'ai donc un peu de temps libre.

Elle le dévisagea avec perplexité et il vit défiler dans ses yeux les questions qu'elle se posait sans oser les formuler.

Elle avait envie de lui faire confiance. Cependant, sans mémoire pour la guider, elle ne pouvait s'en remettre à son propre jugement.

— Quel métier exerciez-vous ? demanda-t-elle finalement.

— J'ai fait partie des Forces spéciales des marines pendant huit ans. Et, il y a six mois, j'ai quitté l'armée.

— Et vous n'avez pas travaillé depuis ?

Il secoua la tête.

— Pendant quelque temps, j'ai offert mes services à des entreprises privées qui me demandaient de faire un peu la même chose que ce que je faisais pour l'armée, en beaucoup mieux payé. Mais… j'ai envie d'autre chose.

Il n'avait aucune raison de lui raconter qu'il revenait dans la maison familiale pour avoir une vraie conversation avec son frère, une conversation qui serait sans doute difficile pour eux deux.

— Qu'est-ce qui vous a amené dans le Missouri ?

— La famille. J'ai grandi à une centaine de kilomètres d'ici, dans une petite ville qui s'appelle Ravesville. En avez-vous déjà entendu parler ?

— Non. Enfin, je ne crois pas, ajouta-t-elle en rougissant.

Il haussa les épaules.

— Ça n'a pas d'importance. N'essayez pas de forcer. Vos souvenirs reviendront tout seuls.

Elle secoua la tête.

— Des hommes me poursuivent, et j'ignore pourquoi. Je n'ai pas la moindre idée de qui ils sont ni de ce qu'ils me veulent. C'est terrifiant.

— Je peux vous protéger, répondit-il avec assurance. Maintenant, mettons-nous en route sans tarder. Il y a une part de tarte aux pommes dans la voiture que nous pourrons nous partager pour notre petit déjeuner.

D'un mouvement spontané, elle posa la main sur son bras, une main chaude et douce.

— Merci, dit-elle doucement.

Elle était adorable. Toutefois, il ne pouvait oublier la robe de mariée roulée en boule dans la corbeille à papier. Elle l'avait peut-être oublié, mais elle était la fiancée de quelqu'un, c'était certain. Peut-être même la femme de quelqu'un.

— Vous pouvez vous rendre dans la salle de bains en premier, proposa-t-il.

Il avait un coup de fil à passer.

Elle se leva. Dans ce T-shirt et ce pantalon de survêtement trop grands pour elle, elle ressemblait à un clochard. Ils devaient lui acheter des vêtements à sa taille et des bottines.

Dès qu'elle fut dans la salle de bains, il sortit son téléphone.

Chase répondit à la seconde sonnerie.

— Allô ? chuchota-t-il.

— Salut. C'est moi, Cal.

Il y eut un silence.

— Tout va bien pour toi ?

— Très bien, merci. Et pour toi ?

— Aussi. Mais où diable es-tu ?

— Dans le Missouri. Je pourrais être à la maison pour le dîner.

— Ce... ce serait très sympa, mais je suis à St. Louis, actuellement. Avec Raney.

— Qui est Raney ?

Chase se mit à rire.

— Ne t'inquiète pas, tu vas bientôt faire sa connaissance. Parce qu'on va se marier.

Un flot d'émotions submergea Cal. Il déglutit avec difficulté avant de parvenir à dire d'un ton à peu près normal :

— Pour une nouvelle, elle est de taille ! Une chance que j'aie le cœur solide ! Félicitations, frérot, ajouta-t-il.

— Merci, répondit Chase. C'est une longue histoire, mais Raney témoigne cette semaine au procès d'un tueur en série. Et sans doute la semaine prochaine aussi. Voilà pourquoi je parle tout doucement. Nous sommes au palais de justice pour un rendez-vous matinal avec le procureur.

Les pièces du puzzle commençaient à se mettre en place. Raney était le témoin que son frère protégeait depuis un mois.

— Dès qu'elle en aura fini avec cette histoire, nous retournerons à Ravesville, reprit Chase. En attendant, installe-toi dans la maison, fais comme chez toi. Il y a une clé cachée dans le garage, dans une boîte à café vide posée sur l'étagère du fond.

Cal éclata de rire.

— Les vieilles habitudes ne se perdent pas facilement.

Lorsqu'ils étaient gosses, il y avait toujours une clé de la maison dissimulée quelque part. Il était réconfortant de savoir que certaines choses ne changeaient pas. Il hésita à parler de Stormy. Il savait que Chase lui proposerait tout autant de s'installer dans l'ancienne ferme familiale mais, manifestement, il avait besoin de se focaliser sur cette Raney. Quant à lui, il avait hâte de faire la connaissance de la femme qui avait réussi à passer la corde au cou de son célibataire endurci de frère.

— Bon, reprit-il. Puisque tu m'offres l'hospitalité, je vais aller à Ravesville et je préparerai le café pour votre retour.

— Ça marche ! dit Chase. Tu sais, Cal, ajouta-t-il après un instant. Je suis vraiment heureux que tu reviennes à la maison. Je suis vraiment content que tu aies téléphoné.

La tarte aux pommes fut un délice, et elle apprécia presque autant le sachet de chips qui compléta leur petit déjeuner.

Ils étaient dans le 4x4. Cal avait passé un bon moment à retirer la neige qui recouvrait la voiture, et à gratter l'épaisse couche de givre du pare-brise avant de s'asseoir à côté d'elle. Une douce chaleur régnait dans l'habitacle.

Apparemment, tout le monde dormait encore, dans l'hôtel. La seule activité était celle d'un chasse-neige. Le conducteur déblayait le parking, serpentant du mieux qu'il pouvait entre les voitures garées. Quand il était passé près d'eux, il les avait salués d'un geste de la main avant de reporter son attention sur son travail.

Cal l'observa un bon moment avant de conclure que l'homme ne représentait pas une menace. Puis, détendu, il mordit avec appétit dans sa part de tarte.

— Mmm..., fit-il. Ça me change agréablement des rations de soldat auxquelles j'ai eu droit pendant des années. Et un restaurant est exclu dans l'immédiat. Il n'est pas question de prendre le risque d'être repérés par de mauvaises personnes.

« De mauvaises personnes. » Qui diable étaient ces personnes ? Les reconnaîtrait-elle si elle les croisait ? Peut-être pas... Peut-être devrait-elle poursuivre les hommes en Mercedes et leur faire face. Peut-être était-ce d'ailleurs ce que Cal avait en tête.

— Où allons-nous ?

— A Ravesville.

— Là où vous avez grandi ? demanda-t-elle, se remémorant leur conversation.

— Exactement. Pendant que vous étiez dans la salle de bains, j'ai parlé à mon frère, dit-il en se tournant vers elle. Il m'a appris qu'il était fiancé. Ça me paraît incroyable.

Elle se mit à rire.

— Pourquoi ? Il a douze ans ?

Il fronça les sourcils.

— Bien sûr que non.

— Alors pourquoi la nouvelle vous semble-t-elle incroyable ? Les gens se fiancent et se marient en permanence, ça n'a rien d'exceptionnel.

Il jeta un coup d'œil sur la robe de mariée qu'il avait sortie de la corbeille pour la mettre sur la banquette arrière.

— On dirait bien, en effet.

Ce fut à elle de balbutier.

— Je parlais des gens… en général. Pas de moi. Parce que je ne crois pas m'être mariée. Non. Je suis même sûre que non.

Il darda sur elle un regard perçant.

— Comment pouvez-vous en être si sûre ?

— Comment vous expliquer ? Si je m'étais mariée, je le saurais, au plus profond de moi. Une femme n'oublie pas ce genre d'événement !

— Sans vouloir remuer le couteau dans la plaie, vous ne vous souvenez même pas de votre nom…

Elle comprenait son scepticisme mais, au fond d'elle-même, elle était certaine que, si elle avait dit « oui » à un homme, elle ne l'aurait pas oublié. De toute façon, il ne servait à rien de fouiller sa mémoire qui était pour le moment vide. Totalement vide.

— Nous irons donc dans votre maison familiale.

— Oui. Mon frère y a vécu un mois, pour la rénover afin de la mettre en vente. Mais, pour le moment, il est retenu à St. Louis. En attendant son retour, nous pouvons nous y installer.

Alors, elle serait seule avec un inconnu dans un endroit inconnu… Un frisson la parcourut et elle sentit son estomac se nouer.

Etait-elle sur le point de commettre une erreur ? Avait-elle tort de lui faire confiance ?

— Que se passe-t-il ? Vous êtes toute pâle, tout à coup, remarqua-t-il.

— Tout va bien, assura-t-elle.

Il ne parut pas convaincu.

— Je suppose que vous vous sentirez mieux dans des vêtements à votre taille. Dès que nous arriverons à Ravesville et que vous serez installée dans la maison, je m'en occuperai.

L'imaginer faisant les boutiques pour elle la fit rougir. Acheter des vêtements à une femme était un acte intime, pour un homme. Déstabilisée, elle ne sut que dire.

Il ne semblait pas attendre de réponse. Peut-être avait-il l'habitude d'acheter des vêtements à des femmes…

Non, sûrement pas. Il avait fait partie des Forces spéciales, des marines. Les marines opéraient dans des pays en guerre où il n'y avait pas beaucoup de magasins de mode.

Lui demanderait-il sa taille ou en jugerait-il d'un simple coup d'œil ? Seigneur ! Elle devait cesser de penser à cela. Le sujet la troublait beaucoup trop.

— En été, reprit-il comme s'il ne remarquait pas son émoi, il nous faudrait une petite heure pour arriver à Ravesville. Avec les routes enneigées, le froid et le verglas, cela nous demandera plus de temps. Mais, avant de mettre le cap sur Ravesville, nous avons quelque chose à faire.

— Quoi donc ?

— Vous vous souvenez que je vous ai dit hier soir que les hommes en Mercedes allaient certainement revenir. Nous devons le vérifier.

Elle eut l'impression de recevoir un seau d'eau glacée sur la tête.

— Et comment allons-nous nous y prendre ?

— Il faut trouver un endroit d'où nous pourrons les voir sans être vus.

Elle regarda autour d'elle. Un épais tapis blanc recouvrait la campagne alentour, taché çà et là du gris d'arbres nus. Puis elle aperçut ce qui pourrait leur servir de poste d'observation.

Derrière l'hôtel, et un peu en hauteur, se dressaient deux petits bâtiments de deux étages qu'elle n'avait pas remarqués, la veille au soir. Bien sûr, il faisait nuit noire quand ils étaient arrivés.

De là-haut, ils auraient certainement une bonne vue sur le parking, mais des jumelles leur auraient été bien utiles pour observer en détail ce qui s'y passait. Comme s'il lisait dans ses pensées, Cal en sortit une paire de son sac de voyage.

Il s'en servit pour étudier les petites constructions.

— Il s'agit visiblement de bureaux ou d'une entreprise, si j'en crois le panneau accroché au mur, dit-il. Et il y a deux voitures garées sur leur parking. Comme elles sont couvertes de neige, il est raisonnable de penser qu'elles ont passé la nuit là. Bien sûr, il est possible que quelqu'un soit resté depuis hier pour travailler, mais le plus probable est que certains salariés ont eu peur d'affronter les routes enneigées et ont préféré repartir dans la voiture d'un collègue, laissant la leur sur place.

— Et si vous vous trompez ? S'il y a des gens dans ces bâtiments ?

Il haussa les épaules.

— Espérons alors que nous pourrons éviter de les croiser.

— Espérons, espérons…, répéta-t-elle sèchement. C'est bien joli, mais d'autres personnes vont sans doute arriver. Pour travailler.

— Dans le Missouri, une tempête de neige entraîne

souvent un ralentissement, voire un arrêt total de l'économie, répliqua-t-il. Les habitants du coin auront des difficultés à sortir de chez eux, à circuler. Si se rendre au bout de la rue est un parcours du combattant, les gens renonceront vite à aller travailler. Voilà pourquoi je suis persuadé que les employés ne se présenteront pas ici aujourd'hui.

— Et comment ferons-nous pour entrer ? Je serais étonnée qu'ils aient laissé les portes ouvertes.

Il sourit.

— Une porte fermée n'est pas un problème pour moi, ne vous inquiétez pas. Les systèmes d'alarme me donnent parfois un peu de fil à retordre, mais je parie qu'il n'y en a pas.

Il ne manquait pas d'assurance. Ou plutôt d'arrogance, se dit-elle. En tout cas, elle préférait passer à l'action plutôt que se cacher dans une chambre d'hôtel. Elle se tourna de nouveau vers la route.

— Un chasse-neige a dû passer pendant la nuit.

— Il est arrivé à 4 h 18 du matin, répondit-il, lui prouvant qu'elle avait vraiment dormi comme une souche. Les routes ne vont pas tarder à redevenir des patinoires mais, dans l'intervalle, nous pourrons les emprunter.

Le chasse-neige avait repoussé et amassé la neige sur les côtés, de part et d'autre des voies, si haut que cela formait presque un tunnel de glace.

Cal avait raison. La plupart des gens resteraient sans doute chez eux, aujourd'hui.

Elle regarda le conducteur du chasse-neige qui finissait de déblayer le parking de l'hôtel.

— Le parking des bâtiments là-haut n'a pas été dégagé, remarqua-t-elle. Nous risquons de rester coincés, si nous allons là-bas.

— C'est vrai. Mais nous aurons peut-être de la chance.

— Comment ça ?

— Vous voyez cet homme ? répondit-il en lui désignant le conducteur du chasse-neige. J'espère que son contrat l'oblige à déneiger toutes les aires de stationnement de toutes les entreprises du secteur.

C'était probable ; il n'aurait pas été rentable d'envoyer un véhicule si loin pour un seul et malheureux parking.

Il fallut un bon quart d'heure supplémentaire pour que l'engin finisse de zigzaguer devant le motel.

Elle retint son souffle en le regardant se diriger vers la sortie. Lorsqu'il tourna vers la droite pour grimper lentement vers le parking du haut, elle sourit.

— Il faut croire que c'est notre jour de chance.

— Ce serait bien, dit Cal.

Il coupa le contact.

— Nous allons rester ici quelque temps, et je ne veux pas attirer l'attention au cas où quelqu'un regarderait par la fenêtre de sa chambre, expliqua-t-il. Nous voir à l'arrêt, moteur au ralenti, pendant un long moment, pourrait susciter des questions.

Il n'avait pas tort mais, en coupant le contact, il arrêta également le chauffage, et l'intérieur du 4x4 se refroidit rapidement. Elle fut contente de pouvoir s'emmitoufler dans le manteau de Cal. Même si elle avait protesté, il le lui avait donné avant qu'ils quittent l'hôtel.

— Je n'ai, par contre, aucun moyen de vous empêcher de marcher pieds nus ou presque dans la neige, reprit-il. Je vous porterais bien, mais j'ai peur que quelqu'un nous aperçoive et trouve notre comportement bizarre. Inutile de nous faire remarquer.

Marcher en chaussettes dans la neige n'avait rien d'une partie de plaisir, mais elle refusait de se plaindre.

Il fallut un bon quart d'heure au chasse-neige pour finir son travail, sortir du second parking et s'éloigner.

Ils attendirent jusqu'à ce qu'il s'engage sur l'autoroute. Alors seulement, Cal redémarra.

En approchant, elle se rendit compte que les deux constructions perchées derrière l'hôtel étaient reliées entre elles par une structure en bois.

— Curieux, dit-elle.

Cal avait une explication.

— Les étés dans le Missouri sont caniculaires, et les gens qui travaillent ici ont sans doute eu envie de pouvoir circuler d'un bâtiment à l'autre sans griller au soleil.

Un souvenir traversa alors sa mémoire. Elle se vit, vêtue d'une élégante robe sans manches, un attaché-case à la main, descendant un escalier dans une atmosphère chaude et humide. En disant à quelqu'un : « Comprends-moi bien. Je suis évidemment très contente que les bureaux bénéficient de l'air conditionné, mais était-il indispensable de le régler sur froid polaire ? »

A qui parlait-elle ? Où était-elle ?

— Stormy ? fit Cal.

Elle secoua la tête.

— Ce n'est rien, dit-elle.

Cal haussa les épaules et se dirigea vers le premier bâtiment. En plus de trois grandes portes de garage, il y avait une porte classique sur la droite.

— Le plus simple est sans doute d'entrer par là, dit-il. Attendez-moi ici pendant que je vais jeter un œil.

Il descendit du 4x4 et se hâta vers la porte. Il actionna la poignée mais, comme il fallait s'y attendre, l'entrée était verrouillée. Il tira alors quelque chose de sa poche et se mit à trafiquer la serrure. En quelques instants, il parvint à l'ouvrir. Elle en fut impressionnée. Elle avait souvent forcé des serrures mais jamais si vite.

Elle porta la main à sa bouche. Comment savait-elle cela ?

Cette pensée avait littéralement surgi dès qu'elle avait vu la porte s'ouvrir. Elle eut envie de courir vers Cal pour lui dire qu'elle venait de se remémorer quelque chose qui était peut-être important.

En tout cas, ce souvenir lui semblait plus important que la réflexion sans intérêt à propos du système d'air conditionné mal réglé dans les bureaux. Pourtant, très vite, elle renonça à l'idée d'en parler à Cal. Elle préférait ne pas en souffler mot avant d'être sûre du sens qu'il fallait donner à cet épisode.

Peut-être était-elle une cambrioleuse…

Cette éventualité la glaçait. Elle n'avait pas envie de se réveiller de ce cauchemar pour découvrir qu'elle était une criminelle, une délinquante.

Cal entra dans le petit immeuble. Quelques instants plus tard, il revint à la porte, lui fit comprendre par signes qu'elle devait rester dans la voiture et l'y attendre. Puis il retourna à l'intérieur.

Une idée la traversa soudain. Les clés étaient sur le contact, le 4x4 tournait au ralenti. Il lui serait facile de rejoindre l'autoroute, de s'enfuir avant que Cal ait la possibilité de réagir. Elle avait l'occasion de prendre la poudre d'escampette.

Elle ouvrit sa portière et prit une profonde inspiration. Elle pouvait contourner le véhicule à toute vitesse, s'installer à la place du conducteur et filer.

Elle posa un pied dans la neige glacée.

Elle avait failli mourir dans la neige.

Cet homme lui avait sauvé la vie.

Et deux fois, en revenant la prévenir que de drôles de types la cherchaient…

Si elle ne s'enfuyait pas maintenant, elle n'en aurait peut-être plus l'occasion.

Plus tard, il serait peut-être trop tard.

# 6

Elle rentra son pied dans l'habitacle, referma sa portière et laissa échapper le soupir qu'elle retenait depuis un moment. Non, elle n'allait pas lui voler sa voiture et le laisser en rade au milieu de nulle part. Il n'avait même pas son manteau.

Une personne malhonnête l'aurait fait. Pas elle. Et, dans le cas où elle aurait été malhonnête dans le passé, elle tournait la page de cette époque et commençait tout de suite un nouveau chapitre de sa vie.

Elle attendit un moment avant de voir les trois grandes portes qui longeaient le premier bâtiment s'ouvrir lentement.

Cal revint et se réinstalla au volant.

— L'endroit est désert. Je vais garer ma voiture à l'intérieur. Les hommes en Mercedes sont susceptibles de remarquer cet immeuble, et ils pourraient être tentés de venir y jeter un coup d'œil. Pas question de leur faciliter la tâche en laissant mon 4x4 en évidence sur le parking. Ils l'ont déjà vu une fois. A moins d'être de vrais crétins, ils vont s'en rappeler, s'ils le croisent de nouveau.

Quand il changea de vitesse, elle comprit qu'il avait l'intention d'entrer dans le garage en marche arrière. C'était intelligent de sa part. En cas de besoin, il leur serait ainsi facile d'en sortir très vite.

Il y avait largement la place de garer le 4x4. Et, les deux

autres portes étant ouvertes, elle s'aperçut que toutes les places de parking du bâtiment étaient vides. En descendant de voiture, elle découvrit un espace grand comme un terrain de football dans lequel étaient empilées des centaines de grands cartons.

— Que contiennent ces boîtes ? demanda-t-elle.

Il appuya sur un bouton et les trois portes se refermèrent. Le garage fut soudain plus sombre, plus froid.

— Des traîneaux haut de gamme, des luges de luxe, répondit-il. Ils les fabriquent dans l'autre immeuble et les stockent ici. Ce sont des produits de qualité.

Malgré elle, elle se mit à rire.

— Qu'y a-t-il de si drôle ?

— J'ai l'impression que nous avons trouvé l'atelier du Missouri du Père Noël. Je m'attends presque à voir surgir des lutins qui vont nous prier de partir, en expliquant que nous leur faisons perdre du temps alors que Noël approche.

— Au départ, vous m'avez pris pour l'abominable homme des neiges. Maintenant, vous imaginez des lutins, le Père Noël… Vous avez su garder votre âme d'enfant, on dirait.

Elle hocha la tête. Aurait-elle retrouvé la mémoire à Noël ? Serait-elle encore en vie fin décembre ? Si les hommes en Mercedes avaient l'intention de lui faire du mal, pourrait-elle leur échapper jusque-là ?

— Serez-vous toujours dans le Missouri, à Noël ? demanda-t-elle.

— Je n'en ai aucune idée. Je ne me projette pas si loin dans le temps.

Il avait raison. Son approche était pleine de sagesse. Elle devait suivre son exemple, ne pas se préoccuper de ce qui pouvait arriver dans le futur pour ne s'intéresser qu'au présent.

— Et qu'y a-t-il à l'étage ? demanda-t-elle.

— Des bureaux.

— Offrent-ils une bonne vue sur le parking du motel ?

— Oui. Nous ne pourrons pas les rater.

Ils prirent l'escalier. Lorsqu'ils arrivèrent à l'étage, elle s'aperçut qu'en effet, même sans jumelles, ils voyaient très bien ce qui se passait devant l'hôtel. Et, avec des jumelles, aucun détail ne pourrait leur échapper.

Tant mieux. Elle tenait à observer ces types avec attention. Deux ou trois souvenirs lui étaient déjà revenus. Poser les yeux sur ces hommes provoquerait peut-être le déclic qu'elle attendait et lui permettrait de retrouver enfin la mémoire.

— Ne touchez à rien, recommanda-t-il. Inutile de laisser nos empreintes. On ne sait jamais.

Elle se laissa tomber dans l'un des fauteuils, les mains sur ses genoux. Une douce chaleur régnait dans les bureaux et, bientôt, elle se mit à piquer du nez. Pour rester éveillée, elle se leva, retira le gros manteau de Cal et commença à arpenter la pièce.

— J'ai besoin de faire quelque chose, dit-elle. Pour ne pas devenir folle.

Cal était avachi sur une chaise, les bras derrière la tête, les jambes étendues devant lui, les pieds croisés.

— Que diriez-vous d'un quiz sur le sport ? proposa-t-il. En quelle année les Tiger Woods sont-ils passés professionnels ?

— Facile ! En 1966.

— A vous.

Elle le dévisagea un instant.

— Dans quel pays a été disputée la première Coupe du monde en 1930 ?

— En Uruguay. Combien de victoires a totalisées Mohammed Ali ?

— Cinquante-six. Et cinq défaites, ajouta-t-elle.

— Bien qu'exact, ce dernier détail ne vous rapportera pas de points supplémentaires, répliqua-t-il d'un ton taquin. Pour qui jouait Wayne Gretzky en 1980 ?

— Pour Edmonton Oilers. Qui est le seul lanceur à avoir mené dans la même saison l'équipe nationale et la Ligue américaine ?

Il se gratta le menton.

— CC Sabathia. Il a joué pour les Indians puis pour les Brewers, dit-il en lui souriant.

— Vous êtes vraiment bon.

— Vous êtes très forte, vous aussi.

Pendant un moment, il resta silencieux.

— De nos jours, beaucoup de femmes commentent les résultats sportifs à la radio ou à la télévision. Pensez-vous que cela pourrait être votre métier ? Ou alors journaliste dans la presse écrite ?

— M'imaginer devant une caméra et savoir que je m'adresse à des milliers de gens me terrifie. Je ne pense pas être présentatrice sportive… Mais je rédige peut-être des articles dans un journal consacré aux sports. Ça me semble plus réaliste mais, en même temps, je suis loin d'en être convaincue.

— D'accord. Peut-être êtes-vous simplement passionnée par le sujet.

Elle se rassit et se remit à somnoler.

— Nous aurions pu dormir plus longtemps, dit-elle.

— C'est vrai, mais je n'avais pas très envie d'être réveillé par vos cousins.

— Je ne pense pas que ces types soient de ma famille.

— J'espère que non. Si, en les voyant, vous leur sautez au cou et leur proposez d'apporter le dessert à Thanksgiving, je serai très mal.

Elle regarda par la fenêtre.

— Est-ce pour fêter Thanksgiving avec votre frère que vous retournez dans la maison familiale ?

— Oui. Il y a quelques mois, j'ai décidé que cette année… serait l'année où je célébrerais Thanksgiving avec mes frères.

— Vous ne m'avez parlé que de Chase. Combien d'autres en avez-vous ?

— Un seul. Brayden — tout le monde l'appelle Bray. Il a quatre ans de plus que Chase, sept de plus que moi. Il s'est enrôlé dans les marines quand j'étais encore très jeune. Maintenant, il travaille à la Brigade des stups et vit à New York.

Il resta un moment silencieux.

— Cela me fera du bien de les revoir, ajouta-t-il.

Beaucoup de familles américaines se réunissaient traditionnellement pour Thanksgiving mais, à la façon dont il évoquait le sujet, elle devina qu'il ne lui disait pas tout. Elle fut tentée de l'interroger puis y renonça. Elle préférait ne pas s'aventurer sur un terrain aussi personnel.

— Vous cuisinez ? demanda-t-elle.

— Euh, non. Pas vraiment. Et vous ?

Elle tenta de se remémorer si elle aimait cuisiner ou non, mais elle n'en avait aucune idée. Aussi, au lieu de répondre à la question, lança-t-elle :

— En tout cas, je ne serai plus dans vos jambes à Thanksgiving.

Il haussa les épaules.

— Merci de ne pas avoir filé avec la voiture, tout à l'heure.

Interloquée, elle le dévisagea.

— Vous aviez laissé les clés sur le contact exprès. Pour me tester !

Il ne chercha pas à nier.

— Je me suis dit que, pour vous comme pour moi, il valait mieux savoir au plus vite sur quel pied danser.

— Vous vouliez savoir si je m'enfuirais dès que j'en aurais l'occasion ?

— Exactement. Et au moins, ici, je ne risquais pas de mourir de froid ni de faim. Il y a des distributeurs automatiques à tous les étages. J'aurais pu rester en rade dans un endroit pire que celui-ci.

Elle avait envie d'être en colère, vexée d'avoir été mise à l'épreuve mais, quelque part, elle savait qu'à sa place elle aurait fait la même chose. Elle resta silencieuse, regardant par la fenêtre. Finalement, elle se tourna vers lui.

— Où sont exactement ces distributeurs ?

Il éclata de rire mais reprit vite son sérieux en voyant deux Mercedes s'engager sur le parking de l'hôtel. Il prit les jumelles.

Les deux voitures se garèrent au fond du parking, dans un coin discret d'où ils avaient une bonne vue sur la réception. Deux hommes sortirent de l'une des Mercedes. Les autres restèrent dans la seconde.

— Croyez-vous que le réceptionniste est en danger ? chuchota-t-elle avant de prendre conscience que les deux hommes étaient trop loin pour les entendre et qu'elle pouvait parler normalement.

Maintenant que ces types étaient revenus, confirmant ses craintes, elle sentit sa gorge se serrer. Que lui voulaient-ils, bon sang ? Et, s'ils étaient animés de mauvaises intentions, était-il possible que des innocents paient de leur vie le fait de s'être trouvés au mauvais endroit au mauvais moment ? C'était inacceptable.

— J'y ai réfléchi, répondit-il. Et je ne le pense pas. Le cadavre d'un réceptionniste au cœur du Missouri ferait mauvais genre et attirerait l'attention. Tous les hôtels du coin se mettraient alors en alerte maximum, ce qui compromettrait sérieusement les efforts de ces hommes pour interroger les uns et les autres à votre sujet. A mon avis, ils vont utiliser d'autres moyens de pression.

— Un nouveau téléphone portable ? Des téléchargements illimités ?

Il lui sourit et lui tendit les jumelles.

— A mon avis, ils vont tout simplement lui graisser la patte. La vue de billets de banque devrait le rendre très coopératif. Regardez bien les deux types quand ils sortiront du bureau de réception.

— Vous semblez certain que le réceptionniste va leur montrer les chambres. C'est peut-être un peu présomptueux de votre part, non ?

— Il a à peine l'âge de voter, et il ne fait certainement pas le poids face à ces gars. Il va empocher les billets et, quand ils lui diront de la fermer sur cette affaire, il obtempérera. D'abord parce qu'il n'a pas envie de perdre son job, et surtout parce qu'il se doutera que, s'il les dénonce, ces types reviendront mais avec des armes, cette fois.

— A sa place, c'est ce que vous feriez ? demanda-t-elle.

— Non, certainement pas. Je les conduirais dans une chambre vide pour les mettre définitivement hors d'état de nuire. Puis j'attendrais que les deux autres viennent voir ce que fabriquent leurs copains, et je les buterais à leur tour.

Venant d'un autre homme, elle aurait pris cela pour de la vantardise. Mais Cal avait répondu sans émotion, comme s'il s'agissait pour lui d'un travail de routine.

Les membres des Forces spéciales des marines étaient bien entraînés, c'était un fait. Et ils étaient très confiants en ce qui concernait leurs capacités.

La porte du bureau de l'hôtel s'ouvrit. Les deux hommes encadraient le réceptionniste qui n'avait même pas pensé à enfiler un manteau. Si les deux types devaient inspecter les chambres l'une après l'autre, le pauvre gamin allait geler sur place.

Il serait gelé mais vivant, elle l'espérait.

Grâce aux jumelles, elle étudia avec attention le visage des deux hommes, en espérant que cela provoquerait des souvenirs. Or rien ne vint. La cicatrice sur la joue de l'un d'eux était très visible et elle avait l'impression de l'avoir déjà vue, mais elle était incapable de dire où. Elle reporta son attention sur le plus petit des deux. La façon dont il boitait lui semblait curieusement familière, elle aussi.

— Les connaissez-vous ? demanda Cal.

— La balafre comme la claudication me disent quelque chose. Mais je me demande si c'est parce que vous m'en avez parlé hier soir, parce que vous me les avez décrites. Peut-être me suis-je imaginé cette façon de marcher, cette cicatrice, et maintenant je crois les avoir déjà vues.

Elle le regarda en face.

— Je ne sais plus ce qui est vrai ou pas, je ne peux plus faire le tri entre le réel et l'imaginaire.

— D'accord.

— Vous en parlez comme si ce n'était pas très grave ! lança-t-elle avec colère. Mais je n'en sais pas plus qu'il y a dix minutes. Nous avons perdu du temps pour rien.

— Il fallait tenter le coup. Il était possible que le simple fait de les voir déclenche un flot de souvenirs. De toute façon, maintenant je sais ce que j'avais besoin de savoir.

— Et quoi ?

— Je tenais à vérifier que les deux Mercedes voyageaient toujours ensemble et ne s'étaient pas séparées. Nous sommes désormais en droit de penser qu'ils vont continuer à se déplacer à bord de deux véhicules. Ils ont toujours une voiture en réserve et deux hommes pour assurer leurs arrières. Je voulais aussi savoir combien de temps il leur faudrait pour revenir. Hier soir, ils ont quitté le parking vers 18 heures, et il est presque midi. Ils ont pris dix-huit heures. Ils se sont sans doute relayés pour dormir afin de ne pas perdre de temps. Ça me donne un indice sur la façon dont ils ont délimité la zone de recherche.

— Ils cherchent une aiguille dans une botte de foin. Même si j'avais été quelque part, ils n'auraient pas pu me voir, pas dans le noir, pas dans la neige.

— C'est vrai. Pourtant, ils ont poursuivi les recherches sans relâche, ce qui permet d'avoir une idée de leur détermination.

— C'est de la folie pure ! répondit-elle en regardant l'adolescent frapper aux portes.

Si personne ne venait ouvrir, il déverrouillait et les deux hommes entraient pour ressortir quelques instants plus tard. La plupart des chambres étaient occupées. Les deux types entraient quand même, discutaient un instant avec les occupants, et ressortaient très vite.

— Que disent-ils aux clients du motel, à votre avis ?

— Ils doivent se faire passer pour des inspecteurs quelconques et expliquer la nécessité de jeter un œil à l'intérieur. J'imagine que les gens ne sont pas contents mais, comme les deux gars font vite, ça ne crée pas trop de problèmes.

— Tant mieux. S'ils faisaient des histoires, les choses pourraient vite dégénérer.

Et elle ne se le pardonnerait pas.

Les deux hommes inspectèrent les huit chambres du rez-de-chaussée et commencèrent à monter l'escalier.

— Allons-nous rester jusqu'à ce qu'ils aient fini ? demanda-t-elle.

— Il le faut. Nous ne pouvons pas courir le risque que les types dans la seconde voiture nous voient partir.

Mais, si les premiers décidaient de venir jeter un œil

dans les bâtiments d'entrepôt, ils seraient dans de sales draps…

Elle regarda les trois hommes passer d'une chambre à l'autre. Le jeune réceptionniste, manifestement frigorifié, ne cessait de se frotter les bras pour tenter de se réchauffer. Les deux autres, bien au chaud dans leurs épais manteaux, avaient le visage carré et le nez écrasé.

— Pensez-vous qu'ils puissent être frères ? dit-elle en lui tendant les jumelles.

Il les examina un petit moment.

— Vous avez sans doute raison. Je ne l'ai pas remarqué tout de suite parce que j'étais focalisé sur la jambe raide du plus petit.

Les trois hommes frappèrent à la chambre dans laquelle Cal et elle avaient passé la nuit. Ils attendirent un instant et ouvrirent la porte.

Si Cal n'était pas revenu pour la prévenir, elle y serait restée sans avoir conscience du danger.

— Merci encore, fit-elle. Je crois que, toute ma vie, je vous serai reconnaissante d'avoir fait ce que vous avez fait.

— Vous auriez fait la même chose pour moi, répondit-il.

Elle aimait le penser. Les hommes ressortirent, inspectèrent les deux dernières chambres. Ils semblaient tendus. Finalement, ils redescendirent à la réception.

*Je vous en prie, partez maintenant !* pria-t-elle en silence.

Elle ne voulait pas que le jeune réceptionniste ait des ennuis à cause d'elle.

Lorsqu'elle vit les deux types retourner à leur voiture et l'adolescent rentrer dans le bureau, elle poussa un soupir de soulagement. Ils s'en allaient, Dieu merci.

Puis elle se rendit compte alors que les Mercedes venaient vers l'entrepôt où elle se trouvait avec Cal.

Ils étaient coincés.

# 7

Cal se mit aussitôt en action.

— Je descends. Restez ici. Quoi qu'ils fassent, quoi qu'il se passe, ne bougez pas d'ici. C'est bien compris ?

— Qu'allez-vous faire ?

— Ce qu'il faudra.

Il saisit son manteau que Stormy avait laissé sur une chaise et le lui lança.

— Mettez ça et verrouillez la porte derrière moi. Puis allez vous cacher dans ce placard, ajouta-t-il.

— Ne devrions-nous pas appeler la police ?

— A quoi bon ? Même si les flics consentaient à intervenir, ils mettraient trop de temps pour réagir. Lorsqu'ils arriveront, tout sera fini, d'une façon ou d'une autre.

— Mais…

— Nous n'avons pas le temps de discuter.

Les Mercedes gravissaient la route menant à l'entrepôt. Rapidement, Cal tira un couteau qu'il gardait caché dans sa botte droite. Pressant un bouton sur le manche, il en fit jaillir la lame.

Quand il le lui tendit, elle n'éprouva aucun malaise, aucune crainte. Au contraire, elle le prit d'une main assurée et le soupesa.

— Vous sentez-vous capable de poignarder quelqu'un ? demanda-t-il.

— S'il le faut, oui.

— Parfait. Si quelqu'un d'autre que moi ouvre ce placard, laissez-le s'approcher avant de le frapper au ventre. N'hésitez pas. Vous n'aurez pas de seconde chance.

En deux enjambées, il gagna la porte.

— Cal !

Lorsqu'il se retourna, elle était tout près de lui. Se hissant sur la pointe des pieds, elle noua les bras autour de son cou, attira son visage vers elle et l'embrassa avec force. Ce baiser aussi brûlant qu'inattendu le déstabilisa d'abord puis, très vite, il y répondit et leurs langues entamèrent une danse sensuelle.

Quand elle recula, il resta un instant sonné. Il avait l'impression d'avoir été percuté par un missile.

— Sois prudent, dit-elle.

Il ne l'était jamais, mais il s'en sortait toujours.

— Je ferai de mon mieux.

Il dévala l'escalier dans un état euphorique.

Si les hommes en Mercedes respectaient leur mode opératoire habituel, ils ne seraient que deux à entrer. Il aurait pour lui l'avantage de la surprise, ce qui devrait suffire. Il les laisserait pénétrer suffisamment dans le bâtiment pour que leurs deux comparses qui faisaient le guet dans l'autre voiture ne se rendent pas compte que leurs copains étaient victimes d'une attaque et n'accourent pas trop vite.

Il ferait tout pour les empêcher de monter à l'étage. Le poignard qu'il avait laissé à Stormy lui permettrait peut-être de gagner du temps, mais il ne faisait pas le poids face à un revolver.

Il se plaqua contre le mur derrière la porte qu'il leur faudrait soit crocheter, soit démolir pour entrer. Aux aguets, il écouta le ronflement du moteur des deux voitures, puis les crissements des pneus sur la neige. Quelques instants plus tard, deux portières claquèrent.

Il s'obligea à inspirer profondément, à expirer. Il devait se calmer, et vite. Se sortir ce baiser de la tête.

S'il leur racontait qu'il ne tenait plus sur ses jambes tant elles tremblaient, ses copains des marines mourraient de rire. Ce n'étaient pas les hommes en Mercedes qui le mettaient dans cet état ; il se savait tout à fait capable de gérer la situation.

La poignée de la porte fut brutalement secouée. Il lui avait été facile de forcer la fermeture. Si ces types étaient un peu habiles de leurs mains, il ne leur faudrait pas longtemps non plus pour la faire sauter.

Il tendit l'oreille, s'attendant à les entendre trafiquer la serrure.

Au lieu de quoi il perçut une exclamation étouffée suivie d'un bref échange entre les deux hommes dans une langue qu'il ne connaissait pas. Puis des bruits de pas précipités et des claquements de portières. Les voitures redémarrèrent et s'éloignèrent en trombe.

Que se passait-il ?

Les deux Mercedes s'en allaient !

Pourquoi ?

Il comprit la raison de ce départ précipité en entendant un autre véhicule approcher. Un moteur bruyant.

Les Mercedes étaient loin, maintenant. Probablement se dirigeaient-elles vers l'autoroute.

Cal avait besoin de voir qui arrivait. Il remonta en vitesse à l'étage et se précipita à la fenêtre.

Un gros camion de livraison grimpait lentement vers les deux petits immeubles. Sur ses flancs étaient écrits en grandes lettres rouges les mots : LUGES WARDMAN.

La bonne nouvelle était que les hommes en Mercedes avaient préféré la fuite à une confrontation avec un tiers, fût-il un simple livreur. La mauvaise nouvelle était que très vraisemblablement ce dernier allait vouloir entrer son camion dans le garage et découvrirait alors leur 4x4.

Quand bien même il n'aurait eu aucun scrupule à s'en prendre aux hommes en Mercedes, Cal ne voulait pas faire de mal à un employé dont le seul tort était d'effectuer son travail.

— Changement de programme, dit-il en se tournant vers le placard.

Il sourit en constatant que Stormy ne sortait pas immédiatement de sa cachette. Bien.

— C'est moi, reprit-il. Les hommes en Mercedes ont fait demi-tour quand ils ont vu arriver un camion de livraison. Rejoignons la voiture sans traîner. Nous devons être dans le 4x4 et prêts à partir quand les portes du garage s'ouvriront.

Elle sortit du placard et lui tendit son couteau.

Il secoua la tête.

— Garde-le, dit-il.

Après en avoir replié la lame, elle le fourra dans la poche de son manteau puis, sans poser de questions, le suivit dans l'escalier. Ils montèrent rapidement en voiture.

Cal démarra et se tint prêt. Lorsque les portes du garage se levèrent, toutes les trois en même temps, il vit l'avant du camion devant la porte de droite. Il attendit que l'ouverture soit suffisante pour leur permettre de passer dessous. Dès que ce fut le cas, il accéléra.

Ils sortirent du bâtiment en trombe et s'éloignèrent de l'entrepôt avant que le livreur ait eu la possibilité de se rendre compte de ce qui se passait et encore moins de réagir.

Cal prit la direction opposée à celle que les hommes en Mercedes avaient empruntée. Il passa devant l'hôtel et roula vers l'autoroute.

Sa passagère ne prononça pas un mot avant qu'ils soient assurés que personne ne les suivait.

— Expérience grisante, dit-elle alors.

Cherchant à deviner si elle parlait d'un ton sarcastique ou pas, il lui jeta un coup d'œil. Ce ne semblait pas être le cas.

Curieusement, sa réaction lui plut beaucoup.

— Prête à prendre la route ? demanda-t-il.

— Bien sûr. Quelle va être la réaction du livreur de Wardman, à ton avis ? Que va-t-il faire ?

— Je pense qu'en voyant ma voiture sortir du garage il a dû d'abord se demander si j'avais une bonne raison d'être là, si j'avais le droit d'y être. Ce 4x4 aurait pu appartenir à quelqu'un qui travaille dans l'entreprise, par exemple. Peut-être a-t-il essayé de noter le numéro d'immatriculation, mais il n'a pas pu le faire. Nous sommes sortis très vite et, ce matin, j'ai remarqué qu'il y a tant de boue et de neige sur mes plaques que plusieurs numéros sont pratiquement illisibles.

— Tu crois qu'il va appeler la police ?

— Je suppose que oui. Il va d'abord prévenir son patron qui lui conseillera de contacter les flics. Ils viendront faire le tour des locaux pour s'assurer que rien n'a disparu, que rien n'a été vandalisé et, en constatant que tout va bien, ils classeront l'affaire sans suite.

— Y avait-il des caméras de surveillance ?

— Je n'en ai vu aucune. Cela dit, certaines sont si discrètes que je n'en mettrais pas ma main au feu. Tout est possible. Pourquoi cette question ? Tu as peur que ta photo apparaisse sur Internet ou dans les journaux ?

Elle posa les mains sur ses cuisses.

— Ce pantalon de survêtement me grossit, et je serais ennuyée qu'une photo de moi dans une tenue aussi peu avantageuse circule sur le Net.

Il se mit à rire, si fort qu'il eut du mal à conduire. Il ne connaissait peut-être pas son nom, mais il commençait à rassembler des morceaux du puzzle qu'était Stormy. Et il aimait de plus en plus cette image.

Ce qui posait un problème, vu qu'elle était mariée à un autre.

Il alluma la radio.

— Essayons d'obtenir des infos sur l'état des routes.

Elle regardait le paysage défiler par la vitre. Ils avaient quitté l'autoroute et roulaient à présent sur la voie express. Le chasse-neige était passé pratiquement partout, suivi de la saleuse, et les voitures pouvaient rouler d'un côté comme de l'autre sans trop de problèmes. Mais, ici et là, des plaques de verglas rendaient encore la circulation difficile.

Par chance, ils croisèrent peu de véhicules et aucun n'était de la marque Mercedes.

L'inactivité lui donnait du temps pour réfléchir. Peut-être trop.

Elle l'avait embrassé ; elle ne parvenait pas à effacer ce souvenir de sa mémoire. Elle se revoyait l'attirer à elle, se pendre à son cou avant de poser ses lèvres sur les siennes.

Pour quel genre de femme allait-il fatalement la prendre ?

Etait-elle une allumeuse, une fille facile ? Embrassait-elle tous les hommes qui passaient ?

Ou était-elle au contraire très sélective et avait-elle jeté son dévolu sur un homme particulier à ses yeux, unique, qui méritait qu'elle s'intéresse à lui ?

Même si elle en mourait d'envie, elle s'interdit de lui demander comment il avait vécu cet élan, ce baiser. Les femmes adoraient parler, comprendre, analyser, décortiquer leurs sentiments. Les hommes pas, elle le savait.

En tout cas, il n'avait pas résisté, ne l'avait pas repoussée. Il avait répondu. Délicieusement répondu, même.

Cependant, il n'y avait pas fait la moindre allusion depuis et n'avait manifestement aucune envie de revenir sur le sujet. Ni de parler de quoi que ce soit, d'ailleurs. Il écouta les informations pendant un moment avant de passer sur une radio sur laquelle des spécialistes débattaient de l'utilisation de drones dans le secteur public.

Bien que la neige ait cessé de tomber, les routes étaient encore glissantes. Dès que le réseau routier aurait été intégralement déblayé et salé, la circulation automobile serait plus facile. Rien ne ralentirait plus les hommes en Mercedes.

Mais comment pourraient-ils remonter sa piste jusqu'à Ravesville ? Une fois qu'elle serait dans la maison familiale de Cal, peut-être se sentirait-elle véritablement en sécurité, et pourrait-elle alors se rétablir, cicatriser.

Elle avait eu deux brefs souvenirs qui semblaient incongrus. Dans l'un d'eux, elle portait une jolie robe d'été et avait un attaché-case à la main ; dans l'autre, elle se savait capable de crocheter une serrure. Comme ces deux épisodes n'avaient apparemment aucun rapport l'un avec l'autre, comprendre leur sens global allait être difficile.

Faire le tri des différents éléments qu'elle apprenait sur elle-même ne serait pas simple. Ce matin, elle avait découvert deux faits intéressants. D'abord, quand Cal lui avait tendu son couteau, elle avait eu la certitude qu'elle n'hésiterait pas à s'en servir, qu'elle tuerait s'il le fallait, pour sauver sa peau. Elle se battrait. Ensuite, lorsqu'elle s'était cachée dans le placard, emmitouflée dans le manteau de Cal, elle avait pris conscience que, par nature, elle n'aimait pas être mise à l'écart, rester en arrière. Quand Cal lui avait ordonné de se planquer et de ne plus bouger, elle avait eu d'instinct envie de protester, de se rebeller, d'exiger de prendre part à l'action. Avant de décider de n'en rien faire.

Pendant qu'elle attendait dans le fameux placard, son cœur battait à tout rompre. Au départ, elle avait cru qu'elle avait peur, puis elle avait fini par prendre conscience qu'elle éprouvait plutôt une certaine excitation. L'anticipation des événements à venir la mettait dans tous ses états.

Elle ne savait pas au juste ce qui l'excitait mais, en tout cas, elle n'avait pas eu peur.

Et, en ce moment non plus, elle n'avait pas peur. Bien au chaud dans l'habitacle, elle ferma les yeux, certaine que Cal avait la capacité de les mener à bon port en toute sécurité.

Elle se réveilla et battit des paupières quand il la secoua gentiment par l'épaule.

— Nous approchons, annonça-t-il. J'ai pensé que tu aurais peut-être envie de jeter un œil sur Ravesville. Nous devons traverser le village pour nous rendre à la maison.

— Quelqu'un risque-t-il de t'y reconnaître ?

— Je ne pense pas. Cela fait huit ans que je ne suis pas revenu. Depuis la mort de ma mère.

— L'as-tu… L'as-tu vue avant la fin ?

— Oui. Nous avons passé quelques jours ensemble. Elle n'était pas toujours consciente parce qu'elle prenait des médicaments qui la plongeaient dans un état second, mais nous avons pu nous parler.

Il resta silencieux un moment.

— Où vivent tes parents ? demanda-t-il soudain.

— Dans le Colorado, à Fort Collins. Comment diable puis-je l'affirmer ? dit-elle au bord de l'hystérie en se tournant vers lui.

Elle ferma les yeux et ne les rouvrit qu'après un long moment avec un soupir de frustration.

— Je suis incapable de me souvenir de leur nom,

de leur visage, mais je suis certaine qu'ils vivent à Fort Collins. Comment est-ce possible ?

Il haussa les épaules.

— Je ne suis pas médecin, mais j'ai déjà observé ce phénomène. Et plus tu essaies de forcer, plus tes souvenirs te fuient. Mais ta mémoire reviendra, j'en suis certain. Cela devrait te rassurer de savoir que d'autres personnes ont vécu ce genre d'expérience et s'en sont sorties.

Elle se frotta les tempes.

— J'ai l'impression que mon cerveau est devenu une grille de mots croisés et que je tente de composer des mots alors que de nombreuses lettres sont effacées.

— Ta mémoire reviendra, répéta-t-il avec assurance.

Il ralentit.

— Nous y sommes. C'est si minuscule que, si tu clignes des paupières, tu ne verras rien.

Elle sourit et promena les yeux autour d'elle, découvrant avec ravissement une rue principale, des stops aux carrefours, des petits immeubles de brique, des voitures garées en épi devant un restaurant, le Wright Here Wright Now Café.

— Quel charmant petit village ! s'exclama-t-elle.

— Mouais…

— As-tu vécu ici depuis que tu étais tout petit ?

— Oui.

— Ton père et ta mère devaient aimer cette communauté.

Il ne répondit pas tout de suite mais, après deux stops, il lui jeta un coup d'œil.

— Mon père est mort quand j'avais onze ans.

— Oh ! je suis désolée.

— Ma mère s'est remariée, deux ans plus tard. Avec un certain Brick Doogan, qui n'était pas quelqu'un de bien. Il a vécu seul dans cette maison après la mort de maman. Il s'est tué dans un accident de la route, il y a deux mois.

— Et voilà pourquoi ton frère est venu la restaurer pour la mettre en vente.

— Je ne sais pas dans quel état est la maison. Elle était assez délabrée, je crois. Chase m'a dit qu'il ne s'attendait pas à trouver une telle ruine. Mais il y a beaucoup travaillé, et il est très doué de ses mains.

— Je suis sûre qu'elle sera plus confortable qu'un tapis neigeux.

— Une femme qui n'exige pas l'impossible ! Voilà mon idéal féminin.

Elle sentit son ventre se serrer. « Son idéal féminin. » Elle ?

Quand bien même il serait certainement très agréable de vivre une histoire amoureuse avec Cal, elle devina qu'il était inutile d'envisager cette éventualité.

Et, tristement, elle comprit que la robe de mariée roulée sur la banquette arrière en était la cause.

# 8

Comme ils passaient devant une grande maison, Cal la lui désigna du doigt.

— Gordy Fitzler et sa femme vivent depuis toujours dans cette belle demeure. Ils ont deux filles. Elles étaient plus âgées que moi, mais je les embêtais impitoyablement dans le bus de ramassage scolaire. Gordy était couvreur et il a longtemps dirigé une entreprise spécialisée dans les travaux de couverture. Chase a d'ailleurs travaillé pour lui.

— N'y a-t-il pas un panneau « A vendre » dans la cour ?

Cal plissa les yeux. Stormy avait raison : une pancarte était visible, même si la neige la couvrait en grande partie.

— Je me demande si le fait qu'il y ait deux propriétés aussi proches l'une de l'autre mises en même temps sur le marché ne va pas compliquer la vente de la nôtre.

— Au contraire, elle multipliera sans doute vos chances. Si quelqu'un visite la leur et qu'elle ne lui plaît qu'à moitié, il sera heureux de voir qu'une autre, à proximité, est également à vendre.

— Peut-être. Mais Fitzler possède une annexe qu'il utilisait pour son entreprise et qui valorisera sans doute son bien.

Il roula encore un moment avant d'annoncer :

— Nous y sommes.

— Quelle grande maison !

— Assez grande, oui.

L'allée menant à l'ancienne ferme familiale était ensevelie sous la neige et, malgré les quatre roues motrices, Cal craignit un moment de s'embourber. Comme il n'avait aucune envie d'abandonner son véhicule en travers du chemin et de continuer à pied jusqu'à la maison, il accéléra en douceur, chassant la neige dans le mouvement. L'arrière de la voiture se déporta de côté, les pneus patinèrent un peu, mais il parvint à rouler jusqu'au milieu de la cour. Il comprit que son 4x4 n'irait pas plus loin pour le moment.

Il se tourna vers Stormy qui considérait ses chaussettes blanches d'un air dubitatif.

— Je te porterai, ne t'inquiète pas, dit-il. Mais laisse-moi d'abord récupérer la clé.

Il ouvrit sa portière, pataugea dans la neige jusqu'au garage. Il lui fallut s'aider de ses pieds pour en dégager la porte. Quand il réussit à l'ouvrir, il se glissa à l'intérieur et alluma la lumière. Ensuite, tout fut facile. La clé se trouvait exactement là où Chase l'avait dit.

Avant de quitter les lieux, alors qu'il voulait prendre une pelle, il aperçut une souffleuse à neige dans un coin. Voilà qui était nouveau ! Lorsque ses frères et lui vivaient dans cette maison, ils dégageaient le chemin à la force du poignet. Heureusement, les chutes de neige étaient généralement peu abondantes dans le Missouri.

Mais, aujourd'hui, il espérait que cette souffleuse fonctionnait.

Il retourna à la voiture, ouvrit la portière de Stormy et la prit dans ses bras. Tout en marchant, il s'enivra de son parfum, un mélange de la crème hydratante de l'hôtel et de sa peau. L'odeur de Stormy.

Quand il voulut grimper les marches du perron, son pied s'enfonça plus qu'il ne s'y attendait, et elle poussa un cri, un petit cri délicat et féminin, qui le fit rire.

Il se rattrapa de justesse. Manifestement, il y avait encore de petites réparations à effectuer.

— Désolé.

Il atteignit le porche où le tapis de neige était beaucoup moins épais.

— Pose-moi par terre pour pouvoir ouvrir, dit-elle.

Ignorant sa requête, il se contenta de la faire basculer sur sa hanche pour libérer une main. Il introduisit la clé, déverrouilla et poussa la porte. La serrant toujours dans ses bras, il entra dans la maison sombre et froide.

Elle tendit la jambe et, du bout du pied, actionna l'interrupteur.

Lorsque la lumière jaillit dans l'entrée, il lui sourit.

— Nous formons une bonne équipe, remarqua-t-il.

Puis il la posa avec précaution.

La maison n'avait pas beaucoup changé, mais elle lui parut très différente de la dernière fois qu'il y était venu ; la mort y planait, alors. L'odeur n'était plus la même, la lumière non plus.

Chase n'avait pas chômé. La salle à manger et le salon avaient été intégralement repeints. Le lino avait été arraché, découvrant un magnifique parquet dont il n'avait jamais soupçonné l'existence. Des lattes de bois soigneusement empilées dans un coin attendaient d'être posées dans le salon.

Stormy sur les talons, il se dirigea vers la cuisine. Il n'avait pas oublié ces meubles en bois blanc, très anciens, qui appartenaient aux Hollister depuis toujours. La table était la même, elle aussi, mais la cuisine semblait plus chaleureuse, plus accueillante qu'autrefois. Peut-être parce qu'elle avait été repeinte ou peut-être parce qu'elle étincelait de propreté.

A moins que ce ne soit parce que Stormy était à côté de lui.

Il secoua la tête pour recouvrer ses esprits. Il l'avait peut-être prise dans ses bras pour franchir le seuil de la maison, mais il devait garder en mémoire qu'elle était la femme d'un autre.

— Quelle belle maison ! s'exclama-t-elle. J'adore ces hautes fenêtres !

— Celle du salon a été remplacée il y a dix-sept ans. Mon beau-père m'avait poussé contre les vitres qui s'étaient brisées. En déchiquetant ma main, au passage.

— Mais pourquoi a-t-il fait ça ? demanda-t-elle, horrifiée.

— Pour me punir.

Quand elle poussa un gémissement étouffé, il regretta de lui avoir parlé de cette histoire. En général, il veillait à ne jamais rien raconter de personnel à quiconque. Mais, par sa seule présence, Stormy parvenait à fragiliser ses défenses naturelles.

— Te punir de quoi ? Qu'avais-tu fait ?

— Je n'avais pas sorti assez vite mon linge sale de ma chambre.

Elle resta un moment silencieuse.

— Quel âge avais-tu ?

— Quatorze ans.

Un autre silence tomba.

— Je suis désolée que tu aies connu une telle violence, dit-elle enfin.

Il apprécia qu'elle ne le bombarde pas de questions, qu'elle ne cherche pas à en savoir plus. Comme, par exemple, ce qu'il avait ressenti envers son beau-père. Et envers sa mère. Ou ce qu'il s'était passé ensuite. Des questions complexes qui auraient nécessité des réponses plus complexes encore.

— Tu as donc trente et un ans, reprit-elle. Je m'interrogeais à ce sujet. Tu as dû étudier à l'université avant de t'engager dans l'armée, n'est-ce pas ?

— Chase et moi avons déménagé pour nous installer à St. Louis, le jour de mes dix-huit ans. Il a trouvé du travail au sein de la police de St. Louis. Il s'est vraiment démené comme un fou pour que je puisse aller à la fac et obtenir un diplôme d'ingénieur.

— Pourtant, par la suite, tu as changé ton fusil d'épaule, non ? Après des années d'études, tu as renoncé à exercer un emploi d'ingénieur et tu as préféré entrer dans les Forces spéciales.

— Cela me semblait mieux.

Il n'était pas prêt à lui parler de la conversation qu'il avait eue avec Brick Doogan lors de la remise des diplômes. En quelques phrases, ce fumier avait réussi à bouleverser son univers.

A l'époque, il n'avait pas eu le cran d'aller trouver Chase. Après avoir appris la vérité, il avait décidé de quitter la maison et de se prouver qu'il était assez solide pour affronter seul ce qui lui arrivait. Et qu'il n'avait peur de rien.

— Et maintenant, que fait-on ? demanda-t-elle.

— Je vais voir si la souffleuse à neige marche. Je l'espère, parce que je dois dégager le chemin.

Il était pour ainsi dire certain qu'ils étaient en sécurité à Ravesville, mais il ne voulait pas prendre le moindre risque. Il tenait à pouvoir s'enfuir à tout moment si les circonstances l'imposaient.

— Et moi, que dois-je faire ? ajouta-t-elle.

— Ce que tu veux, répondit-il en souriant. Tu es mon invitée.

Une invitée surprise et indésirable, c'était certain, songea-t-elle quand il ressortit et qu'elle se retrouva seule.

Il devait regretter de l'avoir ramassée sur le bord de

la route, de l'avoir repérée sur la neige dans cette robe de mariée. Pourtant, il réagissait à la situation de façon vraiment extraordinaire, elle devait le reconnaître. Il se comportait comme s'il ne considérait pas comme un problème de se retrouver à traîner comme un boulet une femme qui ne savait même pas comment elle s'appelait et qui avait dû faire quelque chose d'assez grave pour que quatre types sillonnent le Missouri en Mercedes et mettent tout en œuvre pour la retrouver.

Dès qu'elle recouvrerait la mémoire, elle lui débarrasserait le plancher. Elle allait y arriver, se promit-elle.

Il le fallait.

L'alternative était trop horrible.

Mais, en attendant, elle pourrait faire quelque chose pour lui, pour le remercier de lui avoir sauvé la vie et de lui offrir l'hospitalité. Elle avait faim. Lui aussi devait être affamé. Jusqu'ici, elle ne l'avait vu se nourrir que de chips, de barres chocolatées, de bâtons de réglisse et d'un morceau de tarte aux pommes.

Vu sa force et sa musculature, il ne s'agissait certainement pas de son alimentation habituelle. Il l'avait soulevée et portée à plusieurs reprises comme si elle ne pesait rien.

A trente et un ans, il était très jeune, pour avoir perdu ses deux parents. Ainsi que son beau-père — même si cet homme n'avait certainement pas été un cadeau. Comment ce sale type avait-il pu envoyer un gamin valser contre une fenêtre ?

Son estomac gargouilla, lui rappelant qu'elle n'avait rien mangé depuis longtemps. Elle commença à ouvrir les placards, y trouva le basique en abondance : de la farine, du sucre, du sel, des céréales et des pâtes. Le réfrigérateur, en revanche, était pratiquement vide. Il ne contenait ni œufs, ni lait, ni beurre, ni rien qui lui aurait permis de cuisiner à peu près correctement.

Lorsqu'elle entendit le grondement de la souffleuse, elle comprit que Cal allait être occupé pendant un moment. Il y avait beaucoup de neige. Elle inspecta de nouveau les placards. Il allait falloir qu'elle se débrouille pour préparer quelque chose de comestible avec ce qu'elle avait sous la main.

Dix minutes plus tard, elle s'activait avec énergie. Elle se sentait à sa place, près des fourneaux. Etait-elle cuisinière ? Chef ? Passait-elle beaucoup de temps dans la cuisine ? Elle ferma les yeux, ordonnant à son cerveau de lui rendre quelque chose de son passé, un petit indice qui lui permettrait de retrouver sa vie. En vain, naturellement.

Elle avait l'impression d'être née la veille, au milieu d'une tempête de neige, vêtue d'une robe de mariée. Mais, évidemment, ce n'était pas la réalité. Elle avait des parents, et elle s'était souvenue qu'ils vivaient à Fort Collins, dans le Colorado. Au pire, si elle ne recouvrait pas la mémoire, elle pourrait publier sa photo dans les journaux en espérant que ses parents la verraient et la reconnaîtraient. Un peu comme un petit chat perdu.

Elle secoua la tête. Allait-elle commencer à s'apitoyer sur son sort ? Instinctivement, et même si elle avait tout oublié, elle savait que se lamenter stérilement n'était pas son genre. Et que ça ne la mènerait nulle part.

Elle ouvrit deux boîtes de sauce tomate, y ajouta une bonne dose de basilic, d'origan et d'ail, ainsi que des champignons en conserve.

Quand Cal revint dans la maison, elle avait mis le couvert. Un plat de spaghettis fumant trônait sur la table et une bonne odeur de pain flottait dans l'air, du pain qu'elle avait trouvé dans le congélateur et décongelé dans le four.

Cal était couvert de neige.

— Cela sent délicieusement bon ! s'exclama-t-il en entrant.

Le compliment lui fit plaisir. Il était agréable de faire quelque chose pour cet homme, même s'il s'agissait d'un repas tout simple, concocté avec les moyens du bord.

— La souffleuse à neige fonctionne, alors ?

— Il a fallu l'y encourager, mais elle a fini par s'y mettre.

— Tu dois être doué de tes mains.

— J'ai une formation d'ingénieur, je suis un vrai geek.

— Tu n'as pas la tête d'un geek, répliqua-t-elle, regrettant aussitôt de ne pas avoir su tenir sa langue.

— Non ? fit-il en levant le menton.

Dans son jean délavé qu'il portait bas sur les hanches et sa chemise de flanelle, il était très sexy et avait l'air un peu dangereux. L'air froid l'enveloppait, s'accrochant à ses cheveux. Ses joues et son nez avaient rougi sous l'effet de la bise glacée.

— En tout cas, j'ai toujours aimé comprendre comment fonctionnent les choses, reprit-il. Quand j'ai dû choisir une orientation, le génie mécanique m'a semblé une évidence. Après m'être enrôlé dans l'armée, je me suis aperçu que j'avais un petit « plus » qui pouvait être utile : tant que j'avais à ma disposition un couteau aiguisé, de la ficelle et du ruban adhésif, j'étais capable de remettre en marche n'importe quel appareil.

— Voilà un talent très utile.

De nouveau, il huma l'air avec une expression ravie.

— Manifestement, tu as toi aussi certains talents.

— Ne t'attends pas à un repas gastronomique, mais nous pouvons passer à table quand tu veux.

Il la suivit dans la cuisine, se lava les mains et s'assit. Il leva les yeux vers elle.

— C'est incroyable ! dit-il comme si elle avait fait quelque chose d'extraordinaire.

Elle se sentit rougir.

— Merci. Mais, à un moment ou à un autre, nous allons avoir besoin de lait, d'œufs et de produits frais.

— Aucun problème, assura-t-il en se servant des pâtes. J'irai en ville demain. Tu n'auras qu'à me faire une liste.

Il en parlait comme s'il s'attendait à ce qu'elle prolonge son séjour dans cette maison.

— J'aurai peut-être retrouvé la mémoire, demain.

Il hocha la tête.

— Je l'espère pour toi.

— Et je te débarrasserai immédiatement le plancher.

— D'accord.

— Et si… et si ma mémoire ne revient pas, jamais, ajouta-t-elle, consciente d'exprimer à voix haute sa plus grande peur secrète, je partirai malgré tout. Je sais que je ne suis que de passage, précisa-t-elle pour le rassurer sur le fait qu'elle n'avait pas l'intention de s'incruster.

— Très bien.

— Je suis consciente que ma seule présence te fait courir un risque.

Il poussa un soupir.

— Ai-je l'air préoccupé à ce sujet ?

Elle secoua la tête.

— Peut-être le devrais-tu. Peut-être devrais-tu me mettre dehors.

Il regarda son assiette.

— Alors que tu es un vrai cordon-bleu ? Me prends-tu pour un fou ?

— Je veux juste être claire sur mes intentions, dit-elle avec raideur.

— Elles sont claires comme de l'eau de roche. Peux-tu me passer le pain, s'il te plaît ?

Après le déjeuner, ils débarrassèrent la table. Il lava la vaisselle et elle l'essuya.

— Maintenant, jetons un œil sur le reste de la maison, proposa-t-il.

Près de la cuisine se trouvait une grande chambre avec une salle de bains, la chambre des maîtres de maison, visiblement. Elle venait, elle aussi, d'être repeinte, et était totalement vide. La salle de bains adjacente était propre mais ne contenait plus rien de personnel.

Cal se demanda si vider la pièce avait été la priorité de Chase. Son frère avait toutes les raisons de détester Brick Doogan, et il était compréhensible qu'il ait eu envie d'exorciser les lieux de l'esprit malfaisant de cet homme. Cal savait maintenant que son frère avait tout fait pour que leur beau-père déverse sa haine sur lui seul afin de protéger le reste de la famille.

Il l'avait laissé se sacrifier et en éprouvait toujours une profonde culpabilité.

Lorsqu'il monta à l'étage avec Stormy, il se rendit compte que Chase avait manifestement prévu de restaurer les pièces mais qu'il n'avait pas eu le temps de commencer les travaux. L'ancienne chambre de Bray était totalement vide elle aussi, à l'exception d'un gros pot de peinture. Le placard était rempli de vieux manteaux. Il reconnut ceux que sa mère avait portés pendant des années. Elle était morte depuis huit ans, et Brick les avait mis là.

Peut-être avait-il été sentimental… Mais, plus probablement, il n'avait été que paresseux.

L'ancienne chambre de Chase ne contenait, comme celle de Bray, qu'un pot de peinture.

Cal commençait à voir où son frère avait voulu en venir et ne fut pas étonné de découvrir un pot de peinture dans la dernière chambre qui avait longtemps été la sienne. Toutefois, le lit placé au centre de la pièce le surprit.

Il n'y avait qu'un sommier et un matelas. Des draps et une couverture étaient soigneusement pliés dessus. Des vêtements d'homme et de femme étaient rangés dans le placard. Aucun n'avait appartenu à sa mère ou à Brick.

Ils étaient donc à Chase et à Raney, comprit-il.

Il se tourna vers Stormy.

— Penses-tu que certains de ces vêtements pourraient t'aller ?

Elle regarda ce qui était pendu, s'intéressant aux étiquettes.

— Oui, certainement. Mais ça me gêne d'emprunter des affaires sans l'autorisation de leur propriétaire.

— Ne t'inquiète pas. Chase s'en moquera et, même si je ne connais pas Raney, si mon frère l'aime, elle n'est pas non plus du genre à s'en soucier.

Elle opina.

— Tu aimerais sans doute récupérer ton survêtement...

Son survêtement et son T-shirt ne lui avaient jamais paru plus beaux.

— Je suis heureux qu'ils servent à quelqu'un, répondit-il. Je vais te laisser seule un moment pour que tu puisses essayer ces vêtements.

A l'occasion, il était capable de se comporter en gentleman, non ? Même si sa libido s'affolait en l'imaginant en train de se déshabiller pour se changer.

Quand elle hocha la tête, il sortit de la chambre et descendit l'escalier. La cinquième marche craqua comme autrefois. Ce bruit caractéristique réveilla soudain une foule de souvenirs.

Il avait quatorze ou quinze ans, il attendait que Chase rentre à la maison. Il espérait que son frère réussirait à monter sans que Brick l'entende, sans qu'il s'aperçoive qu'il était en retard ou qu'il avait bu. Il se rappela sa peur lorsque les marches de l'escalier grinçaient. Son regret que Chase n'ait pas été plus précautionneux. Pourvu que Brick dorme profondément !

Il s'enfonçait sous les couvertures pour ne pas entendre Brick crier contre son frère. Puis pour ne pas entendre Brick cesser de hurler pour se mettre à le frapper à coups de ceinture.

Et il restait ainsi, tétanisé.

Plus tard, quand il se retrouvait seul avec Chase, il le suppliait d'être plus prudent, mais son frère se contentait de sourire.

Il était si bête, si nul, qu'il ne s'était jamais demandé pourquoi Brick s'en prenait toujours à Chase et jamais à lui. Jusqu'à ce que Brick le lui dise.

Ce jour-là, tout avait changé.

Les révélations de Brick remontaient à plus de huit ans, et il avait eu besoin de les oublier, de tout oublier. Ou, en tout cas, de les dépasser. Mais maintenant, il lui fallait en parler, crever l'abcès. Voilà pourquoi il avait décidé de venir fêter Thanksgiving avec ses frères.

Il s'assit sur le canapé du salon et regarda au-dehors. En général, il y avait peu de circulation sur cette route de campagne et, en ce milieu d'après-midi, il n'y en avait pas du tout. Le soleil avait fait son apparition et inondait la pièce à travers les fenêtres, réchauffant l'atmosphère.

Fermant les yeux, il s'autorisa à se détendre. Il était à Ravesville, chez lui. Pour le meilleur ou pour le pire, il était rentré à la maison.

Cinq minutes plus tard, il entendit la porte de la chambre à l'étage s'ouvrir et se refermer. Puis de légers pas dans l'escalier. Il sourit en voyant apparaître Stormy.

Elle avait mis une jupe en jean, un pull noir et de hautes bottes. Elle avait trouvé des collants aussi. Elle lui parut ravissante, fabuleuse. Très sexy.

Peut-être aurait-elle dû rester dans son T-shirt et son

pantalon de survêtement. Elle était mariée, se rappela-t-il. Ou sur le point de se marier.

— Ces vêtements te vont très bien.

— Ils sont top ! Et ne plus avoir à me promener en survêtement me fait un bien fou ! Je déteste m'habiller en jogging.

Cette jupe, ce pull, lui redonnaient peut-être le moral, à elle, mais ils étaient une torture pour lui.

— Que comptes-tu faire de ta robe de mariée ? demanda-t-il pour s'empêcher de fantasmer.

Elle parut surprise par la question.

— Je… je n'en sais rien.

— Il ne faut pas la laisser dans le 4x4. Si nous devons abandonner le véhicule quelque part, je préfère que personne ne tombe sur cette robe.

Elle hocha la tête.

— Le mieux est sans doute de la rentrer dans la maison. Mais je ne veux pas la garder, ajouta-t-elle après un moment. Je suppose qu'elle doit bien brûler, dit-elle en montrant la cheminée.

Il la dévisagea avec stupéfaction.

— Comment peux-tu être sûre que cette robe ne représente rien pour toi ? Qu'elle n'est pas importante pour toi ?

Elle haussa les épaules.

— Je ne sais pas comment te l'expliquer… Tout ce que je peux dire est que, si je m'étais mariée dernièrement, je le saurais. Je le sentirais.

Malgré lui, il esquissa une mimique trahissant son scepticisme.

— D'ailleurs, je ne porte pas d'alliance, ajouta-t-elle.

Il le savait ; il avait regardé son annulaire, bien sûr.

— Tu n'as aucune bague, aucun bijou. Peut-être n'aimes-tu pas les bijoux.

Elle observa ses mains. Elle avait limé ses ongles

parce qu'ils étaient abîmés. Pourtant, ses mains étaient très féminines, fines avec de longs doigts.

Quand elle leva les yeux, il y vit briller une lueur de frustration.

— En réalité, j'ai longtemps porté une bague, dit-elle. Il ne s'agissait pas d'une alliance, mais d'une bague. Ma bague préférée. Elle est en argent, large, lourde. Je la vois, mais je ne sais pas comment je l'ai eue ni où elle est à présent.

Elle poussa un soupir.

— J'ai envie de me fendre le crâne pour voir ce qu'il y a dedans ! J'aimerais tellement récupérer ma mémoire !

— C'est peut-être une bonne chose que tu l'aies perdue. Ne force rien. Que tu puisses te rappeler cette bague est encourageant. Le reste reviendra aussi, ne t'inquiète pas.

Il se leva.

— Je vais chercher ta robe de mariée. Je ne pense pas que nous la brûlerons. Elle nous aidera peut-être à retrouver ton identité. En tout cas, mieux vaut ne pas la détruire.

— Bon, alors, je vais la ranger dans un des placards à l'étage.

— Nous ne devrions peut-être pas la mettre trop vite de côté.

— Je ne suis pas sûre de comprendre ce que tu veux dire.

— Sais-tu si c'était une robe neuve ou si tu l'avais empruntée à quelqu'un ?

Visiblement, la question la surprit. Elle ferma les yeux un instant.

— Elle était accrochée à un cintre rembourré. Elle semblait neuve, elle était bien emballée, bien protégée… Que vas-tu faire de ces détails ?

— Les boutiques de robes de mariée vendent certaines marques et pas d'autres, non ? En regardant l'étiquette, ne penses-tu pas qu'il serait possible d'identifier le magasin d'où elle vient ?

— Peut-être. Mais je suis à peu près sûre que je ne suis jamais allée dans une telle boutique. Les vendeuses ne pourront rien me dire sur moi.

— L'un des hommes en Mercedes a pu la choisir et la payer, peut-être avec une carte de crédit. Peut-être pourrons-nous trouver quelque chose sur eux par ce biais.

— Nous n'avons rien d'autre pour avancer, reconnut-elle. Mais par où allons-nous commencer ?

— Nous savons où tu as fini : dans un fossé enneigé. Nous allons supposer que personne ne t'a habillée en mariée pour te balancer d'un avion. Pourquoi ne pas dresser la liste des boutiques de robes de mariée dans le Missouri et les appeler pour demander si elles vendent cette marque ?

— Ça peut marcher... Mais il y en a peut-être beaucoup.

— Nous commencerons par nous rendre dans les plus proches. D'accord pour essayer ?

Elle hocha la tête.

— Bien sûr ! Rester les bras croisés ne nous aiderait en rien.

# 9

A en croire l'étiquette brodée du vêtement, il s'agissait d'une robe de mariée de Jenna McCoy. Ce nom ne leur disait rien.

Mais, lorsqu'ils firent des recherches sur cette marque, ils s'aperçurent qu'elle était présente dans dix-sept magasins, rien que pour le Missouri. Et, en poussant leurs investigations un peu plus loin, ils constatèrent que de nombreuses boutiques dans l'Etat ne précisaient pas les marques qu'elles proposaient.

C'était un peu décourageant, pour ne pas dire plus.

— Dix-sept boutiques à visiter ! s'exclama-t-elle. Nous ne sommes pas au bout de nos peines.

— Il n'y en a que huit, si nous nous limitons aux principaux points de vente de Kansas City, Colombian et St. Louis. Ce sont les plus proches géographiquement de l'endroit où je t'ai trouvée.

— Huit, répéta-t-elle. Que faut-il faire ? Les appeler, leur décrire la robe et leur demander s'ils en ont vendu une de ce modèle, récemment ?

— Peut-être pourrons-nous obtenir une adresse e-mail et leur envoyer une photo…

— A mon avis, ils vont nous prendre pour des imbéciles. Ils vont s'étonner, et avec logique, que je ne sache pas où j'ai acheté ma robe.

— Je n'ai jamais prétendu que le plan était parfait.

— Il faut y réfléchir, dit-elle. En attendant, je vais préparer le dessert.

— Un vrai dessert ?

— Tu verras, répliqua-t-elle en le laissant seul dans le salon.

Dans la cuisine, elle trouva une boîte de cerises au sirop et une autre d'ananas. Elle les ouvrit, les mélangea dans une grande casserole. Elle y ajouta de la farine, du sucre. Elle ouvrait le four quand Cal demanda, depuis le salon :

— Combien de temps te faut-il ?

— Une bonne demi-heure de cuisson. Est-ce trop ?

— Je n'ai pas mangé de dessert maison depuis au moins cinq ans, dit-il. Alors je peux attendre une demi-heure de plus.

Il l'avait dit avec humour, mais elle se rappela alors des énormes sacrifices que consentaient les soldats. Elle s'essuya les mains sur un torchon et retourna dans le salon. Il était assis sur le canapé, jouant avec son téléphone portable.

— Merci de t'être battu si longtemps pour notre pays, dit-elle avec gravité. Ce n'était certainement pas facile tous les jours.

Il hocha la tête.

— C'était parfois difficile, parfois merveilleux, parfois frustrant, parfois grisant… Chaque jour était différent. En tout cas, l'armée m'a permis de voir du pays.

Elle se mit à rire.

— J'imagine, oui !

— C'était moins difficile pour moi que pour les copains qui avaient une femme, des enfants, qu'ils laissaient derrière eux et qu'ils ne voyaient pas pendant des mois. Je ne sais pas comment ils y arrivaient.

Elle ne devait pas insister, décida-t-elle. L'interroger à ce sujet serait une erreur. Cela ne la regardait pas.

— Toi, tu ne laissais donc personne derrière toi ? demanda-t-elle pourtant, incapable de s'en empêcher.

— Non, personne en particulier.

— Une dans chaque port alors ? Comme tous les marins ?

— Peut-être pas dans chaque port, répondit-il en riant. Je suis passé par beaucoup, beaucoup, de ports.

Elle était certaine qu'il avait brisé bien des cœurs.

— Tu as l'air fatiguée, reprit-il gentiment. Pourquoi n'irais-tu pas faire une petite sieste ?

— Je dois surveiller le gâteau, lui rappela-t-elle avec un mouvement du menton vers la cuisine.

— Je m'en occupe. Je le sortirai dans une demi-heure. Je n'oublierai pas, promis.

Il avait raison, elle était épuisée. Même si elle avait pu dormir plusieurs heures, la nuit précédente, elle se sentait fatiguée comme si elle avait tourné à vide pendant trop longtemps.

— Merci.

— Pas de problème. Si tu as de la chance, il restera un peu de gâteau quand tu te réveilleras.

Elle l'espérait. Son appétit semblait revenir, et ses nausées s'estompaient, constata-t-elle avec soulagement.

Elle monta à l'étage, retira ses bottes et s'allongea. Elle avait intérêt à dormir pendant qu'elle le pouvait. Elle se vit soudain lancer à quelqu'un, un sourire aux lèvres :

« Première règle : dors chaque fois que tu le peux. Tu n'en auras peut-être plus la possibilité par la suite. »

Ce souvenir faillit la faire bondir du lit. Première règle de quoi ? Et à qui diable donnait-elle ce conseil ?

Elle prit une profonde inspiration puis une autre.

*Calme-toi et réfléchis*, s'ordonna-t-elle. *Que portais-tu en disant ces mots ? Un pantalon bleu, une chemise de coton bleue et des chaussures de tennis. Que te disent ces vêtements ?*

Elle considéra ses pieds nus. Elle ne portait pas habituellement de tennis, elle en était certaine. Et ce pantalon comme cette chemise étaient mal coupés, plutôt moches. En revanche, elle aimait beaucoup la robe en lin dans laquelle elle s'était vue quelques heures plus tôt.

Elle donnait un conseil. Sur un ton léger, gai, mais elle n'en était pas moins en position de donner de bons conseils à quelqu'un.

Avec effort, elle tenta de visionner la pièce dans laquelle elle se trouvait lorsqu'elle s'était exprimée ainsi. Elle se rappelait un mur peint en jaune… Elle ne put rien se remémorer d'autre.

Elle resta étendue sur le lit, mais il n'était plus question pour elle de s'octroyer une petite sieste. Son esprit était en ébullition. Ses souvenirs remontaient peu à peu à sa mémoire, elle ne pouvait plus en douter. Elle espérait seulement qu'il n'était pas trop tard. Elle n'en avait pas reparlé à Cal mais, chaque fois qu'elle pensait à samedi, elle se sentait mal.

Pendant une heure, elle resta dans la chambre, puis elle redescendit. En bas de l'escalier, elle vit un escabeau.

*Voilà qui est nouveau*, pensa-t-elle.

Cal était dans la cuisine. Il avait bien sorti le gâteau du four. Le dessert était joliment doré, et il en manquait un bon quart.

— Bien dormi ? demanda-t-il.

— Oui, mentit-elle. Que comptes-tu faire avec cet escabeau ?

— Si l'occasion se présente, je profiterai peut-être de notre présence ici pour repeindre les chambres à l'étage. Et, comme elles sont hautes de plafond, j'aurai besoin de l'escabeau.

— Ce serait une bonne surprise pour ton frère.

— Crois-moi, c'est le moins que je puisse faire pour lui, après tout ce qu'il a fait pour moi.

Elle perçut dans son ton quelque chose qui ne collait pas avec l'expression insouciante qu'il affichait.

Chaque fois qu'il parlait de Chase, c'était la même chose. Elle devinait de la colère, peut-être. De la souffrance, sans doute. Des regrets, certainement. En tout cas, le sujet déclenchait systématiquement chez lui toutes sortes d'émotions.

Mais, quelles qu'elles soient, il avait de la chance.

Elle aurait tout donné pour que sa sœur soit toujours là.

Brusquement, ses jambes se dérobèrent sous elle, et elle s'effondra. Heureusement, Cal la rattrapa avant qu'elle s'étale sur le sol.

— Que se passe-t-il ? s'exclama-t-il.

D'une main tremblante, elle repoussa ses cheveux en arrière.

— J'avais une sœur… Elle est morte quand j'avais sept ans. Elle avait cinq ans de plus que moi. Je la vois, je vois son visage.

Il la porta jusqu'au salon pour l'allonger sur le canapé. Il s'agenouilla près d'elle avant de lui caresser tendrement le dos…

— Comment s'appelait-elle ? demanda-t-il avec douceur.

— Mia. Je l'appelais Ma Mia. Elle était tout pour moi.

Des larmes jaillirent de ses yeux et roulèrent sur ses joues.

Il la prit dans ses bras.

— Quel est le nom de famille de Mia ? murmura-t-il, les lèvres près de son oreille.

— Mia…

Elle ferma les yeux. Bon sang ! Pourquoi ne parvenait-elle pas à s'en souvenir ?

— Je n'en sais rien.

— Ce n'est pas grave. Comment est-elle morte ?

— Je la vois. Elle me sourit et m'envoie des baisers de la main. Elle dévale l'escalier, un gros sac de voyage à l'épaule. Elle est en retard.

— Où va-t-elle ?

— Je ne sais pas…

— Peut-être a-t-elle été victime d'un accident de voiture.

Elle secoua la tête.

— Elle n'avait que cinq ans de plus que moi. Si j'avais sept ans à sa mort, elle n'avait pas encore l'âge de conduire.

— Quelqu'un d'autre était peut-être au volant. L'un de vos parents.

Cette hypothèse semblait horrible, pire que tout. Cependant, elle ne pensait pas que les choses s'étaient déroulées ainsi.

— Non, non. Je me souviens de mes deux parents rentrant à la maison et m'annonçant que Mia était morte. Ma grand-mère était avec eux, en larmes.

— Ta grand-mère vivait avec vous ?

— Je n'en sais rien.

— Comment s'appelait-elle ?

Elle regarda ses mains. Elle se revoyait à sept ans. Assise avec sa grand-mère qui, les mains pleines de farine, confectionnait un gâteau.

— Nana.

Elle leva les yeux vers lui.

Il la dévisageait avec une telle inquiétude que le fragile barrage qu'elle avait construit intérieurement pour retenir ses émotions, son chagrin, ses peurs, se rompit et elle se mit à sangloter.

Elle pleurait sur cette sœur qu'elle ne parvenait pas à se rappeler. Elle pleurait sur tous les souvenirs qui lui échappaient. Elle pleurait sur la femme qui gisait dans la neige, vêtue d'une robe de mariée. Elle pleurait parce qu'elle ignorait si un jour elle irait mieux, si, un jour, elle recouvrerait la mémoire.

Il la serra contre lui, caressa ses cheveux, la berça, absorbant sa tristesse, son désarroi. En échange, il lui communiqua sa force.

Un bon moment plus tard, à court de larmes, elle cessa de pleurer.

Se sentant totalement vidée, elle s'allongea sur le canapé au milieu des coussins.

— Je suis désolée..., dit-elle.

— Tu n'as aucune raison de l'être. Tu retenais sans doute ce chagrin depuis un bon bout de temps. Aimerais-tu que je t'apporte quelque chose ? Un verre d'eau ? Du café ?

— Peut-être un peu d'eau.

Il se leva et elle profita de son absence pour se ressaisir. Il ne méritait certainement pas de se trouver aux prises avec une hystérique.

Lorsqu'il revint avec un verre d'eau, elle ne tremblait presque plus.

— Ça va mieux, assura-t-elle.

Il hocha la tête d'un air pensif. Après un moment, il demanda :

— Un peu de gâteau te ferait-il plaisir ?

Elle se mit à rire.

— Peut-être plus tard. C'est difficile, ajouta-t-elle après un moment. D'attendre sans pouvoir rien faire pour accélérer les choses... Sans savoir si ma mémoire me reviendra un jour. Ou pas.

— Tu n'es amnésique que depuis vingt-quatre heures, lui rappela-t-il.

— J'ai l'impression de l'être depuis plus longtemps.

Elle promena les yeux autour d'elle et ajouta :

— Sais-tu ce qui m'aiderait, dans l'immédiat ?

— Dis-moi.

— Un pinceau.

— Pardon ?

— Puis-je t'aider à peindre ? J'ai besoin de faire quelque chose, de m'occuper. Je vais devenir folle, si je reste à tourner en rond en attendant que ma mémoire revienne par l'opération du Saint-Esprit.

— Tu devrais sans doute te reposer, te détendre.

— Je n'arrive pas à dormir. Je t'en prie !

Il l'observa.

— Je n'aime pas décaper. Et toi ?

— Comment pourrais-je le savoir ?

— En décapant !

Cal décida de commencer par la chambre de Bray. La moquette était vieille et usée jusqu'à la corde ; il faudrait forcément la remplacer avant de mettre la maison en vente. Il ne prit donc pas la peine d'étendre des bâches sur le sol.

Dans la salle de bains attenante à la chambre de Brick, il avait trouvé des seaux, un bac à peinture, deux rouleaux et un assortiment de pinceaux. Il avait monté tout ce matériel à l'étage.

— Summer Burst, lut-il sur le pot de peinture. Quelle est cette couleur ?

— En tout cas, le nom est très beau, répondit-elle.

Il retira le couvercle, jeta un coup d'œil dans le pot et déclara :

— C'est du vert.

Elle regarda par-dessus son épaule.

— Il ne s'agit pas d'un vert ordinaire, mais d'un ravissant vert amande.

— C'est bien ce que je disais. Pourquoi n'a-t-il pas acheté du blanc ? Le blanc est basique, il va avec tout et il vaut toujours mieux adopter des couleurs neutres quand on veut vendre un bien immobilier.

Elle leva les yeux au ciel en secouant la tête.

— Du blanc pour une maison ancienne avec autant de cachet, tu plaisantes ? Quelle hérésie ! On voit que, là où tu as été envoyé en mission, tu n'avais pas la possibilité de suivre des émissions de décoration intérieure.

Il feignit d'être vexé par sa réflexion.

— Peut-être, mais, contrairement à toi, je connais le chic du chic du désert : les couleurs kaki et sable.

Il se saisit d'un rouleau. Manifestement, elle tentait de faire bonne figure, elle refusait de s'apitoyer sur son triste sort, mais voir les traces de larmes sur ses joues le rendait malade. Elle avait perdu sa sœur. « Ma Mia »... Il était normal qu'elle pleure.

Il s'agissait d'une tragédie, mais aussi du premier élément sérieux qui leur permettrait peut-être de retrouver son identité. C'était donc important. D'autant plus important que, d'instinct, il sentait qu'elle était toujours en danger. Les hommes en Mercedes étaient revenus à l'hôtel, et ils avaient poussé le zèle jusqu'à vouloir inspecter l'entrepôt. Il regrettait que le camion de livraison soit arrivé sur ces entrefaites. Il aurait préféré se confronter à ces types pour comprendre une bonne fois pour toutes pourquoi ils tenaient tant à retrouver Stormy. Mais, bien entendu, il n'était pas question d'exposer des innocents sous prétexte de vouloir des réponses.

Jusqu'en début de soirée, ils travaillèrent côte à côte en silence. Elle s'absenta à plusieurs reprises pour préparer quelque chose pour le dîner.

Finalement, le « quelque chose » se révéla être un rôti de bœuf avec des pommes de terre sautées et des carottes. Le repas fut délicieux. Lorsqu'il porta les assiettes dans l'évier après le dîner, il fut amusé de voir qu'elle avait dressé la liste de ce qu'elle avait puisé dans les placards, le réfrigérateur et le congélateur. Un rôti de 2 kg, quatre pommes de terre, etc.

Il se rendit dans le salon et regarda pensivement par la fenêtre. Un chasse-neige était passé dans la journée, et il avait cessé de neiger, ce qui signifiait que les routes principales étaient dégagées et que le réseau secondaire l'était probablement aussi.

Les hommes en Mercedes se déplaceraient plus vite, maintenant. Avaient-ils pensé à relever les immatriculations des véhicules garés devant l'hôtel ? Il le craignait. C'était un réflexe de base, et les deux types dans l'autre voiture n'avaient eu rien d'autre à faire pendant que leurs compères discutaient avec le jeune réceptionniste.

Malheureusement, comme il avait vécu à l'étranger pendant les huit dernières années, il n'avait jamais eu l'opportunité de louer un logement aux Etats-Unis ni donc de mettre à jour son permis de conduire. Aussi, lorsque la société de location de voitures lui avait demandé si l'adresse à Ravesville notée sur son permis était toujours d'actualité, il lui avait paru plus simple de répondre par l'affirmative.

Il risquait de payer cher cette erreur, mais il était désormais trop tard pour revenir en arrière.

Son téléphone portable se mit à sonner, et il le tira de sa poche.

— Salut, Chase.

— Je voulais m'assurer que tu étais bien installé et que tout allait bien.

— Tout va bien, merci. Comme j'ai un peu de temps libre, j'ai commencé à peindre la chambre de Bray. Je me suis dit que plus vite la maison serait repeinte, plus vite nous pourrions la mettre en vente.

— Tu as utilisé le Summer Burst ? Qu'est-ce que ça donne ?

Cal s'apprêtait à répondre que le vert amande donnait du cachet à la vieille demeure, mais il s'interrompit à temps. S'il l'entendait faire ce genre de réflexion, son frère allait appeler les secours, persuadé que les vapeurs chimiques dégagées par la peinture avaient eu raison de lui.

Aussi se contenta-t-il de grommeler :

— Ça va, ça rend bien.

— Euh… à propos de la maison…, reprit Chase d'un ton hésitant.

— Oui ?

— Si tu es d'accord, j'aimerais te racheter ta part ainsi que celle de Bray pour y vivre avec Raney.

Rien au monde n'aurait pu surprendre davantage Cal que cette nouvelle.

— Bien sûr, répondit-il. Je ne me suis jamais douté que tu avais envie de t'installer ici. En tout cas, je vais redoubler de soin en repeignant les chambres, ajouta-t-il en riant. Et m'assurer que je ne mets pas de couleur sur les boiseries par mégarde.

— Merci, Cal.

Après avoir raccroché, Cal resta un long moment à la fenêtre. Chase avait décidé de revenir vivre ici. Waouh !

Stormy vint le rejoindre dans le salon.

— T'ai-je entendu téléphoner ?

— Oui, mon frère Chase vient de m'appeler. Il souhaiterait me racheter ma part ainsi que celle de Bray. Il veut vivre ici avec Raney.

— Et qu'en penses-tu ?

— Je trouve ça génial. Il a l'air heureux, apaisé.

— Ça doit être un sentiment formidable.

Elle ne voulait pas donner l'impression de geindre sur son sort ; elle exprimait seulement un état de fait.

— Je suis fatiguée, ajouta-t-elle. Je crois que je vais me coucher tôt, ce soir.

— Bonne nuit. Et merci pour le dîner. Il était succulent.

Un sourire aux lèvres, elle se dirigea vers l'escalier.

Cal se laissa choir sur le canapé, prit un livre dans son sac de voyage et lut une bonne heure avant de reconnaître que cette biographie de Roosevelt ne parvenait pas à l'intéresser.

Il le posa par terre, et s'allongea. En se rendant compte que ses pieds dépassaient du canapé, il ferma les yeux en soupirant.

Le grincement de la cinquième marche le tira du sommeil. Immédiatement en alerte, il envisagea toutes les possibilités et évalua le danger en un instant. Il avait dû dormir quatre heures à peine.

Tout aussi vite, il se calma. Rien n'indiquait qu'une porte ou une fenêtre avait été forcée ; il n'entendait aucun bruit inquiétant.

Sans doute s'agissait-il de Stormy. Essayait-elle de quitter la maison en catimini ?

Il se leva lentement.

Elle descendait l'escalier. Le clair de lune, qui baignait le salon à travers les hautes fenêtres, lui permit de voir ses cheveux bruns encadrant son petit visage. Elle lui parut à la fois charmante et très vulnérable. De nouveau, elle était vêtue de son T-shirt et de son bas de survêtement.

— Il est un peu tôt pour le petit déjeuner, non ? lança-t-il.

— J'ai quelque chose à te dire. Et ça ne pouvait pas attendre demain matin.

# 10

Le cœur de Cal battait fort, et le fait d'avoir été tiré brusquement du sommeil n'y était pour rien. Son trouble venait de Stormy. Cette femme prenait une place grandissante dans sa vie.

— Viens, assieds-toi.

— Je me suis souvenue des circonstances qui m'ont conduite à me retrouver allongée dans la neige, annonça-t-elle.

Il n'était pas sûr d'avoir envie de les connaître. Pourtant, il l'invita à prendre place sur le canapé, à côté de lui. Elle semblait si frêle, si fragile. Il avait l'impression qu'un souffle d'air suffirait à la faire tomber.

Lorsqu'elle s'installa, les jambes repliées contre elle, il lui proposa la couverture.

— Partageons-la, dit-elle. Il fait froid.

Il s'assit à son tour, veillant à ne pas la toucher, sa portion de couverture sur les genoux.

— Je t'écoute.

— J'étais dans le coffre d'une voiture, commença-t-elle d'un ton détaché. Je devais être endormie ou avoir été assommée parce que, en reprenant conscience, je me sentais nauséeuse et j'avais mal au ventre. La voiture était arrêtée et j'ai entendu du bruit, des claquements de portières. Je savais que je devais à tout prix sortir de là, mais mes poignets étaient attachés. Heureusement, je… je suis assez souple et, en me contorsionnant, j'ai réussi à atteindre la manette permettant l'ouverture du coffre de l'intérieur. J'ai ainsi pu la déverrouiller. Ils auraient dû penser à la bloquer, ajouta-t-elle en haussant les épaules.

Il sentit son estomac se nouer. Elle avait été ligotée, enfermée dans le coffre d'une voiture ; elle aurait pu en mourir. Ses ravisseurs l'avaient probablement droguée, ce qui expliquait ses nausées au réveil. Elle avait eu de la chance que les hommes en Mercedes aient sous-estimé le temps durant lequel elle resterait endormie ainsi que sa capacité à ouvrir le coffre malgré ses mains liées.

— Je me suis laissée glisser sur le sol, poursuivit-elle. Je portais la robe de mariée, précisa-t-elle comme si ce détail continuait à l'étonner, comme si elle ne comprenait toujours pas ce qu'elle faisait dans cette tenue.

— Où étais-tu ?

— Sur un parking rempli de voitures et de camions. Des semi-remorques. Il m'a fallu un petit moment pour prendre conscience que je me trouvais sur une aire de repos d'autoroute. Il y avait tout près une station-service et un petit restaurant, un routier, je crois.

— Le Dawson's Diner, sans doute. Te souviens-tu de la tarte aux pommes que nous avons partagée hier matin pour notre petit déjeuner ? Je l'avais achetée dans ce restaurant.

Elle soupira.

— Je regrette de ne pas avoir su que tu étais à l'intérieur. Tout aurait été infiniment plus simple.

— Je pense que nous nous sommes ratés de peu. La serveuse m'a dit que, juste avant mon arrivée, il y avait eu du remue-ménage sur le parking, et que ça s'était calmé très vite quand des policiers étaient arrivés dans une voiture de patrouille. Les flics ne venaient que pour prendre un dessert, mais leur présence avait fait fuir les fauteurs de troubles.

Elle y réfléchit un instant.

— Mes ravisseurs ont dû être fous quand ils sont revenus à leur voiture et se sont rendu compte que je m'étais volatilisée. Mais je n'étais plus là pour le voir.

— Où étais-tu passée ? Mais, d'abord, dis-moi si la voiture dont tu as sauté était une Mercedes noire.

— Evidemment.

Il s'en doutait, mais il avait été entraîné à se fonder sur des faits, non sur des suppositions.

— D'accord. Maintenant, raconte-moi comment tu as réussi à disparaître.

— Comme je te l'ai dit, je me sentais nauséeuse, et j'avais du mal à réfléchir. Mais je savais que je devais absolument m'enfuir, prendre le large. J'ai supposé que les types qui m'avaient enfermée dans leur coffre étaient dans le restaurant. Je ne suis donc pas allée dans cette direction. Pas question de me jeter dans la gueule du loup. J'ai alors vu un semi-remorque dont l'arrière était ouvert. J'ai voulu y monter discrètement pour m'y cacher mais, au dernier moment, je n'ai pas pu. J'étais incapable d'entrer de mon plein gré dans un autre espace plongé dans la pénombre.

Il hocha la tête. Il comprenait très bien.

— Il y avait un autre camion à proximité, un énorme van qui pouvait sans doute transporter une quinzaine de chevaux, peut-être davantage. Des marchepieds se trouvaient sur le côté et je me suis dit que, si je parvenais à y monter et à m'accrocher aux barres de fixation, je pourrais tenir pendant qu'il roulerait. Et donc m'enfuir.

Cette idée était folle, mais elle plut à Cal et, à en juger au peu qu'il savait sur Stormy, cette évasion correspondait bien à son caractère. Ses réticences à entrer dans un autre endroit sombre étaient logiques, elles aussi. Au cours d'une de ses missions militaires, il était resté coincé trois jours dans une grotte, sachant que, s'il tentait d'en sortir, il devrait affronter les tirs de l'ennemi. Par la suite, lui aussi avait eu besoin de temps avant de pouvoir supporter de nouveau d'être dans une pièce noire.

— J'ai retiré mes escarpins parce qu'ils avaient des talons et que je tiendrais mieux pieds nus.

— Mais il faisait très froid !

— Oui, mais c'était alors le cadet de mes soucis. Je n'imaginais pas mourir de froid, en tout cas pas dans l'immédiat. L'important pour moi était de m'éloigner au plus vite de cette aire de repos, de cette horrible Mercedes, de mes ravisseurs. J'ai eu de la chance. Alors que je venais de m'accrocher à ce van, le chauffeur est arrivé. Je n'ai pas vu son visage parce qu'il était emmitouflé dans un grand manteau et qu'il avait un bonnet enfoncé sur les oreilles. Il a démarré et, quand le camion a commencé à rouler, j'ai mesuré tout à coup la précarité de ma situation. Mais, avant que je puisse réfléchir à une alternative, il quittait le parking.

— Il est surprenant que tu aies réussi à monter sur ce van et à traverser l'aire de stationnement sans que personne te remarque. D'autant que tu étais habillée en mariée.

— La Mercedes était garée au bout du parking, où il n'y avait pas grand monde. Le transporteur de chevaux aussi. Si quelqu'un avait regardé le camion au moment où il s'en allait, il m'aurait certainement vue. Mais il recommençait à neiger, un vent glacé soufflait, et, finalement, cette horrible robe me permettait de me fondre dans le paysage.

« Cette horrible robe. » L'ironie de la situation n'échappa pas à Cal. Tous deux détestaient cette robe. Il savait pourquoi lui la détestait, et il commençait à comprendre sa réaction à elle. Elle avait été enfermée dans le coffre d'une voiture. En général, les futures mariées n'arrivaient pas à l'église ligotées dans un coffre.

Et celles qui venaient de se marier ne repartaient pas non plus dans ces conditions.

— Te rappelles-tu quoi que ce soit qui ait précédé le moment où tu as été enfermée dans ce coffre ?

Elle secoua la tête.

— Non.

— Bon. Que s'est-il passé quand le transporteur de chevaux a commencé à rouler ?

— Je me souviens d'avoir eu très peur qu'il me voie accrochée à son camion et qu'il s'arrête. Mais, soit parce qu'il était négligent, soit parce que ses rétroviseurs n'étaient pas bien réglés, il a continué sa route et je me suis accrochée. Je me débrouillais bien, mais je n'avais pas prévu qu'il ferait encore plus froid quand il roulerait. Un peu plus loin, il a quitté l'autoroute pour s'engager sur le réseau secondaire. Les routes étaient glissantes à cause du verglas… A un moment, il a dérapé. J'aurais dû l'anticiper, mais je me suis laissé surprendre. J'ai été projetée en l'air, j'ai volé un moment…

Elle prit une profonde inspiration.

— J'ai dû crier. En tout cas, dans mon rêve, j'ai crié. Et c'est alors que je me suis réveillée et que j'ai décidé de descendre te parler.

Ils gardèrent le silence un moment, écoutant le vent qui soufflait au-dehors et une branche qui grattait l'une des fenêtres à l'étage.

— Est-il possible que, d'une façon ou d'une autre, il s'agisse d'un rêve et que rien ne se soit déroulé ainsi en réalité ? demanda-t-il enfin.

Elle secoua la tête.

— Je ne pense pas. Je rêvais, oui, mais mon esprit

revivait des faits qui se sont passés dans ma vraie vie. Je le sais.

— Alors je pense que nous devons retourner sur cette aire de repos, là où tout a commencé.

— Oui, ça me semble une excellente idée.

— Nous n'aboutirons peut-être à rien, la prévint-il. Cela nous mènera peut-être à une impasse.

— Mais il se peut aussi que nous y trouvions la réponse à tout, répliqua-t-elle.

Elle voulait qu'il comprenne qu'elle pouvait tout affronter, qu'elle n'allait pas s'écrouler si, en effet, ils n'arrivaient à rien. Aussi ajouta-t-elle :

— Et, au pire, nous nous régalerons d'une succulente tarte aux pommes.

— Ça me réjouit moins, maintenant que j'ai goûté à ton gâteau.

Comme elle rougissait, il fut heureux d'avoir réussi à la taquiner. Il ne voulait plus jamais la voir pleurer.

— Nous irons dès demain, à la première heure, poursuivit-il.

Il se leva à regret ; il n'avait pas envie qu'elle s'écarte de lui, même s'il le fallait.

— Tu devrais remonter te coucher, ajouta-t-il.

La sentant hésiter, il faillit lui proposer de partager sa couche. Lentement, elle se leva à son tour.

— J'ai l'impression que ce n'est qu'au lit que mon esprit est assez détendu pour laisser remonter mes souvenirs.

Elle avait raison, et il ne serait pas juste de sa part de l'inviter à passer la nuit dans ses bras.

— Ta mémoire est en train de revenir, dit-il. Prépare-toi à tout.

— J'ai l'impression que tu me mets en garde, que tu me conseilles de faire attention parce que, en recouvrant la mémoire, je vais du même coup savoir ce que je veux, non ?

Il savait ce qu'il voulait, lui, avec elle. Et, maintenant qu'il était convaincu que, même si elle venait de se marier, son consentement avait été obtenu sous la contrainte, tout aurait dû être plus simple. Cependant, il sentait qu'elle était encore perturbée, perdue. Il devait se tenir à distance pour ne pas ajouter à son stress.

— Quelque chose comme ça. Bonne nuit, Stormy.

Il la regarda monter l'escalier. Puis il s'allongea, et tira sur son visage la partie de la couverture sous laquelle elle s'était enfouie. Il eut du mal à retrouver le sommeil.

Elle se réveilla bien avant l'aube mais resta au lit. Elle était bien au chaud sous les couvertures et, de plus, elle ne se sentait pas prête à affronter Cal. Pas encore. La veille au soir, il s'était passé quelque chose entre eux quand ils s'étaient retrouvés sur le canapé dans l'obscurité.

Il ne l'avait pas touchée et, cette fois, elle avait réussi à ne pas poser les mains sur lui, à ne pas l'embrasser. Pourtant, indéniablement, il s'était passé quelque chose. Quelque chose qui l'avait réchauffée, réconfortée et qui, en même temps, lui avait donné l'impression de perdre complètement la tête.

Voilà pourquoi elle était montée se coucher sans discuter, comme il le lui avait suggéré. Parce qu'elle avait compris qu'il essayait de faire ce qu'il fallait, qu'il s'efforçait de ne pas compliquer davantage la situation.

Apres tout ce qu'il avait fait pour elle, il méritait d'être indemne lorsqu'elle quitterait sa maison. Elle devait y veiller.

Si ses souvenirs lui étaient revenus à la lumière du jour, tout se serait peut-être passé différemment. Peut-être aurait-elle pu gérer seule la situation. Mais, au cœur de la nuit, elle s'en était sentie incapable ; elle avait éprouvé le besoin d'en parler à quelqu'un.

En descendant l'escalier, elle avait sciemment posé le pied sur la cinquième marche, sachant qu'elle allait craquer. Elle voulait ainsi lui annoncer sa venue pour lui donner la liberté de décider de la suite. S'il était resté allongé sur le canapé à faire semblant de dormir, elle serait allée prendre un verre d'eau dans la cuisine et serait remontée à l'étage comme si elle n'était venue que dans ce but.

Mais il s'était redressé, l'avait invitée à s'asseoir près de lui et l'avait écoutée. Et elle en avait éprouvé une profonde reconnaissance. Il fallait qu'elle parle de ce dont elle se souvenait de cette histoire. Lorsqu'elle lui avait raconté qu'elle avait été enfermée dans un coffre, elle avait senti sa colère. Il avait paru presque amusé par le fait qu'elle ait préféré s'accrocher à un van en pleine tempête de neige que se cacher à l'intérieur d'un camion. Elle restait d'ailleurs persuadée d'avoir fait le bon choix ; elle était parvenue à échapper à ses ravisseurs, même si le fait d'avoir par la suite été éjectée du camion et atterri dans la neige avait provoqué bon nombre d'autres problèmes.

Entre ce qu'elle se rappelait à propos du fantôme avec la robe de mariée et ce souvenir d'avoir été enfermée dans le coffre d'une voiture, elle avait maintenant la certitude qu'elle n'avait rien d'une jeune mariée ou d'une future mariée, heureuse de l'être. Cal avait été gêné par cette robe blanche et par ce qu'elle symbolisait. Pas elle. Elle avait toujours *su* que cette robe ne signifiait rien. Pourtant, il avait été difficile d'en faire abstraction.

Hier, elle s'était souvenue de sa bague en argent. Quelque chose lui avait soufflé que cette bague était très importante pour elle. S'agissait-il d'une alliance ? D'une bague de fiançailles ? Elle avait une vision très claire de cet anneau et elle n'avait pas l'impression qu'il symbolisait un lien conjugal. Il semblait ancien. S'agissait-il d'un bijou de famille qui se transmettait de génération en génération ? D'une chevalière ?

En tout cas, quand elle pensait à cette bague, son corps réagissait avec force. Elle éprouvait à la fois de la tristesse et de la colère. C'était de la folie.

Cal lui avait dit. « Ta mémoire est en train de revenir. Prépare-toi à tout. » S'était-il passé quelque chose de si horrible qu'elle avait bloqué ses souvenirs ? Parce qu'ils lui étaient insupportables ? Son amnésie n'avait peut-être rien à voir avec la bosse qu'elle avait sur le crâne. Peut-être s'agissait-il simplement d'un mécanisme de défense. Etait-elle prête ?

Peu importait. Elle avait besoin de s'en remettre, de reprendre le dessus.

Ils allaient se rendre sur l'aire de repos aujourd'hui. Elle se retrouverait sur le parking, respirerait l'air frais, et la mémoire lui reviendrait. Elle se lcva.

Une fois qu'elle eut pris une douche et séché ses cheveux, elle chercha des vêtements dans le placard. Elle trouva un jean cigarette noir et un pull rouge. Considérant le couteau que Cal lui avait donné la veille, elle résolut de le glisser dans sa poche.

Lorsqu'elle descendit, Cal était attablé dans la cuisine, devant un bol de café. Il paraissait frais et dispos, solide, et, une fois de plus, elle remercia la Providence d'avoir permis que ce soit lui qui la ramasse sur le bord de la route.

— Bonjour, dit-elle.

— Bonjour. J'aurais voulu te faire griller du pain, mais il n'y en avait plus dans le congélateur.

— Peut-être pourrions-nous prendre un petit déjeuner dans le restaurant sur l'aire de repos.

— Excellente idée. Le cuisinier, ou plutôt le chef

cuisinier, est très bon. Nous y allons pour tenter d'obtenir des informations mais, cerise sur le gâteau, nous allons aussi nous régaler.

Elle hocha la tête.

— La tarte était si bonne que je prendrai le dessert du jour, quel qu'il soit.

Il vida son bol.

— Allons-y.

Il lui tendit une veste en laine noire.

— Je l'ai trouvée dans le placard du bas. Elle appartenait à ma mère. La veux-tu ?

— Parfait, merci.

Devant la maison, la route était de nouveau couverte de neige mais, dès qu'ils furent sur la voie express, tout alla mieux. Ils roulèrent sans problème jusqu'à Ravesville. Il devenait plus facile de conduire. Pour eux, mais aussi, malheureusement, pour les hommes à leurs trousses.

Comme s'il lisait dans ses pensées, Cal se tourna vers elle.

— Nerveuse ?

Elle secoua la tête.

— Je me sens à la fois inquiète et pleine d'espoir.

Il mit la radio, mais elle n'avait pas envie d'écouter les informations. Elle préférait en apprendre davantage sur lui.

— Resteras-tu dans le Missouri ? demanda-t-elle. Après avoir retrouvé tes frères ?

— Je n'en sais rien. Je n'y ai pas encore réfléchi.

— N'as-tu pas d'employeurs qui t'attendent ?

— Non. Je leur ai donné ma démission. Je pense créer un cabinet d'ingénieurs, développer des projets qui m'intéresseraient vraiment. Peut-être travailler sur des contrats avec le gouvernement pour construire des navires ou des sous-marins en vue de les rendre plus efficaces. Chaque fois que je me suis retrouvé sur l'un ou l'autre, j'ai vu beaucoup de choses qui auraient gagné à être conçues, dessinées, autrement. Les marines pourraient se battre dans de meilleures conditions, avec un meilleur matériel.

— Ce serait certainement passionnant. Et tu peux sans doute faire ce travail n'importe où.

— Je devrais peut-être acheter la maison des Fitzler et vivre là où j'ai passé mon enfance et mon adolescence.

Il plaisantait, mais l'idée ne parut pas absurde à Stormy.

— Pas bête. D'autant qu'il y a une grande dépendance près de leur maison, un bâtiment qui pourrait certainement abriter tes prototypes.

Il se gratta la tête.

— Un dicton prétend qu'il n'est jamais possible de refaire le chemin à l'envers, qu'il faut aller de l'avant sans regarder en arrière. Il a sans doute été énoncé par un grand sage qui l'avait appris d'une manière douloureuse.

— C'est quelque chose que les parents disent à leurs enfants lorsqu'ils sortent de l'université. Mais réfléchis, ce serait sympa ! Tu vivrais dans une maison en face de celle de Chase. Ce serait un peu comme si la route vous appartenait. Sur les cartes, elle resterait la départementale 6, mais tous les gens du coin la désigneraient comme la « Route des Hollister ».

— Tu es folle, dit-il avec bonhomie.

Elle n'insista pas. C'était à lui d'en décider et, de toute façon, elle serait partie depuis longtemps quand il prendrait cette décision.

Cette pensée pesante sur le cœur, elle ralluma la radio, cherchant une station qu'elle aimerait écouter.

Ils ne parlèrent plus jusqu'à ce que Cal annonce :

— Nous y serons dans cinq minutes.

Elle se frotta les mains.

— Parfait.

— Les hommes en Mercedes ne se sont sans doute pas

arrêtés sur cette aire de repos par hasard, poursuivit-il. Et il est possible qu'ils soient toujours dans le coin.

Elle y avait pensé. En effet, ces types n'avaient certainement pas jeté leur dévolu sur ce routier parce qu'ils avaient soudain eu envie d'un sandwich au jambon. Et il n'était pas exclu qu'ils soient restés ou revenus traîner dans les parages, mais le risque en valait la peine.

— Je m'allongerai par terre pendant que tu feras le tour du parking. Si tu vois une Mercedes, nous partirons.

— D'accord.

Elle débloqua sa ceinture de sécurité et se glissa entre les deux banquettes.

— J'espère qu'ils seront là, dit-elle après un moment.

Il se mit à rire.

— Tu as envie de leur exploser la tête ?

— Peut-être.

— Même si leur voiture n'est nulle part en vue sur le parking, j'entrerai en premier dans le restaurant, au cas où ils seraient devenus malins et auraient changé de véhicule. Laisse-moi quelques instants avant de me rejoindre.

Elle sentit quand Cal s'engagea sur l'aire de repos qui était moins bien goudronnée que la voie express. Le 4x4 fit un grand tour. Il contournait le bâtiment.

— Y a-t-il quelque chose ? demanda-t-elle, pleine d'espoir.

— Non. Je vais me garer. Attends trois minutes pour sortir, lui rappela-t-il.

— Compris.

Il se gara, verrouilla le véhicule et s'éloigna sans ajouter un mot. Elle regarda sa montre.

La première minute passa vite. La deuxième parut s'éterniser. Elle retint son souffle pour la troisième. Puis elle se redressa, ouvrit sa portière et, calmement, gagna le restaurant.

Cal était assis à une table et lui sourit. Elle s'installa en face de lui.

Il lui tendit la carte.

— Vois-tu quelqu'un qui te dirait quelque chose ? murmura-t-il.

Elle secoua la tête. En entrant, elle avait promené les yeux autour d'elle et observé les clients, mais aucun visage n'avait provoqué la moindre lueur dans son cerveau vide.

— C'est la même serveuse qu'hier. Elle s'appelle Lena. Peut-être nous sera-t-elle utile. Je lui avais laissé un généreux pourboire.

Malgré son angoisse, elle sourit. La serveuse arriva, vêtue d'un pantalon blanc et d'un haut fuchsia, les cheveux rassemblés en un chignon lâche. Elle devait être âgée d'une quarantaine d'années.

— Bonjour ! s'exclama Lena en regardant Cal. Je vous reconnais.

Il lui rendit son sourire.

— La tarte aux pommes était si bonne qu'il fallait que je revienne.

— Heureuse de voir que vous avez affronté sans encombre la tempête de neige. Puis-je vous servir un bon café ? poursuivit-elle en s'adressant à Stormy.

Elle décida de tenter le coup.

— Nous sommes-nous déjà rencontrées ? demanda-t-elle. Votre visage me dit quelque chose, ajouta-t-elle, s'efforçant de paraître amicale et chaleureuse.

— Euh…

Lena se tourna vers Cal. Il semblait détendu et étudiait la carte comme si rien n'était plus important pour lui que de décider du menu de son petit déjeuner.

— Je ne pense pas vous avoir jamais rencontrée, répondit Lena. Mais j'ai vu une photo de vous. Il y a quelques jours.

— Vraiment ? Laquelle ?

— Sur la photo, vous étiez assise à un bar. Vous portiez une robe bleu roi, croisée sur le devant.

Elle voyait cette robe, elle se revoyait à ce bar. Elle sirotait un verre de vin blanc. En attendant quelqu'un.

Qui attendait-elle ?

Qui avait pris cette photo ?

Et comment cette femme l'avait-elle perçue ?

— Ah oui ! J'adore cette robe, fit-elle.

— Votre fiancé l'a montrée à tout le monde lorsqu'il est venu discuter avec Pietro du menu du repas de noce. Il était très fier de vous.

Elle se félicita qu'on ne lui ait pas encore servi de café. Son émotion était telle qu'elle aurait forcément renversé sa tasse. Elle pouvait difficilement lui demander le nom de son fiancé ou une description.

D'un air pensif, elle se tapota les lèvres.

— J'essaie de me souvenir comment il connaissait Pietro, dit-elle.

— Il m'a dit qu'ils avaient travaillé ensemble à l'université Moldaire. J'ai eu l'impression qu'ils ne s'étaient pas vus depuis longtemps.

Lena baissa la voix pour ajouter :

— Pietro et sa femme sont venus s'installer ici il y a quatre ans. Malheureusement pour lui, elle l'a quitté l'année dernière. Elle est partie avec leur fils pour aller vivre à Kansas City. Mais Pietro est resté parce qu'il aime le coin.

— Oui, je m'en souviens, maintenant. J'aimerais dire bonjour à Pietro. Travaille-t-il aujourd'hui ?

— Non, c'est son jour de congé.

— Tant pis. Mon beau-frère, ajouta-t-elle en désignant Cal d'un geste, nous a aidés à financer le mariage. Nous aurions aimé pouvoir remercier personnellement Pietro.

Le repas de noce a été à la hauteur de l'événement. Pietro habite-t-il dans le coin ?

— Il vit à quelques kilomètres sur Summerfield Road, répondit Lena. Une grande maison jaune sur une colline.

— Formidable, dit-elle.

Lena sourit.

— C'est un chic type, mais il a un ego surdimensionné. Voilà pourquoi il sera sûrement content de savoir que vous avez aimé sa cuisine.

Ce n'était pas parce qu'il avait préparé le repas que le mariage avait eu lieu, non ? Elle l'espérait.

— Délicieux ! C'était vraiment délicieux, assura-t-elle.

— Vous prendrez deux petits déjeuners ? reprit Lena.

Elle avait hâte de suivre ces deux pistes, Pietro et l'université Moldaire. Mais, s'ils partaient sans s'être restaurés, cela paraîtrait bizarre.

— Absolument. Je prendrai un grand café et des pancakes, s'il vous plaît.

Cal commanda des œufs et du bacon avec son café. Il attendit que Lena soit partie en cuisine.

— Bien joué, dit-il.

— Merci. Je crois qu'elle mérite un second bon pourboire.

# 11

Cal regarda Stormy se régaler de ses pancakes. Visiblement, ils étaient aussi délicieux que l'avait été la tarte aux pommes.

Il n'avait pas menti en lui disant qu'elle avait bien joué avec Lena. Elle avait su faire vibrer la bonne corde avec la serveuse, et toutes deux avaient vite bavardé comme de vieilles amies.

Lorsque Lena revint débarrasser leur table et leur apporter la note, il vida sa tasse.

— Prête ?

Elle hocha la tête.

Quand elle jeta un coup d'œil à la note, il devina qu'elle en ajoutait le montant à la longue liste de ce qu'elle lui devait déjà et qu'elle comptait lui rembourser.

Il laissa à Lena un pourboire à la hauteur de celui qu'il lui avait laissé la veille. Les renseignements qu'elle leur avait fournis étaient de l'or en barre, mais il ne voulait pas lui montrer à quel point ils lui en étaient reconnaissants. Elle se serait alors forcément posé des questions.

Le premier, il se dirigea vers la sortie et, après avoir poussé la porte, il inspecta les alentours d'un bref regard circulaire. Rien n'attira son attention. La scène n'avait pas changé depuis une heure. D'autres voitures se trouvaient aux pompes à essence, évidemment, mais aucune n'était de la marque Mercedes. Bien sûr, il était possible qu'ils soient surveillés de loin, comme Stormy et lui avaient espionné le parking de l'hôtel depuis l'entrepôt. Mais rien ne fit naître en lui la moindre inquiétude.

Lorsqu'ils regagnèrent le 4x4, Cal ralentit le pas pour permettre à Stormy de rester à sa hauteur.

— Par où commençons-nous ? demanda-t-il. Pietro ou l'université Moldaire ?

Elle ouvrit sa portière et prit place dans la voiture.

— Pietro, répondit-elle en bouclant sa ceinture. Même si Moldaire est une petite université, nous aurions l'impression de chercher une aiguille dans une botte de foin parce que nous ne saurions pas par où commencer.

Il s'installa au volant.

— La première fois que j'ai rencontré Lena, elle m'a dit que Pietro avait longtemps été chef au restaurant de l'association des étudiants de Moldaire. Il était chargé des repas organisés lors de tous les événements importants.

— Voilà qui peut être utile, dit-elle. Mais voyons déjà si nous pouvons le trouver chez lui. Peut-être apportera-t-il quelques pièces manquantes au puzzle.

— Il ne faut pas exclure l'éventualité qu'il soit complice de tes ravisseurs, lui fit-il remarquer. L'un des hommes en Mercedes est peut-être son meilleur ami. Ou son frère.

Elle croisa les bras, méditant ce qu'il venait de dire. Il apprécia que, dans l'excitation d'avoir une piste, elle n'écarte pas immédiatement ses inquiétudes. Elle ne se lançait pas tête baissée dans l'action, mais prenait le temps de la réflexion.

— Lena a dit qu'ils avaient travaillé ensemble à l'université. Mais pas qu'ils étaient de vieux amis ni qu'ils avaient des liens de parenté.

— Peut-être ne connaît-elle pas la nature exacte ni l'étendue de leurs relations, répliqua-t-il.

— Peut-être. Je dois tenter le coup, j'ai besoin d'avancer. Mais tu as raison, il y a un risque. J'irai donc seule.

— Certainement pas !

— Ce serait plus logique, insista-t-elle. S'il est complice, je préfère qu'il ne se doute pas de ton existence, qu'il ne fasse pas le lien entre toi et moi. S'il soupçonnait ton rôle, ton implication dans l'histoire, tu pourrais devenir une cible.

— Et s'il essaie de te retenir prisonnière jusqu'à ce que ses amis reviennent ?

— Montre-moi ton revolver, fit-elle soudain.

Sa requête le surprit.

— Pourquoi ?

— Je veux savoir ce que je ressens avec une arme dans les mains.

— Tu sais tirer ?

— Je le crois.

— Le fait que tu *crois* savoir tirer n'est pas très rassurant.

Elle repoussa son inquiétude d'un geste.

— Je te promets de ne pas me tirer une balle dans le pied ni de prendre ce Pietro pour cible. A moins d'y être obligée.

Il sentit que son petit déjeuner passait soudain moins bien. Pourtant, il en fallait beaucoup pour le rendre nerveux.

— Je ne te laisse pas mon arme.

Il démarra et quitta le parking.

— Je suppose que tu sais où est Summerfield Road ? demanda-t-elle.

— En gros, oui. Ce n'est pas très loin de l'endroit où je t'ai trouvée. Il n'y a pas beaucoup de maisons, par là. Nous n'aurons pas trop de mal à localiser celle de Pietro.

— D'accord. Tu me déposeras devant chez lui et tu iras te garer un peu plus loin, à l'écart. Quand je lui aurai parlé, je reviendrai vers toi.

— Pas question. Quand nous serons près de chez lui, tu me laisseras pour que je puisse m'y rendre à pied et me cacher. Tu attendras dix minutes pour prendre le volant et rejoindre en voiture sa maison.

Elle serra les dents, mais elle finit par pousser un soupir. Un gros soupir.

— Très bien. Faisons comme ça.

Il quitta l'autoroute par la même sortie que celle qu'il avait empruntée la veille. Quand il passa devant l'endroit où il l'avait trouvée, il ne put s'empêcher de ralentir et de regarder. Le vent avait balayé la neige, et plus rien n'indiquait qu'une femme avait été projetée dans le fossé quelques heures plus tôt.

— Etait-ce là ? demanda-t-elle avec douceur.

— Oui. Veux-tu aller y jeter un œil de plus près ?

Elle secoua la tête.

— Non, mais je n'en reviens pas que tu m'aies vue de la route. Sans toi, je serais morte de froid à l'heure qu'il est.

Elle n'aurait sans doute pas survécu, en effet. Et, en songeant à cette éventualité, il se sentit faiblir. Mais elle ne devait pas commencer à imaginer tout ce qui aurait pu se produire.

— Je pense qu'en tombant du camion tu as roulé le long du talus et tu as fini par heurter la barrière en bois. Tu es restée un moment assommée. Mais tu étais en train de reprendre conscience quand je suis arrivé. Si je ne m'étais pas arrêté, tu te serais levée et tu aurais fait signe à une voiture.

— Je n'en suis pas si sûre.

Elle resta silencieuse un moment avant de se tourner vers lui.

— Je suis contente que ce soit toi qui sois passé par là, et je te suis très reconnaissante de t'être arrêté.

Il sentit sa gorge se serrer. Il était en train de tomber

amoureux de Stormy, comprit-il. Il ignorait son véritable nom et sa véritable histoire, mais ça n'avait pas d'importance.

— Te rappelles-tu la photo que Lena a décrite, celle sur laquelle tu étais habillée d'une robe bleu roi ? demanda-t-il dans l'espoir de recouvrer ses esprits.

— Bizarrement, oui. Je suis incapable de me souvenir de mon propre nom, mais je me revois très bien dans cette robe, assise au bar.

— Quel bar ? demanda-t-il d'un ton posé.

— Le Blue Mango.

Les yeux écarquillés, elle se tourna vers lui.

— Explique-moi comment je me souviens de ce détail !

— Avec qui étais-tu ? poursuivit-il sans répondre.

Elle tenta de se représenter son interlocuteur. Hélas ! ses efforts furent vains et elle finit par secouer la tête.

— Visiblement, mon inconscient ne veut pas lâcher le morceau.

— Nous avons déjà le nom d'un bar, dit-il. Et la première nuit, à l'hôtel, tu sentais la mangue.

Elle se sentit rougir.

— La crème hydratante offerte par l'hôtel en contenait.

— J'adore les mangues.

Gênée, elle ne sut que dire.

— As-tu déjà entendu parler du Blue Mango ?

— Non. Voyons déjà si nous pouvons le localiser, ajouta-t-il en lui tendant son téléphone portable.

Son navigateur était rapide et en un instant elle obtint une réponse.

— Il y a trois Blue Mango. L'un dans le Connecticut, l'autre à Los Angeles et le troisième à Kansas City.

— Concentrons-nous sur celui de Kansas City. Le plus proche.

— Il se trouve sur Lager Avenue. Ils ont mis en ligne

leur carte parce qu'ils font restaurant, aussi. Il ne s'agit pas seulement d'un bar. Ça a l'air bien, ajouta-t-elle bêtement.

Le commentaire de Cal sur ce qu'elle sentait la première nuit l'avait troublée.

Il ralentit pour s'engager sur Summerfield Road. La route était parsemée de nombreux nids-de-poule.

Peut-être s'était-elle souvenue du Blue Mango parce qu'elle avait utilisé une crème à la mangue. Elle ne pouvait expliquer pourquoi certaines choses lui revenaient et pas d'autres.

Peut-être n'avaient-ils pas besoin du Blue Mango, après tout. Tout s'éclairerait peut-être après leur visite au chef cuisinier.

Elle devinait que Cal était inquiet, mais il avait tort. Elle comptait bien se montrer très prudente. Elle n'avait pas oublié que, il y a peu, elle avait été droguée et ligotée. Mais elle ferait tout pour pousser ce Pietro à parler, elle insisterait s'il le fallait. Le temps filait. Ils étaient déjà jeudi.

Elle aperçut bientôt une maison jaune sur une colline.

— Tu crois que c'est là ?

— J'en suis sûr. Nous allons d'abord passer devant sans nous arrêter.

— Bonne idée.

Veillant à garder la même vitesse pour n'inquiéter personne, Cal observa à distance la petite propriété. Il n'y avait aucun véhicule dans l'allée ni dans la cour, mais cela ne signifiait rien. Un garage se trouvait près de la maisonnette. Pietro avait dû y garer sa voiture ; d'éventuels visiteurs aussi.

En tout cas, les lieux étaient habités. Le chemin avait été déneigé.

Dès qu'ils furent assez loin, il se gara sur le bas-côté.

— Je vais couper à travers champs pour gagner cette

maison et me cacher à proximité. Dix minutes me suffiront largement.

Il allait marcher dans la neige, s'y enfoncer jusqu'à mi-cuisses, être trempé.

— Es-tu sûr de vouloir le faire ?

— Absolument, dit-il en enfilant ses gants. Si quelque chose se passe mal, préoccupe-toi exclusivement de quitter cette baraque, de prendre la fuite. Ne t'inquiète pas pour moi. D'accord ?

— Tout va bien se passer.

Il se tourna vers elle et, avant qu'elle puisse anticiper son geste, l'attira à lui pour l'embrasser avec force. Ce baiser fut bref, intense, et lui donna faim de davantage.

— Espérons-le, répondit-il en ouvrant la portière.

Si elle avait trouvé long d'attendre trois minutes pour le rejoindre dans le restaurant, dix minutes lui paraissaient une éternité. Aucun véhicule n'apparut. Une chance. Il valait mieux que personne ne voie Cal traverser le champ à toute allure.

Elle ne parvenait pas à croire qu'il puisse progresser à une telle vitesse dans la neige ; il était visiblement en grande forme.

Sept minutes s'écoulèrent. Cal était loin, maintenant, il avait atteint les arbres qui bordaient la propriété de Pietro et elle ne pouvait plus le voir. Quand les dix minutes furent passées, elle démarra et se dirigea vers la maisonnette perchée sur la colline.

Rouler sur cette route enneigée la rendait nerveuse, et elle devina qu'elle n'avait pas l'habitude de conduire en hiver, d'affronter neige et verglas. Comme elle s'engageait sur le chemin privé, ses roues patinèrent et elle se déporta de côté. Sans trop de difficultés, elle parvint à reprendre le contrôle.

Elle ne voyait pas Cal, mais ça n'avait pas d'importance. Elle savait qu'il était là.

Parvenue devant la maison, elle se gara, descendit de voiture et tendit l'oreille. Elle ne perçut rien d'inhabituel, rien d'inquiétant. Discrètement, elle étudia les empreintes de pas dans la neige, mais il était difficile de dire si plusieurs personnes avaient marché là ou si une seule avait fait plusieurs allers et retours.

Elle grimpa les marches du perron, chercha une cloche. Comme elle n'en vit pas, elle frappa le battant du poing.

Quelques instants plus tard, la porte s'ouvrit sur un quinquagénaire. Il avait des cheveux bruns coupés court, portait de grosses lunettes, un pantalon gris et un T-shirt blanc. Elle faillit sourire en songeant qu'elle était habillée de la même façon quand elle avait emprunté les vêtements de Cal. Si elle ne s'était pas changée, ils auraient pu être jumeaux.

Il tenait un poivron jaune, ce qui lui donna un regain de courage. Un homme avec un poivron à la main ne pouvait qu'être inoffensif, non ? Il s'agissait certainement de Pietro, le chef cuisinier.

Il promena les yeux derrière elle, comme s'il tentait de comprendre de quelle manière elle avait atterri chez lui. Il ne paraissait pas la reconnaître mais, si les hommes en Mercedes avaient montré sa photo à Lena, il y avait de grandes chances qu'ils la lui aient montrée également.

— En quoi puis-je vous être utile ? demanda-t-il froidement.

Elle sourit.

— Je suis désolée de vous déranger mais, dernièrement, vous avez préparé le repas servi à mon mariage et je voulais vous dire que tout le monde s'était régalé.

Il ne changea pas d'expression, et elle commença à se sentir nerveuse.

— J'ai… Euh… Lena m'a donné votre adresse, ajouta-t-elle.

— Comment était le porc ?

— Délicieux.

— Et les pommes de terre au romarin ?

— Succulentes.

— Tant mieux, fit-il d'un ton rogue.

Il semblait de mauvaise humeur. Avait-il envie d'être désagréable avec elle en particulier ou se comportait-il en ours mal léché avec tout le monde ?

Elle se souvint que Lena lui avait dit qu'il était doté d'un ego surdimensionné et qu'il adorait les compliments. Peut-être n'en avait-elle pas fait assez. Peut-être aurait-elle dû trouver des qualificatifs plus forts. Gastronomique. Digne des plus grands. Un festin de roi…

— Je me demandais si vous aviez une carte de visite ou quelque chose que je pourrais donner à mes amies, poursuivit-elle. Deux d'entre elles vont bientôt se marier.

— Non, je n'ai rien. Pardonnez-moi, mais je suis très occupé, là.

Elle comprit pourquoi il était préférable qu'il soit devenu chef cuisinier et non maître d'hôtel, par exemple. Mieux valait qu'il reste en cuisine, car il n'avait vraiment pas une personnalité susceptible de mettre les clients à l'aise.

— Mais…

Il lui claqua la porte au nez.

Elle eut envie de frapper de nouveau, de le forcer à lui rouvrir, puis se dit que ce ne serait pas une attitude très intelligente de sa part.

Retournant au 4x4, elle se mit au volant. Pietro n'avait pas dégagé suffisamment la cour pour qu'elle ait la possibilité de faire demi-tour, aussi dut-elle repartir en marche arrière. Cela lui permit de garder un œil sur la maison. Elle ne vit aucune trace de Cal.

Une fois en bas de la colline, elle coupa le contact et attendit. Un bon quart d'heure s'écoula avant que Cal réapparaisse. Elle passa sur le siège passager et il s'engouffra dans la voiture, apportant avec lui une bouffée d'air frais.

— Tu as entendu ? demanda-t-elle comme il démarrait.

— Chaque mot.

— Où diable étais-tu ?

— Derrière les poubelles, près du garage. Je voulais voir quelle voiture était garée à l'intérieur et, en même temps, pouvoir surveiller la porte d'entrée.

Elle comprit que, si Pietro était devenu menaçant, Cal serait intervenu pour le neutraliser.

— Je n'ai rien obtenu de lui… Je suis désolée.

— Tu as obtenu quelque chose. Je ne pense pas que Pietro et ton mari…

— Ce n'est pas mon mari ! le coupa-t-elle.

Il sourit.

— D'accord. Et si nous l'appelions G, pour faire court ? Bref, je ne pense pas que Pietro et G soient très amis. Il a fait mine de ne pas te reconnaître mais, quand tu as évoqué le repas de noce, tu ne l'as pas surpris. C'est évident. Et il était malin de ta part de mentionner le prochain mariage de certaines de tes amies pour lui soutirer ses coordonnées, peut-être une carte de visite. Mais il semblait de mauvaise humeur contre toi et pressé d'abréger la conversation. Il s'est montré franchement désagréable. Ça doit signifier quelque chose. Ou peut-être pas…, ajouta-t-il en riant.

Elle remarqua qu'il tentait de plaisanter, d'adopter un mode léger. Il la sentait déçue de n'être arrivée à rien et voulait l'aider à relativiser.

Cal Hollister était vraiment adorable.

— G et son ami ont peut-être renoncé à me chercher.

— Peut-être.

Ils arrivaient près de l'autoroute, et Cal respecta le stop.

— Je suis resté dans les parages pour voir s'il allait appeler quelqu'un. Il ne l'a pas fait. Il s'est contenté de prendre un couteau pour couper son poivron à grands gestes rageurs, comme s'il lui en voulait de quelque chose. Tu l'as manifestement contrarié en venant frapper chez lui. Je ne sais pas pourquoi, mais c'est peut-être important.

— Tu crois qu'on devrait y retourner ? Lui arracher la vérité ?

— Tu es prête à le torturer pour obtenir des réponses ?

— Euh… non, certainement pas.

— Alors inutile d'y retourner. Il faudrait quelque chose pour le convaincre de parler, et nous n'avons rien. Mieux vaut suivre la piste de l'université Moldaire. Elle se trouve près de Kansas City, à une heure et demie de route. On pourrait y aller et en profiter pour voir les boutiques de robes de mariée du coin.

— Allons-y, dit-elle.

Ils s'engagèrent sur l'autoroute ; ils ne parlèrent pas, mais le silence était agréable. Elle ferma les yeux. Quand elle se réveilla, la voiture était à l'arrêt et Cal la secouait doucement par l'épaule.

— Nous y sommes.

Elle battit des paupières.

— Chaque fois que je reste un moment sans rien faire, je m'endors. Je ne comprends pas pourquoi je suis incapable de rester éveillée.

— Tu as sans doute été droguée par tes ravisseurs. Il faut un peu de temps à l'organisme pour éliminer complètement des drogues, surtout si elles ont été administrées plusieurs fois.

Elle déglutit avec difficulté.

— J'y ai pensé. L'autre soir, à l'hôtel, j'ai cherché sur moi des signes de violence, de viol.

— J'aurais dû te conduire à l'hôpital, dit-il, furieux contre lui-même.

Elle posa la main sur son bras dans un geste apaisant.

— Je n'ai pas été violée. Je suis sûre que je ne l'ai pas été.

— Je voudrais les tuer tous de mes propres mains pour avoir généré un doute !

Si elle n'était pas déjà tombée amoureuse de Cal Hollister, elle aurait été foudroyée sur-le-champ.

— Merci, fit-elle.

Il semblait toujours troublé.

— Où allons-nous, maintenant ? reprit-elle, espérant le pousser à changer de sujet.

Il regarda les vieux bâtiments de pierre qui abritaient les amphithéâtres, les salles de cours et les chambres d'étudiants.

— Je ne sais pas grand-chose sur l'université Moldaire, répondit-il. C'est un établissement privé et très cher. Quand j'ai cherché où je pourrais m'inscrire pour faire mes études supérieures, Moldaire n'était pas dans mes moyens. Il ne s'agit pas d'Ivy League, mais pas loin.

— Accueille-t-elle beaucoup d'étudiants ?

— Six à huit mille. La plupart suivent des enseignements en sciences humaines, je crois.

Elle observa les lieux. De grands arbres dénudés, magnifiques avec leurs branches recouvertes de neige, se dressaient comme des sentinelles. De petits groupes d'étudiants, emmitouflés dans d'épais manteaux, se hâtaient d'un bâtiment à l'autre, baissant la tête pour se protéger des morsures du froid.

— Vois-tu quelque chose qui te semble familier ? demanda-t-il.

Il y avait en effet quelque chose, mais elle ne parvenait pas à mettre le doigt dessus.

— Tu as dit que Pietro était le chef cuisinier de l'association étudiante. Allons donc y déjeuner.

— Tu ne m'as pas répondu… Vois-tu quelque chose qui te semble familier ? Dis-moi.

— Je suis déjà venue ici, dit-elle lentement. Je ne sais pas quand ni pourquoi, mais l'endroit ne m'est pas inconnu. Et je pense que j'y suis venue récemment.

— D'accord. Et voilà pourquoi il n'est pas question de nous rendre à l'association d'étudiants. Il y aura trop de monde, trop de victimes potentielles si les choses devaient mal tourner.

— Mais…

Il secoua la tête.

— Nous allons faire le tour du campus. Te donner la possibilité de voir les lieux sous divers angles. Ça suffira peut-être à déclencher quelque chose, à réveiller ta mémoire.

— Je l'espère.

Il s'arrêta quatre fois sur le campus, très pittoresque au demeurant. Près des dortoirs, près du bâtiment des sciences humaines, près de celui de l'association étudiante. Un panneau indiquait la présence d'un restaurant à l'intérieur et le numéro de téléphone à composer pour réserver une chambre. Elle ne reconnut rien.

— Désolée…

— Pas de problème.

Il ne paraissait même pas déçu alors qu'elle se sentait au bord des larmes. La rencontre avec Pietro n'ayant rien donné, elle avait mis tous ses espoirs dans l'université. Finalement, cette visite ne leur permettait pas non plus d'avancer.

— Nous n'avons plus aucune piste…

Il sortit son téléphone portable, pressa quelques touches.

— Allons faire des courses, renouveler ta garde-robe, dit-il.

— Jamais je n'aurais imaginé qu'un homme me propose de faire les boutiques ! s'exclama-t-elle.

Il sourit.

— Que d'a priori sexistes ! Qui te dit que je n'adore pas le lèche-vitrines ?

Cette conversation était absurde, mais Cal l'avait lancée volontairement, comprit-elle. Il ne voulait pas qu'elle se décourage ou s'apitoie sur son sort. Les réponses étaient quelque part.

Ils devaient simplement les chercher au bon endroit.

# 12

La boutique nuptiale se trouvait au cœur d'un quartier commercial, entre une teinturerie et un salon de manucure. Ils se garèrent à proximité et observèrent un moment le magasin. Deux femmes, une mère et sa fille sans doute, en sortirent, portant une grande housse. Personne n'y entra.

— Nous devons nous préparer à la possibilité que les vendeuses de cette boutique aient vu ta photo, dit Cal. Si G l'a montrée à Lena et à Pietro, il y a des chances qu'il l'ait présentée à d'autres personnes : « Regardez ma belle fiancée. Donnez-moi la robe parfaite pour notre mariage. »

— Comment allons-nous nous y prendre ?

— Restons au plus près de la vérité. Notre objectif est d'obtenir des renseignements sur G et sur les autres hommes en Mercedes. Pourquoi ne pas prétendre que tu t'es mariée récemment, que ton fiancé t'avait offert cette robe pour le grand jour mais que, maintenant, tu essaies de la revendre et qu'une acheteuse potentielle exige de voir la facture originale pour accepter de payer le prix demandé ?

— Les vendeuses n'auront sans doute pas très envie de m'aider. Après tout, une robe vendue d'occasion est une robe en moins achetée dans leur boutique.

— Tu vas les convaincre, j'en suis sûr, répliqua-t-il, confiant. Allons-y, ajouta-t-il en ouvrant sa portière.

Le magasin était petit et rempli pour l'essentiel de robes longues blanches ou ivoire. Dans un coin étaient toutefois pendues des tenues plus colorées, destinées aux témoins ou aux demoiselles d'honneur.

Assise à la caisse, une femme d'un certain âge les accueillit en les observant par-dessus ses demi-lunes.

— Bonjour, monsieur, madame. Comment puis-je vous aider ?

— Je m'appelle Mary et voici mon beau-frère, Tom. Je me suis mariée dernièrement. Pour notre mariage, mon fiancé m'a fait la surprise de m'offrir cette magnifique robe, ajouta-t-elle en lui tendant le téléphone portable de Cal qui avait photographié la robe et l'étiquette. Je pense qu'il l'avait trouvée ici. Quel amour ! Je n'ai évidemment pas envie d'ennuyer mon époux, la crème des hommes, avec mon compte bancaire dans le rouge. J'ai donc eu l'idée de vendre cette robe pour gagner un peu d'argent. J'ai trouvé une acheteuse, mais elle tient à voir la facture originale. Et vous comprenez bien que je peux difficilement la demander à mon mari… Pourriez-vous m'aider ?

Son interlocutrice étudia longuement la photo. Puis elle se leva pour aller farfouiller parmi les robes. Finalement, elle se retourna.

— Je suis désolée. Je ne peux rien faire pour vous. Nous vendons bien des robes de Jenna McCoy, mais pas ce modèle particulier. Je ne crois pas que votre mari l'ait achetée ici.

Elle s'efforça de masquer sa déception.

— Navrée de vous avoir dérangée pour rien. Mais, par hasard, n'auriez-vous pas idée de la boutique où il a pu trouver cette robe ?

— Essayez Dream a Little Dream, sur Cleveland Avenue. C'est notre principal concurrent.

— Merci beaucoup !

Ils regagnèrent le 4x4.

Cal démarra et quitta le parking avant de se tourner vers elle.

— Bien joué. Tu as pris mon scénario, et tu l'as amélioré.

Elle l'avait fait sans effort, comme si elle était habituée à raconter des histoires.

— Je mens avec une telle facilité, presque par automatisme, que je me demande si ma profession ne m'y oblige pas.

Il se mit à rire.

— Tu serais donc dentiste, puisque tu mens comme un arracheur de dents !

— Ou comptable. Ou encore statisticien. Il est si facile de tordre les chiffres pour leur faire dire tout et son contraire ! Est-ce que Cleveland Avenue est loin d'ici ? reprit-elle.

— Nous y serons dans un quart d'heure.

L'élégante boutique était située près d'un carrefour animé, entre un grand bijoutier et une agence bancaire. Visiblement, le quartier était spécialisé dans le commerce haut de gamme.

Ils se garèrent et entrèrent. Beaucoup de vendeuses s'activaient auprès de leurs clientes. Ils firent mine de regarder les modèles jusqu'à ce qu'une très jeune femme sorte de la réserve et s'approche d'eux.

Elle n'avait sans doute pas vingt ans et portait une jupe très courte.

— Puis-je vous aider ?

— Je m'appelle Mary, et voici Tom, mon beau-frère, dit-elle avant de lui servir sa petite histoire.

Lorsqu'elle en arriva à son découvert bancaire, la vendeuse opina comme si elle comprenait particulièrement bien la situation.

— Je me souviens de votre fiancé, répondit-elle. Ce

n'était pas moi qui le conseillais, mais il montrait votre photo à tout le monde.

— Que c'est gênant ! s'exclama-t-elle en levant les yeux au ciel.

La vendeuse se mit à rire.

— Nous l'avons toutes trouvé adorable de vouloir vous faire une telle surprise. Mais, pour ne rien vous cacher, nous étions aussi un peu inquiètes. La plupart de nos clientes préfèrent choisir elles-mêmes la robe qu'elles porteront en ce grand jour. C'est compréhensible.

— C'était une très belle robe, s'obligea-t-elle à dire.

— L'une de mes préférées, oui. Pourtant, nous proposons plus de deux cents modèles différents. Visiblement, le mariage a été décidé sur une impulsion. Votre fiancé est tombé si follement amoureux qu'il a tenu à vous épouser au plus vite. Comme c'est romantique !

— Comment savez-vous que tout a été organisé très vite ?

— Parce que personne n'achète une robe de mariée sur cintre… Pour leurs noces, les femmes exigent en général un modèle qu'aucune autre n'a même essayé. Mais, quand nous avons expliqué à votre fiancé qu'il fallait deux semaines de délai pour confectionner une robe, il a décidé de prendre celle qui était exposée en vitrine.

— Quel amour de s'être occupé de tout ! Voilà pourquoi je me sens mal d'avoir des dettes, maintenant. Mais pensez-vous que vous pourriez retrouver la facture originale ? Je pourrais ainsi la photographier avec mon téléphone portable et la montrer à mon acheteuse.

La vendeuse se gratta la tête.

— Nous devons l'avoir gardée aux archives…

— Vous travaillez certainement à la commission, se hâta-t-elle de dire. Et, bien sûr, je vous dédommagerai pour le temps que vous me consacrez.

La liste de ce qu'elle devrait rembourser s'allongeait encore.

— Merci, répondit la vendeuse. Je vais voir ce que je peux faire.

Sans qu'elle eût besoin de le lui demander, Cal sortit un billet et le lui glissa discrètement avant de s'éloigner vers l'avant de la boutique d'où il pouvait surveiller à la fois le magasin et le parking.

En attendant le retour de la vendeuse, elle se promena entre les rayons, faisant mine de regarder les robes. Elle se pétrifia soudain à la vue d'un modèle en satin, couleur ivoire. La robe bustier était cintrée à la taille et tombait souplement sur les jambes. Elle était fabuleuse, il n'y avait pas d'autre mot.

Incapable de s'en empêcher, elle la décrocha avant de s'approcher d'un grand miroir. Plaquant la robe devant elle, elle contempla un instant son reflet.

Une vieille dame qui tricotait dans un coin leva le nez.

— Elle vous irait à ravir ! Vous seriez sublime dans cette tenue, ma chère. Ma petite-fille devrait l'essayer.

Avec un sourire, elle reporta son attention sur le miroir et s'aperçut tout à coup que Cal la regardait de loin. Gênée, elle se dépêcha d'aller remettre la robe à sa place.

Il fallut un bon moment à la vendeuse pour revenir. Finalement, elle sortit de l'arrière-boutique en brandissant une facture.

— J'ai eu du mal, mais je l'ai trouvée !

S'interdisant de trembler, elle s'en empara. Elle se rendit compte que Cal avait quitté son poste d'observation et se tenait près d'elle.

A côté du nom du client, une vendeuse avait écrit « Golya Paladis ». L'adresse indiquée était celle de l'université Moldaire. La robe avait coûté mille cinq cents dollars.

— C'est curieux…, dit la vendeuse.

— Qu'est-ce qui est curieux ?

Elle avait le tournis. Le nom de Golya Paladis signifiait-il quelque chose pour elle ?

— En général, nous demandons au client un numéro de téléphone portable et une adresse précise. Mais, comme il ne s'agissait pas d'une commande et que le client a emporté la robe telle qu'elle était, ma collègue a sans doute estimé que ces renseignements n'étaient pas indispensables.

Elle montra une petite croix dans un rond.

— Et que signifie ce signe ?

La vendeuse sourit.

— Qu'il a payé en liquide.

Elle sortit le téléphone portable de Cal.

— Puis-je ? demanda-t-elle tout en lui glissant discrètement le billet dans la main.

— Je ne vois pas pourquoi vous ne pourriez pas. C'est votre robe…

Elle prit la photo, remercia chaleureusement la vendeuse, et s'en alla avec Cal.

Une fois réinstallés dans le 4x4, ils restèrent un moment silencieux.

Puis Cal s'éclaircit la voix.

— Golya Paladis… En l'appelant G, nous n'étions pas loin de la vérité. Ce nom te dit-il quelque chose ? poursuivit-il.

— Pas pour le moment, non.

— Cherchons sur Internet si nous pouvons en apprendre un peu plus sur lui.

Il commença à pianoter sur son smartphone mais, très vite, il secoua la tête, les sourcils froncés.

— Cela ne me plaît pas.

— Quoi ? demanda-t-elle.

— Il n'y a rien. Mon moteur de recherche me met

pourtant en relation avec des sites qui ne sont pas accessibles au commun des mortels. Mais même là, ce nom ne donne rien.

— Il s'agit sans doute d'un pseudo.

— Très probablement. Mais Golya…

— Continuons à l'appeler G. Je n'ai pas envie de songer à lui comme à une véritable personne.

— Si tu veux. Donc, G a acheté la robe deux jours avant le mariage. Le même jour où, à en croire Lena, il a rencontré Pietro au restaurant sur l'autoroute pour lui commander le repas de noces. Rappelle-toi, elle a dit que Pietro était furieux parce qu'il avait très peu de temps pour préparer la réception.

— Je suis donc tombée entre les mains de G avant.

— Oui. Mais, à mon avis, pas très longtemps avant. G a manifestement agi vite. Sans doute a-t-il décidé de t'épouser sur une impulsion et a-t-il tout organisé en vitesse. Je me demande ce qui le faisait imaginer que tu resterais avec lui, une fois l'effet des drogues estompé…

— Peut-être me poursuivait-il de ses assiduités depuis un moment. Il avait une photo de moi. Je me souviens de cette photo. Je me revois assise à ce bar, au Blue Mango. Je m'amusais bien. A ce moment-là, je n'étais pas encore prisonnière de ce G, c'est certain. Mais peut-être était-il là, tapi dans l'ombre. A m'épier.

Elle ne put réprimer un frisson.

— La façon dont il s'est procuré cette photo n'a pas d'importance. L'essentiel est que, du coup, les gens se souviennent de toi et croient notre histoire, ajouta-t-il avec son optimisme habituel.

— Le verre à moitié plein ?

— Toujours. Que veux-tu faire ? ajouta-t-il en sortant du parking. Nous pouvons rentrer à la maison ou essayer le Blue Mango. A toi de décider.

Elle était épuisée. Comme Cal l'avait suggéré, ses ravisseurs lui avaient certainement administré des drogues et elle en ressentait toujours les effets. De plus, la journée avait été riche en rebondissements, et surtout en déceptions, à commencer par la visite chez Pietro — sans parler du périple jusqu'à Moldaire qui l'avait déstabilisée. Et maintenant, une fois de plus, alors qu'elle croyait avoir découvert le nom de l'un des hommes en Mercedes, elle comprenait qu'il n'existait pas vraiment. Encore une fausse piste, encore une impasse.

Quoi qu'il en soit, elle ne pouvait pas s'avouer battue. Elle devait continuer.

— Allons au Blue Mango.

Il leur fallut trois quarts d'heure pour se rendre sur place. Le bar-restaurant se trouvait au cœur d'un quartier de Kansas City très ancien, rénové depuis une vingtaine d'années. Le Blue Mango occupait le rez-de-chaussée d'un petit immeuble en brique.

L'établissement semblait fermé et le parking était quasiment vide.

Elle consulta sa montre. Il était 16 heures.

— Sur leur site Internet, ils précisent qu'ils sont ouverts pour le déjeuner et le dîner, mais sans doute ferment-ils entre les deux.

— Il y a un message sur la porte, remarqua Cal. Attends, je vais voir ce qu'il dit.

Il joignit le geste à la parole et revint rapidement.

— C'est un mot d'excuse, écrit à la main, expliquant que le Blue Mango est exceptionnellement fermé aujourd'hui mais qu'il rouvrira demain aux heures habituelles.

Elle se frotta les tempes.

— Penses-tu que cette fermeture inopinée soit liée à moi ?

— Je n'en sais rien. L'endroit a l'air plutôt chic. Pas du genre à laisser un mot manuscrit.

— Je vais leur téléphoner, décida-t-elle. Je n'ai pas l'impression qu'il y ait grand monde à l'intérieur, mais peut-être les appels sont-ils transférés sur le portable de quelqu'un. Peut-être apprendrons-nous quelque chose.

Elle avait besoin de continuer à creuser.

Il lui tendit son téléphone. Elle retrouva le site web et composa le numéro. Il sonna longtemps dans le vide et elle finit par raccrocher.

— Et maintenant, qu'est-ce qu'on fait ? demanda-t-elle.

— Rentrons à la maison, dit-il en démarrant.

Ils roulaient depuis un moment quand il se tourna vers elle.

— Je dois m'arrêter pour prendre de l'essence. Tu devrais te cacher de nouveau quand je serai à la station-service. On ne sait jamais, ils ont peut-être des complices partout. Dès que j'aurai fait le plein, j'irai à la supérette pour prendre du pain, du lait et des œufs. Le strict nécessaire.

Elle entendit ce qu'il ne disait pas. Il y avait sans doute bon nombre d'épiceries et de supérettes dans les villages le long de la voie express, et il ne voulait pas prendre de risques au cas où les hommes en Mercedes auraient demandé aux gérants, caissiers ou employés de ces commerces de les prévenir s'ils la voyaient.

— Je vais me teindre les cheveux en blond. Et les couper.

Il secoua la tête.

— Pas encore, répondit-il d'un air amusé. J'aime beaucoup tes cheveux. On dirait de la soie.

Elle se sentit rougir sous le compliment. Gênée, elle se hâta de s'allonger entre les deux banquettes pour que personne ne puisse la voir de l'extérieur.

Elle l'entendit ralentir, tourner. Sans doute s'engageait-il dans la station-service.

— Alors ? Qu'est-ce que ça donne ? demanda-t-elle.

— Rien d'inhabituel.

Il s'arrêta, coupa le contact et descendit de voiture. Elle l'entendit remplir le réservoir d'essence. Encore des frais engagés qu'elle devrait lui rembourser.

En tenant compte du barème kilométrique déductible disponible sur Internet.

Oubliant qu'elle devait rester cachée, elle se redressa brusquement. Elle se souvenait d'avoir eu récemment une discussion à propos de ce barème. Elle se voyait assise dans un grand bureau, un ordinateur portable devant elle. Elle montrait du doigt l'écran à quelqu'un.

« Sers-toi de ce tableau, disait-elle. Il est en ligne. »

Qui était ce quelqu'un ?

Elle entendit la portière s'ouvrir et Cal s'installa au volant. Il posa un sac de courses sur la banquette arrière.

— Tout va bien ? demanda-t-il en démarrant.

Elle attendit qu'il lui dise qu'elle pouvait se rasseoir à sa place sans risque pour tout lui raconter. Lorsqu'elle eut terminé, elle ajouta :

— Tu plaisantais, tout à l'heure, mais peut-être suis-je vraiment comptable.

— Voilà qui est pratique lorsqu'il s'agit de faire sa déclaration d'impôts, répondit-il d'un ton léger. Parle-moi de la chaise sur laquelle tu étais assise.

La chaise ? Quel était l'intérêt de lui décrire la chaise ? Elle se rendit compte qu'il voulait les détails pour l'aider à se souvenir.

— En bois blond, dit-elle. Avec des accoudoirs.

— Que portais-tu ? Comment étais-tu habillée ?

Elle était habillée exactement comme dans une autre vision qu'elle avait eue quelques jours plus tôt. Une vision dont elle ne lui avait pas parlé parce qu'elle ne pensait pas prudent de le faire, alors. Mais, maintenant, elle ne voulait pas qu'il croie qu'elle lui cachait des choses.

— Une chemise bleue, un pantalon bleu, pas un jean. Des vêtements plutôt moches, en fait. Des tennis aux pieds. J'avais les cheveux attachés en queue-de-cheval. Je n'ai pas l'habitude de me coiffer comme ça, j'en suis sûre.

— Quelque chose d'autre concernant ton apparence ?

— Non. Mais, près de l'ordinateur portable, je vois un cordon accroché à un badge. Tu vois le genre… une petite carte magnétique qui ouvre et ferme les portes.

— C'est ton badge ?

Elle secoua la tête.

— Je n'en sais rien. Peut-être appartient-il à la personne à qui je parle.

— As-tu une idée de l'identité de cette personne ? D'ailleurs, s'agit-il d'un homme ? D'une femme ?

Une fois de plus, elle secoua la tête.

— Ça va te paraître bizarre, mais penser à cette personne me rend infiniment triste. Je ne sais même pas qui c'est. Comment puis-je être triste ?

— Tu connais cette personne, même si tu ne t'en souviens pas pour le moment. Et les émotions qui te relient à elle sont là. Tu es sûre qu'il s'agit de tristesse ? Ce n'est pas plutôt de la colère ? De la déception ?

— De la tristesse. Et peut-être aussi de la colère. Ça semble pourtant antinomique.

— Parle-moi de l'ordinateur.

Elle ferma les yeux.

— L'écran me semble grand.

— Que vois-tu sur cet écran ?

— Je ne sais pas, je ne vois pas. Je montre quelque chose. Je dis à quelqu'un que le modèle est en ligne. Ça concerne le barème kilométrique.

Ils restèrent silencieux un moment.

— Qu'est-ce que ça signifie, à ton avis ? finit-elle par demander.

— Que ta mémoire revient. C'est juste une question de temps.

— C'est difficile d'être patiente alors que je suis inquiète, angoissée. J'ai l'impression qu'il y a urgence.

Stormy avait sans doute raison. Il y avait urgence. Chaque heure qui passait donnait plus de possibilité aux hommes en Mercedes de trouver l'adresse de Ravesville. Cal se demanda s'il devait la conduire ailleurs, l'emmener loin, dans un endroit où il n'aurait pas à s'inquiéter que quelqu'un la voie et la reconnaisse s'ils s'arrêtaient dans une station-service ou à une supérette.

L'idée était tentante, mais peut-être serait-elle contre-productive. Sa mémoire revenait, et il était impossible de dire quelle image allait débloquer la situation, l'aider à sortir de l'impasse. Il sentait que l'éloigner compliquerait le retour de ses souvenirs, les compromettrait.

Il se demanda comment elle réagirait s'il lui proposait de prendre le large. Elle refuserait, il le savait bien. Elle voudrait affronter les problèmes, et non les fuir. Depuis la première nuit à l'hôtel, quand elle était passée devant lui, cachant un flacon de shampooing au creux de ses mains, prête à s'en servir pour se défendre s'il le fallait, elle lui avait montré à quel point elle était solide.

Elle s'était accrochée à un van au milieu d'une tempête de neige sans manteau, sans chaussures, à moitié assommée par des drogues. C'était une battante.

Il l'avait entendue soupirer : « Pourquoi moi ? » Bien sûr, elle exprimait sa frustration d'être incapable de se souvenir, mais elle n'était pas du genre à pleurnicher sur son sort. Elle gérait la situation avec une force de caractère peu commune.

La nuit était tombée, lorsqu'il s'engagea dans l'allée mais, avec le clair de lune, l'obscurité n'était pas totale. Rien ne semblait avoir changé. Il ne vit aucune trace dans la neige. Personne n'était venu en leur absence.

Il entra dans le garage et ils descendirent de voiture. Par précaution, il prit son arme d'une main, le sac des courses de l'autre.

Ils refermaient la porte derrière eux quand ils entendirent arriver un véhicule.

# 13

— Monte à l'étage, ordonna aussitôt Cal à Stormy. Pas dans ta chambre. Va dans celle à droite de l'escalier. Le placard y est plus profond que dans les autres. Cache-toi au fond et n'en sors sous aucun prétexte, quoi que tu entendes.

Ce n'était pas le moment de discuter. La voiture approchait, s'arrêtait dans la cour.

Elle montait l'escalier quand elle songea qu'il ne serait pas juste de laisser Cal affronter seul la situation ; il s'exposait au danger à cause d'elle. Déchirée, elle se retourna à moitié, jetant un coup d'œil par-dessus son épaule.

Il la regardait. Il voulait s'assurer qu'elle était en sécurité avant d'ouvrir la porte.

Elle n'avait pas envie de lui compliquer la tâche, mais il n'était pas question non plus qu'elle aille se cacher comme une enfant terrifiée. Elle entra néanmoins dans la chambre qui sentait la peinture fraîche et en referma la porte alors que, dehors, une portière claquait.

La fenêtre, qui donnait de l'autre côté de la maison, ne lui permit pas de voir la voiture de leurs visiteurs.

Les hommes en Mercedes faisant toujours tout par deux — ils se déplaçaient à deux véhicules, étaient deux dans chacun —, elle attendit qu'une autre portière claque.

Mais il n'y en eut pas d'autre.

Quelqu'un frappa à la porte d'entrée et Cal alla ouvrir.

Sans bruit, elle ressortit de la chambre et s'avança vers l'escalier sur la pointe des pieds.

Tapie contre le mur, elle pourrait entendre sans être vue, se dit-elle. Bien sûr, si leur visiteur montait à l'étage, elle serait en mauvaise posture. Elle n'aurait pas la possibilité de courir se réfugier dans le placard sans être repérée.

Au rez-de-chaussée, une femme s'éclaircit la voix.

— Bonsoir. Je… Euh… Je cherche Chase.

— Il n'est pas là, répondit Cal.

Il s'exprimait poliment, mais pas amicalement.

— Où est-il ? demanda la visiteuse.

Il y eut un silence.

— Qui le demande ? répliqua Cal.

Elle risqua un œil par-dessus la rambarde. De là où elle se trouvait, elle pouvait voir la femme qui se tenait sur le seuil. Grande, svelte, dotée d'une magnifique chevelure rousse, elle lui parut très belle.

— Oh ! mon Dieu ! s'exclama-t-elle soudain. Mais tu es Calvin ! Je ne te reconnaissais pas. Voilà dix ans que je ne t'avais pas vu…

— Trish ? dit-il d'une voix plus chaleureuse. Trish Wright ?

— Wright-Roper, rectifia-t-elle. Que fais-tu ici ?

Cal recula pour laisser la dénommée Trish entrer et referma la porte derrière elle, empêchant le froid de s'engouffrer à l'intérieur.

Elle ignorait qui était cette Trish Wright-Roper, mais elle comprit que Cal ne la considérait pas comme une menace. Aussi respira-t-elle un peu mieux.

— Je viens de quitter l'armée, répondit-il. Et j'ai eu envie de revenir à la maison pour fêter Thanksgiving avec mes frères. Comment va ta sœur ?

— Summer va bien. Elle a divorcé dernièrement,

mais elle a deux enfants fantastiques que je gâte au-delà du raisonnable.

— Es-tu mariée ?

— Veuve, dit-elle doucement. Ecoute, je ne veux pas que tu me prennes pour une folle, d'autant que nous ne nous sommes pas vus depuis longtemps, mais Summer et moi dirigeons le Wright Here Wright Now Café, le restaurant de Ravesville. Bref, tout à l'heure, des hommes sont venus en nous demandant de leur indiquer comment se rendre chez les Hollister.

Voilà qui était inquiétant.

— Ils ne nous ont pas fait bonne impression, poursuivit-elle. Ni à Summer ni à moi. Ils nous ont raconté qu'ils cherchaient leur cousine qu'ils ont décrite comme une jolie brune. Ce portrait ne correspondait pas à Raney, mais ça nous a paru bizarre, pour ne pas dire louche. Il se trouve que nous avons fait la connaissance de Raney, et nous n'aimerions pas qu'il lui arrive quoi que ce soit. Alors je leur ai donné les explications demandées, mais en leur faisant faire un détour. Dès qu'ils sont partis, j'ai essayé d'appeler ici mais ça ne répondait pas. Comme je n'avais pas le numéro de portable de Chase, j'ai sauté dans la voiture pour venir l'avertir. Tu as un bon quart d'heure devant toi avant qu'ils arrivent.

— Combien étaient-ils ? demanda Cal.

— Deux. J'ai vu deux hommes.

— D'accord. Merci beaucoup, Trish. En me prévenant du danger, tu me rends un grand service. Mais tu dois partir, maintenant.

— Veux-tu que j'aille trouver la police ? Bien sûr, mon ex-beau-frère est de service et il ne sera sans doute pas très utile, mais…

— Non, merci, ça ne servirait à rien. Tu as raison, ces deux types ne sont pas des amis. Mais, justement,

Summer et toi devez vous montrer très prudentes vis-à-vis d'eux. Ne faites rien qui leur donne une raison de croire que vous êtes de notre côté.

La porte se rouvrit, l'air froid entra de nouveau.

— Bon, je file. Mais fais attention à toi, Cal. Les hommes comme toi et comme mon Rafe pensent être capables d'affronter toutes les situations. Mais certaines vous dépassent, ajouta-t-elle d'une voix brisée par l'émotion.

— Ne t'inquiète pas, répondit Cal. Je vais agir en conséquence. Je passerai bientôt prendre un petit déjeuner chez vous. Sois prudente sur la route, il fait nuit noire, maintenant.

— Ça m'a fait plaisir de te revoir, Cal.

— A moi aussi, Trish. Et merci encore, ajouta-t-il en refermant la porte.

Elle se demandait comment réintégrer discrètement le placard quand elle entendit Cal dans l'escalier.

— Tu peux te montrer, maintenant, dit-il.

Il n'avait pas l'air furieux qu'elle lui ait désobéi ; il paraissait plutôt résigné.

— Comment savais-tu que j'étais là ?

— J'ai l'ouïe fine. J'ai entendu la porte grincer pendant que j'ouvrais à Trish. Il n'était pas difficile d'en déduire ce que tu faisais. Bref, si je comprends bien, tu as tout entendu ?

— Oui. Qui est cette femme ?

— Trish Wright ou plutôt Wright-Roper. Pendant des années, mon frère Bray est sorti avec sa sœur, Summer. Nous pensions tous qu'ils finiraient par se marier. Mais non. Bray s'est enrôlé dans les marines, et Summer a épousé quelqu'un d'autre. Quoi qu'il en soit, il est heureux que les deux sœurs se sentent toujours liées aux Hollister. Il ne nous reste que dix minutes, ajouta-t-il en consultant sa montre. Cette fois, je tiens à ce que tu ailles te cacher et que tu ne quittes pas ce placard. Sous aucun prétexte. D'accord ?

— Expose-moi d'abord ton plan, répondit-elle sans s'engager.

— Je n'en ai pas. Je vais tenter d'obtenir plus de renseignements d'eux qu'ils n'en obtiendront de moi et, surtout, j'ai l'intention de te protéger. Pour le reste, je verrai. Je m'adapterai. Mais je ne peux pas me focaliser sur eux si je dois penser à ce que tu fabriques, ajouta-t-il.

— Très bien. Je resterai au fond du placard, bien cachée sous des vêtements. Promis, dit-elle en se dirigeant vers la chambre de Bray.

— Stormy !

Elle s'immobilisa.

— Oui.

Il posa la main sur son épaule, et la fit se tourner vers lui pour l'embrasser avec fougue. Toutes ses émotions furent concentrées dans cet instant brûlant.

Puis il recula.

— Nous n'en avons pas fini, tous les deux, marmonna-t-il.

Quand les hommes annoncés par Trish arrivèrent dans la cour, Cal était sous le porche, se balançant sur le vieux hamac en taillant un bout de bois. Il avait allumé les lumières extérieures pour qu'ils le voient bien, et portait une ancienne veste militaire en treillis qu'il avait rapidement sortie de son sac. Elle avait connu des jours meilleurs, mais il y était attaché ; il n'avait jamais pu s'en séparer.

Une Mercedes, deux types à l'intérieur. Ils avaient sans doute laissé leurs acolytes en bas de la colline.

Les deux hommes descendirent de voiture. Ils n'exhibaient

aucune arme, mais Cal était certain qu'ils avaient un véritable arsenal à portée de main.

— Bonsoir, dit celui qui avait été au volant.

Cal le reconnut. C'était lui qui avait discuté avec le réceptionniste de l'hôtel. Il s'agissait de G, il en avait l'intuition. Son compagnon était le gars à la jambe raide, celui qu'il avait surnommé Patte folle.

— Bonsoir, répondit-il d'un ton détendu en continuant à tailler son bâton.

Des copeaux tombaient sous lui et se mêlaient à la neige.

— Il fait froid pour être dehors, remarqua G.

— Je surveille, répliqua Cal.

Les deux hommes échangèrent un regard perplexe.

— Vous surveillez quoi ? s'enquit Patte folle.

Cal leva le nez, dardant les yeux sur eux.

— Les fumiers qui se cachent dans les bois. Il n'est pas question qu'ils envahissent les lieux. Je préfère tout faire sauter plutôt que de leur laisser la maison ! Qu'ils viennent jusqu'ici, s'ils l'osent ! Je les attends de pied ferme, ajouta-t-il en brandissant son couteau.

— Vous étiez dans l'armée, dit G en considérant la veste de treillis.

Cal opina.

— Je viens de rentrer. J'ai dû affronter une tempête de neige pour arriver jusqu'ici. J'ai dit à tous ceux que j'ai croisés en route de se préparer, qu'ils n'allaient plus tarder. C'est la guerre.

Les deux hommes se consultèrent de nouveau du coin de l'œil. Cal n'était pas certain qu'ils se souvenaient de l'avoir vu près du distributeur automatique, l'autre soir. Ils lui avaient à peine fait l'aumône d'un regard, cette nuit-là. Mais, maintenant, ils le prenaient sûrement pour un pauvre type inoffensif.

— Nous avons des ennuis avec notre voiture, expliqua

G. C'est un miracle que nous ayons pu rouler jusqu'ici. Pouvons-nous utiliser votre téléphone pour appeler un garagiste ?

— Bien sûr, fit Cal en se levant. Vous êtes du coin ?

— Non, nous ne faisons que passer, répondit Patte folle.

Cal les fit entrer et désigna du doigt le téléphone de la cuisine. Tout en traversant la maison, ils promenèrent les yeux partout.

— Vous avez une grande maison, pour un homme seul, remarqua Patte folle pendant que son compère se dirigeait vers le téléphone.

— Mon frère vit ici aussi, dit Cal. L'autre soir, il a eu peur de la tempête. Il chialait comme un bébé. J'ai dû m'arrêter dans un hôtel à cause de lui.

Il se doutait que le réceptionniste leur avait dit que deux frères avaient occupé la chambre 14.

— Mais là, il est descendu au village acheter de la bière.

— Je vois. Nous sommes dans la région parce que nous cherchons notre cousine. Elle s'est sauvée.

— Dans le temps, j'ai souvent fugué, moi aussi, fit Cal en riant.

— Ce n'est pas une bonne chose, répliqua Patte folle. Elle est jeune, inconsciente. Elle est brune, très jolie, ajouta-t-il avec amertume.

— Alors, elle a intérêt à faire attention, dit Cal tandis que G les rejoignait. Ils sont dangereux et ils voient dans le noir, comme des chats.

Comme les deux hommes se dirigeaient vers la porte, il reprit :

— Si vous voulez, vous pouvez rester ici en attendant la dépanneuse.

— Non, ça ira, nous partons, répondit G.

— Vous avez des allumettes ?

— Des allumettes ? Pour quoi faire ?

— Pour allumer un feu. Ces salauds n'aiment pas les feux.

— Bien sûr, dit G en riant. Tenez. Allez, bonne soirée.

Ils regagnèrent leur voiture et partirent.

Cal se réinstalla sur le hamac et se remit à tailler son bout de bois. Il ne bougea pas pendant un petit moment. Quand il fut certain que les Mercedes ne reviendraient pas, il se leva, rentra dans la maison et ferma la porte à clé derrière lui. Il retira son manteau et le jeta sur le canapé du salon.

« Nous n'en avons pas fini, tous les deux », avait-il dit à Stormy.

Tout en montant l'escalier, il appela :

— Stormy ?

Elle ne répondit pas.

Il entra dans la chambre, se dirigea vers le placard et retira à la hâte les vêtements qui l'encombraient. Puis il lui tendit les mains pour l'extirper du petit réduit. Dès qu'elle en fut sortie, elle noua ses bras autour de son cou, ses jambes autour de sa taille, et l'embrassa avec passion.

Il aurait pu l'embrasser toute la soirée mais, trop vite, elle dénoua ses jambes et se laissa glisser le long de son corps. Il était en érection, et était certain qu'elle l'avait remarqué.

— J'ai eu très peur, dit-elle, les mains sur son torse. J'ai cru que tu allais les tuer.

— Je l'aurais fait si cela avait été nécessaire, mais les deux autres seraient très vite montés pour voir pourquoi leurs comparses ne revenaient pas. Il m'aurait fallu les éliminer aussi. Et, même si je serais ravi de leur faire la peau pour le mal qu'ils t'ont fait, les tuer maintenant ne serait pas très malin. Ils te connaissent. Plus nous en apprendrons sur eux, plus nous en apprendrons sans doute sur toi.

— Je te remercie d'avoir maîtrisé tes pulsions meurtrières, dit-elle, mi-sérieuse, mi-amusée.

Il tentait surtout de maîtriser ses pulsions sensuelles, de s'interdire de lui arracher ses vêtements et de la plaquer contre le mur comme il en mourait d'envie.

Il haussa les épaules.

— Peut-être vont-ils renoncer.

Elle secoua la tête.

— Tu n'y crois pas, n'est-ce pas ?

— Non. J'ai essayé de gagner du temps, mais ils reviendront ou nous tomberons sur eux un jour ou l'autre, j'en suis certain.

— Mais ils ne vont pas revenir tout de suite…

Elle s'exprimait d'un ton suggestif et il sentit l'espoir soulever sa poitrine. Il préférait néanmoins ne pas risquer d'avoir mal compris. Peut-être prenait-il ses désirs pour des réalités…

— Je veux être clair, dit-il d'une voix rauque d'émotion. J'ai envie de faire l'amour avec toi, Stormy. Mais, si tu n'en as pas envie, toi, il faut le dire. Tout de suite.

Elle l'attira à elle et l'embrassa. Leurs langues entamèrent aussitôt une danse sensuelle. Lorsqu'il s'écarta d'elle pour recouvrer son souffle, elle lui murmura à l'oreille :

— Ne t'arrête pas, je t'en prie. Continue.

— Là, maintenant, par terre ?

— Bien sûr !

Avec un éclat de rire, elle s'accrocha à lui et noua une fois de plus ses longues jambes fuselées autour de sa taille.

Il la porta jusqu'à son ancienne chambre, l'allongea doucement sur le matelas et se laissa tomber à côté d'elle.

Il ne leur fallut pas longtemps pour se retrouver nus. Et pour ne faire qu'un.

C'était… fabuleux, explosif. La voir prendre tant de plaisir le bouleversait.

— Voilà qui me plaît, murmura-t-il à son oreille.

Il continua à aller et venir entre ses cuisses jusqu'au moment où la jouissance le foudroya à son tour et où il s'effondra sur elle avec un cri rauque.

— Voilà qui me plaît, dit-elle d'un ton léger.

Elle caressa son dos luisant de sueur.

Il lui sourit, le nez dans ses cheveux. Après un instant, il se souleva.

— Ça a été un peu rapide, non ?

— Ça a été fantastique, magique ! Et merci d'avoir pensé à nous protéger.

Il se retira d'elle et roula sur le côté. Il posa une main sur sa hanche et, tout en la caressant tendrement, expliqua :

— Je veux que tu comprennes quelque chose. Je suis jeune, célibataire, alors j'ai toujours des préservatifs sur moi. Mais sois sûre que je ne…

Il s'interrompit et secoua la tête.

— Je ne saute pas sur tout ce qui bouge. En réalité, je n'ai pas connu beaucoup de femmes.

Elle eut envie d'éclater de rire mais se l'interdit. Il était si sérieux…

— Je comprends, Cal. Moi non plus, je n'ai pas connu beaucoup d'hommes. En tout cas, je ne le crois pas.

Ils restèrent un long moment tendrement enlacés puis elle le regarda dans les yeux. Il était temps de lui parler de ce qui s'était passé pendant qu'elle était dans le placard.

— Je me suis rappelé quelque chose…

Il redressa la tête.

— Entendre leurs voix a déclenché une ribambelle de

souvenirs, poursuivit-elle. J'ai reconnu celui qui a dit que c'était une grande maison pour un homme seul.

— C'était Patte folle, celui qui a une jambe raide.

— Je comprends mieux. Rappelle-toi, je t'ai parlé d'un fantôme, et j'avais peur de lui. C'était lui.

Il s'appuya sur son avant-bras.

— Comment le sais-tu ?

— C'est lui qui m'a droguée en me piquant le bras. J'ai vu la robe de mariée accrochée dans un coin de la chambre et il s'est approché, une seringue à la main, pour m'injecter quelque chose. Quand j'ai repris connaissance, j'étais habillée en mariée et je souffrais d'un épouvantable mal de tête. Je n'avais pas conscience de porter un voile avant de me lever. J'ai alors voulu l'arracher, et il m'a giflée avec violence.

— J'aurais dû le tuer, dit Cal.

Elle lui tapota le bras.

— Voilà qui me plaît.

Il lui sourit d'un air coquin.

Elle poursuivit.

— Quoi qu'il en soit, il m'a ensuite traînée le long d'un couloir. J'ai tenté de résister, mais ils m'avaient mis des chaussures ridicules avec des talons aiguilles et je n'arrivais pas à marcher. A ce moment-là, j'ai remarqué qu'il se déplaçait avec difficulté. Je…

Elle ferma les yeux.

— Je l'ai pris pour un fantôme, mais ce n'était qu'un pauvre type qui s'était recouvert d'un drap dans lequel il avait découpé des trous pour les yeux et la bouche. Il ne voulait pas que je voie son visage.

Il n'y avait qu'une raison qui expliquait ce comportement : ils n'avaient pas eu l'intention de la tuer. La droguer, la garder prisonnière, oui. Mais ils ne souhaitaient pas la tuer parce que l'un d'eux voulait l'épouser.

Comment croyaient-ils qu'elle réagirait lorsqu'ils cesseraient de la droguer ? Imaginaient-ils qu'elle serait heureuse d'avoir été mariée de force ?

Ils devaient bien se douter qu'elle s'enfuirait à la première occasion.

A moins qu'elle n'ait pas la possibilité de s'enfuir…

Où avaient-ils prévu de l'emmener ? Et pourquoi ?

Il y avait tant de questions ! Cependant, il était soulagé d'avoir une preuve tangible qu'ils n'avaient pas cherché à la tuer. Ce désir de la garder en vie la sauverait peut-être si ces types la retrouvaient.

Cela dit, il n'avait pas l'intention de les laisser remettre la main sur elle.

Et, s'il se mettait sur leur route, ces deux types n'hésiteraient pas à le descendre, il en était certain.

— Ecoute, dit-il. Je vais te donner les numéros de téléphone de mes frères. Tu dois les mémoriser. Si quelque chose m'arrivait, contacte-les. Brayden Hollister travaille à la Brigade des stupéfiants et il sait se servir d'une arme comme personne. Il vit à New York. Et Chase Hollister est inspecteur de police à St. Louis. Aux homicides.

Elle posa la main sur son bras.

— Ne t'inquiète pas. Il ne nous arrivera rien, nous nous en sortirons.

Elle était si belle !

C'était d'ailleurs ce que G avait dit d'elle. Aussi bien à lui qu'au réceptionniste de l'hôtel. D'instinct, Cal devina que non seulement ce G avait acheté la robe de mariée, mais que c'était également lui qui voulait épouser Stormy. Quand il avait parlé d'elle, il était la proie d'une profonde émotion. Pas de l'amour, non. Plutôt de l'obsession. A laquelle s'ajoutait maintenant une bonne dose de colère.

Une combinaison dangereuse.

— Peut-être est-il temps d'aller trouver la police, reprit-il. Ta mémoire revient. Tu en as assez pour leur parler.

Elle secoua la tête.

— Je ne peux pas faire confiance à la police.

— Pourquoi ?

— Je n'en sais rien. Mais, au fond de mon cœur, je le sais.

Il pourrait appeler Chase. Son frère saurait si des renseignements circulaient dans la police à propos de Stormy.

Seulement Chase était très occupé, en ce moment. La femme qu'il aimait témoignait au procès d'un tueur en série. Cal refusait de lui demander de mettre ses intérêts sous le boisseau pour se consacrer aux siens. Ce ne serait pas juste.

Les hommes en Mercedes ne reviendraient pas avant un jour ou deux. Il allait donner à Stormy quarante-huit heures avant de faire quelque chose.

— Il est temps que je me lève ! s'exclama-t-elle. Il est près de 8 heures. Tu dois avoir faim.

— Je meurs de faim, dit-il en se penchant vers elle pour l'embrasser avec passion.

# 14

Cal était indéniablement doué de sa bouche, songea-t-elle tout en cassant des œufs dans un saladier.

Elle préparait une omelette aux herbes pour un dîner tardif.

Ils avaient passé une journée incroyable, pleine de rebondissements, et il semblait logique qu'elle se soit terminée dans le lit de Cal.

Elle se sentait à la fois alanguie, comblée et détendue.

Il arriva par-derrière et lui bécota le cou. Il sentait le savon. Lui enlaçant la taille, il la tourna vers lui pour l'embrasser à pleine bouche.

Après un délicieux moment, elle se détacha de lui.

— L'omelette va brûler…, dit-elle.

— Je m'en moque.

— J'ai réfléchi, et je pense que nous devrions retourner chez Pietro, poursuivit-elle. Il n'avait vraiment pas l'air content de me voir. Ça signifie certainement quelque chose.

— C'est vrai. Sa réaction était bizarre.

Elle fit glisser son omelette sur un plat et tous deux se mirent à table.

— Délicieux ! s'exclama-t-il une minute plus tard.

Si elle lui avait servi de la nourriture pour chiens, il aurait également apprécié, elle en était certaine.

Ils mangèrent en silence. Lorsqu'ils eurent terminé, elle se tourna vers lui.

— Cal, il faut que je te dise quelque chose…

— D'accord.

— Ne me demande plus jamais de me cacher dans un placard ! Je ne le supporterais pas. De plus, j'ai besoin de me rendre utile.

Il riva son regard au sien.

— Je comprends très bien, vraiment. Mais je refuse de t'exposer au danger. Je ne supporterais pas, moi, qu'il t'arrive quelque chose.

— Je ressens la même chose pour toi.

Il parut y réfléchir. Une ombre passa dans son regard qui s'assombrit.

— Je suis désolé, dit-il. Je crois que j'ai commis une erreur.

Elle avait voulu qu'il comprenne, pas qu'il se fasse des reproches.

— Mais je ne te…

— Je dois, moi aussi, te dire quelque chose, l'interrompit-il.

A son ton, elle comprit que, maintenant, c'était à elle d'être forte pour lui.

— Je t'écoute…

— Je t'ai dit que mon beau-père n'avait pas été un type très sympa. C'était un euphémisme. Cet homme était un sadique, un salaud de la pire espèce.

Elle resta silencieuse ; elle l'avait deviné.

— Je n'ai pas toujours été comme je suis, reprit-il.

Cela la fit sourire.

— J'imagine en effet que tu n'étais pas aussi grand et baraqué à ta naissance.

Il secoua la tête.

— Je n'ai vraiment commencé ma croissance qu'à

l'université. Quand j'étais au collège et même au lycée, j'étais petit et maigre.

Où voulait-il en venir ?

— Chase avait trois ans de plus que moi, et il était bien plus fort que moi. Malgré cela, il n'était pas de taille à affronter Brick. Mon beau-père le frappait. Il le rouait de coups de ceinture.

Elle sentit son cœur se serrer en songeant au petit Cal, témoin impuissant de cette violence.

— Mais il ne levait jamais la main sur moi, poursuivit-il.

— Tant mieux.

— Sais-tu pourquoi ? demanda-t-il d'une voix dure. Sais-tu pourquoi il ne me touchait pas ?

Elle n'était pas certaine de vouloir le savoir mais comprit qu'il avait besoin de le lui dire.

— Pourquoi ? dit-elle doucement.

— Parce que Chase avait passé un marché avec lui. Brick pouvait le battre comme plâtre, autant qu'il lui plaisait. Chase se laisserait faire. Il ne se défendrait pas, ne rendrait pas les coups. En échange, Brick s'engageait à ne pas s'en prendre à moi.

*Seigneur !*

— Ton frère devait t'aimer énormément pour avoir passé ce marché, répondit-elle finalement.

— Sais-tu comment je l'ai découvert ? lança-t-il, ignorant le commentaire. Brick me l'a dit. Il était venu avec ma mère assister à ma remise de diplôme à l'université — l'université que Chase avait payée en exerçant trois métiers en même temps. Et, comme cadeau de fin d'études, Brick Doogan m'a balancé la vérité.

— Pourquoi a-t-il fait ça ?

— Je pense qu'il se doutait que ça nous séparerait, Chase et moi. Et rien ne pouvait le rendre plus heureux.

— Et ça vous a séparés ?

— J'étais tellement en colère contre Chase, tellement en colère contre moi de ne pas avoir été plus intelligent, de ne pas avoir compris ce qui se tramait… De n'avoir pas interprété les indices que j'avais sous les yeux. Tout ça parce que j'avais peur !

— Tu n'étais qu'un gosse.

Il resta silencieux un moment.

— Quand je t'ai demandé de te cacher dans le placard, je faisais ce que Chase faisait autrefois avec moi. Je te protégeais comme il me protégeait alors. Pour une bonne raison peut-être, mais c'était une erreur.

— Je ne suis pas en colère contre toi, dit-elle.

— Moi, je l'ai été. Quand Brick m'a appris le marché qu'il avait passé avec Chase, je ne pouvais plus supporter de me regarder en face. Le message à lire entre les lignes était clair : « Tu n'es pas capable de te défendre tout seul, alors je le fais pour toi. Peu importe le prix à payer pour moi. » Imagines-tu comment je me suis senti alors ?

Castré, impuissant.

— Qu'as-tu dit à Chase ?

— Rien. Je ne le pouvais pas. Dès que j'ai pu, je me suis enrôlé dans les marines et j'ai quitté la maison. Chase en a été bouleversé, ce n'est rien de le dire. Je venais de décrocher mon diplôme d'ingénieur, je n'avais jamais parlé d'aller à l'armée. Et, tout à coup, je partais suivre une formation militaire, je m'engageais.

— Pourquoi as-tu fait ça ?

— Je le devais. Je devais me prouver que je n'avais besoin de personne pour mener mes propres combats. J'étais déterminé à devenir le meilleur, le plus fort. Plus personne n'aurait besoin de veiller sur moi, de se sacrifier pour moi. Plus jamais. Dès que j'ai eu la possibilité d'intégrer les Forces spéciales, je n'ai pas hésité.

Elle resta silencieuse, digérant tout ce qu'il venait de dire.

— Et tu n'en as jamais parlé à Chase…

— Non. Je ne lui ai plus parlé de rien. Ecoute, je ne suis pas particulièrement fier de mon attitude, mais j'avais vingt-deux ans, et j'étais furieux contre lui. Pourtant, je l'aimais et je savais que je lui devais beaucoup. J'éprouvais toutes sortes d'émotions contradictoires que je ne parvenais pas à gérer, alors j'ai préféré m'éloigner. Ces dernières années, Chase et moi avons échangé quelques banalités mais nous n'avons jamais parlé. Voilà pourquoi j'ai eu envie de revenir à la maison pour fêter Thanksgiving avec lui. Il est temps de crever l'abcès, de mettre les choses à plat. Le temps a passé…

A présent, elle comprenait mieux les multiples émotions qu'elle sentait dans sa voix chaque fois qu'il parlait de son frère.

— Ce sera un vrai échange, cette fois, dit-elle. Et je suis sûre que tu sauras gérer ça à la perfection.

— Nous verrons…, fit-il en haussant les épaules. Il a besoin de comprendre que je ne suis plus en colère. Je sais pourquoi il a fait ce qu'il a fait.

Il la regarda en face.

— Et, à l'avenir, je m'efforcerai de ne plus jamais te demander de te cacher dans le placard.

— Merci, fit-elle avec douceur. Et merci de m'avoir raconté cette histoire avec ton beau-père et Chase. Maintenant, tu peux marcher la tête haute.

— Je pensais que je devais t'en parler, d'autant que nous…

— Oui, nous…, répéta-t-elle en riant, cherchant à alléger l'atmosphère.

— Et j'en suis profondément heureux, tu sais.

Elle se sentit rougir.

— Je vais sans doute m'endormir rapidement, dit-elle.

J'espère que tu ne reviendras pas dans le salon pour finir la nuit sur le canapé.

Elle avait envie qu'il reste avec elle, cette nuit. Elle avait envie de sa chaleur, de sa force, de sa virilité, de se blottir contre lui. Loin du reste du monde.

Elle le voulait au creux de son ventre.

— Viens, ajouta-t-elle en lui tendant la main.

Quand elle ouvrit les yeux, le lendemain matin, Cal était déjà réveillé. Il la regardait.

— Bonjour, dit-elle, un peu gênée. Que regardes-tu ?

Il sourit.

— Mon dessert.

Elle leva un sourcil surpris.

— Si je me souviens bien, tu as eu droit à plusieurs en-cas au cours de la nuit.

— Je ne suis pas du genre à compter les calories, je déteste les régimes.

Pour sa part, elle avait compté. Elle avait eu quatre orgasmes.

— T'es-tu rappelé quelque chose pendant ton sommeil ? demanda-t-il avec douceur.

Elle secoua la tête.

— Non... Mais il va se passer quelque chose aujourd'hui. Je le sens.

— Je sais que tu espères beaucoup de notre rencontre avec Pietro ; je ne voudrais pas que tu sois déçue.

Elle se redressa pour s'asseoir. Dans le mouvement, le drap glissa et, avant qu'elle puisse le remonter sur ses seins, elle vit le regard de Cal s'enflammer.

— Je serais évidemment déçue s'il ne nous disait rien, mais pas anéantie. Nuance. Nous sommes vendredi et j'ai vraiment le sentiment qu'il y a urgence.

Il hocha la tête.

— Alors levons-nous et allons-y.

Elle aurait préféré rester au lit et batifoler avec lui, mais il fallait être raisonnable.

— Tu as raison, répondit-elle en rejetant les couvertures.

Ils prirent rapidement leur petit déjeuner. Lorsqu'ils sortirent de la maison, Cal se rendit compte que le temps s'était considérablement radouci. Comme, de surcroît, le soleil brillait, la neige avait déjà bien fondu.

Quand ils passèrent devant la maison des Fitzler, elle ne lui suggéra plus en plaisantant d'acheter cette propriété. Elle le vit toutefois regarder un moment la belle demeure, comme s'il y songeait.

Lorsqu'ils parvinrent au virage où il l'avait découverte, la neige avait tellement fondu que l'herbe apparaissait par endroits. Le lieu semblait très différent de ce qu'il avait été deux jours plus tôt.

Elle aussi était très différente.

Une femme sortait forcément changée du lit de Cal Hollister.

Cal avait touché son cœur. Bien sûr, elle était différente. Quand il l'avait écoutée et avait vraiment entendu sa demande de ne plus être enfermée dans un placard, elle avait senti que quelque chose de puissant s'était passé entre eux. Elle n'était pas certaine de comprendre les liens qui les unissaient, mais ils lui disaient tout ce qu'elle avait besoin de savoir sur Cal Hollister et le genre d'homme qu'il était.

Ils s'engagèrent sur le parking du restaurant et se plièrent au même rituel que la veille. Elle se coucha entre les deux banquettes pour rester hors de vue, tandis que Cal faisait le tour du parking avant d'entrer seul dans le restaurant. Après quelques instants, elle l'y rejoignit.

Malheureusement, Lena n'était pas de service ; une

jeune serveuse la remplaçait. Laura, comme l'indiquait son badge, allait et venait entre la cuisine et la salle, chargée de café et d'assiettes garnies.

Elle se demanda si la serveuse allait la reconnaître. Il lui était impossible de savoir à combien de personnes G avait montré sa photo.

— Des cafés ? demanda Laura en leur accordant à peine un regard.

— S'il vous plaît.

En attendant, Cal se leva pour aller chercher un journal. Il se rassit et le feuilleta rapidement.

— Cherches-tu quelque chose de particulier ?

— Non, je regarde juste les titres.

Elle n'y crut pas. Cal ne faisait jamais rien sans une bonne raison.

Il finit par lui tendre le quotidien.

— Pourquoi n'y jetterais-tu pas un œil, toi aussi ?

Elle haussa les épaules.

— Pourquoi pas ?

La une était consacrée aux nouvelles nationales, les événements locaux étant relatés et commentés dans les pages intérieures. Elle survola les annonces nécrologiques avant de tomber sur la page des sports.

Aussitôt, elle sentit les poils de sa nuque se hérisser. Sa main tremblait quand elle referma le journal.

— Qu'y a-t-il ? demanda aussitôt Cal.

Laura choisit ce moment pour revenir avec deux tasses de café qu'elle posa devant eux.

— Avez-vous fait votre choix ?

Au lieu de passer commande, Cal indiqua la cuisine d'un mouvement du menton.

— Nous aimerions saluer Pietro pendant que nous sommes là, dit-il.

— Il n'est pas venu travailler ce matin, répondit Laura.

Sa main se remit à trembler. Elle posa sa tasse pour ne pas risquer de la renverser.

— Est-il malade ? insista Cal.

Laura haussa les épaules et se tourna vers la porte pour saluer quatre clients qui arrivaient.

— Je n'en sais rien. Il n'a pas téléphoné pour prévenir de son absence, et le patron est vraiment contrarié. Il se comporte comme si Pietro se faisait porter pâle en permanence. Je travaille ici depuis plus d'un an, et il a toujours été fidèle au poste. Bon alors, qu'est-ce que je vous sers ?

— Nous prendrons vos brioches à la cannelle et, si vous pouviez nous mettre ces cafés dans des gobelets à emporter, cela nous rendrait un grand service, dit Cal en lui tendant un billet de vingt dollars. Gardez la monnaie.

Laura lui décocha un grand sourire.

— Je reviens tout de suite.

Dès que la serveuse fut hors de portée de voix, elle demanda :

— L'absence de Pietro est bizarre, non ? Qu'en penses-tu ?

— C'est étrange, reconnut Cal. Mais d'abord, dis-moi ce que tu as vu dans le journal.

— Il y a quelque chose dedans… Je le sens.

— Quel article t'a fait réagir ?

Elle se replongea dans la feuille des sports. Il y avait un long papier sur l'équipe de hockey de St. Louis, quelques lignes sur de petits changements au sein de l'équipe de base-ball, et plusieurs annonces concernant des matchs à venir.

— Aucun en particulier. Mais j'ai éprouvé un profond malaise devant cette page.

— Tu t'y connais bien en sports. Pour une fille, ajouta-t-il d'un ton moqueur.

Comme toujours, Cal savait mettre une pointe d'humour pour alléger l'atmosphère quand il le fallait.

— Nous devons retrouver Pietro.

— Je suis d'accord. C'est pourquoi nous prendrons notre petit déjeuner dans la voiture.

Quand ils quittèrent le parking, Cal tint le volant d'une main pour pouvoir se régaler de sa brioche.

Elle se sentait trop nerveuse pour manger, mais elle sirota son café.

— Comment allons-nous la jouer ? demanda-t-elle tandis qu'ils approchaient de la maison jaune du cuisinier.

— J'y ai réfléchi… Nous ne pouvons pas exclure l'éventualité qu'il lui soit arrivé malheur. Ne pas aller au travail sans même passer un coup de fil pour prévenir son patron n'est pas bon signe…

Elle sentit son estomac se nouer.

— Tu crois qu'il lui est arrivé quelque chose parce qu'il m'a parlé ?

— Je n'en sais rien. Mais je trouve bizarre qu'il ne se soit pas présenté au restaurant après avoir discuté avec toi.

— Je suis damnée, dit-elle.

Elle avait envie de se cogner la tête contre sa portière jusqu'à ce que ses souvenirs en sortent.

— Tu as peut-être servi de catalyseur, mais tu n'es pas responsable s'il s'est passé quelque chose, assura-t-il. Et je me trompe peut-être. Je pense seulement que nous devons nous préparer à tout.

Il n'avait pas tort. Il était arrivé quelque chose à Pietro, et ce quelque chose était certainement lié aux hommes en Mercedes.

Comme il l'avait fait la veille, Cal passa devant la maison jaune sans s'arrêter. Rien ne semblait différent. La neige ayant fondu, aucune trace de roues n'était plus visible sur la route.

Elle croyait qu'il allait s'arrêter, et la laisser se rendre seule chez Pietro. Au lieu de cela, il fit demi-tour et repartit vers la maison.

— On y va ensemble ? demanda-t-elle, étonnée.

— Je préférerais te déposer quelque part et y aller seul, mais j'imagine que ça ne te plairait pas.

Il se souvenait qu'elle lui avait demandé de ne plus la laisser de côté, pas même pour la protéger.

— Merci.

— Ne me remercie pas encore, dit-il en grimaçant. C'est peut-être une énorme bêtise de ma part. Il n'est pas impossible que les hommes qui te cherchent aient entendu parler de ta visite d'hier, se soient doutés que tu reviendrais, et nous attendent.

— Dans ce cas, nous les neutraliserons. Il faut les arrêter.

Cal ne répondit pas. Lorsqu'il s'engagea sur l'allée de la maison, il lui lança un coup d'œil.

— Prépare-toi à tout.

— Je le suis.

Elle espérait qu'ils n'allaient pas trouver le cadavre de Pietro chez lui, et ne savait pas très bien ce qu'elle éprouverait si les hommes en Mercedes les attendaient. Elle souhaitait vraiment en finir avec cette histoire, mais refusait d'exposer Cal au danger.

— J'irai en premier, annonça-t-il. Tu resteras derrière moi.

— D'accord. Et s'il est au lit avec une bonne grippe ? Que dirons-nous ?

— Il faut trouver quelque chose.

Personne ne les prit pour cibles quand ils descendirent du 4x4 puis montèrent les marches du perron. Cal frappa avec force. Ils tendirent l'oreille mais n'entendirent rien.

Cal essaya d'actionner la poignée, mais la porte était fermée à clé.

Il hésita quelques instants avant de sortir un outil de sa poche et de se mettre à bricoler la serrure.

L'intérieur était plongé dans l'obscurité. Silencieux. Ils se rendirent dans la cuisine qui donnait sur la cour et qui, en cela, ressemblait beaucoup à celle des Hollister. Cependant, les similitudes s'arrêtaient là. Les appareils ménagers chez les Hollister dataient d'une trentaine d'années alors que tout était flambant neuf chez Pietro. Une cuisinière à six feux trônait au centre de la pièce, et des casseroles en cuivre de toutes tailles étaient accrochées au mur.

Le plus intéressant était toutefois l'assiette posée sur la table. Il y avait dessus un sandwich à moitié mangé. Visiblement, Pietro avait été interrompu pendant son repas.

— Je vais jeter un œil dans les chambres, dit Cal.

Elle hocha la tête. Une odeur flottait dans la cuisine, une odeur de… cannelle. Elle ouvrit le four ; il contenait un crumble à moitié cuit.

Pietro avait eu la présence d'esprit d'éteindre le four mais il n'avait pas eu le temps d'attendre la fin de la cuisson.

Cal revint dans la cuisine.

— La maison est vide. Aucune trace de lutte. Je vais voir le garage.

Elle était certaine que la voiture de Pietro n'y serait pas. En effet, Cal revint en secouant la tête.

— Il est parti.

— Et il était pressé, remarqua-t-elle.

— Apparemment, oui. Il n'y a aucun moyen de savoir ce qu'il a pris comme vêtements ni où il est allé. Partons d'ici.

— Attends.

S'approchant du bureau installé dans un coin de la

cuisine, elle prit un crayon pour regarder les enveloppes qui y étaient empilées sans laisser d'empreintes.

— Que cherches-tu ? demanda-t-il.

— Deux choses. Son nom de famille… Il s'appelle Pietro Moroque. Et…

Elle s'interrompit et lui sourit.

— Et ça !

Elle lui montrait une enveloppe orange. Cal se servit d'un couteau pour l'ouvrir. Elle contenait une carte de Halloween signée par un enfant. Il n'écrivait pas bien, mais elle décrypta « Jacob ». Mais elle ne s'intéressa qu'à l'enveloppe.

Une adresse était inscrite au dos.

Tika MOROQUE
519, Feather Av.
KANSAS CITY. MO 64110

— Il s'agit sans doute de sa femme et de son fils, dit-elle. Avant de s'enfuir, il ira leur dire au revoir, non ?

— Ou s'assurer qu'ils sont en sécurité.

Avec le bas de sa chemise, elle essuya soigneusement le stylo qu'elle avait touché.

— Allons-y, fit-elle.

# 15

Il leur fallut deux bonnes heures pour atteindre Kansas City mais, grâce à leur GPS, ils n'eurent aucun mal à trouver la maison de Tika Moroque. Il s'agissait d'un modeste pavillon situé dans un quartier tranquille. Une balançoire était installée dans le jardin près d'un toboggan.

Ils passèrent deux fois devant avant de se garer un peu plus loin.

Un vendredi à midi, il y avait peu de chances qu'il y ait quelqu'un. Ils appuyèrent néanmoins sur la sonnette, attendirent, et recommencèrent à plusieurs reprises.

Au moment où ils renonçaient et s'apprêtaient à retourner à leur voiture, la porte s'ouvrit. Une femme d'une trentaine d'années aux cheveux bruns, et vêtue d'un tailleur gris, apparut.

Avant qu'ils aient pu dire un mot, elle brandit un doigt vengeur dans leur direction.

— Fichez le camp ! Immédiatement !

— Nous ne vous demandons qu'un instant, madame, répondit Cal.

— Non, pas du tout. En vérité, vous voulez bousiller ma vie et celle de mon fils. Mais je n'ai pas l'intention de vous laisser faire. Partez !

Elle tenta de leur claquer la porte au nez, mais Cal fut plus rapide et mit son pied dans l'embrasure pour l'en empêcher. Un instant plus, tard, ils entraient dans la petite maison.

La femme s'adossa au mur, les mains sur la bouche. Elle semblait terrifiée.

Ce fut au tour de Cal de lever la main.

— Nous ne sommes pas venus vous faire du mal, madame. Ni à votre fils, soyez-en certaine. Mais nous préférons ne pas avoir cette conversation dans la rue, voilà tout.

— Je n'ai rien à vous dire.

— Eh bien, nous, nous avons beaucoup à vous dire, répliqua-t-il. Pouvons-nous nous asseoir ? ajouta-t-il en indiquant le salon.

Tika finit par hocher la tête. Elle les suivit à contrecœur dans la pièce voisine et s'assit avec raideur sur une chaise tandis qu'ils prenaient place sur le canapé.

— Je m'appelle Cal Hollister et voici Stormy. Je l'ai surnommée ainsi parce que je l'ai trouvée il y a deux jours, en plein milieu d'une tempête de neige.

Leur interlocutrice paraissait s'intéresser à ce qu'il lui racontait.

— Malheureusement, poursuivit Cal, Stormy a oublié son véritable nom ainsi que la façon dont elle s'est retrouvée en rase campagne, dans la neige. Elle a été blessée à la tête.

Tika ne fit aucun commentaire, mais elle semblait avoir moins peur.

— Nous sommes allés chez votre ex-mari, hier. Nous avions des raisons de croire qu'il pourrait nous aider. Malheureusement, il ne nous a pas été très utile. Et aujourd'hui, lorsque nous avons voulu y retourner pour lui parler, il n'était plus nulle part. Ni au travail ni chez lui.

Tika n'eut aucune réaction. Visiblement, ils ne lui apprenaient rien.

— Nous avons besoin de votre aide, madame, reprit

Cal en s'adossant au canapé. Voilà ce que nous sommes venus vous demander.

Elle sentait le regard scrutateur de Tika sur elle, mais elle resta immobile, les mains sur les genoux.

— Vous avez vraiment perdu la mémoire ? demanda Tika. Vous ne savez pas qui vous êtes ?

— Et j'espère que vous allez pouvoir m'aider.

— Désolée. J'ignore qui vous êtes.

Elle tenta de ne pas se laisser gagner par le découragement.

— Mais vous n'avez pas été étonnée de nous voir arriver, dit-elle.

Tika secoua la tête.

— Tout à l'heure, quand je suis sortie de la crèche où je venais de déposer mon fils, mon ex-mari m'attendait devant ma voiture. Je m'apprêtais à me rendre au bureau mais, après l'avoir écouté, j'ai décidé de rentrer à la maison ; je n'étais pas en état de travailler. Pietro m'a parlé de votre visite d'hier.

— Que vous a-t-il dit ?

Tika hésita avant de hausser les épaules.

— Il m'a dit qu'il avait dû préparer un repas de noce pour une connaissance de l'université Moldaire. Cela l'avait ennuyé, mais il était redevable à l'homme qui allait se marier et ce repas lui permettrait de régler sa dette.

— Pourquoi lui était-il redevable ? demanda Cal.

— Je ne connais pas les détails, et je ne veux pas les connaître. J'ai découvert certains éléments à propos de Pietro après l'avoir épousé, malheureusement, qui expliquent en partie pourquoi nous nous sommes séparés. En tout cas, cet homme lui avait montré une photo de sa fiancée et voilà pourquoi, quand il vous a ouvert, il savait qui vous étiez. Il savait aussi que quelque chose ne s'était pas passé comme prévu. Lorsque le fiancé était venu avec des amis chercher au restaurant les plats cuisinés pour le mariage, ils n'avaient pas pu tout porter d'un coup. Ils avaient donc décidé de faire deux voyages, d'aller déposer ces plats dans la voiture puis de revenir prendre le reste. Pietro les a attendus. Comme ils ne revenaient pas, il est sorti pour voir ce qui se passait. Le fiancé et ses amis étaient agités. Ils ignoraient que Pietro parle couramment le russe. Ils disaient que la jeune femme avait disparu, qu'elle s'était enfuie. Là-dessus, des flics sont arrivés dans une voiture de patrouille, et les quatre gars sont partis en laissant le reste du repas de noce.

— Pietro m'a demandé ce que j'avais pensé du porc et des pommes de terre.

— Il faisait allusion aux plats qu'ils n'ont pas emportés, répondit Tika. Quand vous avez prétendu que vous vous étiez régalés, il savait que vous mentiez.

— Pouvez-vous nous dire les noms de ces hommes ? intervint Cal.

Elle secoua la tête.

— Je ne connais pas leurs noms. Et je ne veux pas les apprendre. Tout ce que je sais, c'est que Pietro parlait de l'homme à qui il était redevable en l'appelant Golya. J'ignore si c'est son prénom ou son nom de famille.

Cal ne réagit pas, et elle comprit pourquoi. Mieux valait que Tika ne soupçonne pas que ce nom ne leur était pas inconnu.

— A-t-il téléphoné à ce Golya pour lui dire que nous étions passés chez lui ?

Tika secoua la tête.

— Non. C'est d'ailleurs la raison pour laquelle il a préféré disparaître quelques jours. Il se doutait que, si Golya apprenait que sa fiancée était passée chez lui et qu'il ne l'avait pas retenue, il serait furieux. Et voudrait le tuer.

— Pourquoi m'a-t-il laissée repartir ?

— Pietro est persuadé que Golya est complètement fou ; ce n'est pas une simple façon de parler. Il le considère comme un vrai malade mental. Il m'a dit que ce type était un salaud et qu'il n'avait pas envie de vous faire retomber dans ses pattes. Mon ex-mari essaie peut-être de se racheter…

— Comment Golya aurait-il pu deviner que Stormy était venue chez Pietro ? demanda Cal.

— Pietro est certain que Golya réussira à retrouver sa fiancée, même sans son aide. Il s'est dit qu'à ce moment-là elle parlerait à Golya de cette visite, sans se rendre compte qu'elle mettrait alors Pietro en danger. Malheureusement, il n'y a réfléchi qu'après l'avoir laissée partir.

— Pietro risque donc d'être obligé de se cacher sa vie durant, remarqua Cal.

— Pas sa vie durant. Golya va repartir en Russie dans quelques jours.

— Comment Pietro le sait-il ?

— Golya lui aurait dit que sa fiancée apprendrait à aimer la Russie quand elle y vivrait.

Stormy regarda Cal. Si elle n'avait pas réussi à s'enfuir, ces types seraient-ils parvenus à lui faire quitter de force les Etats-Unis pour la traîner en Russie ?

— Nous devons vraiment en apprendre davantage sur ce Golya, dit Cal. Vous pouvez certainement contacter votre ex-mari. Je suis sûr qu'il vous a donné le moyen de vous joindre au cas où il arriverait quelque chose à votre fils.

Tika secoua la tête.

— Non, il n'avait aucune raison de le faire. J'ai la garde exclusive de mon fils. Je suis sa mère, et Pietro n'en est pas le père. Encore une raison de l'échec de notre mariage… Très peu de gens savent la vérité. Mais, si quelque chose arrivait à mon fils, j'appellerais son père, pas Pietro.

— Dans ces conditions, pourquoi est-il venu vous voir ce matin ? Pourquoi vous avoir raconté tout cela ?

Tika haussa les épaules.

— Je ne crois pas qu'il ait quelqu'un d'autre dans sa vie. Je pense qu'il voulait que quelqu'un soit au courant de cette histoire, au cas où on retrouverait son cadavre. Pour vous dire la vérité, j'aurais préféré qu'il ne m'en dise rien, ne rien savoir de cette affaire.

Tika se leva et consulta sa montre.

— Quand je vous ai vus tous les deux sous le porche, j'ai été tentée de ne pas répondre, de ne pas vous ouvrir. Je n'ai pas envie que cette horreur m'atteigne de quelque façon que ce soit. Mais j'ai pensé que vous reviendriez plus tard, à un moment où Jacob serait là, et que ce serait pire.

Ils se levèrent à leur tour et la suivirent jusqu'à la porte.

— Je vous ai dit tout ce que je savais, ajouta-t-elle. Maintenant, je vous le demande gentiment, partez et oubliez tout ce que je vous ai dit parce que c'est ce que j'ai l'intention de faire.

— Vous avez dit que vous n'avez pas la possibilité de joindre Pietro, dit Stormy. Mais, si vous le revoyez, dites-lui qu'en aucun cas je ne parlerai de lui aux hommes qui me poursuivent. Je ne mettrai certainement pas sa vie en danger.

Tika haussa les épaules.

— D'après ce qu'il m'a dit, ces types sont dangereux. Faites très attention vous-même à ne pas retomber entre leurs pattes.

— Cette histoire commence à devenir cohérente, dit Cal tandis qu'ils regagnaient la voiture.

— Comment ça ?

— La plupart du temps, les ravisseurs n'ont pas

l'intention de libérer la personne kidnappée. Ils la gardent jusqu'au moment où elle perd toute valeur à leurs yeux. Ils s'en débarrassent, alors ; ils la tuent. C'est pourquoi ils se soucient rarement d'être vus ou non par leur victime. Dans ton cas, c'était différent. Celui qui se chargeait de toi, le fantôme, veillait à ce que tu ne puisses pas le voir et donc à ce que tu ne puisses pas le reconnaître.

— Il m'a droguée, déguisée en mariée... Je ne comprends pas pourquoi G a pu imaginer que je serais plus heureuse d'être sa femme en Russie qu'aux Etats-Unis.

— Pietro le considère comme un malade mental. Peut-être s'imaginait-il réussir à te séduire, peut-être croyait-il que tu tomberais amoureuse de lui en Russie. Ou peut-être se disait-il qu'il te donnerait des pilules tous les jours pour te rendre docile pendant les vingt ans à venir.

— Mais pourquoi ?

— C'est facile à comprendre. Tu es très belle. Pour un homme comme lui, s'afficher avec une femme comme toi est un signe extérieur de réussite.

Elle regarda ses poignets encore marqués.

— Il aurait été obligé de m'attacher dans son lit pendant vingt ans.

— Il y a d'autres façons de contraindre une femme à rester mariée contre son gré.

En effet, G aurait pu s'arranger pour qu'elle tombe enceinte. Même en haïssant le père de son bébé, elle ne se serait jamais enfuie en laissant son enfant derrière elle.

— Nous devons aller à Moldaire, reprit-elle. C'est peut-être dangereux, mais le temps presse.

— S'il doit vraiment se passer quelque chose d'important samedi...

— Il va se passer quelque chose samedi, assura-t-elle. Je le sens, je le sais.

Il démarra.

— Nous pouvons être à Moldaire dans trois quarts d'heure. Mais nous ferons peut-être une petite halte en route.

— Où ?

— Quand G et Patte folle sont venus à la maison, j'ai senti sur eux une odeur de cigare. C'est pourquoi je leur ai demandé s'ils avaient des allumettes. Ils m'ont laissé une pochette entamée qui vient d'un endroit appelé Raftors. J'ai fait une rapide recherche *via* Internet, tout à l'heure. Il s'agit d'une boutique de lingerie.

— De lingerie ? Qu'est-ce que ça signifie ?

Il secoua la tête.

— Peut-être rien. Ce commerce semble exploité de façon tout à fait légale. Du moins en façade. Mais, bien sûr, j'ignore ce qui se passe dans l'arrière-boutique.

— Pourquoi ne m'en as-tu pas parlé plus tôt ?

— J'ai pensé qu'imaginer G en train de t'acheter de jolis dessous te déplairait.

— Ça me donne la nausée, reconnut-elle. Parce qu'il comptait sans doute me les offrir pour notre nuit de noces. Mais il s'agit d'une nouvelle piste…

— Je ne suis pas certain qu'il y ait quelque chose à apprendre là-bas.

— Peut-être pas, mais c'est sur notre chemin. Nous n'avons aucune raison de ne pas nous y arrêter.

— D'accord.

Alors qu'ils roulaient, ils passèrent devant un petit aérodrome privé. Aussitôt un souvenir la traversa, un souvenir si poignant qu'elle ne put retenir un gémissement.

— Qu'est-ce qui ne va pas ? demanda aussitôt Cal.

— Mia. Mia est morte dans un accident d'avion.

— D'accord, dit-il calmement. Parle-moi de cette tragédie.

— Le père de sa meilleure amie était pilote. Elle volait

souvent avec eux. Un soir d'été, alors qu'ils se rendaient dans leur maison de campagne au bord d'un lac, l'avion s'est écrasé. Mia, son amie et ses parents… ils sont tous morts sur le coup.

Il resta un instant silencieux.

— Comment s'appelait son amie ? demanda-t-il enfin.

— Misty. Elles ne se quittaient jamais. Misty et Mia. Je les surnommais M&M's, comme les bonbons.

— Quel était le nom de famille de Misty ?

— Wagner. Misty Wagner. Comment puis-je me rappeler le nom d'une amie de ma sœur et pas le mien ?

Il haussa les épaules.

— Facile à comprendre. Tu as sans doute entendu tes parents prononcer mille fois le nom de cette fille. « Les Wagner ont appelé, les Wagner vont passer. » Alors qu'ils n'avaient aucune raison d'appeler leur fille par son nom de famille.

Elle comprit soudain que ce drame allait l'aider à recouvrer la mémoire.

— Il y a eu un accident d'avion. Quatre personnes ont trouvé la mort. Il y a forcément eu des articles dans les journaux. Si je peux les retrouver, je découvrirai le nom de famille de Mia. Et donc le mien.

— C'est probable, oui.

Comme il ne paraissait pas surpris, elle comprit qu'il avait suivi le même raisonnement dès qu'elle lui avait parlé de cette tragédie.

— Où cela a-t-il eu lieu ?

Elle y réfléchit.

— Je n'en sais rien. Et il est possible que je ne l'aie jamais su. J'avais sept ans. Mes parents ne m'en ont sans doute jamais parlé parce que je me moquais de ce détail.

— Où se trouvait la maison au bord du lac ?

Elle secoua la tête.

— Près d'un lac. Je ne sais pas… Oh ! que c'est frustrant !

Il lui sourit.

— Nous pouvons trouver, répliqua-t-il en lui tendant son téléphone.

— Je l'espère. Je sais l'année où a eu lieu l'accident. Et je suis certaine que M. Wagner était un homme d'affaires connu. Il dirigeait une grosse entreprise.

— Quel était son prénom ?

— Steve. Je crois… Je me trompe peut-être, mais ce drame avait suscité beaucoup de réactions dans la presse. Je me souviens de ma mère, des années plus tard, parlant des journalistes comme des vautours. Certains campaient devant chez nous dans l'espoir d'obtenir une interview.

Elle ouvrit le téléphone, se connecta sur un moteur de recherche mais ne trouva rien. Bon sang, elle était pourtant si sûre !

— Si le drame s'est produit il y a vingt-cinq ans, il est possible que la nouvelle n'ait jamais été sur Internet, dit Cal après un moment. Il nous faut consulter les archives papier des journaux à la bibliothèque de Kansas City.

Elle hocha la tête.

— Ça vaut la peine d'essayer. Mais allons plutôt à la bibliothèque de l'université Moldaire qu'à celle de Kansas City. L'université est au centre de toute cette histoire, je le sais. Il est temps de comprendre pourquoi.

Cependant, avant de gagner le campus, Cal suivit les indications du GPS pour aller chez Raftors. La boutique de lingerie se trouvait dans un petit centre commercial, entre deux fast-foods.

Une douzaine de voitures stationnaient sur le parking. Quand Cal coupa le contact, elle resta assise sur son siège.

Cal l'observa d'un air soucieux.

— Peut-être devrions-nous oublier toute cette histoire.

Tu viens de te souvenir des circonstances de la mort de Mia, tu es sous le choc. Nous n'apprendrons sans doute rien de plus dans cette boutique, de toute façon.

— Je suis déjà venue ici.

— Vraiment ? Je n'aurais pas cru que tu pouvais me surprendre davantage.

— Je me revois sur ce parking. Assise dans une voiture. A attendre.

— A attendre qui ?

Elle ferma les yeux.

— Je ne sais pas. Mais, maintenant, je suis contente que nous soyons venus, ajouta-t-elle en mettant la main sur la poignée de la portière. Il est possible que G ait trouvé ces allumettes sur moi.

— C'est une possibilité. Est-il envisageable que tu sois venue ici avec lui ?

Elle secoua la tête.

— J'étais avec quelqu'un avec qui je me sentais bien. Nous mangions des nuggets dans la voiture. Comment puis-je me souvenir de ce détail alors que j'ignore avec qui j'étais ?

— Aucune idée. On y va ?

Pour toute réponse, elle descendit de voiture.

La boutique de lingerie était si petite qu'elle faisait penser à une malle débordant de soutiens-gorge, de culottes, de porte-jarretelles de toutes tailles, de toutes les couleurs et de toutes les matières. Une cloche tinta quand ils poussèrent la porte et une vendeuse qui semblait s'ennuyer derrière le comptoir leva les yeux.

En approchant de la caisse, ils virent un gros bol rempli de pochettes d'allumettes. Elle se tourna vers Cal qui haussa les épaules.

La vendeuse la regarda en fronçant les sourcils.

— Je vous avais dit que je vous appellerais si Jessica

revenait travailler. Elle n'est pas revenue, donc je ne vous ai pas appelée, ajouta-t-elle d'un ton acide.

Stupéfaite, elle en resta sans voix. Mais cela n'avait pas d'importance, car son interlocutrice n'avait pas fini.

— Je dirige une boutique honnête. Et, quoi qu'ait fait Jessica, elle l'a fait pendant son temps libre et pas pendant qu'elle travaillait dans ce magasin.

Elle décida de parler franchement à cette femme.

— Marcy, dit-elle en lisant son nom sur son badge. Je suis navrée de vous déranger. J'ai été victime d'un accident, il y a deux jours. Voilà pourquoi vous avez un avantage sur moi. Vous vous souvenez de moi alors que je ne me souviens pas de vous. Ni même d'être déjà venue dans cette boutique.

Marcy croisa les bras sur son opulente poitrine.

— Vous souffrez donc... de séquelles au cerveau ?

— J'espère que non. L'accident a provoqué une amnésie temporaire. Auriez-vous la gentillesse de me dire qui est Jessica ?

Marcy se tourna vers Cal.

— Qui est ce monsieur qui vous accompagne ?

— Un ami qui m'aide depuis l'accident. Et Jessica ?

— Jessica travaillait ici jusqu'il y a une quinzaine de jours. La semaine dernière, vous êtes passée en demandant à lui parler. Je vous ai dit qu'elle était partie du jour au lendemain sans crier gare, et que je ne pensais pas la revoir. Et j'avais raison ! Elle n'est même pas revenue chercher ce que je lui dois encore. Et vous m'aviez demandé de vous téléphoner si elle revenait.

— Pourquoi voulais-je parler à cette Jessica ?

La femme secoua la tête.

— Je n'ai jamais eu ce genre de conversation auparavant, c'est ubuesque... En tout cas, vous m'avez dit qu'elle était votre sœur, et que vous ne l'aviez pas vue depuis un long moment.

— Merci. Une dernière chose avant de vous laisser, promis. Vous ai-je donné mon nom ?

— Oui. Jean, vous m'avez dit vous appeler Jean.

Elle se tourna vers Cal pour lui demander du regard s'il avait quelque chose à ajouter, mais il secoua la tête.

— Merci infiniment de votre aide, Marcy. Elle m'est très précieuse.

— J'espère que vous recouvrerez votre mémoire. Tout oublier doit être difficile à vivre.

— Très difficile, répéta-t-elle tandis qu'ils quittaient la boutique. Je vais te dire ce qui est le plus bizarre, Cal. Je n'ai pas de sœur appelée Jessica, je le sais. Je n'ai jamais eu qu'une sœur, Mia, et elle est morte. J'ai prétendu que cette Jessica était ma sœur, mais c'était un mensonge. De même, je ne m'appelle pas Jean, même si c'est ce que j'ai dit à cette femme. Un autre mensonge.

— Je nc sais pas à quoi je m'attendais, répondit Cal. Mais pas à ça. Je crois que tu as bien fait de lui dire la vérité. Tu n'aurais rien obtenu d'elle, sans cela.

— Je ne comprends pas le sens de cet épisode.

— Allons à Moldaire pour le découvrir, dit-il. Les réponses s'y trouvent.

# 16

La bibliothèque se trouvait dans l'un des édifices en pierre de l'université. Au centre du campus, la pelouse n'était plus entièrement tapissée de blanc, et l'herbe apparaissait çà et là. Avec le réchauffement de la température, la neige se transformait en boue.

Beaucoup d'étudiants allaient et venaient d'un bâtiment à l'autre, emmitouflés dans d'épais manteaux ou des parkas. La plupart des filles portaient des bottes colorées qui leur permettaient de patauger dans la gadoue en gardant les pieds au sec.

Ses tennis, en revanche, étaient trempées.

— Je…

— Oui ? fit Cal.

Alors qu'elle s'apprêtait à lui expliquer qu'elle avait la certitude d'être déjà venue ici chaussée de tennis, elle se l'interdit. Cal aurait préféré ne pas venir à Moldaire. Elle ne voulait pas lui donner une raison supplémentaire de quitter les lieux.

D'un autre côté, Cal n'était pas n'importe qui. Elle avait confiance en lui et, pour avancer, elle se devait de lui dire la vérité.

— Stormy ? insista-t-il.

— Je… je suis sûre que nous sommes sur le point de découvrir quelque chose d'important, répondit-elle.

Elle lui avait raconté qu'elle était déjà venue à Moldaire, sur ce campus. Il semblait inutile de préciser qu'elle avait le souvenir d'avoir traversé le campus dans des tennis trempées.

Il l'observa un instant puis, très vite, reporta son attention sur sa manœuvre. Manifestement, il n'était pas simple de se garer sur ce parking.

Lorsqu'ils entrèrent dans la bibliothèque, les deux personnes à l'accueil ne levèrent même pas les yeux. Des pancartes ornées de flèches guidaient les visiteurs à travers le bâtiment.

A leur droite, au rez-de-chaussée, des dizaines d'ordinateurs étaient mis à la disposition du public.

— Commençons par consulter les archives en ligne, proposa-t-il. On ne sait jamais.

Il s'installa devant l'un des écrans et, dès qu'il fut connecté sur un moteur de recherche, tapa « Accident d'avion Steve Wagner ». Sa recherche ne donna rien. Tandis qu'elle promenait les yeux autour d'elle, Cal continua de pianoter sur le clavier. Il obtint finalement un résultat avec « Stephen Wagoner ».

Elle ne s'était pas trompée de beaucoup. Le nom différait d'une petite lettre. Mais, en effet, Stephen Wagoner avait été un chef d'entreprise connu. Il avait été une personnalité tellement importante dans le monde des affaires que le *Wall Street Journal* lui avait consacré un article après la tragédie qui lui avait coûté la vie. Cal cliqua sur le lien et commença à lire le papier.

Quand il eut fini sa lecture, il se tourna vers elle. Elle montra du doigt les lignes qui évoquaient les autres victimes de la catastrophe.

« Mia Akina. »

— C'est elle, dit-elle.

Cal posa les mains sur le clavier.

— Prête ? murmura-t-il.

Elle hocha la tête.

Il tapa « Décès Mia Akina » dans le champ de recherche.

En quelques clics, elle fut projetée vingt-cinq ans en arrière, lorsqu'elle avait appris la mort de Mia. La douleur qui la traversa fut si violente qu'elle ne put réprimer un gémissement.

Cal l'enlaça aussitôt.

— Calme-toi, lui chuchota-t-il à l'oreille.

Elle prit une profonde inspiration. L'avis nécrologique donnait les renseignements qu'elle était venue chercher. Les proches de Mia Akina faisaient part de son décès. Ses parents, Rafal et Jacinta Akina, et sa sœur de sept ans, Nalana Akina.

— Nalana, dit-il. Tu t'appelles Nalana.

Si elle avait espéré que la révélation de sa véritable identité allait déclencher une révolution intérieure, elle en fut pour ses frais. Elle ne sentait pas différente.

— C'est sans doute mon prénom, oui. Je savais que je ne m'appelais pas Jean.

Elle poursuivit sa lecture. Au moment de l'accident, Rafal et Jacinta Akina, tous deux journalistes sportifs à Los Angeles, se trouvaient à New York pour couvrir l'US Open.

— Voilà qui explique tes connaissances en matière sportive, murmura Cal.

— Je ne suis pas sûre que cela ait de l'importance, répondit-elle, incapable de masquer sa déception.

— Bien sûr que c'est important ! Chaque élément est un morceau du puzzle, un morceau de toi. Chaque élément nous permet d'aller plus loin. Maintenant, il nous sera possible de trouver où tu vis et où tu travailles, Stormy. Je veux dire, Nalana.

— Pour le moment, gardons Stormy. Je m'y suis habituée.

Elle consulta sa montre.

— Dans moins de douze heures, nous serons samedi. Il nous reste très peu de temps pour découvrir pourquoi ce jour est important.

— Nous…

Une alarme assourdissante noya la fin de sa phrase. En maugréant, les étudiants repoussèrent leurs chaises, ramassèrent leurs livres et se dirigèrent vers la sortie.

— C'est une alerte incendie, dit-elle.

— Sortons d'ici.

En quelques clics, il effaça l'historique avant d'éteindre l'ordinateur. Des centaines de personnes convergeaient des quatre coins du bâtiment vers la sortie, mais personne ne semblait paniqué ni vraiment pressé d'évacuer. Visiblement, tous pensaient qu'il s'agissait d'un exercice d'entraînement et non d'une véritable menace.

Comme aucune odeur de fumée ne chatouillait leurs narines, il n'y avait sans doute pas de raison de s'inquiéter. Deux voitures de patrouille arrivèrent sur le campus, leurs sirènes augmentant encore le niveau sonore. Des policiers en uniforme en sortirent. Lorsque l'un d'eux passa près d'eux, ses yeux se posèrent sur elle. Il s'immobilisa un instant avant de reprendre sa marche.

Un peu ébranlée, elle demanda à Cal, tout en prenant place dans le 4x4 :

— Tu as vu ce qui s'est passé ?

— Peut-être s'agissait-il de la réaction normale d'un homme croisant une jolie femme, répondit-il. Mais peut-être était-ce autre chose. Je n'en sais rien. Est-il possible que tu aies eu maille à partir avec la police ?

— Tout est possible. Que devrions-nous faire, à ton avis ?

— Quitter ce campus, pour commencer.

— Oui. D'autant que nous devons aller au Blue Mango.

— Appelle-les d'abord pour t'assurer qu'ils sont bien ouverts, dit-il en lui tendant son téléphone portable.

Il sortit du parking.

Elle composa le numéro. Quand quelqu'un prit l'appel à la seconde sonnerie, elle fut si surprise qu'elle faillit laisser tomber l'appareil.

— J'appelais juste pour savoir si vous étiez ouverts.

— Oui, jusqu'à 23 heures.

— D'accord, merci, dit-elle avant de raccrocher. Allons-y, ajouta-t-elle en se tournant vers Cal.

Il fut plus difficile que la veille de se garer à proximité du Blue Mango. Le restaurant était manifestement très prisé.

Cal finit par trouver une place un peu plus loin dans le quartier. Il entraîna Stormy, veillant à ce qu'elle marche côté immeubles et non côté rue. Elle était ainsi un peu protégée, même si quelqu'un pouvait toujours sortir d'un immeuble pour l'attaquer.

Le danger était susceptible de surgir de partout. La certitude qu'avait Stormy qu'un drame allait se produire ce samedi expliquait peut-être son inquiétude. En tout cas, il se sentait en état d'alerte permanent. L'idée que quelqu'un puisse chercher à faire du mal à Stormy le rendait malade. Elle ne voulait peut-être pas faire confiance à la police, mais il était tenté de passer outre, de leur demander de l'aide.

Lorsqu'il travaillait pour l'armée, il avait appris à toujours considérer toutes les possibilités. En conséquence, il ne pouvait pas écarter l'éventualité qu'elle fuie la police parce qu'elle était une criminelle. Les flics étaient peut-être en train de la traquer. Ce policier avait peut-être tiqué en la croisant pour cette raison.

Sa photo circulait-elle dans les commissariats parce qu'elle faisait partie des personnes recherchées ?

Dans ce cas, que ferait-il ?

Il connaissait la réponse à cette question.

Quoi qu'il advienne, il la protégerait. Il avait mis de l'argent de côté ; il avait les moyens d'engager un bon avocat.

Pour le moment, il respectait son désir de se tenir éloignée de la police. Il ne pouvait prendre le risque qu'elle soit placée en garde à vue, voire incarcérée. Elle ne lui pardonnerait jamais une telle trahison.

Lorsqu'ils se rapprochèrent du restaurant, il lui demanda de le laisser y entrer en premier. Par prudence.

L'intérieur du Blue Mongo était sombre avec ses boiseries aux murs, son sol carrelé de noir et ses lumières tamisées. Un jeune homme accueillait les clients à l'entrée.

D'un bref coup d'œil, Cal repéra les lieux, le bar en fer à cheval entouré de hauts tabourets. Deux hommes seuls y sirotaient une bière tandis qu'un barman essuyait des verres. Trois des cinq petites tables étaient occupées.

Côté restaurant, une famille de cinq personnes, un jeune couple et deux vieilles dames étaient attablés. Personne ne ressemblait aux hommes en Mercedes.

— Une table pour deux ?

Tout en posant la question, le jeune homme posa un instant les yeux sur Stormy, mais Cal y vit le regard admiratif d'un individu normalement constitué à la vue d'une jolie femme et non un signe de reconnaissance.

Stormy s'avança.

— Pourrions-nous être installés côté bar ?

— Bien sûr !

Il les conduisit vers une petite table à l'endroit demandé. Lorsqu'il s'éloigna, Cal se pencha vers elle.

— Quelque chose te semble-t-il familier ?

Stormy hocha la tête.

— Quand nous sommes entrés, j'ai vraiment eu l'impression d'être déjà venue. Commandons, ajouta-t-elle en ouvrant la carte. Peut-être des souvenirs plus précis me reviendront-ils plus tard.

Cal prit un steak, Stormy du saumon aux câpres, les deux accompagnés de pommes de terre. Ils ne commandèrent pas de vin, préférant rester à l'eau.

Ils mangeaient tranquillement quand le barman, qui passait près de leur table chargé d'un plateau, lança à Stormy :

— Bonjour, comment allez-vous ? Cela fait plaisir de vous revoir.

Stormy lui sourit et l'homme poursuivit son chemin. Lorsqu'il eut regagné son bar, elle murmura :

— Il me connaît !

Sa voix était teintée d'espoir et Cal mesura une fois de plus à quel point il était frustrant pour elle de vivre sans rien savoir de son passé, de son identité.

— Apparemment, répondit-il en coupant un morceau de son steak avec plus d'énergie que nécessaire.

Le barman n'avait pas trente ans, et il était plutôt beau garçon. L'idée qu'elle ait pu s'asseoir à ce bar pour flirter avec lui ne lui faisait pas plaisir.

— Je crois que nous allons prendre un verre au bar après notre repas, dit-elle.

Dès qu'ils eurent fini leurs assiettes, un serveur vint leur proposer un dessert. Ils refusèrent et Cal demanda l'addition. Il paya en liquide.

— Il vaudrait sans doute mieux que j'aille seule au bar, reprit-elle soudain.

— Pourquoi ? demanda Cal, cachant difficilement sa contrariété.

— Tu as une vraie présence… qui peut empêcher le barman de se confier à moi. Ce serait embêtant, non ?

— Et pourquoi ne pas continuer à me faire passer pour ton beau-frère ? Ça marchait bien jusqu'ici, non ?

Elle secoua la tête.

La situation ne plaisait absolument pas à Cal, mais elle avait sans doute raison. Elle aurait plus de chances de tirer les vers du nez du barman en lui parlant en tête à tête. Il se souvint de sa promesse de ne plus jamais lui demander de se cacher dans le placard, de cesser de la protéger.

Il observa les fenêtres, les angles de vue. Finalement, il lui tendit un billet de vingt dollars.

— Assieds-toi sur le tabouret du bout. Commande un verre et laisse-le à ta gauche, de façon que je le voie de l'extérieur. Si les choses tournaient mal, si tu sentais la moindre menace, déplace ton verre vers la droite. J'arriverai dans la seconde.

— Compris, dit-elle en se levant.

Il pensait qu'elle allait s'éloigner sans rien ajouter. Au lieu de cela, elle se pencha vers lui pour déposer un baiser sur sa joue.

Un observateur extérieur aurait pu croire qu'il s'agissait du baiser affectueux dont une femme gratifiait son beau-frère préféré. Mais ses lèvres étaient chaudes, son souffle doux, et sa bouche resta collée à lui un instant de trop. C'était un baiser destiné à le rassurer, un baiser teinté de promesses.

— Merci, chuchota-t-elle.

Il sortit du restaurant en songeant qu'elle pourrait lui demander n'importe quoi, de se promener nu en public, par exemple, il le ferait. Il traversa la rue et resta discrètement sous l'auvent d'une teinturerie fermée. Par les baies vitrées, il regarda Stormy s'installer sur le tabouret qu'il lui avait indiqué.

En voyant le barman lui adresser un grand sourire, il se félicita de pouvoir résister à l'envie de s'emparer aussitôt de son arme.

Elle prit la carte, regarda les alcools proposés. Aucun ne lui faisait envie.

Le barman était occupé à remplir une commande de l'une des serveuses.

— Merci, Joe, dit cette dernière en s'éloignant, chargée d'un plateau couvert de chopes de bière.

Il servit un autre client avant de s'approcher d'elle en souriant.

Elle devait saisir la chance qui s'offrait à elle.

— Comme ça va, Joe ?

— Bien, très bien. Je finissais par croire que votre mission de conseil était terminée. Comme ni Tim ni vous n'êtes venus lundi soir… Alors que Tim adore les huîtres…

Qui diable était ce Tim ?

— Nous étions trop occupés, dit-elle. Nous n'avons malheureusement pas pu nous libérer.

— Pas de problème. Megan, poursuivit-il en désignant l'une des serveuses d'un mouvement du menton, se demandait si vous ne nous snobiez pas. Elle a entendu Tim parler de façon dithyrambique de la cuisine de notre principal concurrent, Strawbridge Bay.

— Pas du tout ! Nous préférons nous restaurer ici, assura-t-elle.

— En tout cas, vous avez sans doute bien fait de ne pas venir lundi. C'était de la folie pure ! Toutes les boissons étaient à moitié prix, vous imaginez la cohue ! Bon alors, qu'est-ce que je vous sers, Jean ? Comme d'habitude ?

« Jean. » De nouveau, quelqu'un la désignait sous ce

mystérieux prénom. Elle devait avoir souvent utilisé ce pseudo.

— S'il vous plaît, répondit-elle en lui tendant le billet.

Il le prit et revint un moment plus tard avec un verre de vin. Il le posa devant elle mais elle le poussa discrètement vers la gauche. Puis elle ramassa sa monnaie, laissant un bon pourboire.

— Tim et moi n'avons plus les mêmes horaires actuellement et je ne l'ai pas vu depuis quelques jours. Est-il passé, aujourd'hui ?

Joe secoua la tête.

— Non. Mais des gens sont venus… Quand était-ce ? Laissez-moi y réfléchir… Mercredi ? Oui, c'était mercredi soir, j'en suis sûr parce que nous étions exceptionnellement fermés hier à cause d'une fuite d'eau. Bref, deux personnes vous cherchaient, Tim et vous. Ils ont dit qu'ils étaient vos collègues à l'université Moldaire. Je n'avais pas compris que vous deux y travailliez. Je m'en serais souvenu parce que j'y ai moi-même fait mes études.

— Sans doute ne l'avions-nous pas précisé, dit-elle.

Des gens la cherchaient. Il s'agissait certainement des hommes en Mercedes.

— Qui étaient ces personnes ? demanda-t-elle. Deux hommes bruns dont un boitait, non ?

— Non, un homme et une femme. Lui avait plutôt les cheveux châtains et elle était blonde, très maquillée. Je préfère les filles au naturel, un peu comme vous, ajouta-t-il avec un sourire appuyé.

Elle lui rendit son sourire, soulagée que Cal ne soit pas là. Il lui aurait sauté à la gorge, et Joe n'en serait pas sorti indemne.

— Ah bon ? Des collègues, sans doute, mais je ne vois pas bien de qui il s'agit. Ne vous auraient-ils pas donné leurs noms par hasard ?

— Ils ont laissé une carte de visite en me demandant de vous la remettre si vous passiez. J'ai dû la ranger dans la caisse, je vais voir.

Elle sentit accélérer les battements de son cœur. Voilà, elle y était arrivée. La chance qu'elle espérait.

Joe ouvrit la caisse enregistreuse et fouilla dedans.

— Je l'avais mise là, grommela-t-il. Où est-elle passée ?

Finalement, il revint vers elle.

— Je suis désolé, Jean. Quelqu'un a dû la jeter.

Elle tenta de masquer sa déception.

— C'est dommage, j'aurais aimé leur parler. Vous ont-ils dit quelque chose, où ils logeaient, par exemple ?

— Non. Mais laissez-moi votre numéro. S'ils repassent, ils pourront vous joindre.

— Ce serait formidable, merci.

Il lui tendit un stylo et elle nota le numéro de Cal sur une serviette en papier que le barman glissa dans la poche de sa chemise.

— Je ne travaille pas dimanche, dit-il.

— Appelez-moi, répondit-elle en souriant.

Elle se sentait un peu coupable de l'allumer mais elle avait besoin de son aide, au cas où cet homme et cette femme reviendraient.

— Je pensais que vous sortiez avec ce type avec qui vous dîniez, reprit Joe.

— C'est mon beau-frère, expliqua-t-elle. Il est de passage.

Quand elle traversa la rue, Cal lui fit discrètement signe de continuer à marcher. Il la rejoignit un peu plus loin.

— Alors ? fit-il.

Elle lui parla de Jean et de Tim ainsi que des deux inconnus qui les cherchaient. Il l'écouta avec attention.

Lorsqu'ils arrivèrent à la voiture, il lui ouvrit sa portière. En s'installant à son tour au volant, il se tourna vers elle.

— Je l'ai vu te tendre un crayon.

— Je lui ai donné ton numéro de téléphone.

— Mon numéro ?

— Il croit que c'est le mien.

— Donc, un dénommé Tim et toi veniez souvent dans ce bar, tu te faisais alors appeler Jean et vous étiez des collègues.

— Oui. Et le barman a fait allusion à une mission de conseil. Mais pourquoi utiliserais-je un faux nom si je travaillais comme conseil ? Ça n'aurait aucun sens ! Pourquoi Joe ne devait-il pas me connaître sous le nom de Nalana Akina ?

— Peut-être ne te présentais-tu pas sous ta véritable identité pour une autre raison, une raison qui n'a rien à voir avec cette mission de conseil.

— En tout cas, l'université Moldaire est au centre de tout. Joe m'a dit qu'il regrettait que Tim et moi n'ayons jamais mentionné que nous y travaillions. Et le couple qui a demandé de nos nouvelles a expliqué qu'ils étaient nos collègues à l'université.

Elle secoua la tête.

— Mais comment espérer retrouver ma mémoire alors que je n'ai cessé de mentir au monde entier ?

— Je n'en sais rien, mais ta disparition comme celle de ce Tim ont provoqué des questions. Des gens se sont interrogés, inquiétés peut-être. Au point de laisser une carte de visite pour avoir des nouvelles. C'est bon signe.

— Peut-être. Deux sortes de personnes me cherchent, apparemment. Et je ne sais pas pourquoi. Et nous sommes vendredi, il est 7 heures du soir, et je suis persuadée qu'un drame va se produire samedi. « Bon signe » n'est donc pas l'expression que j'aurais choisie.

— Je te l'accorde, admit Cal.

— Nous devons aller au Strawbridge Bay. Joe, le barman, m'a dit qu'une serveuse avait entendu Tim dire qu'il aimait leur cuisine. Jean et Tim y prenaient peut-être des repas. Il est possible que le couple qui les cherche le sache et qu'ils soient allés se renseigner également dans ce restaurant.

Cal lui tendit son téléphone.

— J'espère qu'il n'est pas loin.

Il n'était pas loin mais, à cause des embouteillages, il leur fallut vingt minutes pour y arriver et un quart d'heure supplémentaire pour trouver une place.

Une fois garés, ils observèrent l'établissement de loin.

— Je crois que nous ne sommes pas assez habillés pour ce genre d'endroit, dit-elle. Ça semble très sélect.

— Notre argent sera assez bon pour eux, assura Cal. Ne t'inquiète pas.

Ils descendirent de voiture.

— Allons-nous dîner une seconde fois ? demanda-t-il pendant qu'ils se dirigeaient vers le restaurant.

— Pourquoi ne pas nous contenter de prendre un dessert et un café ?

L'établissement était plus petit que le Blue Mango. Il n'y aurait pas de barman avec qui bavarder, songea-t-elle, un peu découragée.

— Une table pour deux ? demanda l'hôtesse qui n'avait pas seize ans.

— Oui, répondit-elle en la regardant en face avec un grand sourire.

La jeune fille lui rendit son sourire mais ne donna pas l'impression de la reconnaître.

— Nous aimerions ne prendre qu'un dessert. Est-ce possible ?

— Bien sûr.

Elle les conduisit à une table au milieu de la salle. Cal s'assit de façon à voir la porte d'entrée.

Ils promenèrent les yeux autour d'eux, ne reconnurent personne. Il n'y avait aucun des hommes en Mercedes, ni de blonde trop maquillée. Leur serveur prit leur commande, puis la leur apporta, mais ils n'eurent aucun échange personnel avec lui.

— J'ai envie de me lever et de crier à la cantonade : « Quelqu'un me reconnaît-il ? » dit-elle avec un soupir quand ils eurent terminé.

— Il fallait essayer, répondit Cal. Et leurs desserts sont succulents.

— Merci de me remonter le moral.

Cal finit son café et sortit son portefeuille.

— Nous devrions repartir sans tarder. Une longue route nous attend.

— Non, je ne veux pas retourner à Ravesville. Allons plutôt à l'université Moldaire. J'ai l'intuition qu'il est important d'y être, pour essayer d'empêcher la tragédie que je pressens. Et j'ai vu que l'association étudiante louait des chambres.

— Ce campus est dangereux pour toi.

— Peut-être, mais nous devons rester dans le coin pour pouvoir réagir rapidement, en cas de besoin. Nous serons prudents, nous veillerons à ne pas laisser G et ses amis nous tomber dessus par surprise. Peut-être ne sont-ils plus ici, d'ailleurs. Ils devaient quitter le pays, non ?

— L'association étudiante occupe un grand bâtiment. Il est difficile de sécuriser ce genre d'endroit. Nous ne serons pas à l'abri d'une attaque, répliqua-t-il, toujours pas convaincu.

— Au contraire. Se cacher au vu et au su de tous est la meilleure façon de se protéger.

Elle n'était pas allée si loin pour reculer maintenant.

Cal y réfléchit et finit par céder.

Il leur fallut près de trois quarts d'heure pour rejoindre l'université. Quand ils y arrivèrent, il faisait nuit.

Le hall d'entrée était imposant, avec ses murs de marbre et ses magnifiques boiseries. Sur la droite se trouvait un restaurant, pratiquement désert à cette heure tardive. Au centre, un espace permettait aux étudiants de se réunir. Beaucoup y bavardaient en petits groupes. L'atmosphère du lieu était détendue et chaleureuse.

Ils se dirigèrent vers le bureau de réception et attendirent que le jeune homme chargé des réservations ait fini sa conversation téléphonique. Son badge précisait qu'il s'appelait Devon.

— Bonsoir, lui dit Cal quand il raccrocha. Nous aimerions une chambre.

Devon se mit à rire.

— Vous, vous avez vraiment intérêt à jouer au Loto !

— Pardon ? fit-elle.

— Toutes les chambres sont réservées depuis plus d'un mois. J'ai dû le répéter à une cinquantaine de personnes aujourd'hui. Mais, à l'instant, je viens de recevoir le coup de fil d'un client obligé d'annuler sa réservation. Voilà pourquoi je pense que c'est votre jour de chance et que vous auriez intérêt à jouer au Loto. Vous êtes sûrs de gagner. Comment vous appelez-vous ?

— Mary Smith, répondit-elle. Et nous allons payer en liquide.

Devon hocha la tête.

— Pas de problème.

Après avoir pianoté un moment sur son ordinateur, il finit par leur tendre une carte magnétique.

— Pourquoi tant de gens veulent-ils réserver une chambre chez vous ? demanda Cal.

— A cause du match, bien sûr, répondit l'étudiant comme si Cal était le dernier des imbéciles.

— Quel match ?

Devon poussa vers eux un journal posé sur le comptoir. Un titre occupait la première page :

« Le secrétaire d'Etat assistera à la finale du championnat interuniversitaire de football. »

A la vue de l'article, elle sentit son cœur se mettre à battre plus vite.

Elle le parcourut rapidement. Le secrétaire d'Etat, Dane Morgan, un ancien de l'université Moldaire et un frère de la fraternité de son président LaTrope, honorerait de sa présence le dernier match de la saison de football qui opposerait l'équipe de Moldaire à celle de Rollston College d'Omaha, en Nebraska. A la fin de la rencontre, un dîner était organisé pour lever des fonds qui permettraient le financement de travaux de rénovation.

— Cal, dit-elle d'une voix étrange à ses propres oreilles.

Il se pencha par-dessus son épaule pour pouvoir lire le papier.

— Ce sera sympa, dit-il d'un ton nonchalant. Merci, ajouta-t-il à l'adresse de Devon.

La prenant par le bras, il l'entraîna vers l'ascenseur.

— Respire, murmura-t-il.

*Facile à dire*, songea-t-elle. Elle avait des frissons, des nausées lui soulevaient l'estomac, et la tête lui tournait. Son cœur battait la chamade. Elle se sentait au bord de l'évanouissement.

Quand les portes de la cabine se refermèrent sur eux, elle s'appuya contre la cloison.

Cal l'enlaça pour la soutenir.

— Que se passe-t-il ?

Elle prit une goulée d'air, puis une autre.

— Chérie, calme-toi.

— Quelque chose d'horrible… va se produire demain quand le secrétaire d'Etat… viendra assister à la finale.

L'ascenseur sonna, indiquant qu'ils arrivaient au quatrième étage. Les portes s'ouvrirent.

Et y entrèrent… les hommes en Mercedes.

# 17

Cal fit de son mieux, mais avoir Stormy dans les bras lui fit perdre des instants précieux. Malgré tout, quelques coups de poing lui suffirent pour mettre deux des hommes à terre. Il s'attaquait au troisième, à Patte folle, quand la chance tourna. Profitant du fait qu'il était aux prises avec ses comparses, G avait fondu sur Stormy. Se servant d'elle comme d'un bouclier, il l'avait plaquée contre lui, le canon de son arme pressé sur sa tempe.

Voyant cela, Cal lâcha son adversaire et leva les mains.

— Je vous en prie, ne lui faites pas de mal ! s'écria-t-il.

G dit quelque chose en russe à ses sbires qui se relevèrent péniblement avant de se saisir de Cal. Dès qu'il fut neutralisé, Patte folle s'approcha pour lui assener son poing en plein visage. Comme il titubait, il entendit Stormy crier.

G aboya d'autres ordres à ses hommes. A l'aide de la carte magnétique que Stormy tenait toujours, ils ouvrirent la porte de leur chambre et les poussèrent sans ménagement à l'intérieur.

Cal fut brutalement plaqué contre le mur et fouillé. Son téléphone portable fut jeté à terre et piétiné, son revolver confisqué. Puis les types le passèrent à tabac avant de lui lier les mains dans le dos.

Stormy semblait terrorisée, mais Cal fut soulagé de

constater qu'elle gardait son sang-froid. Pourtant, G la menaçait toujours de son arme.

— Tu m'as causé beaucoup d'ennuis, chérie. Dans mon pays, quand un mari n'est pas satisfait de sa femme, il la mate. Il lui inculque la discipline.

Il fit signe à Patte folle de s'approcher.

— Pas sur le visage, recommanda-t-il.

Patte folle donna un coup de poing à Stormy, en plein ventre, si fort qu'il aurait pu lui briser des côtes. Sous le choc, ses jambes se dérobèrent sous elle mais, comme G la tenait à la taille, elle resta debout.

Sur un signe de G, Patte folle la frappa une nouvelle fois.

— Tu m'as humilié devant mes amis, poursuivit G. Ils voulaient assister à un mariage.

Une fureur folle envahit Cal. Il se promit de les tuer tous de ses propres mains, de les réduire en charpie.

*Reste en vie, Stormy. Reste en vie, mon amour, jusqu'à ce que je puisse nous sortir de ce traquenard*, tenta-t-il de lui transmettre par la pensée.

Quand Patte folle s'écarta enfin, Cal put établir un contact visuel avec elle.

Elle lui décocha un faible sourire, puis se tourna vers G.

— Vous n'êtes pas mon mari.

Il appuya plus fort le canon de son revolver sur sa tempe. De son autre main, il tira une chaîne qu'il portait au cou, au bout de laquelle se balançait une bague en argent.

— Je porte déjà ton alliance, ma chérie. Et, bientôt, je te passerai la mienne au doigt.

Cal vit Stormy tressaillir à la vue de l'anneau. Incapable d'en détacher les yeux, elle finit par balbutier, s'adressant à Cal.

— C'est la bague de Mia… Ma grand-mère la lui avait offerte avant sa mort. Et, après l'accident d'avion qui lui a coûté la vie, mes parents me l'avaient donnée.

— Silence ! ordonna G. De gré ou de force, tu apprendras que personne ne peut me prendre pour un imbécile. Malheureusement pour lui, ton partenaire l'a compris trop tard.

Cal crut d'abord que G parlait de lui mais, à l'expression de Stormy, il comprit qu'il se trompait. G faisait allusion à quelqu'un d'autre.

Sans doute s'agissait-il de la personne dont elle ne parvenait pas à se souvenir mais pour qui elle éprouvait une profonde tristesse. Il se rendit compte qu'elle se rappelait à présent ce qui s'était passé. A en juger à ses traits décomposés, ses souvenirs étaient horribles.

G ne le remarqua pas ou s'en moquait. Il la tira par le bras vers le lit et, d'un violent coup au ventre, la fit tomber dessus.

En la voyant grimacer de douleur, Cal se jura une nouvelle fois de le leur faire payer cher.

Les yeux de Stormy brillaient de larmes. Il comprit que les images qui remontaient à sa mémoire lui faisaient plus mal encore que les coups de ces types.

— Votre plan est bancal, dit-elle. Il comporte beaucoup de lacunes et a toutes les chances d'échouer.

G se mit à rire.

— Je ne le pense pas, chérie. Notre bombe est en place, le minuteur enclenché. Que faudrait-il de plus ?

Il s'interrompit un instant pour accentuer l'effet théâtral.

— Et, au moment précis où la foule entamera l'hymne national, tout explosera.

Les trois autres hommes se mirent à glousser comme s'ils avaient douze ans d'âge mental.

Cal était certain que Stormy avait oublié cette bombe. Peut-être n'en avait-elle même jamais entendu parler. Son commentaire à propos du plan bancal de G était une ruse pour le pousser à en parler, à se dévoiler. Elle était réellement intelligente.

— Je reconnais que ton coéquipier et toi avez été une complication à laquelle je ne m'attendais pas, reprit G. Vous avez failli enrayer la mécanique d'un plan parfait, mais vous avez compris trop tard ce qui se tramait. Rien ne pourra plus m'empêcher de parvenir à mes fins, à présent.

— Détrompe-toi ! Nous avons eu le temps de prévenir nos supérieurs, répliqua-t-elle. Ils sont au courant de tout.

— Je ne le crois pas, chérie. Comme je l'avais prévu, tes collègues sont bien venus fouiner partout, interroger les uns et les autres, l'air de rien. Il était évident qu'ils te cherchaient parce que ton coéquipier et toi aviez disparu au lieu de rendre compte de votre mission. J'ai dû jouer le rôle du chef de bonne foi qui ne comprenait pas pourquoi vous ne vous étiez pas présentés au travail avec l'équipe chargée du nettoyage des bureaux. Il m'a fallu prendre un ton de circonstance pour assurer que j'étais très inquiet pour vous alors que, en réalité, j'avais envie d'étrangler de mes mains chacun des fouineurs qui m'interrogeaient sur toi.

Son arme toujours pointée sur elle, il désigna les deux fenêtres. Patte folle alla décrocher les embrasses des rideaux et s'en servit pour attacher Stormy sur le lit.

Elle se retrouva étendue jambes écartées et bras en croix. Elle était habillée, mais ils la mettaient dans une position humiliante pour la briser.

Cependant, loin de baisser les yeux, elle regardait G avec tout le mépris dont elle était capable.

Cal ne l'avait jamais tant aimée.

— Je reconnais que tu as été plus difficile à retrouver que je l'aurais cru. Je n'imaginais pas qu'une femme en robe de mariée passerait inaperçue, mais personne ne semblait t'avoir vue.

Il se tourna vers Cal.

— Quant à vous, monsieur Hollister, je dois dire que vous étiez assez convaincant dans le rôle du vétéran à moitié cinglé. Vous avez un avenir à Hollywood.

Cal fit rapidement le tri des informations que G régurgitait.

« Tes collègues sont venus fouiner partout. »

Il avait eu raison. Stormy travaillait pour la police, sans doute sous couverture.

« J'ai dû jouer le rôle du chef de bonne foi qui ne comprenait pas pourquoi vous ne vous étiez pas présentés au travail avec l'équipe de nettoyage des bureaux. »

Les souvenirs décousus de Stormy devenaient parfaitement clairs. Elle s'était vue vêtue d'un pantalon et d'une chemise bleus, l'uniforme des personnes chargées du ménage dans les bureaux. Mais elle s'était souvenue aussi d'avoir travaillé sur un ordinateur pendant des heures, la nuit. Sans doute étayait-elle alors un dossier ou transmettait-elle des informations sensibles à un supérieur.

Mais pourquoi avait-elle mené des investigations sur le campus de l'université Moldaire ? Sur qui ou quoi enquêtait-elle ? Et comment s'articulait ce volet dans toute cette histoire ?

Stormy et son coéquipier enquêtaient-ils sur G ? Il en doutait… G avait dit quelque chose qui le troublait.

« Vous avez failli enrayer la mécanique d'un plan parfait, mais vous avez compris trop tard ce qui se tramait. »

Etait-elle tombée sur quelque chose un peu par hasard et avait-elle été enlevée avant d'avoir pu en faire état à ses supérieurs ?

Il aurait aimé que G continue à parler afin de pouvoir reconstituer toute l'affaire mais, manifestement, celui-ci n'avait pas l'intention de s'éterniser.

Il fit signe aux deux hommes qui attendaient dans un coin. Ils le saisirent et le traînèrent dans la salle de bains attenante pour l'attacher au lavabo. Le bâtiment qui abritait les chambres de l'association étudiante datait de plus de deux siècles. Il avait été rénové pour bénéficier du confort moderne, mais les salles de bains avaient gardé les baignoires, lavabos et toilettes d'époque qui faisaient partie du charme des lieux.

Cal était certain que les sbires de G allaient lui loger une balle dans le crâne. Comme tous les tueurs à gages, ils ne craignaient pas d'avoir du sang sur les mains. Pourtant, ils l'épargnèrent. G espérait sans doute toujours la coopération de Stormy et, s'il le tuait, il n'avait aucune chance de l'obtenir.

Il fut surpris que les hommes ne l'aient pas bâillonné, et comprit pourquoi quand Patte folle s'approcha de lui, une seringue à la main. Il sentit l'aiguille s'enfoncer dans son bras.

— Je lui ai collé de quoi assommer un cheval, dit Patte folle.

Cal entendit G ricaner.

Puis il perdit connaissance.

Elle se réveilla, en proie à des haut-le-cœur et des sueurs froides. Elle avait également du mal à respirer. Mais, cette fois, elle avait pleinement recouvré la mémoire.

La chambre était plongée dans l'obscurité et elle se demanda si la nuit était tombée avant de comprendre que les volets étaient simplement fermés.

— Cal ! cria-t-elle.

Sa voix n'était qu'un faible murmure.

— Cal ! répéta-t-elle plus fort.

L'avaient-ils tué ? Cette éventualité la glaça. Elle l'aimait. La situation était plus douloureuse encore que lorsqu'elle avait perdu Mia parce qu'elle avait conscience que tout était sa faute. Elle avait entraîné Cal dans cette histoire.

G et ses sbires paieraient pour leurs crimes, elle y veillerait.

Pour Cal. Pour Bolton, le meilleur coéquipier qu'elle ait jamais eu.

— Au secours ! hurla-t-elle. A l'aide !

Elle le répéta encore et encore jusqu'à ce que sa voix se brise, mais personne ne vint. Elle maudit l'épaisseur des murs et des portes en bois. A l'époque où cet immeuble avait été construit, les architectes ne lésinaient pas sur les moyens pour garantir une isolation sonore parfaite.

Il fallait qu'elle se libère. Elle devait tout faire pour empêcher la mort du secrétaire d'Etat ainsi que celle de nombreuses autres personnes parmi les vingt mille supporters présents sur le stade pour applaudir les joueurs.

Comme elle tirait sur ses liens, se tortillant sur le matelas, elle sentit soudain contre sa fesse le poignard que Cal lui avait donné. Il était toujours dans la poche arrière de son jean.

Les hommes en Mercedes avaient fouillé Cal, mais pas elle.

Maintenant, il lui fallait trouver le moyen de s'en emparer et de s'en servir.

Elle se contorsionna dans tous les sens pour pousser le couteau et l'extraire de sa poche. La manœuvre fut épuisante, et dix fois, découragée, elle faillit renoncer. Cependant, peu à peu, elle réussit à le sortir.

Le plus difficile restait à faire : prendre le poignard en main pour ensuite couper la corde qui la retenait prisonnière.

Comment y arriver ? Cela semblait impossible.

Elle songea alors à Cal ; elle n'avait pas le droit de l'abandonner, de le laisser mourir !

Elle tira de toutes ses forces sur ses liens, se tordit les poignets, essayant de les libérer, sans succès. Les nœuds étaient trop serrés. Ses pieds, en revanche, semblaient moins bien attachés.

Finalement, après ce qui lui parut une éternité, en étirant son pied au maximum, elle parvint à le dégager de ses liens.

Sa cheville était en sang, mais elle n'en avait cure. Elle ne doutait plus, à présent, d'arriver à se libérer complètement.

— Cal ! cria-t-elle encore.

Elle n'obtint aucune réponse.

Jamais elle ne s'était sentie plus seule. La situation était pire encore que la première fois qu'elle avait été enlevée.

Quoi qu'il en soit, pour Cal, elle devait continuer. Il la considérait comme une battante. Il comptait sur elle pour lutter jusqu'au bout, pour se montrer optimiste, pour y croire.

— Le verre à moitié plein…, murmura-t-elle. Je vois mon verre à moitié plein.

Elle se contorsionna de nouveau pour faire glisser le couteau le long de son corps. L'opération fut pénible mais, dès qu'elle le put, elle replia la jambe pour s'emparer du couteau avec son pied, le coinçant entre ses orteils.

Un sentiment de victoire la souleva. Toutefois, elle n'était pas au bout de ses peines, elle le savait. En quittant la chambre, ses ravisseurs n'imaginaient certainement pas qu'elle irait aussi loin.

Le plus délicat restait à faire. Il lui fallait lancer le couteau de façon qu'il tombe près de ses mains pour lui permettre de l'attraper.

Elle n'avait pas droit à l'erreur. Si elle l'envoyait trop fort ou pas assez, ou s'il tombait par terre, elle ne pourrait plus le récupérer. Tous ses efforts auraient été vains, et ce serait une catastrophe.

Après avoir estimé la distance, elle prit une profonde inspiration et le lança. Le poignard frappa sa main et aurait rebondi pour atterrir sur le sol si elle ne l'avait rattrapé du bout des doigts au dernier moment.

Dès qu'elle l'eut en main, elle fit jaillir la lame et commença à scier la corde qui retenait son poignet. La tâche était fastidieuse et elle avait des crampes. Pourtant, elle résista à la fatigue et au découragement.

Enfin, elle parvint à libérer un poignet. Elle le descendit en s'efforçant de faire abstraction de la douleur qui cisaillait son épaule après avoir eu les mains immobilisées au-dessus de la tête pendant des heures.

Combien d'heures, elle n'en avait aucune idée. Elle n'avait pas de montre et il n'y avait pas d'horloge dans la chambre, pas même un réveil sur la table de chevet.

En quelques instants, elle se débarrassa totalement de ses liens. Elle se sentait groggy, nauséeuse, et avait l'impression d'avoir été renversée par un camion.

Mais il n'y avait pas un instant à perdre.

Elle se traîna jusqu'à la salle de bains. Cal était étendu sur le carrelage, ligoté.

S'agenouillant près de lui, elle chercha son pouls. Elle le sentit, lent mais régulier.

*Il est en vie !* constata-t-elle, intensément soulagée.

Maintenant, ils devaient quitter cette chambre au plus vite avant que les hommes en Mercedes ne reviennent.

Elle le secoua, de plus en plus fort, mais il ne bougea pas.

— Cal, je t'en prie. Réveille-toi ! J'ai besoin de ton aide !

Eperdue, elle regarda autour d'elle. La baignoire semblait très ancienne avec ses pieds en pattes de lion et son rideau de douche. S'emparant de la douchette, elle ouvrit le robinet d'eau froide à fond et dirigea le jet sur le visage de Cal.

# 18

Cal s'étrangla et cracha.

Il avait dû être capturé et ses ravisseurs lui infligeaient le supplice de la baignoire pour le faire parler, se dit-il. Ils pouvaient toujours essayer : ils n'obtiendraient rien de lui.

Il lui fallut quelques instants pour prendre conscience qu'il était en fait allongé sur le carrelage de la salle de bains de la chambre de l'association étudiante, et que Stormy était à côté de lui, les joues ruisselantes de larmes.

La douchette à la main, elle l'aspergeait copieusement.

— Réveille-toi, je t'en prie, Cal ! Réveille-toi !

— Cela m'aiderait, chérie, si tu n'essayais pas de me noyer…

Elle ferma le robinet avant de s'effondrer sur lui en sanglotant.

— J'ai cru que je ne parviendrais pas à te ranimer… Que nous allions mourir, faute d'avoir pu nous échapper.

— Tout va bien, dit-il. Maintenant, libère-moi de ces liens.

Elle coupa la corde qui emprisonnait ses chevilles et ses poignets. Malgré la douche froide, il se sentait dans un état second.

Il consulta sa montre. Bon sang ! Il avait dormi des heures ! G et ses sbires lui avaient vraiment administré une dose massive de somnifère.

— Ça va ? demanda-t-il en lui caressant tendrement le dos.

Elle hocha la tête.

— Ça va.

Il vit alors sa cheville ensanglantée.

— Que s'est-il passé ? s'exclama-t-il.

— Ce n'est rien. L'important est de sortir d'ici avant qu'ils reviennent. Ecoute, je n'ai pas le temps de t'expliquer, mais j'ai retrouvé la mémoire. Je sais désormais qui je suis et ce que je faisais à Moldaire. Pour commencer, je suis un agent du FBI.

— J'en avais l'intuition. Que fabriquais-tu sur ce campus ?

— Il y a quelques mois, une employée travaillant à la comptabilité de l'université a découvert une irrégularité dans les comptes. Un trou de deux millions de dollars. Elle a creusé le sujet et a vite eu la conviction que le responsable de ces malversations occupait un poste élevé dans la hiérarchie. Les transferts d'argent suspects étant de montants importants, ils émanaient forcément d'un haut responsable. Incapable de démasquer seule le ou les coupables, elle en a parlé à son chef qui a contacté le FBI. Bolton et moi avons été envoyés pour infiltrer l'université. L'opération sous couverture a duré plusieurs mois pendant lesquels personne à Moldaire n'a soupçonné la vérité. Pour mener à bien notre mission, il était nécessaire de travailler sur le campus. Or les seuls postes à pourvoir à ce moment-là concernaient l'équipe de nettoyage. Une aubaine. Nous aurions ainsi accès à tous les bureaux des membres de la direction de l'université.

Tandis que Cal se séchait avec les serviettes de la salle de bains, elle poursuivit son récit.

— Je me faisais appeler Jean et Bolton, Tim. Par souci de discrétion, nous continuions à jouer nos rôles, même en dehors de nos heures de travail. Mais, un jour, nous avons roulé jusqu'à Kansas City et nous avons cru que, si loin de Moldaire, la probabilité de tomber sur quelqu'un susceptible de nous reconnaître était très faible. Bolton m'a prise en photo au Blue Mango avec mon téléphone portable. G a dû récupérer cette photo après m'avoir enlevée avec Bolton.

— Quel rapport y a-t-il entre ce trou dans la caisse et une bombe posée dans un stade ?

Cal tenait encore difficilement sur ses jambes. En le voyant vaciller, elle l'enlaça comme si elle craignait qu'il s'effondre. Il ne se dégagea pas parce qu'il aimait la sentir contre lui.

— Nous ne savions rien à propos de cette bombe, répondit-elle en secouant la tête. Crois-moi, je t'en prie. Si dès le départ nous avions imaginé un attentat à l'explosif, ce n'est pas moi qui aurais été envoyée sur cette mission. Dans la réalité, je ne suis pas comptable mais j'ai une solide formation financière. Ma spécialité est la criminalité en col blanc, les détournements de fonds, en particulier. Il nous a fallu plusieurs semaines, mais Bolton et moi sommes parvenus à réunir les informations dont nous avions besoin. Certaines avaient été imprimées. Il nous était facile de photocopier ces versions papier. Quand les gens ferment à clé leurs bureaux, ils ne croient pas utile de mettre au coffre les documents sensibles. Les dossiers informatiques ont été plus difficiles à obtenir, mais tu serais étonné du nombre de cadres supérieurs qui notent leurs mots de passe sur des post-it collés sous leur clavier. Comme nous étions censés nettoyer les bureaux, nous avions évidemment accès aux ordinateurs. Nous copiions toutes ces données sur des clés USB que nous analysions à notre retour à l'hôtel.

Cal se posta à la fenêtre et écarta un peu les rideaux pour regarder discrètement à l'extérieur. Il ne se sentait pas encore au mieux de sa forme ; la pièce continuait à tanguer mais moins qu'avant.

— La foule est en train de se diriger vers le stade, dit-il. Nous devons partir d'ici, prévenir la police. Quel rôle les flics jouent-ils dans cette histoire ?

— La plupart des policiers de Moldaire sont honnêtes et à la hauteur. Par contre, nous avons compris, malheureusement trop tard, qu'un des flics du campus était de mèche avec les terroristes. Pour revenir à notre enquête, Bolton et moi avions finalement décidé de fouiller le bureau du président de l'université. Nous avions éliminé les autres suspects et nos investigations le désignaient, lui, comme seul responsable des malversations financières. Non seulement il faisait partie des rares personnes habilitées à opérer d'importants transferts d'argent, mais nous avions découvert que, bien que marié, il avait une maîtresse.

— Laisse-moi deviner. Il s'agissait de Jessica qui travaillait à la boutique de lingerie, dit-il tout en faisant jouer ses articulations pour en recouvrer la souplesse.

— Oui, répondit-elle. Plusieurs milliers de dollars avaient été virés sur son compte bancaire. Et soudain, elle avait disparu de la circulation. Rien ne prouve qu'il lui soit arrivé malheur. Je pense qu'elle avait obtenu ce qu'elle voulait de ce type et décidé de s'éclipser, en emportant le magot, bien entendu.

— Qu'avez-vous trouvé dans le bureau du président ?

— Bien plus que ce à quoi nous nous attendions. Nous étions en train d'inspecter les tiroirs quand nous avons entendu du bruit à l'extérieur. Nous nous sommes vite cachés dans le placard. Je sais, ajouta-t-elle avec un sourire malicieux. Encore un placard… Quoi qu'il en soit, des gens sont entrés. J'ai reconnu la voix de l'un d'eux. Il s'agissait de G, qui dirigeait l'équipe de nettoyage. Depuis le premier jour, il me draguait, me reluquant sans cesse, trouvant tous les prétextes pour m'approcher. Mais là, nous avons compris que G faisait chanter le président. Il lui proposait de l'argent pour renflouer les comptes qu'il avait détournés au profit de sa copine Jessica. En échange, le président devait inviter son ami, le secrétaire d'Etat, à la finale qui clôturerait la saison de football. Je me souviens d'avoir été très en colère à l'idée qu'ils se servent d'un événement sportif pour commettre un crime.

— Si je comprends bien, G est un terroriste. Comme le président de l'université, d'ailleurs.

— Oui. Mais, en réalité, ils ne parlaient jamais d'attentat à la bombe et nous étions persuadés qu'ils n'avaient qu'une personne dans leur collimateur, qu'ils allaient tirer uniquement sur le secrétaire d'Etat. Dès qu'ils sont partis, nous avons quitté les lieux en vitesse. Il nous fallait contacter nos supérieurs, empêcher cette mise à mort. Mais nous ignorions que le campus était surveillé par un policier local à la botte de G. Il nous a suivis et a tenté de nous neutraliser. Accidentellement ou sciemment, je l'ignore encore, il a tué Bolton. Et moi, il m'a prise en otage. Ils ont mis la main sur notre ordinateur qu'ils ont trouvé dans la chambre de Bolton. Nos transmissions étaient évidemment sécurisées, mais ils en avaient assez pour comprendre que nous étions des agents fédéraux. Je crois qu'ils ont commencé alors à imaginer un plan pour retourner en Russie avec moi. Je ne savais pas que G espérait m'épouser par la même occasion. Et je ne comprends d'ailleurs toujours pas pourquoi il a eu cette étrange idée.

Cal cherchait son arme qu'ils avaient envoyée valser.

— Par fierté, Stormy. Pour un homme comme G, les signes extérieurs de réussite sont importants. Il voulait que ses amis l'envient d'avoir épousé une très jolie femme.

Son revolver avait disparu, constata-t-il. Il aurait dû s'en douter.

— Stormy, tu dois reprendre contact tout de suite avec tes supérieurs pour qu'ils puissent prévenir la police. Il faut une mobilisation immédiate pour protéger la vie du secrétaire d'Etat comme celle des supporters qui sont en train d'entrer dans le stade.

— Que vas-tu faire ?

Il ouvrit la porte de la chambre et inspecta le couloir. Il était désert. Il se retourna vers elle et lui sourit.

— Je vais désamorcer cette bombe.

Ils prirent l'ascenseur et descendirent à la réception. Après s'être rapidement assurés que personne ne les reconnaissait, ils s'approchèrent de la réceptionniste.

— Nous avons une urgence, dit Stormy à la jeune femme. Je suis agent du FBI et j'ai besoin d'utiliser votre téléphone.

Son interlocutrice ne lui demanda même pas ses papiers. Se levant de son siège, elle lui céda sa place.

Une veste était posée sur une chaise, remarqua Cal. Un badge à l'effigie de l'université y était accroché.

— A qui est cette veste ? demanda-t-il.

— A mon supérieur, répondit la réceptionniste. Il s'est absenté un instant.

Cal décrocha le badge et regarda la photo. Elle était minuscule et le visage qui y figurait ne ressemblait pas du tout au sien. Il était écrit en dessous :

*Geoff* L*ARKIN,*
*Directeur.*

Il glissa la carte magnétique dans sa poche.

— Vous n'avez pas le droit de prendre ce badge ! protesta la réceptionniste.

— Mademoiselle va tout vous expliquer, assura Cal d'un ton poli.

Il posa la main sur l'épaule de Stormy et l'embrassa avec force.

— Ne fais rien d'imprudent, dit-il. Promets-le-moi.

— C'est toi qui dois me jurer de ne pas jouer au héros. Tu vas désamorcer une bombe ; c'est toi qui vas affronter le danger.

— Il le faut, répondit-il avec simplicité. Je t'aime, Stormy, ajouta-t-il en s'éloignant. Et je t'épouserai. Tu porteras cette jolie robe de mariée ivoire que tu as vue dans la boutique, l'autre jour.

Sur ces mots, il sortit du bâtiment.

La réceptionniste la dévisagea, bouche bée.

— Waouh ! fit-elle.

Waouh, oui.

Elle pressa la main sur sa bouche. Elle avait envie de le rappeler, de le supplier de rester avec elle, mais Cal Hollister avait été soldat, il avait fait partie de l'élite de l'armée américaine. Il lui était impossible d'attendre sans bouger que des terroristes tuent des innocents, et elle ne pouvait le lui demander.

En revanche, elle pouvait l'aider. Saisissant le téléphone, elle composa un numéro.

Cal avait vu bon nombre de bombes au cours des dernières années, et n'ignorait rien des dégâts que pouvait provoquer un tel engin, en particulier dans un stade. Il avait aussi une bonne idée de la façon dont les terroristes avaient dû procéder. Sans doute avaient-ils disposé des pains d'explosif à plusieurs endroits en prévoyant de les faire tous sauter en même temps. Il lui fallait découvrir l'emplacement du détonateur. Il se pouvait qu'il y en ait plusieurs, mais il avait l'intuition que le système de mise à feu avait été centralisé.

De même, le détonateur se trouvait très certainement à un endroit où la plupart des gens ne pouvaient le voir. Un endroit interdit au public mais accessible au personnel de maintenance. Sous le stade !

Lorsqu'il arriva à l'entrée du terrain, Cal n'hésita pas. D'un pas assuré, il s'approcha de l'étudiant qui contrôlait les billets et brandit son badge, le pouce sur la photo, comme par hasard.

— Je suis le directeur technique, Geoff Larkin. Nous avons un problème avec les canalisations, dit-il sans cesser d'avancer.

Au loin, il entendit des sirènes. Stormy avait pu joindre les autorités, comprit-il, soulagé. Il y avait sans aucun doute une équipe de démineurs à Kansas City, mais il leur faudrait du temps pour se mobiliser, pour arriver.

Ils chercheraient des pistes, évalueraient les risques, listeraient les options. Ils décideraient probablement d'envoyer un robot retirer la bombe pour la transposer ailleurs et la faire sauter dans un environnement où elle ne pourrait causer de dégâts.

Ils suivraient les procédures, ce que personne ne songeait à leur reprocher. Le problème était que tout cela prenait du temps, et qu'ils n'en avaient pas.

Comme il parvenait près des monte-charge, il se rendit compte qu'il y avait deux sous-sols. Il serra les poings en songeant qu'il lui faudrait donc deux fois plus de temps pour effectuer ses recherches.

Il commença par le premier, en espérant que ce serait le bon.

S'il avait eu son arme, il se serait senti mieux. Il n'avait sur lui que son poignard, que lui avait rendu Stormy. Il lui faudrait s'en contenter.

Lorsque le monte-charge arriva à destination, il en sortit avec précaution. Il ne tenait pas à se retrouver une nouvelle fois nez à nez avec les hommes en Mercedes. Ils le ralentiraient, forcément, et il pressentait qu'il n'y avait plus un instant à perdre.

Le sol et les murs étaient en ciment, les plafonds recouverts de tuyaux en PVC et de câblages électriques. Plusieurs salles servaient d'entrepôts pour stocker du matériel sportif, d'autres étaient visiblement des espaces de réunion.

Il ferma les yeux et prit une profonde inspiration.

Retournant dans le monte-charge, il se rendit au deuxième sous-sol. Ce dernier ressemblait au premier, à ceci près qu'au centre se trouvait un grand espace fermé.

La centrale électrique.

Il tenta de l'ouvrir mais elle était verrouillée.

*Merde !*

Il remarqua alors le boîtier près de la porte, un lecteur de cartes magnétiques. Il espéra que le système de sécurité à Moldaire n'était pas trop sophistiqué, et que tous les membres du personnel avaient accès à tous les endroits du campus. Il glissa le badge de Geoff Larkin dans l'étroite fente.

Un « clic » accompagna le déblocage de la serrure. Il poussa la porte et découvrit plusieurs générateurs électriques. Il consulta sa montre ; le temps filait.

Il lui fallait trouver le détonateur de la bombe. Et vite.

Comme il faisait le tour de l'endroit, il le vit. Une petite boîte posée sur une des chaudières, dans un coin, reliée au plafond et au sol. De la lame de son couteau, il l'ouvrit avec précaution et découvrit trois petits fils électriques, tous de la même couleur, reliés à une minuterie. Pourquoi, dans les films, le travail des démineurs était-il toujours facilité par des fils de couleurs différentes ? Un vert, un rouge, un blanc. Et le gars avait toujours quelqu'un au téléphone pour le guider.

« Coupe le rouge, vieux ! »

Lui n'avait personne. Il était seul et ne savait pas de combien de temps il disposait. Dans les films, il y avait une minuterie. Pas ici. Il savait simplement que tout sauterait au moment où l'assistance entonnerait l'hymne national.

Donc très, très bientôt.

D'un geste décidé, il trancha les trois câbles.

# 19

Dès qu'elle avait eu son supérieur hiérarchique en ligne, tout était allé très vite. L'homme avait aussitôt contacté la police. Il avait également prévenu l'un des agents envoyés à Moldaire pour enquêter sur sa disparition et celle de Bolton. Très rapidement, l'homme l'avait rejointe et entraînée dans le bureau du directeur de l'université. Depuis lors, il montait la garde à la porte.

Elle l'avait supplié de la laisser se rendre au stade, mais son supérieur le lui avait formellement interdit ; elle devait rester à l'abri jusqu'à ce que les terroristes aient été arrêtés. Elle savait qu'il avait raison. Il était hors de question qu'elle prenne le risque que les hommes en Mercedes l'interceptent, et l'utilisent comme monnaie d'échange pour pouvoir s'enfuir.

De plus, Cal lui avait recommandé de ne pas commettre d'imprudence. Elle lui devait de faire attention, d'être là quand il reviendrait.

Elle commençait à composer le numéro de téléphone des parents de Bolton pour leur exprimer ses condoléances quand une violente déflagration fit voler les vitres en éclats. Par réflexe, elle plongea sous le bureau, lâchant le téléphone qui tomba à côté d'elle.

La bombe avait explosé ! C'était impensable, inimaginable !

Elle avait été si sûre que Cal serait capable de la désamorcer, qu'il lui reviendrait en entier, qu'elle reverrait son sourire craquant ! Pas un instant elle n'avait envisagé qu'il pourrait en être autrement.

Mais l'explosion signifiait qu'il n'avait pas réussi, et elle ne pensait pas pouvoir le supporter.

Accablée, elle se prit le visage entre les mains.

*Oh ! Cal, je t'aimais tant !*

Il lui faudrait appeler Bray et Chase pour leur apprendre la tragédie. Elle leur dirait que Cal était mort en héros, en tentant de sauver des innocents. Il avait insisté pour qu'elle apprenne par cœur les numéros de téléphone de ses frères. Il l'avait fait pour s'assurer qu'elle ne se retrouverait pas seule au monde, sans défense, sans ressources.

Elle raconterait à Chase à quel point Cal l'avait aimé, qu'il avait compris son sacrifice, et avait eu envie de devenir un homme aussi généreux, aussi désintéressé, aussi courageux que lui. Elle resterait avec eux pour l'enterrement. Les gens qui assisteraient à la cérémonie s'interrogeraient sur elle, sur le rôle qu'elle avait joué dans la vie de Cal Hollister.

Elle tenterait de trouver un peu de réconfort en se disant que, même s'ils avaient été ensemble peu de temps, ils avaient partagé une relation forte que peu d'hommes, peu de femmes, avaient la chance de vivre au cours de leur existence : un véritable amour.

Et, si certains jours l'envie lui venait de renoncer, d'abandonner le combat de la vie, elle se remémorerait l'optimisme forcené de Cal, sa façon de voir en toute chose le verre à moitié plein plutôt que le verre à moitié vide. Cela l'aiderait à tenir, elle le savait.

— Je suivrai ton exemple, murmura-t-elle.

— Quel exemple ?

Elle releva brusquement la tête. Cal, son cher et tendre Cal, son merveilleux Cal, était là, en chair et en os.

Vivant ! Sain et sauf !

Se relevant d'un bond, elle se précipita vers lui et se jeta à sou cou. Très vite elle noua également ses jambes autour de sa taille et l'étreignit avec passion.

— Je te croyais mort ! Il y a eu cette explosion…

— Il en faut plus pour m'abattre ! Ils avaient placé une seconde bombe, plus petite, dans la tribune présidentielle. Par chance, personne ne s'y trouvait quand elle a sauté. Les dégâts ne sont que matériels ; il n'y a eu aucune victime dans ce stade. Quant au secrétaire d'Etat, il est dans sa voiture, en route pour l'aéroport.

Il évoquait tout cela comme s'il s'agissait d'une péripétie ; il avait fait ce qu'il avait à faire et estimait inutile d'épiloguer là-dessus.

— Et qu'en est-il de G et de ses sbires ? demanda-t-elle.

L'agent qui avait monté la garde devant la porte sourit.

— Je ne veux pas être indiscret, mais j'ai entendu votre échange et je suis heureux de vous apprendre que Golya Paladis et ses hommes ont été arrêtés alors qu'ils tentaient de gagner un aéroport privé près de Kansas City.

Cal leva la main.

— Paladis porte un anneau en argent en sautoir. Nous tenons à le récupérer.

— Je m'en occupe. Le président de l'université a été arrêté également, ainsi qu'un policier, au moment où ils quittaient le stade en catimini.

Tout était donc fini. Elle se blottit contre Cal.

— Et maintenant ?

— Maintenant, nous avons des courses à faire. Allons t'acheter cette robe de mariée. Je veux te passer la bague au doigt sans attendre.

— Si elle a été vendue dans l'intervalle, je me marierai dans ton T-shirt et ton pantalon de survêtement.

Il sourit.

— Parfait. Ils seront plus faciles à retirer.

Retrouvez prochainement,
dans votre collection

# BLACK ROSE

**Mortelle ressemblance, de R. Barri Flowers - N°762**

ENQUÊTES DANS LE PACIFIQUE – 1/4

À Hawaï, un nouveau corps de femme est retrouvé. Une fois encore, il s'agit d'une jeune Maorie. Peu de pistes. Pas de témoins… Pour le détective Logan Ryder, l'enquête tourne au fiasco. Seul réconfort dans son désarroi, la présence d'Elena Kekona. Elena, la séduisante psychologue qui l'aide à surmonter la mort de son coéquipier. Elena qui ressemble beaucoup trop aux victimes du tueur de la Grande Île…

**Le bébé de l'ombre, de Lara Lacombe**

*Le bébé est à moi…* Juste ces mots tracés sur son pare-brise et une cible : la signature du tueur de l'Alphabet. Le cœur battant, Ridge Colton tente de mettre de l'ordre dans ses idées. Qui donc est ce *bébé*, cette fillette âgée de deux semaines qu'il a trouvée devant sa porte avec un message : *S'il vous plaît, occupez-vous d'elle jusqu'à mon retour ?* Et quel lien y a-t-il entre elle et le criminel que la police recherche depuis des mois ?

---

**Je veillerai sur toi, de Julie Anne Lindsey - N°763**

La femme porte un bébé dans ses bras et lui tourne le dos. Puis elle se retourne et il la reconnaît : Jen Jordan, la veuve de son meilleur ami, mort au combat… Silencieux, luttant contre le trouble qui l'envahit, il écoute son récit : son agression dans le parc voisin, la disparition de sa colocataire. Et aussitôt sa décision est prise : il va aider Jen et les protéger, elle et son fils…

**Rapprochés par le risque, de Tara Taylor Quinn**

Jalousement, la procureure Emma Martin veille sur son jardin secret. Pourtant, lorsqu'elle se retrouve contrainte de travailler en étroite collaboration avec l'agent de probation Jayden Powell, elle doit bien se résoudre à enfreindre ses propres règles. Victime d'une tentative de meurtre, c'est avec soulagement qu'elle accepte à ses côtés la présence permanente de Jayden : rassurant, protecteur… et tellement séduisant.

Retrouvez prochainement,
dans votre collection

# BLACK ROSE

**Un secret dans la brume, d'Elle James - N°766**

En arrivant au manoir de Cape Churn, Dixie Reeves découvre avec stupéfaction l'imposante demeure construite sur une falaise abrupte. Bientôt elle est reçue par Andrew Stratford, le séduisant milliardaire qui l'a engagée pour veiller sur lui et Leigha, sa fille de six ans, une enfant sauvage qui s'échappe souvent pour de mystérieuses escapades…

**Mystérieuse disparition, de Colleen Thompson**

Sans nouvelles de son père et de ses deux enfants, Liane part à leur recherche… Inlassablement, elle chevauche à travers les vallons tandis qu'à ses côtés Jake Whittaker, son amour de jeunesse, tente de la rassurer. Pourtant, rien ni personne ne peut calmer son angoisse. Car un homme est à leur poursuite : Mac McCleary, son ex-mari, un individu violent et prêt à tout pour se venger d'elle.